Guillaume Prévost

Das Buch der Zeit

Der magische Reif

Ebenfalls vom Autor im Arena Verlag erschienen:

Das Buch der Zeit, Band 1: Die steinerne Pforte
Das Buch der Zeit, Band 2: Die sieben Münzen

Die einzelnen Bände der Trilogie sind als gleichnamige Hörbücher bei Arena audio erschienen.

Guillaume Prévost,
1964 geboren, lehrt Geschichte an der Université du Havre bei Paris. Er ist Mitarbeiter beim Fernsehsender »Histoire« und hat neben mehreren Fachbüchern drei historische Krimis für Erwachsene geschrieben. Die Trilogie »Das Buch der Zeit« ist seine erste Geschichte für Kinder und wurde auf Anhieb ein großer Erfolg.

Guillaume Prévost

Das Buch der Zeit

Der magische Reif

Aus dem Französischen
von Anke Knefel

Arena

FSC
www.fsc.org
MIX
Papier aus verantwortungsvollen Quellen
FSC® C110508

1. Auflage als Sonderausgabe im Arena-Taschenbuch 2016
Die Originalausgabe erschien 2008 unter dem Titel
»Le livre du temps/3. Le Cercle d'or«
bei Gallimard Jeunesse, Paris

Aus dem Französischen von Anke Knefel
Umschlaggestaltung: Maria Proctor unter Verwendung
des Covers von Christian Broutin
Umschlagtypografie: KCS GmbH · Verlagsservice & Medienproduktion,
Stelle/Hamburg
Gesamtherstellung: Westermann Druck Zwickau GmbH
ISSN 0518-4002
ISBN 978-3-401-50922-8

1.
ZIMMER 313

Du musst durchhalten, Papa«, flüsterte Sam. »Hörst du mich? Du darfst nicht aufgeben!«

Allan Faulkner lag ausgestreckt auf dem Krankenhausbett, regungslos, mit geschlossenen Augen, Mund und Nase unter einer Sauerstoffmaske, unter der er schwer atmete, sein Oberkörper mit einem Gewirr aus Elektroden und Sonden bestückt, die alle lebenswichtigen Funktionen steuerten und überwachten. Um ihn herum blinkte und piepte eine ganze Reihe von Apparaten, auf deren Bildschirmen in regelmäßigen Abständen irgendwelche Kurven und unverständliche Zahlen aufleuchteten. Sobald einer der Parameter in den roten Bereich abfiel, lösten sie ein durchdringendes Alarmgeräusch aus. Nachdem die Krankenschwestern ihm die Haare geschnitten und seinen Bart rasiert hatten, war ein erschreckend abgemagertes Gesicht zum Vorschein gekommen, ebenso skelettartig wie Oberkörper, Schultern, Arme ... Die sechs Monate Gefangenschaft in den Verliesen von Vlad Tepes – auch unter dem Namen Dracula bekannt – hatten ihn zu einem Schatten seiner selbst reduziert, den nur noch ein hauchdünner Faden mit dem Leben verband.

Samuel nahm die Hand seines Vaters. Die grünliche Neonbeleuchtung hinter dem Kopfende seines Bettes hüllte sie in einen geisterhaften Schimmer, zudem raubte einem der betäubende Geruch von Desinfektionsmitteln beinahe die Sinne.

»Die Ärzte meinen, es hat keinen Sinn, mit dir zu reden, aber das glaube ich nicht, im Gegenteil. Du verstehst mich doch, nicht wahr? Du erkennst doch meine Stimme?«

Keine Reaktion.

In Wirklichkeit waren es jetzt schon drei Tage, in denen Allan das Bewusstsein nicht wiedererlangt hatte. Drei Tage war es her, dass ihm und Samuel die Flucht von Schloss Bran gelungen war und sie, verfolgt von einer Meute Soldaten und Hunde, mit knapper Not den Sonnenstein erreicht hatten. Als sie gerade im Begriff waren, den großen Zeitsprung zu wagen, der sie aus dem Mittelalter zurück in die Gegenwart bringen sollte, hatte Allan seinem Sohn eröffnet, dass er womöglich zu geschwächt wäre, um die Rückreise zu überleben. Seine Kräfte drohten bereits ihn zu verlassen, mehr und mehr schwanden ihm die Sinne und es bestand die Gefahr, dass er die verzehrende Hitze, die den Zeitreisenden bei diesen Sprüngen jedes Mal erfasste, nicht überleben würde. Bereits mühsam nach Atem ringend hatte er dennoch darauf bestanden, Sam zu erklären, was ihn in die Höhle Draculas geführt hatte: der Goldreif, ein sehr alter Armreif, von dem auf der ganzen Welt nur zwei Exemplare existierten – davon eines im Besitz von Vlad Tepes – und der es einem erlaubte, in Verbindung mit sieben gelöcherten Münzen und dem Sonnenstein, sich nach Belieben von einem Zeitalter ins nächste zu begeben. Und das war noch nicht alles. Wie Allan herausgefunden hatte, war alles so eingefädelt worden, dass Samuel zu ihm gelangen und sich an seiner Stelle den Goldreif holen konnte, falls er durch einen unglücklichen Zufall scheiterte: eine verschlüsselte Nachricht in der *Buchhandlung Faulkner*, eine geprägte Münze mit dem Bild einer schwarzen Schlange, dazu ein paar scheinbar willkürlich verstreute Hinweise, hatten ihm schließlich Zugang zu Schloss Bran verschafft. Später war Allan dann unglückseligerweise Vlad Tepes in die Hände gefallen und schließlich war es Samuel nach einer langen Irrfahrt bis in die Walachei endlich gelungen, ihn zu retten und das sagenumwobene Schmuckstück den Klauen des Woiwoden zu entreißen ...

Doch warum nur war er so versessen auf diesen Goldreif?, hatte Samuel gefragt. Warum hatte er sein eigenes Leben und das seines Sohnes aufs Spiel gesetzt, indem er Dracula bis in den letzten Winkel seines Unterschlupfs verfolgte? »Ich bin sicher, dass man mithilfe dieses Armreifs deine Mutter retten kann«, war Allans Antwort gewesen. »Verstehst du, Sam? Mit diesem Armreif kannst du deine Mutter retten!« Das waren seine letzten verständlichen Worte gewesen, den Bruchteil einer Sekunde später waren sie beide brutal in den Zeitstrudel hineingerissen worden ...

Samuel strich über die Hand seines Vaters: Sie war eiskalt.

»Ich weiß nicht, wann die Krankenschwester zurückkommt«, sprach er weiter, »aber ich bin froh, dass ich ein bisschen allein mit dir sein kann, Papa. Ich wollte dir nämlich sagen, dass ich dir nicht böse bin. Ich habe lange über das nachgedacht, was du mir erzählt hast ... Was du mit dem Goldreif vorhattest und warum du nie mit mir darüber gesprochen hast. Ich glaube, du hast es richtig gemacht ... Wenn ich den Stein und diese ganze Geschichte nicht selbst entdeckt hätte, hätte ich nie die Chance gehabt, ein echter Zeitreisender zu werden. Geschweige denn die

Kraft, dich zu suchen ... Du hast es gewusst, Papa, von Anfang an!«

Er warf einen kurzen Blick auf den Bildschirm, der die Herzfrequenz und den Blutdruck seines Vaters anzeigte: Abgesehen von dem üblichen piependen Geräusch gab es nicht das geringste Zeichen eines Zitterns. Allan war noch immer in seiner Welt eingeschlossen, hinter hohen Mauern, außer Reichweite. Aber hatte Sam ihn nicht schon einmal aus einem unzugänglichen Gefängnis befreit? Man musste nur lange genug ausharren, nur nicht aufgeben.

»Um ehrlich zu sein, wollte ich mich auch entschuldigen ... Als du all diese Wochen verschwunden warst, war ich irgendwann überzeugt, dass du den Sonnenstein benutzt, um alte Bücher zu stehlen und in deinem Laden zu verkaufen. Ich wusste ja, dass deine Geschäfte schlecht gingen und ... Ich konnte nicht verstehen, warum du mir das alles verheimlicht hast, warum du plötzlich ohne ein Wort verschwunden bist. Ich war ... ich war vollkommen durcheinander. Es tut mir leid, dass ich so an dir gezweifelt habe.«

Das Piepen des Monitors ertönte jetzt in kürzeren Abständen. Sollte das Zufall sein? Allans Herzfrequenz hatte sich kaum merklich beschleunigt. Nicht viel, von 61 auf 64 Schläge pro Minute. Hieß das etwa, dass sein Vater auf seine Worte reagierte?

»Papa?« Er umklammerte seine Hand. »Bist du da? Papa, ich bin's ... Hörst du mir zu? Du musst kämpfen! Du kannst doch nicht einfach liegen bleiben! Du musst aufwachen! Ich hab solche Angst gehabt, wenn du wüsstest ... Als wir aus Bran zurückgekommen waren und ich dich neben dem Stein liegen sah, habe ich gedacht ... ich habe gedacht, du wärst tot. Du hast dich nicht mehr bewegt, es sah aus, als würdest du nicht mehr atmen und ...«

Seine Gefühle überwältigten ihn. Es war der schlimmste Moment seines Lebens gewesen, als er sich dort im düsteren Keller der Buchhandlung über den leblosen Körper seines Vaters beugte. Der Transfer von Draculas Schloss zurück in ihre Zeit war ungewöhnlich heftig gewesen. Als habe die Präsenz des Goldreifs in der Transportvertiefung des Steins die Reise unangenehmer und schmerzhafter gemacht. Wie hätte Allan das überleben sollen? Er lag ausgestreckt da, mit dem Gesicht am Boden, reglos, und so sehr Sam ihn auch rüttelte und schüttelte, er reagierte nicht. Keine Atmung, kein Puls. Eine Welle der Verzweiflung hatte Sam erfasst und er musste sämtliche Kräfte aufbieten, um sich davon nicht überwältigen zu lassen. Wie konnte er seinem Vater nur helfen? Jetzt, sofort? Er musste ihn zu einem Arzt bringen. Doch wie sollte er ihn transportieren? Allein würde er es niemals schaffen ...

»Grandpa und Grandma waren wunderbar«, fuhr er fort. Als ich sie anrief und sagte, dir ginge es schlecht, haben sie keine langen Fragen gestellt, sondern sind sofort gekommen. Sie haben dann auch den Krankenwagen gerufen. Sie haben sich solche Sorgen gemacht! Auch wenn sie im Grunde wohl damit gerechnet hatten. Ich hatte ihnen vorher schon die Sache mit dem Sonnenstein und mit Vlad Tepes erklärt, sie hatten schon damit gerechnet, dass es dir bei deiner Rückkehr nicht besonders gut gehen würde. Auf jeden Fall haben sie mich unterstützt und das Geheimnis für sich behalten. Das beweist doch, dass du ihnen wichtiger bist als alles andere. Und für mich ist es genauso, weißt du ...«

66 Schläge pro Minute zeigten die bläulichen Ziffern an. Zwei mehr. Das konnte kein reiner Zufall sein. Allan musste seine Anwesenheit spüren und vielleicht, zumindest vage, den Sinn seiner Worte erfassen. Diesen Moment musste er nutzen, um ihm eine Nachricht zukommen zu lassen ... Etwas, das ihn dazu bringen würde, sich dort herauszukämpfen, etwas, das ihm Kraft geben und seine Lebensgeister wecken würde. Etwas, das Sam seit drei Tagen wieder und wieder im Kopf herumging.

»Ich ... ich werde tun, worum du mich gebeten hast«, brachte er nach kurzem Zögern heraus. »Ich werde in die Vergangenheit zurückkehren und Mama retten. Ich weiß noch nicht, wo und wie ich die gelochte Münze auftreiben werde, die mich zu dem Tag ihres Unfalls zurückbringen wird, aber ich habe ja den Goldreif, ich werde es schaffen.«

Dann sprach er langsam weiter und betete inständig, dass sein Vater ihn jetzt hörte: »Ich schwöre, ich werde sie retten, für dich und für mich ...«

Biep! Biep! Die Dioden auf dem Bildschirm fingen regelrecht an zu tanzen: 68, 72, 76 Schläge pro Minute! Und es stieg noch weiter an: 82, 86! Samuel hatte plötzlich das Gefühl zu fliegen: Er hatte auf ganzer Linie recht behalten! Sein Vater war nicht in ein endgültiges Koma gesunken, sein Geist war immer noch da, irgendwo, hellwach. Nur eine kleine züngelnde Flamme, die aber unbedingt wachsen und seinen Körper wieder beleben wollte! Was machte es da schon aus, dass Sam keinen Schimmer hatte, wie er exakt drei Jahre in die Vergangenheit zurückreisen und seine Mutter dazu bringen sollte, die Ausfahrt zu meiden, die ihren Tod bedeutet hatte. Was machte es, wenn dieses Vorhaben absolut verrückt erschien und ihm, aus diversen

Gründen, eine Heidenangst einjagte ... Wenn Allan davon überzeugt war, dass er Elisa eines Tages wiedersehen konnte, würde er zweifellos neue Hoffnung schöpfen und seinen Lebenswillen wiederfinden. Und dann würde er endlich wieder aufwachen!

88, 90, schien er ihm zuzustimmen.

»Na, hier tut sich ja was!«, rief die Krankenschwester aus, die soeben den Raum betrat.

Samuel drehte sich aufgeregt zu ihr um.

»Ich ... ich habe das Gefühl, es geht ihm besser! Ich habe mit ihm gesprochen und sein Herz hat angefangen, immer schneller zu schlagen. Es war ... es war, als ob er mir zuhören würde. Das ist ein gutes Zeichen, nicht wahr? Vielleicht kommt er wieder zu sich?«

Die junge blonde Krankenschwester – Isobel stand auf dem Namensschild an ihrem Kittel – schenkte ihm ein beinahe mütterliches Lächeln. Das Schicksal des Patienten von 313 ging dem Pflegepersonal auf der Station in der Tat sehr zu Herzen. Nicht nur dass für Allan Faulkner äußerst wenig Hoffnung bestand, nachdem er irgendwelche wie auch immer gearteten Misshandlungen nur knapp überlebt hatte; er hatte darüber hinaus schon vor einigen Jahren seine Frau verloren, während sein Sohn auf dieser Station am Blinddarm operiert worden war. Als habe das Schicksal es auf seine Familie abgesehen ...

»Gut!«, sagte die Schwester, während sie die Angaben auf dem Bildschirm überprüfte. »Wenn das keine schöne Neuigkeit ist! Auch wenn wir sicher viel Geduld haben müssen, weißt du. Dein Vater braucht noch sehr viel Ruhe. Außerdem ist es in seinem Zustand oft so, dass der Herzschlag sich beschleunigt oder verlangsamt, ohne dass man genau sagen kann, warum. Siehst du, die Frequenz nimmt schon wieder ab.

Und wirklich: die bläulichen Zahlen wurden wieder kleiner: 87, 85, 83 . . . Samuel wollte schon erwidern, dass sie sich irrte und dass Allan ihm wirklich ein Zeichen gegeben hatte, doch er wusste instinktiv, dass das keinen Sinn hätte. Wie auch immer sie darüber dachte, auf jeden Fall war es ihm gelungen, einen Kontakt zu seinem Vater herzustellen. Und selbst wenn es noch nicht ausreichte, um ihn aus dem Koma zurückzuholen, so hatte er jetzt einen hervorragenden Grund, es zu tun. Man musste ihm nur ein wenig Zeit lassen. »Ich lass dich nicht im Stich, Papa«, bekräftigte Samuel im Stillen. »Ich lass dich nicht im Stich . . .«

Isobel berührte ihn sanft an der Schulter.

»Ich kann mir vorstellen, wie schwer es für dich sein muss, und du wirst sehr viel Mut brauchen, was immer geschieht . . . Wenn du in den nächsten Tagen das Bedürfnis hast, darüber zu reden, komm einfach zu mir ins Schwesternzimmer. Übrigens warten im Flur zwei Leute, die deinen Vater gerne sehen möchten. Ich habe sie gebeten, draußen zu warten, weil ich ihn für ein CT vorbereiten muss. Danach können sie ihm kurz Hallo sagen, wenn sie möchten.«

Samuel hob den Kopf und sein Blick fiel kurz auf den einzigen persönlichen Gegenstand auf dem Nachttisch: eine kleine runde Armbanduhr mit cremefarbenem Zifferblatt, an der Allan sehr hing. Schweren Herzens verließ Sam den Raum – mittlerweile war der Puls auf 70 runtergegangen –, während er sich noch fragte, wer dieser Besuch sein könnte, zumal der Rest der Familie eigentlich erst am Nachmittag auftauchen wollte. Als er die beiden Personen neben dem Getränkeautomaten erkannte, rief er verblüfft:

»Mrs Todds! Alicia!«

Eine schönere Überraschung hätte man ihm nicht machen können!

Helena Todds ging ihm mit weit ausgebreiteten Armen entgegen.

»Samuel, mein Schatz! Wir sind gekommen, sobald wir die Erlaubnis der Ärzte hatten. Was für ein Unglück!«

Sie drückte ihn an sich und umfing ihn mit dem frischen, blumigen Duft ihres Parfüms, während hinter ihr, etwas steif und offensichtlich von widerstreitenden Gefühlen hin- und hergerissen, Alicia wartete. Das junge Mädchen trug eine hübsche, mit Perlen verzierte Jeans und ein ärmelloses pfirsichfarbenes T-Shirt, das nur knapp ihren Bauchnabel bedeckte. Die offenen blonden Haare schimmerten um ihr Madonnengesicht. Samuel blinzelte, von ihrer Schönheit geblendet ... Unfassbar, dass er drei Jahre lang jedem Kontakt mit ihr aus dem Weg gegangen war, obwohl sie sich früher einmal so nahe gewesen waren! Nach dem Unfall seiner Mutter hatte Samuel dazu geneigt, sich in seinem Kummer zu vergraben, und geglaubt, dass auch nur das kleinste Glück, Alicia eingeschlossen, seiner Trauer unangemessen wäre. Drei Jahre, in denen er die Tür zu seinem Haus und zu seinem Herzen fest verschlossen hatte, drei Jahre, in denen er Alicia wenn überhaupt, so nur aus weiter Ferne gesehen und sich auf die Lippen gebissen hatte ...

Dann war Allan verschwunden und Sams Welt war ein weiteres Mal in sich zusammengestürzt. Während seines Vagabundenlebens auf den Wegen durch die Zeit war er irgendwann Yser begegnet, einer Vorfahrin Alicias, und hatte knapp verhindern können, dass man sie in eine Heirat mit dem niederträchtigen Klugg, dem Alchemisten von Brügge, hineinzwang. Beim Zusammentreffen mit jener jungen Frau war Sam klar geworden, wie sehr er Alicia immer noch liebte und wie sehr er sie verletzt haben musste, als er sie so zurückgelassen hatte. Nach seiner Rückkehr hatte er alles darangesetzt, ihr die Sache zu erklären und sich bei ihr zu entschuldigen. Was sich jedoch als äußerst heikel herausgestellt hatte, denn Alicia war inzwischen mit Jerry Paxton liiert, einem extrem eifersüchtigen, muskelstrotzenden Hohlkopf. Abgesehen davon konnte sie Sam nicht verzeihen, dass er sie auf so brutale Art und Weise aus seinem Leben verbannt hatte. Trotzdem hatten sie ein langes Gespräch miteinander, bei dem Sam gespürt hatte, wie viel von ihrer früheren Vertrautheit noch immer mitschwang, auch wenn Alicia so tat, als wollte sie sich dagegen wehren. Von daher rührte wahrscheinlich auch die Unentschlossenheit, mit der Alicia ihm jetzt gegenüberstand, schwankend zwischen einem Rest an freundschaftlichen Gefühlen für Sam – auf mehr durfte er nicht hoffen – und der Wut, die sie bei seinem Anblick empfand.

Als ihre Mutter ihre stürmische Umarmung beendet hatte, begrüßte sie ihn dann auch lediglich mit einem leichten Wimpernschlag, als wollte sie ihn möglichst auf Abstand halten. Samuel antwortete ebenso reserviert, ohne sich zu bewegen.

»Wie geht es ihm denn?«, wollte Helena Todds wissen.

»Er liegt immer noch im Koma«, seufzte Sam. »Aber ich bin sicher, es wird ihm bald besser gehen.«

»Natürlich wird es ihm bald besser gehen!«, versicherte Helena. »Er ist ein zäher Bursche, unser Allan, nicht wahr? Und ... Ich wollte deine Großmutter damit nicht belästigen, aber, wie ist das eigentlich passiert?«

Samuel senkte kaum merklich den Blick. Es stand außer Frage, dass niemand anderes außer seinen Großeltern und seiner Cousine Lili in die Geschichte um den Sonnenstein eingeweiht werden durfte. Nicht einmal Alicia. Also musste man sich eine offizielle Erklärung einfallen lassen, die alle Welt überzeugen würde, insbesondere die Polizei, die sich etwas zu sehr für die Ereignisse in der *Buchhandlung Faulkner* interessierte. Auch wenn Samuel im Allgemeinen nicht gerne log und ihm der Gedanke ganz und gar nicht gefiel, ausgerechnet Helena Todds, die ihn in einer schwierigen Phase bei sich aufgenommen hatte, so zu täuschen. Ganz zu schweigen von Alicia, deren Blicken er in diesem Moment lieber auswich ...

»Papa ist einer Bande Schwarzmarkthändler in die Hände gefallen«, begann er. »Wir haben alle geglaubt, er wäre ins Ausland gereist, um antike Bücher zu kaufen, aber das stimmte nicht. Er ist entführt und gar nicht weit von hier gefangen gehalten worden. An dem Abend, als ich Ihr Haus verließ, habe ich einen Anruf von seinem Handy erhalten. Eine Männerstimme sagte einfach nur: ›Er ist in der Buchhandlung.‹ Ich habe sofort meine Großeltern verständigt und wir haben uns dort getroffen. Papa lag vor der Tür auf dem Boden, halb bewusstlos. Er brachte nur wenige Worte heraus, es ging um ein seltenes Werk und seine Entführer ... Dann hat er endgültig das Bewusstsein verloren und wir haben ihn in die Klinik gebracht.«

Samuel schwieg und bemühte sich, möglichst unbedarft auszusehen. Woraufhin Helena Todds sofort ausrief:

»Eine Entführung? Aber was wollten sie damit bezwecken? Lösegeld?«

»Die Polizei vermutet, dass Papa an ein paar wertvolle Bücher gekommen war. Vor ein paar Tagen ist sogar in der Buchhandlung eingebrochen worden«, fügte er hinzu, was ja immerhin der Wahrheit entsprach.

»Mein Gott, in was für einer Welt leben wir eigentlich! Eine unserer Nachbarinnen ist vorgestern auch angegriffen worden! Miss MacPie, erinnerst du dich? Während des Abendessens ist ein Dieb bei ihr eingedrungen und hat sie gezwungen, ihm ihren gesamten Schmuck herauszugeben! Die arme alte Dame, sie hat geglaubt, er würde sie umbringen!«

»Das kommt davon, wenn sie die ganze Zeit mit ihren dicken Ringen und Perlenketten herumläuft. Sie sieht aus wie ein wandelnder Christbaum«, fuhr Alicia gereizt dazwischen.

»Alicia, bitte! Stell dir mal vor, wenn dieser Gangster sich immer noch in unserem Viertel herumtreibt! Und außerdem spricht man nicht so über eine gute Bekannte!«

»Pah, gute Bekannte! Die MacPie ist eine alte Eule! Weißt du noch, als sie Jerry und mich überrascht hat, als wir uns auf der Straße geküsst haben? Sie hat die ganze Nachbarschaft aufgehetzt und beinahe hätte sie einen Brief an den Bürgermeister geschrieben! Hoffentlich stopft ihr diese Geschichte ein für alle Mal den Mund!«

Helena Todds zuckte nur hilflos die Achseln, Sam schätzte allerdings, dass Miss MacPie, wenn es darum gegangen war, Alicia von diesem unerträglichen Paxton zu trennen, ganz zu Recht dazwischengegangen war ... Zum Glück musste er sich nicht mehr dazu äußern, denn in diesem Augenblick streckte die Krankenschwester ihren Kopf durch den Türspalt.

»Sie können jetzt hereinkommen, aber einzeln bitte und nicht länger als fünf Minuten.«

»Geh nur, Mama, ich warte.«

Helena verschwand in Zimmer 313 und Alicia näherte sich Sam mit finsterer Miene.

»Meine Mutter hat deine Lügen vielleicht geschluckt, Samuel, aber ich glaube dir kein Wort ... Schon als wir klein waren, habe ich immer sofort gewusst, wann du mich belügst. Vielleicht weil wir zusammen aufgewachsen sind. Wenigstens das ist uns noch geblieben ...«

Sie schüttelte traurig den Kopf, eine Geste, die Sam mehr berührte als alle Anschuldigungen dieser Welt.

»Ich weiß nicht, was wirklich mit Allan geschehen ist«, fuhr sie fort. »Aber die Geschichte mit der Entführung und diesem Anruf, die nehme ich dir nicht ab. Das ist genau wie deine Recherche neulich über Dracula und diese merkwürdigen Zeichen auf all diesen Seiten. Du wolltest es mir nicht erklären, aber ich habe sofort gespürt, dass du mir etwas verheimlichst. Etwas sehr Ernstes ... Was ist wirklich geschehen, Samuel?«

Sam versuchte dem Blick dieser tiefblauen Augen, in denen man hätte ertrinken können, standzuhalten. Sie war schön wie immer, egal, ob sie ihn voller Sorge anblickte oder vollkommen gleichgültig, ob sie sich zu ihm wandte oder ihm distanziert die kalte Schulter zeigte. Egal ob sie aus vollem Herzen lachte oder ihre hübsche Nase sich unwillig kräuselte ... Alicia hatte tausend Gesichter und Sam liebte sie alle. Aber wie sollte er ihr ein Geheimnis anvertrauen, wenn gerade von diesem Geheimnis das Leben seines Vaters abhing? Wie konnte er sie noch einmal belügen, obwohl er es nicht mehr ertragen konnte?

»Verzeih mir, Alicia«, brachte er mit rauer Stimme hervor. »Wenn es einen Menschen auf der Welt gibt, dem ich gern alles erzählen würde, dann bist du es. Aber im Augenblick ist es einfach unmöglich. Nicht, solange es meinem Vater nicht besser geht ... Danach, das verspreche ich dir, wirst du es als Erste erfahren.«

Sie verzog enttäuscht das Gesicht. »Also ehrlich, Sam, es ist wirklich nicht leicht, dir zu folgen. Du warst doch derjenige, der wieder auf mich zugekommen ist, oder nicht? Und jedes Mal, wenn ich einen Schritt auf dich zumache, ist es, als wolltest du dich wieder entziehen. Als hättest du Angst ... Wie soll ich das verstehen?«

Einen kurzen Moment lang schien die Zeit stillzustehen und es war, als wären sie noch ein paar Jahre jünger, als würde jeder im Gesicht des anderen das wiederfinden, was sie so unzertrennlich gemacht hatte, was ihre Trennung jedoch nicht hatte verhindern können. Diese Nähe, die sie vom ersten Tag an verbunden hatte, all ihre verrückten Lachanfälle und noch so viele andere Dinge ... Und heute waren sie sich so fremd.

Sicher hätten sie noch lange so dagestanden und schweigend die Geister der Vergangenheit herbeigerufen, wenn nicht Helena Todds aus Zimmer 313 herausgekommen wäre, vollkommen aufgelöst und gezeichnet von dem, was sie gesehen hatte, händeringend nach ein paar ermutigenden Worten suchend:

»Man könnte meinen, dass er nur gerade fest schläft, nicht wahr ...«, sagte sie und lächelte gezwungen heiter. »Ein bisschen wie Dornröschen, nicht? Ich ... ich bin sicher, er wird bald wieder aufwachen!«

2.
Die Rückkehr des Tätowierten

In den folgenden zwei Tagen blieb der Zustand Allan Faulkners unverändert. Samuel hatte gehofft, dass das kurze Aufflackern während ihrer kleinen »Unterhaltung« ein Zeichen für seine wiederkehrenden Lebenskräfte gewesen war, doch er musste seinen Traum begraben: Falls Allan seine Nachricht verstanden hatte – und daran ließ Sam keinen Zweifel aufkommen –, würde es mehr brauchen, um ihn aus seinem Koma zu holen: Er musste ihm auf die eine oder andere Weise Elisa zurückbringen ... Doch nur bei dem Gedanken daran wurde Sam jedes Mal ganz flau im Magen. Denn abgesehen von der Schwierigkeit, exakt drei Jahre in der Zeit zurückzureisen, stellte sich die beängstigende Frage nach seinen eigenen Gefühlen. Könnte er es ertragen, seine Mutter lebend wiederzusehen, ohne zusammenzubrechen? Würde er sie dazu überreden können, ihm mithilfe des Sonnensteins in die Gegenwart zu folgen? Und was würde danach passieren? Würde sie bereit sein, bei ihnen zu bleiben? Oder würde sie in ihr eigenes Leben zurückkehren wollen?

Abgesehen davon würde es eine furchtbare Grenzüberschreitung bedeuten, sie vor dem Tod zu bewahren ... Bei ihrer einzigartigen Begegnung hatte der Hohepriester Setni, der ehrwürdige Hüter der Sonnensteine des Thot und der weiseste aller Zeitreisenden, ihn gewarnt: »Eine unendliche Kette katastrophaler Ereignisse könnte die Folge sein, wenn jemand sich anmaßen würde, den Lauf der Dinge zu verändern.« Und hatte ergänzt: »Aus diesem Grunde muss es immer einen Hüter der Sonnensteine geben ... Und ich bin überzeugt, dass Ihr, Samuel Falkner, Euch einer solchen Aufgabe würdig erweisen werdet.« Der ehrwürdige Setni sah in ihm einen unbestechlichen Hüter der Zeit, während Samuel im Begriff stand, ihren Lauf durcheinanderzubringen!

Wenn er sich doch nur jemandem anvertrauen könnte ... Doch seine Großeltern waren vom Gesundheitszustand ihres Sohnes schon so mitgenommen, dass es grausam wäre, ihnen noch mehr Sorgen zu bereiten. Und seine Cousine Lili, mit der er in den vergangenen Wochen so viele Geheimnisse geteilt hatte, war in ein Hunderte von Kilometern entferntes Ferienlager verfrachtet worden. Samuel hielt sie zwar per E-Mail auf dem Laufenden, doch sie hatte nicht immer gleich Gelegenheit, ihm zu antworten. Was immer passieren würde, er würde seine Entscheidung allein treffen müssen.

Am Morgen des sechsten Tages nach seiner Rückkehr von Bran schlief Samuel noch tief und fest, als plötzlich die Tür zu seinem Zimmer geräuschvoll aufgerissen wurde.

»Samuel, wach auf!«

Rudolf, der Verlobte seiner Tante Evelyn, eilte im Halbdunkel herein und rüttelte ihn wach.

»Samuel!«

»Mmmmh?«

»Du musst dich anziehen«, drängte er ihn und schaltete die Nachttischlampe ein. »Schnell!«

Benommen hob Samuel bei dem grellen Licht die Hände vor die Augen und versuchte zu begreifen, was Rudolf von ihm wollte. Normalerweise nichts Gutes ... In der letzten Zeit schienen er und Tante Evelyn sich verbündet zu haben, um ihm das Leben zur Hölle zu machen, verdächtigten ihn irgendwelcher absurden Verbrechen, in die er angeblich verwickelt war, und behandelten ihn wie einen jugendlichen Verbrecher, der mit Drogen handelte und sogar Lilis Handy gestohlen hatte, um seine dunklen Geschäfte zu finanzieren ... Was unerträgliche Bespitzelungen, Beleidigungen und Bestrafungen zur Folge gehabt hatte.

Seitdem Allan wieder aufgetaucht war, hatte sich das Pärchen zwar etwas beruhigt, doch Samuel schätzte es trotzdem nicht besonders, von einem der beiden aus dem Bett gezerrt zu werden ...

»Was ist los?«, murrte er.

»Helena Todds wartet unten auf dich.«

Sam schielte auf seinen Radiowecker: 7:05 Uhr.

»Helena Todds? Um diese Zeit?«

Rudolf steckte bereits in einem seiner tadellosen grauen Anzüge, gebräunt und frisch rasiert, und wirkte leicht verstimmt.

»Sie wird es dir selbst erklären. Deine Tante und ich waren gerade aus den USA zurückgekommen, als sie an der Tür klingelte ... Du solltest lieber mit runterkommen.«

Samuel war plötzlich mit einem Schlag hellwach und spürte, wie die Angst in ihm hochkroch. Was trieb Helena Todds so früh am Morgen hierher?

Er streifte ein Sweatshirt über und folgte Rudolf im Laufschritt die Treppe hinunter. Helena war auf dem Sofa im

Wohnzimmer zusammengesunken und schluchzte in ihr Taschentuch, Tante Evelyn hockte neben ihr und versuchte, sie zu beruhigen. Was war nur passiert?

»Mrs Todds?«, stammelte Sam.

Sie sah ihn tränenüberströmt an, mit rot geränderten Augen und zerzausten Haaren.

»Sammy? Hast du sie gesehen?«

»Ob ich sie gesehen habe?«, wiederholte Sam verständnislos.

»Alicia . . . Sie ist heute Nacht nicht nach Hause gekommen. Sie wollte gestern Abend ins Kino gehen und . . . sie hat mir nicht Bescheid gesagt, weder mir noch ihrem Vater, niemandem. Normalerweise ruft sie immer an, wenn sie bei jemandem übernachtet, aber diesmal . . . Wir haben schon hundert Mal auf ihrem Handy angerufen, in den Krankenhäusern . . . Sie ist unauffindbar!«

Samuel versuchte, das Zittern in seinen Beinen zu unterdrücken.

»Seit wann ist sie verschwunden?«, fragte er so ruhig, wie es eben ging.

»Gegen 18 Uhr«, antwortete Helena schniefend. »Sie war mit Jerry verabredet, sie wollten zusammen essen und sich dann den Film ansehen und . . .«

»Jerry Paxton?«, unterbrach er sie. »Haben Sie schon bei ihm nachgefragt?«

»Natürlich! Ich weiß, dass es zwischen den beiden in letzter Zeit nicht mehr so gut lief, aber der Ärmste war genauso vor den Kopf geschlagen wie wir. Er hat alle Kinos abgesucht, hat immer wieder versucht, sie anzurufen, nichts! Alicia scheint wie vom Erdboden verschluckt! Nach der Entführung deines Vaters und dem Überfall auf unsere Nachbarin Miss MacPie mache ich mir schreckliche Sorgen!«

»Haben Sie die Polizei benachrichtigt?«

»Mark hat Alicias Verschwinden gegen Mitternacht gemeldet. Sie haben gesagt, dass sie vielleicht nur weggelaufen ist und dass es sich heute sicher aufklären würde. Weggelaufen! Das macht doch überhaupt keinen Sinn! Außerdem hätte sie dann doch zumindest ihr Taschengeld und etwas zum Anziehen mitgenommen, oder nicht?«

»Und Sie haben gedacht, sie wäre vielleicht hier?«, fragte Sam weiter.

»Ich ... ich weiß nicht! Ich konnte einfach nicht länger zu Hause herumsitzen und nichts tun. Also ist Mark zu Hause geblieben und ich bin mit dem Auto herumgefahren, für den Fall, dass sie irgendwo herumläuft ... Und als ich hier in der Nähe vorbeikam, ist mir eingefallen, dass sie dir vielleicht irgendetwas anvertraut hat.«

Sie sah Sam so inständig bittend an und wie gerne hätte er ihr geholfen.

»Es tut mir leid, aber sie hat mir nichts anvertraut.«

»Nicht mal eine kleine Andeutung? Jemand, den sie vielleicht treffen wollte? Ein Ort, zu dem sie gefahren sein könnte?«

Samuel versuchte, sich im Schnelldurchlauf ihre letzten Gespräche wieder in Erinnerung zu rufen, doch ihm fiel beim besten Willen nichts dergleichen ein. Außerdem hatte Alicia genug Rückgrat, um hinzugehen, wo immer sie wollte, ohne es vor jemandem zu verheimlichen. Heimlich abzuhauen, das passte überhaupt nicht zu ihr.

»Ich denke nicht, nein.«

»Oder eine Nachricht?«, fragte sie verzweifelt. »Hätte sie

nicht vielleicht eine Nachricht auf deinem Handy hinterlassen können?«

»Ich kann ja mal nachsehen«, sagte er wenig überzeugt.

Er eilte zurück in sein Zimmer und hatte die ganze Zeit das Gefühl, sein ganzer Körper bestände aus Watte, als ob er gerade eine schwere Grippe ausbrütete. Alicia war verschwunden und sie befand sich in großer Gefahr, das spürte er ...

Er stürzte sich auf sein Telefon, das er abends zum Aufladen angeschlossen hatte. Keine neuen Nachrichten. Klar. Warum hätte Alicia ihn auch anrufen sollen? Sie hatte ihre Eltern, sie hatte Jerry ... Oder vielleicht ... Auf gut Glück schaltete er seinen Computer ein und öffnete seinen Posteingang. Über Nacht war nur eine einzige Mail eingegangen. Er starrte nachdenklich auf die angegebene Adresse: »Ratewer@arkeos.biz«. Arkeos, so hieß eine Gesellschaft, die mit Antiquitäten handelte und mit der sein Vater zu tun gehabt hatte. Was es mit dem »Ratewer« auf sich hatte ...

Fieberhaft öffnete Sam die Mail: ein langer Text, unter einem Briefkopfzeichen, das er sofort erkannte: das Zeichen von Hathor, der Tochter des Gottes Re, ein U-förmig geschwungenes Hörnerpaar, das eine Sonnenscheibe umschloss. Auf dieses Zeichen – das auch das Firmenlogo von Arkeos war – war Sam während seiner letzten Zeitreisen zum wiederholten Male gestoßen. Er hatte es auch auf der Schulter des Tätowierten wiedererkannt, diesem mysteriösen Typen, mit dem er sich im Museum von Saint Mary um eine Handvoll gelochter Münzen geschlagen hatte. Der Tätowierte ... Ein wahrer Albtraum. Er hatte es auf seinen Vater abgesehen, hatte die Buchhandlung Faulkner geplündert und er hatte versucht, Samuel und Lili umzubringen, während sie in der Vergangenheit gewesen waren … Sollte er womöglich der Absender dieser Mail sein?

Lieber Samuel,

ich hätte nie gedacht, dass ich dir eines Tages schreiben würde. Manchmal ist das Leben voller Überraschungen … Du kennst mich noch nicht – eine kleine Prügelei um ein paar Münzen zählt sicher nicht als offizielle Vorstellung, oder? –, aber ich beobachte dich schon eine ganze Weile. Ich muss sagen, du hast ganz schön viel Mut. Und bist ziemlich clever. Intelligent? Eher gewitzt und durchtrieben. Ein bisschen wie dein Vater. Dem Armen hat es immer an Ehrgeiz gefehlt, weißt du … Er hat nie verstehen wollen, was er da in Wirklichkeit vor sich hatte, was er hätte tun können, wenn er weniger feige gewesen wäre. Was wir hätten tun können. Doch er hat es vorgezogen, ein Mittelmäßiger unter Mittelmäßigen zu bleiben. Übrigens siehst du, wohin ihn das gebracht hat. Immerhin besteht nicht die Gefahr, dass er uns in seinem Zustand noch in die Quere kommt.

Aber genug der Liebenswürdigkeiten, Samuel, ich schreibe dir, weil ich zwei Neuigkeiten für dich habe, eine gute und eine schlechte. Mit welcher möchtest du anfangen?

Zuerst muss ich dir etwas gestehen: Ja, es ist wahr, in den vergangenen Wochen habe ich versucht, dich loszuwerden. Im Museum, zum Beispiel, hätte ich dich beinahe erwürgt … Oder später, als ich dir dein Buch der Zeit entwendet habe – das muss ich dir erzählen! – und ein paar Seiten herausgerissen habe, damit du nicht in die Gegenwart zurückkehren kannst. Was nicht besonders fair war, das gebe ich zu. Aber du wurdest echt lästig, weil du deine Nase ständig in Dinge gesteckt hast, die dich nichts angingen! Glücklicherweise, wenn ich so sagen darf, hast du es irgendwie geschafft, heil aus der Sache rauszukommen. Unter uns gesagt, du musst zugeben, dass du Glück gehabt hast. Unverschämtes Glück sogar!

Deshalb musste ich die Dinge anders angehen. Ich habe mir überlegt, dass wir von dem Glück, das du anscheinend hast, genauso gut beide profitieren könnten. Ja, du hast richtig gelesen, beide! Ich schlage also Folgendes vor: Anstatt gegeneinander sollten wir Hand in Hand arbeiten, Partner werden! Wie Allan und ich es hätten sein können, wenn er nicht so ... dickköpfig gewesen wäre. Ich verzichte meinerseits darauf, dir zu schaden, dafür tust du mir den einen oder anderen Gefallen. Du benutzt regelmäßig die Steine Thots und kennst dich mit dem Reisen bestens aus, oder? Also, ich sage dir, wir beide zusammen werden die Herren der Zeit sein! Na, ist das keine gute Nachricht?

Samuel schwirrte der Kopf und er hörte für einen Moment auf zu lesen. Sollte das ein Scherz sein? Doch wie hätte der Absender der Mail an all diese Details kommen können? Nein, es musste sich tatsächlich um den Tätowierten handeln . . . Dieser Vorschlag, sich zusammenzutun, klang wirklich ziemlich abenteuerlich! Dieser Typ war der Inbegriff des Bösen! Er hatte alles versucht, um Samuel zu beseitigen! Er freute sich über Allans Schicksal, er plünderte archäologische Schätze, er . . .

Obwohl ihm vor Entrüstung fast die Luft wegblieb, war die Neugier doch stärker und Sam konnte nicht anders, als weiterzulesen.

Ja, Samuel, ich weiß, dass du dir viele Fragen stellst, dass du zögerst. Du denkst an deinen Vater, an alles, was er bisher durchgemacht hat, an das, was ich selbst dir angetan habe. Kurzum, du bist nicht überzeugt. Irre ich mich? Aber egal, hier also die schlechte Nachricht.

Dir ist es wahrscheinlich nicht klar, aber du und ich, wir haben etwas gemeinsam: Jeder von uns hat etwas in seinem Besitz, das der andere unglaublich gerne hätte. Was mich angeht, die einfachste Sache der Welt: Ich brauche den Goldreif. Den Goldreif und ein oder zwei andere Dinge, von denen ich möchte, dass du sie mir mitbringst. Über Letzteres reden wir später noch einmal ... Was den Goldreif betrifft, muss ich dir wohl keine Skizze machen, nehme ich an. Ich weiß, dass dein Vater in Schloss Bran war, ich weiß, was er dort holen wollte, ich weiß, was du von dort mitgebracht hast. Ich muss ihn haben, da lasse ich nicht mit mir handeln.

Aber du wirst dich sicher fragen, was du im Austausch dafür bekommst? Wofür wirst du mir dein Schmuckstück überlassen? Genauer gesagt, für wen?

Bevor ich es dir erkläre, erlaube mir, kurz in die Vergangenheit zurückzukehren – das bist du ja gewohnt, soweit ich weiß! Ich muss sagen, ich fand euch beide sehr rührend, neulich in der Klinik ... Ich kam aus dem Personalaufgang und ihr wart gerade neben dem Kaffeeautomaten. Ihr habt euch so intensiv in die Augen geschaut, dass ihr nicht einmal miteinander reden konntet ... Ihr saht in diesem Moment so verletzlich aus, so unbeholfen! Ich wollte euch natürlich nicht stören, eine Frage des Respekts – ich bin sehr respektvoll, musst du wissen ... Aber das hat mich auf eine Idee gebracht. Was könnte letztendlich ein wertvolleres

Pfand sein als Alicia? Du scheinst wirklich sehr an ihr zu hängen, nicht wahr? Du hast übrigens einen guten Geschmack, ein sehr hübsches Mädchen. Es wäre bedauernswert, wenn ihr etwas zustoßen würde.

Samuel schlug mit der flachen Hand auf die Tischplatte.

»Mistkerl! Dieser Mistkerl!«

Unbändige Wut erfasste ihn. Es war der Tätowierte! Der Tätowierte hatte Alicia entführt! Und er saß hier hilflos auf seinem Stuhl und musste diesem Albtraum ins Auge sehen.

Natürlich zwingt dich niemand, mir zu glauben, Samuel! Aber ich rate dir, mal bei den Todds anzurufen – selbstverständlich ohne mich zu erwähnen, das gehört zu unserem Vertrag. Die armen Leute dürften mittlerweile vollkommen am Ende sein und wären sicher glücklich, die Stimme eines Freundes zu hören. Stell dir vor, das Beste ist noch, dass Alicia völlig ahnungslos zu unserer Verabredung gekommen ist! Und aus gutem Grund: Sie glaubte nämlich dich zu treffen! Ich kann dir sagen, das Leben ist voller Überraschungen!

»Der Mistkerl hat mich als Lockmittel benutzt!«

Er hörte plötzlich Schritte auf dem Gang und hatte gerade noch Zeit, die E-Mail vom Bildschirm verschwinden zu lassen, als Rudolf, gefolgt von Evelyn und Helena Todds, ins Zimmer trat.

»Nun?«, fragte Rudolf. »Wir haben dich schreien hören. Gab es eine Nachricht auf deinem Handy?«

»Nein«, sagte Samuel gepresst, »Alicia hat mich nicht angerufen.«

»Du bist weiß wie die Wand«, stellte Helena fest.

Samuel musste sich mit aller Kraft zusammenreißen, um nicht zusammenzubrechen und ihnen alles über den Tätowierten und den Goldreif zu erzählen. Vielleicht hätte er von ihnen wichtige Unterstützung bekommen können? Oder sich zumindest von der Last befreien können, die ihm den Magen zuschnürte? Doch abgesehen davon, dass ihm keiner der drei geglaubt hätte, war ihm bewusst, dass vielleicht Alicias Leben von seinem Schweigen abhing.

»Ich mag Alicia sehr«, rechtfertigte er sich, »und ich ... ich bin einfach wie vor den Kopf geschlagen.«

»Sie mag dich auch sehr«, sagte Helena Todds und fuhr ihm mit der Hand liebevoll durchs Haar. »Ich glaube sogar, dass es mit deinem Wiederauftauchen zu tun hat, wenn sich ihr Verhältnis zu Jerry verschlechtert hat. Es muss vieles in ihr aufgewühlt haben ...«

Samuel senkte den Kopf. Auf jeden Fall wäre sie ohne ihn jetzt nicht in der Gewalt des Tätowierten ...

»Wusste Jerry, ob sie gestern Abend direkt nach Hause gehen wollte?«, fragte er mit einem dicken Kloß im Hals.

»Nun ja ... Offenbar haben sie sich gestritten. Jerry ist sehr eifersüchtig und du weißt, wie schroff Alicia manchmal sein kann. Sie hat sich nicht einmal von ihm verabschiedet.«

»Wenn es zwischen den beiden nicht mehr so gut lief«, meldete sich Tante Evelyn zu Wort, »ist es doch möglich, dass der Junge wütend geworden ist, vielleicht auch gewalttätig, und ihr Angst gemacht hat.«

»Jerry Paxton hat nichts mit Alicias Verschwinden zu tun!«, versicherte Sam.

Sein energischer Ton brachte ihm einen giftigen Blick seiner Tante ein, während Helena Todds niedergeschlagen seufzte.

»Ich glaube auch nicht, Sam, dass Jerry irgendetwas damit zu tun hat. Alicia brauchte vielleicht nur eine kleine Auszeit und hat vergessen, jemandem Bescheid zu sagen. Sicher wird sie im Lauf des Vormittags wieder auftauchen, uns anlächeln und sich entschuldigen, dass sie uns solche Sorgen bereitet hat ...«

Sie sah auf ihre Armbanduhr.

»Ich sollte lieber nach Hause fahren, ich möchte Mark nicht zu lange allein lassen. Grüß bitte deine Großeltern von mir, Sam. Ich hoffe, ich habe sie nicht geweckt ... Und sobald ich mehr weiß, rufe ich dich an, versprochen.«

Sam ließ sie schweren Herzens nach Hause fahren, unfähig auch nur ein tröstendes oder aufmunterndes Wort herauszubringen. Es war alles seine Schuld ...

Als er endlich wieder allein war und bereit, dem Schlimmsten ins Auge zu sehen, rief Sam am Computer den Text des Tätowierten wieder auf.

Jetzt, wo wir beide wissen, woran wir sind, lass uns zur Sache kommen. Kannst du Alicia in dieser Situation ihrem Schicksal überlassen? Das bezweifle ich stark, lieber Samuel ... Als ich sie verließ, war sie außer sich, am Rande eines Nervenzusammenbruchs, könnte man sagen. Sie verstand überhaupt nichts mehr, weinte ununterbrochen ... Man muss zugeben, dass die Lage da unten ziemlich unsicher ist. Es findet gerade eine Art Invasion statt, überall Soldaten, Verletzte, Tote ... Wenn du meine Meinung hören willst, es ist weder ein Ort noch eine Zeit, in der man ein junges Mädchen herumspazieren lassen sollte.

Nein, meiner Ansicht nach sollte man die Angelegenheit so schnell wie möglich regeln. Bis heute Abend könnte die Sache erledigt sein, allerdings nur, wenn du meine Anweisungen befolgst und den Mund hältst. Unten auf der Seite findest du einen Link, den du nur anklicken musst, um mir zu signalisieren, dass du die Bedingungen für unsere »Zusammenarbeit« akzeptierst. Dann wirst du neue Instruktionen erhalten. Du solltest nicht allzu viel Zeit vertrödeln: Der Countdown läuft.

Dein neuer Partner.

Samuel saß einen Augenblick wie erstarrt vor seinem Computer, während in seinem Kopf nur ein einziger Gedanke kreiste: Er hat sie in eine andere Zeit geschickt! Er hat sie in eine andere Zeit geschickt!

Dann klickte er mechanisch auf die am Ende der Nachricht blau eingefärbte Buchstaben- und Zahlenfolge.

3.
Mission impossible

Samuel verbrachte drei angstvolle Stunden, in denen er wie ein Besessener in seinem Zimmer hin und her lief. Alle zwei Minuten sah er nach, ob nicht eine Mail von arkeos.biz angekommen war, und jedes Mal, wenn wieder nichts passiert war, klickte er wie von Sinnen auf den Link, in der Hoffnung, irgendeine Reaktion hervorzurufen. Doch niemand aus dem unendlichen Labyrinth des Netzes schien bereit, ihm zu antworten. Warum meldete sich der Tätowierte nicht endlich? Worauf wartete er noch? Dass Alicia den Verstand verlor? Oder dass sie getötet wurde?

Um sich abzulenken, beschloss Sam, alles vorzubereiten, was nötig sein würde, um sie zurückzuholen. Zuallererst den Goldreif, den er in ein Taschentuch gewickelt unter einem Stapel Wäsche versteckt hatte. Jedes Mal, wenn er ihn in die Hand nahm, verspürte er dieselbe Mischung aus Überraschung und Faszination: Bei Tageslicht hätte man ihn für einen einfachen Armreif gehalten, elegant zwar, aber ansonsten nichts Besonderes, mit einem kleinen Hakenverschluss und einigen dezenten Gravuren auf der Außenlinie. Doch sobald man es in den Schatten hielt, bekam das Schmuckstück einen übernatürlichen Schimmer, ein warmes goldenes Leuchten, das aus dem Metall zu strahlen schien, als wäre die Sonne selbst darin gefangen. »Einige hat der Gedanke, ihn in ihren Besitz zu bringen, in den

Wahnsinn getrieben«, hatte Setni gewarnt. Das glaubte Samuel sofort ...

Das Problem war nur, sieben Münzen mit einem Loch in der Mitte zu finden und mit dem Goldreif zusammenzubringen, sonst würde er nicht funktionieren. Allerdings hatte Sam bei seinen verschiedenen Reisen lediglich drei Münzen aufgetrieben: eine, die mit einer schwarzen Schlange verziert war und mit deren Hilfe er in die Zeit Draculas gelangt war; eine weitere, nicht ganz so alte mit arabischen Schriftzeichen und die dritte, die an einen Spiel-Jeton erinnerte, aus blauem Plastik, der in der Mitte gelocht war.

Würde das ausreichen, um dorthin zu gelangen, wo Alicia sich gerade befand? Das war alles andere als sicher!

Das *Buch der Zeit*, mit dessen Hilfe man sich quer durch die Jahrhunderte bewegen konnte, holte er mit größter Vorsicht aus den Tiefen seines Kleiderschranks. Seit einige Seiten herausgerissen worden waren – vom Tätowierten, so wie es aussah –, war auch sein ehrwürdiger roter Einband brüchig geworden und zeigte deutliche Altersspuren, als sei der Verlust eines Teils des Buches bis in den dicken Ledereinband hinein zu spüren.

Dagegen hatte sich sein Inhalt seit sechs Tagen nicht verändert. Jede der noch unversehrten Doppelseiten zeigte den gleichen Text über den Woiwoden der Walachei mit dem Titel: Verbrechen und Folter unter der Herrschaft von Vlad Tepes. Das hieß, dass seit Sams Rückkehr von Draculas Schloss niemand den Sonnenstein benutzt hatte. Wenn der Tätowierte Alicia in eine andere Zeit transportiert hatte, so musste er demnach über andere Mittel und Wege verfügen ...

Gegen elf Uhr, als Sam mindestens zum hundertsten Mal den Posteingang seiner E-Mails überprüfte, hörte er seine Großmutter von unten rufen:

»Sammy! Ein Paket für dich ...«

»Ich komme gleich, Grandma! Ich mach nur noch schnell etwas zu Ende und ...«

Ein Paket, schoss es ihm plötzlich durch den Kopf. Natürlich, ein Paket!

Er flog förmlich die Treppe hinunter und überrannte beinahe seine Großmutter, deren müde Züge und gebeugte Haltung zeigten, wie sehr sie sich um Allans Gesundheitszustand sorgte. Sie hielt einen dicken, in Plastik eingehüllten Umschlag eines Express-Kurierdienstes in den Händen.

»Dein Großvater mähte gerade den Rasen, als der Kurier kam«, erklärte sie und reichte ihm das Paket. »Alles in Ordnung? Du siehst merkwürdig aus ...«

»Ich mache mir Sorgen um Alicia.«

»Alicia ist ein großes Mädchen und ein sehr selbstständiges noch dazu. Ich bin sicher, sie ist noch vor heute Abend wieder zu Hause!«

»Das ... das glaube ich auch«, stimmte Sam ihr zu. »Ach übrigens, dieser Kurier – wie sah er aus?«

Grandma sah ihn mit großen, staunenden Kinderaugen an und wirkte auf einmal zwanzig Jahre jünger.

»Du stellst vielleicht Fragen! Wie ein Kurier, nehme ich an. Warum, stimmt etwas nicht mit dem Paket?«

Samuel nahm den Umschlag und küsste sie auf die Wange. »Reine Neugier, Grandma.«

»He«, rief sie hinter ihm her, als er mit Riesenschritten die Treppe hinaufstürmte, »du denkst doch daran, dass wir bald zu deinem Vater fahren wollen?«

»Na klar!«

Sobald er in seinem Zimmer war, schloss Sam hinter sich ab und untersuchte den Umschlag eingehend von allen Seiten. Er sah ganz normal aus, mit der vollständigen Adresse und den notwendigen Aufklebern des Kurierdienstes. Im Absenderfeld war mit Großbuchstaben ein seltsamer Name angeben: ZIB SERAKO. Eine Art Augenzwinkern oder Erkennungszeichen, denn man musste nur die Buchstaben in die richtige Reihenfolge bringen, um auf ARKEOS BIZ zu kommen. Sehr gewieft ... Leider gab es ansonsten keine weiteren brauchbaren Hinweise darüber, wo und wann die Sendung aufgegeben worden war. Schade, dass Grandpa den Kurier hatte so schnell entwischen lassen ...

Sam riss den Umschlag auf und leerte ihn über seinem Bett: Heraus fielen ein paar zusammengefaltete Blätter und ein kleiner schwarzer Stoffgeldbeutel. Er löste die Bänder, mit denen der Beutel verschlossen war, und schüttelte den Inhalt in seine Hand: drei Metallmünzen ... Die erste war aus glänzendem Gold und nur ihre leicht unregelmäßige runde Form ließ auf ihr wahres Alter schließen. Sie war in der Mitte gelocht, rundherum zog sich eine Inschrift: *candor illaesus*. Latein? Auf der Rückseite war das Bild einer Sonne zu erkennen, deren kräftige Strahlen sich in der leeren Mitte verloren. Noch eine Sonne!

Die zweite Münze schien weniger wertvoll, aus Kupfer geprägt, das durch den Gebrauch eine grünliche Farbe angenommen hatte. Die halb verwischten Zeichen erinnerten entfernt an chinesische Buchstaben. Auffallend war allerdings etwas ganz anderes: das eckige Loch in der Mitte. Würde man sie trotzdem für den Sonnenstein benutzen können?, fragte Sam sich sofort. Oder hatte der Tätowierte sie für etwas anderes vorgesehen?

Die dritte Münze schließlich war von einer gräulichen Schicht überzogen, trug aber, abgesehen von ihrem Loch in der Mitte, kein besonderes Kennzeichen.

Dann wandte er sich den gefalteten Papieren zu. Auf dem einen Blatt war die Zeichnung einer Festungsstadt am Ufer eines Flusses zu sehen, ein Gewirr aus Häusern und Denkmälern. Das andere war der Ausdruck eines computergeschriebenen Textes:

Lieber Samuel,

du hast keine Zeit verschwendet, hervorragend! Von meiner Seite war alles so weit vorbereitet, dass ich nur noch die Absendung bestätigen musste, damit dir das Paket zugestellt werden konnte. Wie du siehst, sind wir bereits ein gutes Team!

Unter uns gesagt: Du musst ganz schön verliebt in Alicia sein, so schnell, wie du reagiert hast! Wenn ich mir eine Bemerkung erlauben darf: Verlass dich nie auf deine Gefühle. Du siehst ja, wohin dich das führt ... Die Liebe ist immer nur eine Krücke für diejenigen, die nicht aus eigener Kraft vorankommen. Nur Gleichgültigkeit macht wirklich frei, Samuel. Und die erreicht man nur durch Egoismus!

Aber du bist mit Sicherheit noch voller Illusionen und wild entschlossen, deine Schöne zu retten, koste es, was es wolle. Umso besser! Hier also meine Anweisungen:

In dem schwarzen Beutel findest du die drei Münzen, die du für deine Mission benötigst. Begib dich mithilfe des Goldreifs zuerst nach China – Kupfermünze, dann nach Rom – Goldmünze. Zurück in die Gegenwart kommst du mit der grauen Münze, ihre wichtigste Kraft ist, dich spontan zurückzubringen.

Ich lege einen Stadtplan von Rom aus dieser Zeit bei, in den mit Filzstift verschiedene Zahlen eingetragen sind. Die Zahl 1 markiert, wo sich der Sonnenstein befindet, die 2 zeigt die Bibliothek, aus der du eine Abhandlung holen sollst, die mich interessiert – ja, ja, nicht nur dein Vater sammelt alte Bücher! Besagte Abhandlung ist leicht zu erkennen: Sie hat einen blauen Einband, der die Zahl 13 trägt. In der Zeit, von der wir hier sprechen, wurde sie irgendwo in der Bibliothek in einem Schrank aufbewahrt, der mit einem Sonnenbild verziert ist. Den musst du finden.

Sobald du das Ding geholt hast, begibst du dich zu Nummer 3 auf dem Plan. Dort verlangst du nach einem gewissen Hauptmann Diavilo – präge dir den Namen gut ein –, gibst als Referenz Arkeos an und zeigst die goldene Münze vor. Du wirst ihm das Buch und den Goldreif übergeben, im Gegenzug sollte er Alicia freilassen. Ich sage »sollte«, denn die Zeiten dort sind äußerst unsicher, und wenn du nicht schnell genug bist, besteht durchaus die Gefahr, dass sie nicht mehr am Leben ist ...

Falls du in Versuchung kommen solltest, dich ohne den Abstecher über China direkt nach Rom zu begeben, musst du wissen, dass du damit deine Chancen, Alicia zu retten, aufs Spiel setzt. Nur durch diesen Abstecher wirst du mit hundertprozentiger Sicherheit erfahren, wie du an die Abhandlung kommst. Denn: keine Abhandlung, keine Alicia ... Ich muss dich warnen, diese Reise wird alles andere als ein Erholungsspaziergang werden. Im Grunde weiß ich nicht einmal, wer es jemals geschafft haben sollte, von dort

zurückzukehren ... das ist übrigens auch der Grund, warum ich dich an meiner Stelle dorthin schicke! Im Interesse von uns allen dreien solltest du also überaus vorsichtig sein.
Danach, das verspreche ich dir, sind wir quitt.

Samuel las den Text wieder und wieder, so oft, dass er ihn am Ende auswendig aufsagen konnte, und versuchte dabei krampfhaft, die wahren Absichten des Tätowierten zu erraten. Der verlangte für die Freilassung Alicias offenbar nur zwei Dinge: einmal natürlich den Goldreif und dann eine Abhandlung, ein spezielles Buch also, dessen Definition Samuel im Lexikon nachschlug. Abhandlung: Werk, das die Fachkenntnisse zu einem bestimmten Thema zusammenstellt. Waren es diese Fachkenntnisse, die den Tätowierten interessierten, oder nur das Geld, das er mit dem Weiterverkauf des Buches verdienen würde?

Im Augenblick lag besagte Abhandlung irgendwo in Rom versteckt, zu einer Zeit, die, nach der Zeichnung auf dem zweiten Blatt zu urteilen, dem Mittelalter sehr nahe liegen musste. Zudem handelte es sich um dieselbe Epoche, in die der Tätowierte Alicia gebracht hatte ... Wenn er seine Reise dorthin nicht genutzt hatte, um das Buch zu rauben, bedeutete dies, dass ihm für die Durchführung wahrscheinlich entscheidende Informationen fehlten. Informationen, die man erlangte, wenn man unter Einsatz der chinesischen Münze sein Leben riskierte. Schlussfolgerung: Zumindest was diesen Plan anging, musste der Tätowierte die Wahrheit gesagt haben, und Samuel hatte keine andere Wahl, als sich nach China zu begeben ...

Doch sollte er dem Rest des Briefes Glauben schenken? Sollte es Sam gelingen, diesem Hauptmann Diavilo besagte

Abhandlung zu bringen, welche Sicherheit hatte er dann, dass dieser Alicia tatsächlich freilassen würde? Vielleicht hatte der Hauptmann ganz andere Anweisungen erhalten. Zum Beispiel, die beiden jungen Leute aus dem Weg zu räumen? In einer Zeit des Aufruhrs und der Kriegswirren, was zählten da schon zwei Opfer mehr oder weniger ... Und selbst wenn es Sam und Alicia tatsächlich gelingen sollte, zurückzukehren, wie sollten sie sicher sein, dass der Mann von Arkeos sie danach in Ruhe ließ?

Niemals und unter keinen Umständen dem Tätowierten vertrauen, das war die einzige goldene Regel ...

Samuel sah sich die alte Zeichnung genauer an. Es handelte sich um eine Ansicht von Rom in Schwarz-Weiß, von einem Punkt oberhalb der Stadt aus gesehen. Der Zeichner hatte nur einen eher mittelmäßigen Sinn für Perspektive bewiesen, denn die Häuser schienen sich wie eine Schar wärmesuchender Küken um zahlreiche Monumente zusammenzudrängen, die ohne Rücksicht auf Proportionen dargestellt waren: riesige gedrehte Säulen, die die angrenzenden Wohnhäuser überragten, gewaltige Tempel mit runden oder dreieckigen Dächern, die die Straßen mit ihrer Masse zu erdrücken drohten, Brunnen und Statuen, die allein inmitten riesiger Plätze standen, und so weiter. Ganz so, als habe der Künstler sich dafür entschieden, Rom anhand seiner architektonischen Denkmäler darzustellen und den Rest der Stadt zu vernachlässigen. Kurz gesagt, es war alles andere als der verlässliche und präzise Stadtplan, den Sam gebraucht hätte, um sich zurechtzufinden!

Die drei mit Filzstift eingetragenen Zahlen befanden sich glücklicherweise alle recht nah beieinander. Die erste – die den Sonnenstein markierte – lag direkt am Fuß der

Stadtmauer; die zweite – die der Bibliothek – ganz nah bei einer großen Kirche; die dritte – der Treffpunkt mit Hauptmann Diavilo – in unmittelbarer Nähe eines großen ovalen Gebäudes. So auf dem Papier sah alles beinahe zu einfach aus.

Doch es gab immer noch ein nicht zu unterschätzendes Hindernis: die Münzen. Die drei, die der Tätowierte ihm mitgeschickt hatte, eingerechnet, verfügte Sam nur über sechs Münzen. Um den Goldreif zu benutzen, brauchte man jedoch sieben. Und ohne den Goldreif war die Befreiung Alicias von vornherein undurchführbar: *mission impossible* . . .

»Sammy?«

Seine Großmutter rief nach ihm.

»Es ist Zeit, in die Klinik zu fahren, Sammy. Bist du so weit?«

Schnell ließ Sam den Umschlag unter seiner Bettdecke verschwinden und ging nach unten. Die ganze Familie machte sich bereit zum Aufbruch, Grandpa an der Spitze, gefolgt von Grandma, das Taschentuch bereits in der Hand, danach Tante Evelyn und Rudolf, in Schale geworfen, ganz in Schwarz wie für eine Beerdigung.

»Tut mir leid, ich möchte lieber zu Hause bleiben. Falls die Todds anrufen, wegen Alicia, würde ich gern da sein . . .«

»Ob du hier wartest oder nicht, wird sie auch nicht schneller zurückbringen«, erwiderte Tante Evelyn. »Du solltest lieber an der Seite deines Vaters sein.«

»Und wenn Alicia versuchen sollte, dich zu erreichen, gibt es immer noch Handys«, ergänzte Rudolf. »Du hast deins zwar aus irgendwelchen unerfindlichen Gründen verloren, aber deine Großmutter hat dir doch eins geliehen, soviel ich weiß, oder? Du musst es nur mitnehmen.«

Rudolf, der keine Gelegenheit ausließ, sich unbeliebt zu machen, spielte auf das Mal an, als Sam sein Telefon bei einem »Besuch« im Museum von Saint Mary verloren hatte, an dem Abend, als dort eingebrochen worden war. Die Polizei hatte das Handy am Tatort gefunden und natürlich den Jungen verdächtigt. Da es jedoch weder stichhaltige Beweise noch irgendein Motiv gab – warum sollte ein Vierzehnjähriger eine Handvoll alter, wertloser Münzen stehlen? – und im Hinblick auf Allans Situation, waren die weiteren Nachforschungen eingestellt worden. Grandma hatte daraufhin sofort Sam ihr Handy geliehen.

Auf jeden Fall war klar, was er damit andeuten wollte: Man durfte den zukünftigen Kriminellen nicht eine Sekunde aus den Augen lassen, sonst würde er sofort wieder irgendeine Dummheit anstellen.

»Im Krankenhaus sind Handys verboten«, erinnerte ihn Sam. »Ich bleibe hier.«

Bevor die Auseinandersetzung sich zuspitzen konnte, schaltete sich Grandpa ein:

»Unser Sammy hat die letzten drei Tage mehr oder weniger in der Klinik verbracht, wie mir scheint. Er hat das Recht, sich ein wenig Ruhe zu gönnen und sich zu erholen!«

»Schade«, gab Tante Evelyn nach, »wo wir doch endlich mal alle zusammen bei dem armen Allan sein könnten ...«

Aus dem Mund seiner Tante klang diese plötzlich familiäre Hingabe etwas überraschend, doch für Sam zählte nur, dass er sich frei bewegen konnte.

»Auch wenn ich heute nicht mitkomme«, erklärte er mit

Nachdruck, »sagt Papa, dass ich ihn sehr lieb habe und dass ich bald zu ihm komme. Und vor allem, dass er mir vertrauen soll . . .«

Grandma warf ihm zum Abschied eine Kusshand zu, Grandpa zwinkerte ihm zu, während die beiden Nervensägen sich ohne ein weiteres Wort auf dem Absatz umdrehten. Samuel wartete noch, bis Rudolfs protziger Geländewagen um die Ecke verschwunden war, dann eilte er wieder nach oben. Jede Sekunde zählte.

Das Antiquariat Faulkner war nun schon seit drei Wochen geschlossen und die Anwohner der Barnboimstraße dachten wahrscheinlich, es habe für immer zugemacht. Einige unter ihnen würde es freuen, denn abgesehen davon, dass die alte viktorianische Villa nie einen besonders guten Ruf gehabt hatte – sie hatte in der Vergangenheit häufig die Besitzer gewechselt, über die wiederum zahlreiche beunruhigende Gerüchte im Umlauf waren –, war die Eröffnung eines Geschäftes in dieser Gegend von Anfang an als Störung empfunden worden.

Normalerweise kletterte Sam durch ein Fenster von der Gartenseite herein, um nicht aufzufallen. Da der Tätowierte jedoch offensichtlich über jede seiner Bewegungen informiert war, schien diese Vorsichtsmaßnahme jetzt überflüssig. Er nahm also den Haupteingang, durchquerte den Lesesaal mit den Sofas und den vor Büchern überquellenden Regalen und ging zum Zimmer seines Vaters im ersten Stock. Allans persönliche Dinge – seinen Morgenmantel am Kleiderhaken, seinen Lieblingsstift auf dem Nachttisch – versuchte er, soweit es ging, auszublenden und ging direkt zum Kleiderschrank, um sich eins der altmodischen »Gewänder« herauszusuchen, die sich auf den Zeitreisen als wesentlich bequemer erwiesen hatten als seine normale Alltagskleidung.

Danach ging er sofort hinunter in den Keller, wo sein Vater einen geheimen Raum eingerichtet hatte, der den Sonnenstein barg. Samuel hatte ihn eines Tages entdeckt, als er im ganzen Haus nach seinem Vater gesucht hatte, wobei ihm der Keller auf einmal irgendwie verkleinert vorgekommen war. Als er im hinteren Teil des Kellers den Wandbehang mit dem Einhorn näher untersucht hatte, war er auf einen dahinter verborgenen Raum gestoßen, dessen Einrichtung aus einem einfachen Feldbett, einer altersschwachen Nachttischlampe und einem leuchtend gelben Hocker bestand. Hier hatte alles angefangen ...

Sam schlüpfte hinter den Wandbehang und legte seine Sachen auf dem schmalen Bett ab. Er schaltete das Licht ein, schloss sorgfältig die Tür und holte aus seiner Judotasche den Umschlag des Tätowierten und den in ein Taschentuch gewickelten Goldreif. Dann zog er seine Reisekleidung, ein schlichtes Leinenhemd mit passender Hose, über. Noch während er sich umzog, überkam ihn eine Art Fieberschub, eine unbekannte Hitzewelle, die seinen Brustkorb erfasste und von einem seltsamen Pulsieren, sehr langsam, aus sehr weiter Ferne kommend, begleitet wurde, das seinen Herzschlag aufnahm. Ohne wirklich schmerzhaft oder unangenehm zu sein, gab es ihm doch das Gefühl, in seinem eigenen Körper nicht ganz allein zu sein. Als ob jemand oder etwas Lebendiges sich in ihm eingenistet hätte. Obwohl außer ihm doch niemand im Raum war ...

Samuel drehte sich um zum dunkelsten Winkel des Raumes. Der Sonnenstein, natürlich ... dort im Halbdunkel zeichneten sich die vertrauten steinernen Umrisse ab, auf den ersten Blick vollkommen nichtssagend und doch voller Verheißungen!

Er nahm den Umschlag und das Taschentuch und trat zu dem grauen Steinblock. Als er seine Hand auf dessen oval abgerundete Oberkante legte, meinte er dasselbe dumpfe Pochen zu spüren, das noch immer in ihm selbst widerklang. Pumm ... pumm ... Das gleiche diffuse Hämmern, der gleiche langsame Rhythmus. Pumm ... Pumm ... Als wäre sein Körper an den Stein angeschlossen, als spüre er durch ihn seinen eigenen Pulsschlag!

Er legte den Umschlag auf den Boden und holte den Goldreif heraus. Er leuchtete im Halbdunkel wie die Heiligenscheine auf religiösen Gemälden. Höchstwahrscheinlich hing diese neue und kraftvolle Verbindung mit dem Sonnenstein, die Sam deutlich spürte, mit dem Besitz des Armbands zusammen. Eine Verbindung, die für ihn eine kleine Chance bedeutete ...

Samuel zog die Zeichnung von Rom aus dem Umschlag und platzierte sie in der Vertiefung am Fuß des Steins, mit deren Hilfe man Dinge auf die Reise in die Zeit mitnehmen konnte. Dann löste er die Schließe des Armreifs und schob die sechs gelochten Münzen eine nach der anderen darauf wie auf einen Schlüsselbund. Wenn er die passende Anzahl nicht hatte, musste er sich eben auf gut Glück auf den Weg durch die Zeiten begeben und schnell die Münze auftreiben, die ihm noch fehlte ...

Sobald er den Goldreif entsprechend präpariert hatte, hielt Sam ihn dicht an die im Stein eingravierte Sonne und achtete darauf, dass die Münzen sich jeweils in eine der sechs Strahlen einpassten, die von der zentralen Sonnenscheibe ausgingen. Er hatte schon befürchtet, dass dies ein recht kniffliges Unterfangen werden könnte, doch jede der Münzen fügte sich gehorsam in ihren Platz, sobald man sie auf eine Vertiefung lenkte. Diese ägyptischen Götter hatten wirklich einen Sinn fürs Praktische!

»Gut – und jetzt?«, fragte er sich laut.

Er hielt eine Hand über die glatte Rundung des Sonnensteins und berührte sie zögernd mit der Handfläche. Die Oberfläche des Steins fühlte sich leicht warm an, der Prozess schien langsam in Gang zu kommen! Er erhöhte leicht den Druck seiner Finger, während wie aus dem Nichts ein durchdringendes Brummen einsetzte und der Kellerboden anfing zu zittern. Dann war es plötzlich, als ob ein Lavastrahl aus der Erdmitte aufstieg und ihn mit einem glühend heißen Mantel überzog. Sam öffnete den Mund, um seinen Schmerz herauszuschreien, doch da war er schon weit fort ...

4.
Wieder zurück

Samuel sackte auf dem Boden in sich zusammen. Er fühlte sich, als wäre er in eine Zentrifuge hineingerissen und dann bei höchster Drehzahl wieder herausgeschleudert worden. Seine Haut, seine Knochen, sein ganzes Wesen war nur noch eine einzige Brandwunde und sein Magen machte verzweifelte Versuche, durch seinen Mund zu entkommen. In kurzen, abgehackten Stößen nach Luft schnappend, gönnte er sich einige Atempausen, in denen er versuchte, wieder etwas Ordnung in seine Gedanken zu bringen. Um ihn herum war alles schwarz, bis auf den warmen Schein des Goldreifs, der inmitten dieser Finsternis einen winzigen Lebensschimmer ausstrahlte. Das Schmuckstück musste sich vom Sonnenstein gelöst haben, denn es lag, noch immer mit den sechs Münzen bestückt, auf dem staubigen Boden. Demnach hatte Setni die Wahrheit gesagt: Der Goldreif ließ einen durch die Zeit reisen, ohne dabei eine einzige Münze zu verlieren! Blieb noch die Frage, warum der Zauber auch mit sechs anstelle der normalerweise benötigten sieben Münzen gewirkt hatte …

Samuel ging auf alle viere und streckte die Hand nach dem Armreif aus. Bei seinem mühsamen Versuch sich aufzurichten, merkte er, dass der doppelte Herzschlag in seiner Brust nicht aufgehört hatte, im Gegenteil, neben dem schnellen Schlagen seines eigenen Herzens spürte er immer noch dieses andere, viel langsamere Pulsieren tief in seinem Inneren. Er ergriff das Schmuckstück, um das Halbdunkel ein wenig zu erhellen.

»Na so was!«, entfuhr es ihm.

Direkt vor sich sah er einen vergoldeten Sarkophag, der auf einem Steinquader ruhte. Am Fuße desselben war eine Sonne eingraviert, deren überlange Strahlen nach unten zeigten. Diese Version des Sonnensteins kannte er gut, nachdem er auf einer seiner ersten Reisen daraufgestoßen war: Er war nach Ägypten zurückgekehrt, in die Grabkammer des Hohepriesters Setni!

Er nahm den Stadtplan von Rom aus der Vertiefung des Sonnensteins und trat ein paar Schritte zurück, während er den Goldreif immer noch als Lichtquelle benutzte. Kein Zweifel: Er befand sich in der letzten Ruhestätte des Hohepriesters des Amun! Auf den mit Blattgold verzierten Innenwänden waren dieselben heiligen Szenen dargestellt, in deren Mittelpunkt die von Setni so verehrte Gottheit stand: Thot, der Gott mit dem Ibiskopf, zugleich Herr der Magier und Jongleur der Stunden und Jahreszeiten. Auch das Grabmobiliar hinter ihm war identisch: die Barke aus gelblichem Holz, die für die Reise des Verstorbenen in die andere Welt vorgesehen war; die Sitzgelegenheiten, auf denen er sich vor seiner Reise ausruhen sollte, eine Lanze zu seiner Verteidigung, kleine Tierstatuen, damit er sich nicht so einsam fühlte, Tonkrüge mit Lebensmitteln, von denen er sich im Jenseits ernähren würde, und noch vieles mehr ...

Nur eine Sache schien anders zu sein: Beim letzten Mal hatte Sam diesen Ort durch den einzig möglichen Ausgang verlassen: eine Öffnung in der Decke, von der eine Strickleiter herabhing. Diese Öffnung war, wie es schien, vor einiger Zeit verschlossen worden – nach der Beisetzung Setnis? –, dafür gab es in der rückwärtigen Wand einen großen Durchbruch. Das Werkzeug lag noch daneben ... Grabräuber?

Samuel untersuchte die Stelle: Ein enger Tunnel, angefüllt mit Bauschutt, verlor sich in der Dunkelheit. Schaufel und Spitzhacke lehnten an der Wand, auf dem Boden davor lag ein blauer Plastiksack. Als Sam ihn aufband, stieg ihm ein unbeschreiblicher Gestank in die Nase. Abgehangenes oder mittlerweile auch verdorbenes Fleisch ... Schwer zu sagen, was das hier sollte, aber eins war sicher: Wenn man es in einen Plastiksack verpackt hatte, bedeutete es, dass es nicht aus der Antike stammte!

Samuel löste die Münzen vom Armreif und ließ sie in seine Hand rutschen. Die graue nahm er beiseite – als das Schmuckstück auf den Boden gefallen war, hatte sie etwas von der Substanz, mit der sie überzogen war, verloren – und untersuchte eingehend diejenige mit den arabischen Schriftzeichen auf der Unterseite. Die erste Münze, die er in die Hände bekommen hatte ... Er hatte sie vor einigen Wochen aufgesammelt, als er den geheimen Raum im Keller seines Vaters gerade entdeckt hatte, und er glaubte nun zu wissen, woher sie stammte: Allan musste sie aus Theben mitgenommen haben, als er vor zwanzig Jahren an Ausgrabungen an der Ruhestätte des Hohepriesters teilgenommen hatte. Und mit ziemlicher Sicherheit hatte der Sonnenstein ihn in ebenjene Zeit zurückgebracht!

Das schien umso plausibler, als es in den Zeitungsartikeln, die er zu dem Thema gelesen hatte, hieß, die Archäologen hätten damals die Grabkammer Setnis unversehrt vorgefunden. Anders gesagt, der Tunnel stammte nicht von Grabräubern, sondern von dem Ausgrabungsteam, zu dem Allan gehört hatte! *Wahrscheinlich war sein Vater irgendwo dort draußen, zwanzig Jahre jünger!*

Samuel überlegte. Wenn sich herausstellte, dass er mit seinen Schlussfolgerungen recht behielt, bedeutete das, dass der Stein ihn nicht zufällig hierhergeführt hatte: Er hatte das Ziel anhand einer der sechs Münzen auf dem Goldreif »bestimmt«. Sechs Münzen, also sechs mögliche Zielorte . . . Eine antike Version von Roulette oder Lotterie! Wenn er sofort wieder aufbrach, standen die Chancen eins zu sechs, dass er sofort in China landen und dort die Informationen bekommen würde, die Alicias Überleben sichern konnten. Allerdings konnte er in fünf von sechs Fällen auch irgendwo anders hingeschickt werden . . .

Andererseits musste sich Allan gerade ganz in der Nähe aufhalten. Vielleicht würde es Sam gelingen, mit ihm zu reden, und er könnte ihn davon abbringen, sich dem Sonnenstein zu nähern . . . Damit würde er gleichzeitig die Ereignisse abwenden, die ihn ins Krankenhaus gebracht und zu Alicias Entführung geführt hatten. Ein kleiner Umweg von nur wenigen Minuten könnte so vieles wiedergutmachen!

Er verstaute die Münzen in einer Tasche seines Gewandes und schlüpfte in den Tunnel. Der Gang war noch zu schmal, um Gegenstände aus der Grabkammer hindurchzutransportieren. Das erklärte, warum drinnen noch alles im Originalzustand geblieben war. Sam arbeitete sich eng an die Wand gedrückt etwa zehn Meter vorwärts, als er auf ein von oben herabhängendes Seil mit dicken Knoten stieß. Wo es hinführte, konnte er in der Finsternis nicht erkennen.

Ohne größere Schwierigkeiten kletterte er daran hoch, bis er durch eine Art Brunnenschacht kam, der in einen breiteren Gang führte. Wieder bewegte er sich auf vertrautem Terrain: In dem Raum zu seiner Rechten hatte er sich beim vorigen Mal versteckt – zu Lebzeiten Ramses' III. –, als der Schreiber, der gegen Setnis Sohn intrigierte, ihn um ein Haar entdeckt hätte. Er war noch immer genauso wunderbar ausgeschmückt mit den Wandbildern von Menschen mit Tierköpfen, außer dass er jetzt vollgestellt war mit riesigen Säcken voller Erde, die wahrscheinlich aus dem frisch gegrabenen Tunnel stammte.

Sam folgte dem Gang und stieg mehrere kurze Treppen hinauf. Dabei blieb sein Blick immer wieder bewundernd an dem unter die Decke gemalten Sternenhimmel und an den rührenden Alltagsszenen entlang der Wände hängen. Bauern, die ihren Weizen mit der Sense schnitten, Frauen, die sich zurechtmachten, Kinder, die mit Vögeln spielten ... Über dreitausend Jahre waren diese Fresken alt, doch man hätte meinen können, die Künstler hätten ihre Arbeit eben erst beendet! Von Archäologen oder Arbeitern des Ausgrabungsteams war allerdings nichts zu sehen. Umso besser!

Als er die letzte Treppe erklommen hatte, hielt Sam den Atem an: Dort, hinter dieser schief in den Angeln hängenden Holztür, musste der Ausgang sein. Er drückte die Klinke herunter und warf einen Blick nach draußen: Es war Nacht, deshalb hatte er in der Grabkammer niemanden getroffen! Vorsichtig schlüpfte er nach draußen und lauschte auf das kleinste Geräusch ... Ein runder beinahe orangegelber Mond hing hoch am Himmel und die Luft war wunderbar mild. Linkerhand führte ein schmaler Weg steil abwärts zu einem Lager auf einer Art Terrasse. Der Ort war mit Pfählen und Stacheldraht umzäunt und Samuel erinnerte sich, dass es laut mehrerer Zeitungsartikel damals bei den Ausgrabungen zu Diebstählen gekommen war – insbesondere war von gestohlenen Münzen die Rede gewesen.

Jenseits der Absperrung fiel das Gelände weiter steil nach unten ab, bevor der von kleinen Gräben durchzogene Berghang in die weite Ebene des Nils auslief, dessen dunkles Band sich in der Ferne andeutete. Sam verharrte einen Moment und beobachtete das kleine Zeltdorf, während er überlegte, wie die Chancen standen, dort hineinzukommen. Alles schien zu schlafen, nur in einem Zelt war noch Licht. Allan war in der Familie Faulkner dafür bekannt, dass er immer schlecht einschlafen konnte. Wenn also einer der Schatzgräber mitten in der Nacht noch wach war, dann er!

Samuel schlich vorsichtig, um seine nackten Füße nicht zu verletzen, an der Felswand entlang. Als er gerade den schmalen Weg nehmen wollte, sah er, wie sich in einer Ecke des Lagers ein Lichtpunkt bewegte. Er verbarg den Goldreif unter seinem Hemd und blieb wie erstarrt stehen. Eine Laterne oder eine Taschenlampe ... in der Hand eines Mannes, der mit einem langen hellen Gewand bekleidet war. An seiner Seite erkannte er eine Art dunklen Sack oder ... Nein, es handelte sich um einen Hund. Im Lager gab es einen Wachposten, der einen Hund dabeihatte!

Sollte er lieber umkehren? Samuel versuchte, sich selbst zu beruhigen, indem er sich sagte, dass der Mann die Aufgabe hatte zu verhindern, dass jemand ins Lager eindrang, nicht aber diejenigen zu verjagen, die längst drin waren!

Er wartete ab, bis der Wachmann ihm den Rücken zuwandte, dann schlich er geduckt auf dem Weg vorwärts. Er biss sich auf die Lippen, als er einmal mehr erkennen musste, wie empfindlich seine Fußsohlen waren und wie spitz die Steine dieser Welt sein konnten. Auf dem letzten steilen Stück geriet er ins Rutschen und konnte sich gerade noch an einem der Zaunpfähle, die den Weg abgrenzten, auffangen. Gerade als er den Kopf heben wollte, sah er den Wachposten mit seinem Hund ein Stück weiter rechts auftauchen und direkt auf ihn zukommen. Samuel drückte sich flach auf den Boden und fragte sich, ob der leichte Luftzug das Geräusch seiner kleinen Rutschpartie bis dorthin getragen haben konnte. Mehrere Sekunden lang – obwohl es ihm wie eine Ewigkeit erschien – wanderte der Lichtstrahl suchend Richtung Grabkammer hin und her, dann nahm der Wachmann seine Runde wieder auf, als wäre nichts gewesen.

Sam setzte, geduckt wie eine Katze, seinen Abstieg fort. Ohne weitere Zwischenfälle erreichte er das erste Zelt, eins der größeren, auf dessen Außenwand ein gesticktes Piktogramm prangte, eine Art Schlägel oder Hammer. Er spähte kurz den Hauptweg in der Mitte des Lagers entlang und sah von Weitem den Wachposten, der in seine Richtung ging. Sofort schlüpfte er unter das schützende Zelttuch und zog den Goldreif hervor, um sich in dessen schwachem Schein besser zurechtzufinden. Kisten, Werkzeuge, Lebensmittel ... ein Vorratslager. Er kauerte sich vor eine Palette Konservendosen und zwang sich, ruhig und gleichmäßig zu atmen. Nebenbei merkte er, dass der doppelte Herzschlag in seiner Brust nachgelassen hatte. Vielleicht war die Entfernung zum Stein zu groß ...

Nach etwa einer halben Minute kamen die gemächlichen Schritte des Wachpostens knirschend näher, begleitet vom charakteristischen Tipp-Tapp der Hundepfoten. Auf der Höhe des Zeltes schien das Tier innezuhalten und fing leise an zu knurren. Samuel verkrampfte die Hände zu einem stummen Gebet.

»Was ist los, Sultan?«, sagte eine alte Männerstimme. »Du hast dein Fressen doch schon gehabt. Gedulde dich, morgen gibt's wieder was! Zeit für meine Zigarette . . .«

Der Hund knurrte noch immer, doch dann hörte man ein schabendes Geräusch, als würde er an der Leine fortgezogen, und die Schritte entfernten sich endlich. Samuel zählte bis fünfzig, bevor er es wagte, sich zu rühren. Er nahm wieder den Goldreif, um im Dunkeln nicht irgendetwas umzustoßen, als ihm zwei aufeinandergestapelte Kisten in der Nähe des Ausgangs ins Auge fielen: Darauf lag ein langer grauer Mantel, daneben ein Teller mit Dattelkernen und ein Stück von einem fladenartigen Brot. Unten vor den Kisten stand ein Napf voller zernagter Knochenstücke.

Sam nahm das Kleidungsstück und faltete es auseinander: Es war aus recht grobem Stoff genäht, doch es hatte eine Kapuze und vor allem war es dunkel, anthrazit gefärbt, ideal, um seine helle Kleidung zu verdecken und mit der Dunkelheit zu verschmelzen. Sam zog den Mantel an und verließ sein Versteck. Mann und Hund waren nirgends in Sicht . . . Ungestört erreichte er das immer noch hell erleuchtete Zelt am anderen Ende des Lagers. Beim Näherkommen nahm er außer dem Licht noch etwas anderes wahr: leise Musik, die leicht knisternden, gedämpften Klänge eines ziemlich rhythmisches Stücks. Ein gutes Zeichen: Allan Faulkner liebte Rockmusik!

Er zog die mit einem Moskitonetz hinterlegten Zeltbahnen ein paar Millimeter auseinander und drückte sein Auge an den Spalt. Er sah nur eine Papptafel mit der Zeichnung eines Lageplans – der Plan von Setnis Grabkammer? – mit einigen unleserlichen Randnotizen. Er hob die Zeltplane ein Stück höher ... Es schien als Schlafzimmer und Büro gleichzeitig zu dienen und der Bewohner war offenbar nicht gerade die geborene Putzfee. Der mit bunten Arabesken verzierte Teppich lag voller zusammengeknüllter Papierkugeln. Shorts und Hemden häuften sich auf einem Klappstuhl, mehrere kleine Statuen lagen achtlos hingeworfen auf dem Feldbett ... Auf dem Tisch, von dem Sam nur einen Teil sehen konnte, türmten sich Bücher und Zeitschriften in windschiefen Stapeln, ein großer Kassettenrekorder lief, dazwischen leere Alkoholflaschen und ... Samuel beugte sich leicht nach vorn: mittendrin schlief, den angewinkelten Arm unter den Kopf auf den Tisch geschoben, ein Mann.

Sam bückte sich und kroch lautlos ins Zelt. Selbst bei der gedämpften Lautstärke hätten die Gitarren- und Schlagzeugklänge jedes andere Geräusch übertönt. Das Lied erinnerte ihn an einen bekannten Rocksong, den sein Vater sehr gemocht hatte, nur in einer etwas exotischen Version mit unverständlichem Text.

Er schlich um die Papptafel herum, stieg über zwei zerbrochene Becher und eine leere Chipstüte und stand schließlich vor einer geöffneten Truhe neben dem Schreibtisch. Sie enthielt ein paar alte, abgeschabte Bücher, vor allem aber ein aufgeschlagenes Fotoalbum mit einer Serie Polaroidbildern, die seine Aufmerksamkeit erregten. Sie zeigten alle dasselbe Haus im viktorianischen Stil mit abgeblätterten grünen Fensterläden, umgeben von einem hohen Metallzaun. Ein halbes Dutzend Hunde bevölkerte den Garten und auf zwei, von der Seite aufgenommenen Fotos sah man ein schäumendes Maul wütend an dem Metallgitter nagen. Abgesehen von der Farbe der Fensterläden und dem Aussehen eines Hundezwingers handelte es sich ohne Zweifel um das Haus in Saint Mary, aufgenommen vor etwa zwanzig bis dreißig Jahren. Aus Neugier blätterte er die Seiten des Ordners weiter um: immer wieder nur Aufnahmen aus der Barnboimstraße ... Alte Postkarten, Amateurfotos in Schwarz-Weiß, zum Schluss etwa zehn Schnappschüsse in Farbe. Lange bevor er sich in Kanada niedergelassen hatte, hatte Allan bereits ein ganzes Fotoalbum mit Aufnahmen seiner zukünftigen Buchhandlung gesammelt!

Stille herrschte, nachdem die letzten Noten des Rocksongs verklungen waren, und Sam warf einen beunruhigten Blick zum Schreibtisch hinüber. Selbst wenn es sich bei dem Unbekannten tatsächlich um seinen Vater handeln sollte, würde es ihm womöglich nicht gefallen, von einem kleinen Dieb geweckt zu werden, der in seinen Sachen herumschnüffelte. Sam wartete den Anfang des nächsten Stückes ab und legte das Album zurück an seinen Platz. Dann schlich er auf allen vieren bis zum Stuhl heran. Der Mann trug ein blaues Hemd, das in einer strohfarbenen Hose steckte, und ein weißes Tuch um den Hals. Doch es war unmöglich, seine Gesichtszüge zu erkennen.

Immer noch auf den Knien, umrundete Sam den Stuhl und sah sich plötzlich Auge in Auge mit einem metallischen Gegenstand, der vom Gürtel des Schlafenden baumelte: eine Pistole ... Das hier war tatsächlich kein Ausgrabungslager mehr, sondern eine Hochsicherheitszone!

Langsam richtete er sich auf und runzelte die Stirn: Der über dem Schreibtisch zusammengesunkene Mann war nicht sein Vater ... Er war viel älter, mindestens fünfzig, ein Dreitagebart bedeckte seine Wangen, die graue Gesichtsfarbe und der geöffnete Mund – Speichel rann auf ein Bündel Blätter, die eng mit einer feinen schwarzen Schrift beschrieben waren. Inmitten der Papierstapel, die die Tischplatte bedeckten, machte Sam jedoch eine interessante Entdeckung: An einem Topf mit Stiften lehnte ein Buch mit blauem Einband, über den sich ein Netz aus feinen dunklen Adern zog, darauf prangte eine goldene 13. Genau so sollte die mysteriöse Abhandlung aussehen, die er für den Tätowierten beschaffen sollte!

Vorsichtig streckte Sam über den Stuhl hinweg seinen Arm nach dem Buch aus. Wenn er schon seinen Vater nicht gefunden hatte, so doch wenigstens eine Lösung, um Alicia schneller als erwartet nach Hause zu bringen ... Als er jedoch nach dem Buch greifen wollte, streifte der weite Ärmel seines Mantels die Wange des Schlafenden. Der schniefte laut und schüttelte den Kopf, um das vermeintliche Insekt zu verscheuchen. Dann öffnete er schlaftrunken die Augen und sah Sam an. Seine Müdigkeit schien mit einem Schlag verflogen und sein Gesicht verwandelte sich in eine wutverzerrte Fratze. Er knurrte etwas Unverständliches und wollte nach seiner Pistole greifen ...

5.
Der Traum des Archäologen

Samuel war schneller. Er bekam den Kolben der Waffe zu fassen und richtete sie auf sein Gegenüber.

»Hände hoch! Versuch nicht aufzustehen oder zu schreien, sonst schieß ich!«

Das ganze sprudelte er in einer melodiösen Sprache hervor, die zwar einen sehr angenehmen Klang, aber rein gar nichts mit seiner Muttersprache Englisch zu tun hatte. Arabisch? Auf jeden Fall hatten sich die Worte ganz natürlich in seinem Mund geformt – auch die Du-Form – wie jedes Mal, wenn er auf seinen Zeitreisen in fremde Länder kam, so hatte auch jetzt sofort wieder der Zauber des Sonnensteins gewirkt. Was die ausgestoßene Drohung selbst anging, so entsprang sie sicher seiner Leidenschaft für Krimiserien.

Auf jeden Fall zeigte sie die gewünschte Wirkung: Der Mann hob die Arme. Er musterte Sam mit einer Mischung aus Überraschung und Unwillen, und noch etwas anderes lag in seinem Blick: ein undefinierbarer, leicht abwesender Ausdruck, als ob ein Teil von ihm ganz woanders wäre.

»Du bist das also, der nachts hier im Lager herumschleicht?«, fragte er mit einem leichten Akzent. »Du bist der, der die Münzen aus dem Grab gestohlen hat?«

Samuel wollte es gerade abstreiten, als ihm einfiel, dass sein Vater sich, um den Sonnenstein zu aktivieren, notwendigerweise Münzen »ausgeliehen« haben musste. Das war die beste Gelegenheit, ihn zu entlasten.

»Genau.«

»Und jetzt willst du dir noch mehr holen, was?«

»Unter anderem«, antwortete Sam ausweichend.

»Unter anderem«, wiederholte der Mann mit klagender Stimme ... Du hast doch aber hoffentlich nicht die Absicht, mir wehzutun?«

Er wies mit dem Kinn auf eine Streichholzschachtel auf dem Tisch.

»Die einzige Münze, die ich noch habe, ist da drin. Nimm sie, wenn du willst. Ich werde niemandem etwas verraten, das verspreche ich dir. Aber du bringst mich nicht um, nicht wahr?«

Der Angstschweiß rann ihm übers Gesicht und klebte sein von der Sonne gebleichtes Haar in feuchten Strähnen an die glänzende Stirn. Seine fahlgrauen, vom Alkohol aufgedunsenen Züge nahmen eine schmutzig gelbe Farbe an. Offensichtlich war der Typ ohnehin schon ziemlich angeschlagen und es wäre gemein gewesen, ihm noch mehr Angst einzujagen. Allerdings schien er viel über die Münzen und diese ganze Geschichte zu wissen.

»Ich hätte da noch ein paar Fragen«, begann Sam. »Erstens: Wer bist du?«

»Wer ich bin?«, fragte der Mann erstaunt zurück. »Du hast mich gerade in meinem Zelt überfallen und weißt nicht, wer ich bin?«

»Ich habe die Waffe in der Hand und ich stelle hier die Fragen«, gab Sam zurück.

»Ist ja gut, ist ja gut. Mein Name ist Daniel Chamberlain und ich leite hier die Ausgrabungen.«

Chamberlain, natürlich! Der Archäologe, der Allan und ein paar andere Studenten für die Ausgrabungsarbeiten eingestellt hatte. Sam hatte einige seiner Interviews zur Grabkammer Setnis gelesen, und wenn er sich recht erinnerte, hatte diese Geschichte mit den gestohlenen Münzen dem Ruf des Wissenschaftlers sehr geschadet. Wahrscheinlich war es das, was ihn so beunruhigte, dass es ihn um den Schlaf brachte!

Wobei Sam ihn sich nicht als kränkelnden, verängstigten Alkoholiker vorgestellt hatte. Und was hatte er eigentlich mit all den Fotos von Saint Mary in seinem Album vor? Und mit dem blauen Buch, der besagten Abhandlung, auf seinem Schreibtisch?

»In der Truhe dort liegt ein aufgeschlagenes Fotoalbum«, fragte Sam weiter. »Auf den Fotos ist ein Haus, immer dasselbe. Darf ich fragen, warum?«

Chamberlain riss erstaunt die Augen auf, als wäre das die dümmste Frage, die man ihm stellen konnte. Interessanterweise schien er irgendwie erleichtert, als hätte er Schlimmeres erwartet.

»Das ist das Wohnhaus meines Urgroßvaters«, antwortete er mit einem Anflug von Lächeln. »Ein außergewöhnlicher Mann. Die ganze Straße, die auf den Fotos zu sehen ist, trägt seinen Namen: Er war damals so etwas wie eine Berühmtheit!«

Jetzt machte Samuel große Augen. Barnboim, der Mann, der im vorigen Jahrhundert im Keller der späteren Buchhandlung Faulkner den Sonnenstein gemeißelt hatte ... Der Archäologe Chamberlain war einer seiner direkten Nachfahren! Zweifellos war er es, durch den Allan von Saint Mary erfahren hatte! Sam nickte nachdenklich.

Wenn er geschickt vorginge, könnte diese Begegnung für ihn sehr nützlich sein.

»Du bist also der Urenkel von Gary Barnboim?«

»Was ... Wie kannst du das wissen?«, fragte Chamberlain mit erstickter Stimme. »Das ist unglaublich! Du ... du bist so jung!«

»Mein Alter spielt keine Rolle«, erklärte Sam geheimnisvoll. »Es genügt, dass ich es weiß. Das und noch viele andere Dinge. Und wenn du möchtest, dass ich dich in Ruhe lasse, solltest du nicht versuchen, mich zu belügen.«

Wenn eine seiner Mumien plötzlich unter ihren Bandagen geniest hätte, hätte Chamberlain kaum verdutzter aussehen können.

»Ja, dann ...«, stotterte er, »ja also ... in der Tat ... Gary Barnboim war mein Urgroßvater.«

»Und was hat es mit all diesen Fotos auf sich?«

»Sagen wir ... Seit einiger Zeit versuche ich, das Haus zurückzubekommen. Es ist vor Jahren verkauft worden, nach dem Tod meines Urahnen. Jetzt lebt eine Verrückte mit ihrer Hundemeute da drin. Mit der ist einfach kein vernünftiges Wort zu reden, sie weigert sich zu verkaufen.«

»Und warum willst du das Haus zurückkaufen?«

Chamberlain antwortete nicht gleich.

»Warum ... warum ... das hat eher sentimentale Gründe. Immerhin hat dort der Großvater meiner Mutter gelebt!«

»Nicht mit mir«, warnte ihn Sam grinsend. »Die wahren Gründe ...«

»Die wahren Gründe ... abgesehen von den sentimentalen? Ich ... ich glaube, dass Gary eine Art Schatz hinterlassen hat. Der sich in ebendiesem Haus befindet. Ich kann es nicht mit Sicherheit sagen, aber ich glaube, dass es etwas sehr Wertvolles ist. Ein Mittel, um die Geschichte besser zu verstehen«, fügte er mit einem gierigen Glitzern in den Augen hinzu. »Damit könnte man der berühmteste Archäologe der Welt werden! Das ist doch ein guter Grund, oder nicht? Das Problem ist nur, dass ich, um an diesen Schatz zu kommen, den Ort ungestört durchsuchen müsste.«

Er schien wieder etwas an Selbstsicherheit gewonnen zu haben.

»Gut, ich habe dir also die Wahrheit gesagt, bist du jetzt zufrieden? Kann ich die Arme wieder runternehmen? Ich werde allmählich müde ...«

Samuel erlöste ihn mit einem kurzen Wink. Chamberlain hatte vollkommen richtig erkannt, dass der Stein für einen Archäologen von unschätzbarem Wert sein könnte! Aber das erklärte noch nicht das blaue Buch auf seinem Schreibtisch ...

»Und wie bist du darauf gekommen, dass es einen solchen Schatz überhaupt gibt?«

»Mein Urgroßvater hat Briefe und Notizbücher hinterlassen. Das schlummerte alles auf dem Dachboden meiner Eltern, bis ich irgendwann zufällig darüber gestolpert bin. Ich muss ungefähr zehn gewesen sein. Darin war die Rede von alten Kulturen, seltsamen Gegenständen, sagenumwobenen Orten ... unter anderem auch von Setnis Grabkammer irgendwo in diesen Hügeln. Darin habe ich meine Berufung gefunden. Aber ich denke, das alles weißt du bereits, nicht wahr?«

Chamberlain massierte sich die Schulter. Die Anstrengung, die Arme so lange hochzuhalten, war anscheinend zu viel für ihn gewesen.

»Am Anfang habe ich nicht viel verstanden. Diese ganzen

Aufzeichnungen klangen sehr wirr. Erst als ich mich intensiver damit beschäftigt habe, wurde mir klar, dass es sich keineswegs um Hirngespinste handelte. Gary Barnboim, mein Urgroßvater, hatte das größte Geheimnis der Menschheit entschlüsselt: Er konnte durch die Zeit reisen!«

Mit einem lauernden Ausdruck sah er Sam von der Seite an. Als die erwartete Reaktion ausblieb, grinste er verschlagen.

»Du hättest reagieren sollen, mein Junge ... mich als Verrückten oder als Witzbold hinstellen. Niemand bleibt bei einer solchen Behauptung vollkommen ungerührt! Weißt du, was ich glaube? Ich schlafe immer noch. Ich träume! Ich hab's mit dem Alkohol und den Medikamenten etwas übertrieben heute Abend und ... Ich muss wie ein Stein am Schreibtisch eingeschlafen sein. Du, du bist in meinem Traum. Du bist ... du bist die Verkörperung meines Gewissens, genau, meines schlechten Gewissens!«

Chamberlain schien mehr und mehr in Rage zu geraten. Sein eines Augenlid zuckte wild. Wie auch immer es um seinen Geisteszustand bestellt war, er war fähig, das ganze Lager in Aufruhr zu versetzen, und Sam tat sicher gut daran, so schnell wie möglich zu verschwinden. Aber nicht ohne dieses blaue Buch ...

»Das blaue Buch da, mit der 13, gib es mir«, verlangte er.

Der Archäologe streckte den Arm aus und reichte ihm das Buch mit einem breiten Lächeln.

»Natürlich, die Abhandlung!«, spottete er. »Du hast ins Schwarze getroffen! Ist es nicht die Quelle all unserer Hoffnung und all unserer Leiden?«

Samuel nahm den Band und drückte ihn fest an sich. Aus der Nähe betrachtet erschien das Buch, trotz der Flecke und der zerfledderten Ränder, nicht besonders alt zu sein. Sicher, die goldene 13 hatte unverkennbar orientalisch anmutende Züge wie aus dem Mittelalter, das beschichtete Papier, auf dem es gedruckt war hingegen, war alles andere als antik.

»Es ist eine Kopie, nicht wahr?«, folgerte Sam.

»Eine Kopie«, Chamberlain lachte laut auf. »Das kann man wohl sagen und das genau ist das Problem!«

Samuel traf es wie ein Hieb. Wenn es sich nicht um das Original handelte, nützte es nichts, das Buch zu Hauptmann Diavilo zu bringen, damit er Alicia freigab. Er musste also wieder ganz von vorne anfangen.

Willkürlich blätterte er durch die Seiten: die Federzeichnung einer Statue auf den Osterinseln, an ihrem Fuß ein Sonnenstein und die schematische Darstellung einer Sonne, bei der zwei Strahlen fehlten. Auf der nächsten Seite sah man eine furchterregende Fledermaus mit Kindskopf, darunter hatte jemand in schwarzer Tinte notiert: die mit einem Fluch belegte Höhle des Wadis Al-Mehdi, eine Stunde Fußmarsch nordöstlich von Ispahan. Etwas weiter gab es ein Rezept mit Zutaten wie Arsen, Kampfer und Kupfersulfat. Eine alchemistische Formel? Am Rand standen ein paar in Rot hingekritzelte Kommentare, doch Sam konnte sie beim besten Willen nicht entziffern. Er blätterte noch ein, zwei Seiten weiter. Diese Zeichnungen, diese Figuren ... Er hatte schon einmal in diesem Buch geblättert! In Brügge, erinnerte er sich, als er in das Labor des Alchemisten eingedrungen war! Aus diesem Zauberbuch stammte auch die besagte Formel über die Funktionsweise des Sonnensteins: »Derjenige, der die sieben Münzen vereinigt, wird Meister der Sonne sein. Wenn er die sechs

Strahlen zum Leuchten bringt, wird sein Herz zum Schlüssel der Zeit. Dann wird er die unsterbliche Wärme kennen.«

»Die Abhandlung von den dreizehn Kräften der Magie«, murmelte er. »Die sich im Besitz des Alchemisten Klugg befand ...«

»Klugg«, rief Chamberlain triumphierend, »da haben wir's wieder! Was man auch tut, und sei es im Traum, immer kommt man auf ihn zurück! Nun«, wollte er wissen, »wenn du mein Unterbewusstsein bist, hast du vielleicht eine Idee, wie wir unser Problem lösen können?«

»Unser Problem?«

»Die letzten Seiten, das weißt du doch, die, die fehlen!«

Ohne seine Waffe aus der Hand zu legen, arbeitete Sam sich bis zum Ende des Buches vor, wo mehrere Seiten fehlten.

»Wer hat sie herausgerissen?«, fragte er.

»Sie sind zur Zeit der Eroberung der Heiligen Stadt aus dem Original entfernt worden. Diese Kopie hält sich gewissenhaft an die Vorlage.«

»Die Eroberung der Heiligen Stadt?«, hauchte Sam ungläubig.

»Du willst mich wohl testen? Ich konsumiere vielleicht etwas zu viel Alkohol und Beruhigungsmittel, aber mein Gedächtnis habe ich deswegen nicht verloren! Die Plünderung Roms im Jahre 1527 ... Die Truppen von Kaiser Karl V., die in der ganzen Stadt ausschwärmten ... die Kirchen anzündeten und vor nichts zurückschreckten! Ich kenne das alles auswendig! Genau zu dieser Zeit wurde die Abhandlung verstümmelt und seitdem sind diese entscheidenden Seiten verschwunden!«

Samuel versuchte, so gut es ging, seine Überraschung zu verbergen. 1527, Rom, die Plünderung ... Er klemmte das Zauberbuch unter den Arm, mit dem er auch die Waffe hielt, und kramte in seiner Tasche nach den Münzen. Mit dem Daumen ertastete er die goldene Münze, die der Tätowierte ihm geschickt hatte, und hielt sie Chamberlain unter die Nase.

»Die hier stammt aus jener Zeit, nicht wahr?«

Der Archäologe kniff die Augen zusammen.

»*Candor illaesus*«, las er vor. »Unbefleckte Reinheit. Das war das Motto von Clemens VII., unter dessen Pontifikat die Plünderung Roms stattfand. Diese Münze stammt aus jener Zeit, kein Zweifel! Sie gehört zu den Münzen, die wir in der Grabkammer Setnis gefunden haben und die uns gestohlen wurden. Was willst du mir damit zu verstehen geben? Dass ich den Dieb der Münzen fangen soll? Dass damit alles gelöst wäre? Aber stell dir vor, ich bin schon dabei! Das Lager wird bewacht und ...«

»Kümmer dich nicht um den Dieb«, schnitt Sam ihm das Wort ab. »Erklär mir lieber, was deiner Meinung nach auf den fehlenden Seiten stand.«

»Aber das weißt du doch genauso gut wie ich!«, ereiferte sich Chamberlain. »Auf diesen Seiten verbirgt sich das Geheimnis aller Geheimnisse, dem ich jetzt schon seit zehn Jahren hinterherjage! Das Mittel, um unsterblich zu werden! Gary Barnboim spielt in seinen Briefen darauf an ... Demnach existiert ein Ring des ewigen Lebens, der seinem Besitzer die Unsterblichkeit schenkt, ohne Alter, ohne Krankheiten. Diesen Ring will ich unbedingt haben!«

Jetzt auch noch das: der Ring des ewigen Lebens ... Samuel erinnerte sich noch sehr genau an sein Gespräch mit Vlad Tepes im höchsten Turm von Schloss Bran. Auch er hatte behauptet, dass ein solcher Ring existiere. Sollte es sich tatsächlich um mehr handeln als nur eine Legende?

»Und was hast du über diesen Ring des ewigen Lebens herausgefunden?«

»Leider nichts Konkretes! Der einzige Brief, in dem Gary Barnboim davon spricht, ist nur sehr kurz! Doch an anderer Stelle in seinen Aufzeichnungen ist von zwei Goldreifen die Rede, die man vereinen muss, um die Tür zur Ewigkeit zu öffnen. Das ist immerhin ein Beweis dafür, dass er mit seinen Recherchen vorangekommen war!«

»Und was hat das alles mit der Abhandlung von den dreizehn Kräften der Magie zu tun?«

»Indem er sich mit diesem Klugg und seinen in Rot geschriebenen Randbemerkungen in der Abhandlung näher befasst hat, hat mein Urgroßvater all diese Entdeckungen gemacht. Er war davon überzeugt, dass er mithilfe der fehlenden Seiten seine Nachforschungen vollenden könnte. Unglücklicherweise hat er sie nirgends finden können. Und jetzt ist es an mir, seine Aufgabe fortzusetzen ... Ich muss diesen Ring des ewigen Lebens haben!«, bekräftigte er. »Ich bin krank, verstehst du, sehr krank. Mir bleiben nur noch wenige Monate zu leben, im besten Fall ein paar Jahre. Wenn du mir also helfen kannst, auch wenn es nur im Traum ist ...«

Mit einer flehenden Geste umklammerte er Sams Handgelenk, so heftig, dass ein paar Münzen auf den Boden glitten. Sam schüttelte ihn ab und machte einen Schritt nach hinten, ohne die Waffe zu senken.

»Rühr dich nicht von der Stelle!«

Doch Chamberlain sammelte bereits eilig die Münzen auf.

»Unglaublich!«, rief der Archäologe begeistert. »Diese hier sieht genauso aus wie in der Abhandlung!«

Triumphierend hielt er die abgenutzte Münze mit den chinesischen Schriftzeichen in die Höhe.

»Erkennst du sie nicht? Sieh nach, gleich nach den herausgerissenen Seiten!«

Mit einem wachsamen Auge auf seinen Gefangenen schlug Sam noch einmal das blaue Buch auf. Auf der allerletzten Seite fand er das Bild eines Hauses mit pagodenartigem Dach, im Hintergrund einen mit Bäumen bepflanzten Berg. Die Sonne am Himmel war eine detailgetreue Nachbildung der chinesischen Münze mit ihrem eckigen Loch in der Mitte. Am Fuß der Seite standen ein paar Wörter in roter Tinte, die Sam jedoch immer noch nicht entziffern konnte.

»Das ist, laut seiner eigenen Hinweise, der letzte Ort, den Klugg aufsuchen wollte. Das Grab von Qin, Chinas erstem Kaiser! Auch Qin hat sein ganzes Leben lang dem Geheimnis der Unsterblichkeit hinterhergejagt! Glaubst du, man sollte dort nach dem Ring suchen?«

»Möglich wäre es«, antwortete Sam wenig überzeugt.

Der Archäologe fixierte die Münze mit einem ekstatischen Flackern in den Augen.

»Also deshalb habe ich diesen Traum gehabt! Die Information war da, irgendwo in meinem Hirn, ich war nur nicht in der Lage, sie in Worte zu fassen! Das Grab von Qin ... Erst vor knapp zehn Jahren hat man die Stelle entdeckt! Ein riesiges Ausgrabungsfeld, an die fünfzig Quadratkilometer. Ein chinesischer Kollege hat mir davon erzählt. Sie haben damit angefangen, die ganze Umgebung freizulegen, und sind auf riesige Gräben gestoßen, angefüllt mit Tausenden von Tonkriegern, in Lebensgröße! Eine unglaubliche Armee, sie sollte über die ewige Ruhe des ersten Kaisers wachen! In einigen Texten heißt es, das Grab selbst befände sich unter einem gewaltigen Grabhügel, ein bisschen wie dieser Berg, der in der Abhandlung abgebildet ist. Angeblich hat Qin einen unterirdischen Nachbau seines Reiches anlegen lassen, mit Palästen, Häusern, Flüssen ... Und außergewöhnlichen Fallen, um sie zu verteidigen! Ohne Zweifel ist irgendwo dort der Ring versteckt. Dort muss ich unbedingt hin!«

Chamberlain hatte mit solchem Feuereifer gesprochen, als müsse er sich selbst von der Richtigkeit seiner Vermutungen überzeugen. Er schien sich mit aller Macht an diese neue Hoffnung klammern zu wollen.

»Wenn es dort Fallen gibt, wie du behauptest, ist es bestimmt nicht ungefährlich, oder?«, versuchte Sam ihn zu bremsen. Er war sicher, dass der Tätowierte ihn genau dort hinschickte.

»Qin ist im Jahre 210 vor unserer Zeitrechnung gestorben, sein Mausoleum ist seit über zweitausend Jahren unversehrt geblieben, wie soll man wissen, was sich darin verbirgt? Die chinesischen Behörden haben entschieden, die Finger davon zu lassen, damit die nachkommenden Generationen später vielleicht mit besserer Technik die Ausgrabungen übernehmen. Doch wenn ich es bis zum Ausgrabungsort schaffe, wird es mir schon gelingen ...«

Die Kassette endete plötzlich mit einem lauten klackenden Geräusch und unterbrach jäh die Spekulationen des Archäologen. Ein langes Schweigen folgte, während dessen Chamberlain abwechselnd sein Musikgerät beäugte und diesen jungen Mann mit Kapuze, der so plötzlich aus dem Nichts aufgetaucht war. Allmählich schienen ihm Zweifel zu kommen ...

»Was ...«

»Gib mir die Münzen zurück«, verlangte Sam, der spürte, dass der Wind sich drehte.

»Ich ... ich schlafe gar nicht, oder?«

»Die Pistole hier ist sehr real, fürchte ich. Die Münzen bitte, ich hab's eilig.«

Chamberlain gab sich geschlagen, die Verwirrung war ihm deutlich anzusehen.

»Und was ist mit meinem Traum? Mit dem chinesischen Kaiser?«, jammerte er. »Und mit dem Ring?«

»Ich weiß nichts darüber«, gab Sam zu. »Am besten machst du, was ich sage, dann verspreche ich dir, dass du bald frei sein wirst und es selbst herausfinden kannst. Die Abhandlung kannst du übrigens behalten.«

Der Archäologe ließ mutlos den Kopf sinken. Der Feuereifer, der ihn eben noch beseelt hatte, war brutal gelöscht worden. Was blieb, war ein armer, alter Mann, der vor Enttäuschung zusammengesunken auf seinem Stuhl hockte.

Während er ihn immer noch mit der Waffe in Schach hielt, ging Sam um den Schreibtisch herum und fischte aus einem Haufen Kleidungsstücke einen Gürtel heraus.

»Hände auf den Rücken, dicht zusammen«, befahl er.

Chamberlain gehorchte.

»Du bist also doch der Dieb, was?«, fragte er. »Kannst du mir wenigstens verraten, wozu du diese Münzen brauchst?«

»Ich arbeitete für jemanden«, erklärte Sam und dachte an den Tätowierten. »Einen Mann, der das Zeichen von Hathor auf der Schulter trägt. Und wenn du nicht willst, dass er dir einen Besuch abstattet, wäre es besser, wenn mir heute Nacht nichts passiert.«

»Hathor, die Tochter von Re«, murmelte der Archäologe. »Die Göttin mit den zwei Gesichtern ... Sie bestraft die Menschen hart, aber manchmal belohnt sie sie auch. Meinst du, ich werde eines Tages meine Belohnung bekommen?«

Samuel fesselte seine Handgelenke und band sie an der Stuhllehne fest. Was er da tat, widerstrebte ihm noch mehr, als ihm eine Einzelheit wieder einfiel: Einige Jahre, nachdem der unglückliche Chamberlain aufgrund seiner umstrittenen Leitung der Ausgrabungen in Theben in Verruf geraten war, war er von einem Krebsleiden dahingerafft worden.

»Ich denke, dass jemand, der besonders ungerecht bestraft worden ist, auf eine besonders große Entschädigung hoffen darf«, prophezeite er ihm, um ihn zu trösten. »Tut mir leid, aber jetzt werde ich dich knebeln müssen. Vorher habe ich noch eine letzte Frage: Welches ist Faulkners Zelt?«

»Faulkners Zelt, aber was ...?«

»Ich muss dort etwas abholen. Also?«

»Es ist das dritte auf der linken Seite, wenn man Richtung Zaun geht. Hast du vor, mit ihm das Gleiche anzustellen wie mit mir?«

Samuel legte schweigend den Finger an die Lippen, dann löste er das weiße Tuch, das Chamberlain um den Hals trug, und band es ihm über den Mund.

»Es wird nur ein paar Minuten dauern«, versicherte er ihm. »Dann wird dich jemand befreien.«

Vorsichtshalber drehte er die Kassette im Rekorder um

und drückte auf »play«. Bei den ersten Klängen schnappte er sich die Streichholzschachtel und nahm das runde Metallstück heraus. Eine unauffällige gelbliche Münze, bis auf das obligatorische Loch in der Mitte … Er steckte sie in die Tasche, ließ die Pistole in seine Hose rutschen, dann schlich er aus dem Zelt, ohne sich noch einmal umzudrehen.

6.
Schlussfolgerungen

Draußen in der lauen Nachtluft atmete Samuel erleichtert auf. Er war nicht besonders stolz auf die Art und Weise, wie er Chamberlain ruhiggestellt hatte, doch er versuchte, sich selbst damit zu beruhigen, dass er von zwei Übeln – den Unannehmlichkeiten für den Archäologen oder dem Scheitern seiner Mission – das Kleinere gewählt hatte. Als er sicher sein konnte, dass der Wachposten nicht in der Nähe herumstreifte, ging er an der Absperrung entlang bis zum dritten Zelt. Genau wie die anderen daneben war es weniger imposant als das Zelt des Ausgrabungsleiters und zu dieser Stunde natürlich in Dunkelheit getaucht. Wie würde sein Vater wohl reagieren, wenn Sam ihn aus dem Schlaf riss und ihm eine Geschichte erzählte von Reisen in die Vergangenheit und der Beeinflussung der Zukunft? Er würde sich überzeugende Argumente einfallen lassen müssen ...

Er presste das Ohr an die Zeltwand, doch außer den Nachtgeräuschen des schlafenden Lagers, dem Zirpen der Grillen und dem entfernten Miauen einer Katze hörte er nichts. Entweder Allan schlief oder er ...

Vorsichtig zog er am Zelteingang den Reißverschluss herunter und streckte seinen Kopf durch die Öffnung. Kein Laut, nicht einmal Atemgeräusche. Er zog den Goldreif hervor und ließ seinen wohltuenden Schein durch das dunkle Zelt wandern. Über den mangelnden Ordnungssinn seines Sohnes regte sein Vater sich auf, obwohl er ihm, was das Thema anging, offenbar in nichts nachstand! Auf einem Klapptisch türmten sich schmutzige Teller, dazwischen verteilten sich geöffnete Konservendosen und angebrochene Sodaflaschen, Brotscheiben, zerknitterte Zeitungen, ein Tarot-Spiel, Plastikjetons ...

Der Teil hinter dem Essplatz diente zum Schlafen, obwohl es eher aussah wie bei einem Händler auf dem Markt, der seine Waren auf einer Decke ausbreitet, und weniger wie ein Ort, der zum Erholen und Schlafen dienen sollte: zwei leere Betten mit zusammengerollten Schlafsäcken, dazwischen eine Reihe mehr oder weniger sorgfältig zusammengelegter und gestapelter Kleidungsstücke. An einem Rucksack lehnte eine Gitarre, in der Mitte eines vergoldeten Tabletts stand eine Wasserpfeife, drumherum ein Wasserkessel und Teegläser, ein geöffneter Koffer, aus dem Bücher und Wanderstiefel hervorquollen – seltsame Mischung –, zwei Handtücher und zwei T-Shirts trockneten an einer vom mittleren Zeltpfahl aus gespannten Leine ... Allan und sein Zeltnachbar hatten offenbar ein ähnliches Verständnis von Ordnung ... Und offenbar eine Vorliebe für nächtliche Ausflüge!

»Der zweite Praktikant«, murmelte Sam, einer plötzlichen Eingebung folgend ... Und wenn das der Tätowierte wäre?

Eine Bemerkung seines Großvaters kam ihm plötzlich in den Sinn: Bei jenem archäologischen Praktikum in Theben vor zwanzig Jahren hatte es einen zweiten Studenten, im gleichen Alter wie Allan, gegeben, der ebenfalls auf rätselhafte Weise mehrmals aus dem Lager verschwunden war.

Daraus konnte man folgern, dass sein Vater und dieser mysteriöse andere Student den Sonnenstein gemeinsam entdeckt und auch benutzt hatten – was übrigens auch erklären würde, warum ihr Zelt mitten in der Nacht leer war. Dazu würde auch die E-Mail passen, die der Tätowierte ihm noch am Morgen geschickt hatte, insbesondere seine Bemerkungen über Allan: *Dem Armen hat es immer an Ehrgeiz gefehlt, weißt du ... Er hat nie verstehen wollen, was er da in Wirklichkeit vor sich hatte, was er hätte tun können, wenn er weniger feige gewesen wäre. Was wir hätten tun können ... Doch er hat es vorgezogen, ein Mittelmäßiger unter Mittelmäßigen zu bleiben.*

»Was wir hätten tun können ...« War das nicht eine versteckte Anspielung auf das, was damals geschehen war, nachdem sie den Mechanismus des Sonnensteins verstanden hatten und ihnen beiden die unglaubliche Tragweite seiner Möglichkeiten bewusst geworden war? Und die enormen Vorteile, die sie daraus ziehen konnten? Vielleicht hatte Allan daraufhin Bedenken gehabt, den Stein weiterhin zu nutzen, was sein Kompagnon ihm nie verziehen hatte ... In der Folge war die Grabkammer des Hohepriesters versiegelt worden und keiner von beiden hatte mehr Zugang zum Sonnenstein. Allan Faulkner war in die USA zurückgekehrt, die beiden ehemaligen Freunde hatten sich aus den Augen verloren ... Nicht ganz: Der Tätowierte hatte es geschafft, sich über Allans weiteres Leben und Wirken auf dem Laufenden zu halten. Er hatte von dessen Umzug nach Saint Mary erfahren und, vor Kurzem, dass er sich in Gary Barnboims früherem Haus eingerichtet hatte. Er selbst war in all den Jahren auch alles andere als untätig gewesen ... Dank seiner Tätowierung auf der Schulter, dem Zeichen von Hathor, und eines Sonnensteins, den er irgendwo anders aufgespürt hatte – und mit dem er vermutlich Alicia nach Rom geschickt hatte –, war es ihm gelungen, einen blühenden Schwarzmarkthandel mit antiken Kunstgegenständen aufzuziehen. Er nutzte seine Zeitreisen, um wertvolle Objekte zu rauben und durch die Vermittlung von Arkeos für astronomische Summen zu verkaufen.

Ja, allmählich fügten sich die Teile des Puzzles zusammen ...

Allerdings war, nach dem, was Setni Sam bei ihrem Treffen anvertraut hatte, die Macht von Hathors Zeichen begrenzt. So erlaubte es seinem Träger zum Beispiel nicht, sich nach eigenem Belieben durch die Jahrhunderte zu bewegen. Daher vielleicht auch das kürzliche Interesse des Tätowierten an Allan, um herauszufinden, ob dieser in Barnboims Haus eventuell auf ein effektiveres Transportmittel gestoßen war. Er hatte versucht, wieder mit Allan Kontakt aufzunehmen, der Beweis dafür war die Nachricht, die Sam nach dem Verschwinden seines Vaters auf dem Anrufbeantworter gefunden hatte: »Allan, ich bin's ... Ich weiß, dass du da bist ... Stell dich nicht so idiotisch an ... antworte! Allan, hörst du mich? Allan? Antworte, zum Teufel!« Eine metallisch klingende, künstlich verzerrte Stimme, unmöglich wiederzuerkennen, aber bedrohlich, sehr bedrohlich klingend. Die nach einer Pause hinzugefügt hatte: »Okay, ich habe dich gewarnt ...«

Da er von seinem früheren Mitstreiter keine Antwort erhalten hatte, hatte für den Tätowierten nichts dagegengesprochen, nach Saint Mary zu kommen. Vor Ort musste er dann von der Münzsammlung erfahren haben, die Gary

Barnboim dem Stadtmuseum vermacht hatte, und hatte versucht, sie zu stehlen. Daher die Nacht-und-Nebel-Aktion im Museum ... Statt sich unauffällig zu verhalten, hatte er in den folgenden Tagen dann in die Buchhandlung Faulkner eingebrochen, auf der Suche nach Büchern oder anderen Dokumenten. Wusste er zu dem Zeitpunkt bereits, dass Allan dem Goldreif auf der Spur war? Das schien plausibel. Und da er bei seinem Eindringen in die Buchhandlung nichts Brauchbares gefunden hatte, war er auf den tückischen Plan verfallen, Sam zu benutzen, um sein Ziel doch noch zu erreichen ...

Natürlich war Sam bewusst, dass seine Schlussfolgerungen auf relativ wackligen Beinen standen und sich eher auf Hypothesen stützten als auf gesicherte Erkenntnisse. Nichtsdestotrotz folgte seine Theorie bis ins kleinste Detail einer unbestechlichen Logik und er hätte seine Hand dafür ins Feuer gelegt, dass es sich bei dem Praktikanten und dem Tätowierten um ein und dieselbe Person handelte ...

Er schlich weiter in den hinteren Teil des Zeltes und beugte sich über den Rucksack, auf der Suche nach einem Pass oder einem Personalausweis. In der vorderen Außentasche stieß er auf eine kleine runde Armbanduhr mit cremefarbenem Zifferblatt und grünen Ziffern, bei deren Anblick ihm fast das Herz stehen blieb. Es war die Uhr seines Vaters, die er seit seiner Kindheit immer an dessen Handgelenk gesehen hatte und die, in ebendiesem Augenblick, auf dem Nachttischchen von Zimmer 313 liegen sollte, irgendwann zu Beginn des 21. Jahrhunderts. Samuel strich mit dem Daumen zärtlich über das Glas und den Einstellknopf – Allans ganzer Stolz, denn für ihn ging nichts über eine Uhr, die man noch von Hand einstellen konnte. Noch dazu schien diese noch mit erstaunlicher Präzision zu funktionieren. Welch eine Ironie, dachte er, dass ausgerechnet diese Uhr es war, die ihn auf den Wegen der Zeit mit seinem Vater verband!

»Ich werde mich ein wenig verspäten, Papa«, sagte er leise. »Ich mache, so schnell ich kann, weißt du. Ich muss mich um Alicia kümmern und dann . . .«

Noch etwas aufgewühlt von seinem Fund richtete er sich auf, ohne dabei auf die über seinem Kopf gespannte Wäscheleine zu achten. Er fand sich mit der Nase in einem Handtuch wieder, machte instinktiv einen Schritt zurück und stolperte über die Wasserpfeife. Diese stürzte um und fiel mit einem lauten Scheppern auf das Metalltablett: Boiiing! Sam gefror das Blut in den Adern . . . Ein oder zwei Sekunden lang blieb alles ruhig, dann erklang von draußen ein heiseres Bellen, gefolgt von einem halblauten Befehl:

»Nein, Sultan! Hierher!«

Der Hund . . . der Wachhund hatte ihn aufgespürt!

»Sultan!«

Der dumme Köter musste sich losgerissen haben, Samuel bekam weiche Knie. Gleich wird er kommen und alles ist dahin!

Er wollte zum Ausgang rennen, doch es war bereits zu spät. Außerdem hätte er gegen den Hund ohnehin keine Chance gehabt, wenn er versucht hätte, davonzulaufen. Stattdessen ließ er sich auf das nächste Feldbett fallen, rollte sich in seinem Mantel zu einer Kugel zusammen und ließ nur eine kleine Lücke, durch die er den Hund kommen sehen konnte.

»Nicht ins Zelt, Sultan!«, schimpfte der Wachmann,

während der Schein seiner Taschenlampe von außen durch die Zeltwand leuchtete. »Nicht da rein!«

Doch Sultan kümmerte sich nicht um die wütenden Rufe seines Herrchens. Schon machte er sich daran, mit der Schnauze die Zeltplane vor dem Eingang anzuheben. Er fing an zu knurren, sicher, dass ihm seine Beute dieses Mal nicht entkommen würde ... Samuel spürte die Pistole, die gegen seinen Bauch drückte, und zog sie, jede hastige Bewegung vermeidend, hervor. Das anfangs heisere Knurren des Tieres steigerte sich nun zu gierigem Gurgeln und furchterregendem Zähnefletschen. Das Ungeheuer hatte offenbar vor, seine Abendmahlzeit von vorhin um ein leckeres Dessert zu erweitern ... Es schlich bereits um den Tisch herum, dann hörte man ein verdächtiges Schaben am Nachbarbett, ein scharfer Geruch stieg Samuel in die Nase. Das Untier war jetzt nur noch knapp einen Meter von ihm entfernt, die Augen wie zwei glänzende Punkte, der Hals erwartungsvoll nach vorn gestreckt, der ganze Körper bereit zum Sprung:

»Grrrr ...«

Es machte noch zwei Schritte nach vorn, bis es Sam seinen stinkenden Atem direkt ins Gesicht blies, die Ohren angelegt, zitternd vor Jagdfieber ...

»Hierher, Sultan!«, schnauzte der Wachposten von der anderen Seite der Zeltwand her. Sofort hierher!«

Sam richtete den Lauf seiner Waffe nach oben. Er schob einen Finger an den Abzug und kniff die Augen zu. Sobald das Tier sich auf ihn stürzte, würde er abdrücken. Doch ohne ersichtlichen Grund schien der Hund auf einmal zu zögern: Sein unerträgliches Knurren wurde einen Ton leiser und er begann eifrig die Kleidung seines Opfers zu beschnuppern. Gleich darauf spürte Sam eine warme klebrige Zunge, die ihm über die Stirn leckte, während das Tier ein klägliches Fiepen von sich gab. Der Mantel, fiel es Sam plötzlich ein ... Natürlich, er gehörte dem Wachmann! Das war es, was den Hund besänftigt hatte! Er erkannte den Geruch seines Herrchens!

»Bei Fuß, Sultan!«, hörte er die Stimme von draußen rufen.

Das Tier nieste zweimal, als ob die Mischung menschlicher Ausdünstungen zu viel war für seine Spürnase, dann drehte es sich mit einem Satz um und setzte in großen Sprüngen Richtung Ausgang.

»Aber Sultan!«, zischte der Wachposten. »Willst du das ganze Lager aufwecken?«

Samuel wischte sich den klebrigen Hundekuss von der Stirn. Das Vieh hatte eine ebenso feuchte wie unberechenbare Art, seine Zuneigung auszudrücken ...

Er blieb regungslos liegen, bis die Schritte des Mannes sich entfernt hatten. Auch wenn alles sehr schnell gegangen war, grenzte es doch an ein Wunder, dass mittlerweile nicht das ganze Lager auf den Beinen war und sich über die Launen des Hundes beschwerte. Es sei denn, sie trieben sich gerade alle irgendwo anders herum oder schliefen ihren Alkoholrausch aus. Chamberlain konnte mit seinen Vorräten leicht das gesamte Lager versorgen ...

Samuel legte die Armbanduhr zurück an ihren Platz und schlich aus dem Zelt. Im Lager war wieder Ruhe eingekehrt, auch im Zelt des Archäologen regte sich offenbar nichts. Dieses Mal hatte er das Schlimmste verhindern können.

7.
Derjenige, der die sieben Münzen vereint ...

Während in seinem Kopf fieberhaft die Gedanken kreisten, stieg Sam an der Umzäunung des Lagers entlang hinauf zu dem Weg, der sich zu Setnis Grabkammer schlängelte. Im Grunde war dieser Abstecher nach Ägypten doch nicht ganz umsonst gewesen, auch wenn er nicht mit seinem Vater hatte sprechen können. Im Gegenteil: Erstens hatte er jetzt eine weitere gelochte Münze und verfügte damit über die erforderlichen sieben, und zweitens hatte er wichtige Informationen über den Tätowierten erhalten, insbesondere über die wahren Beweggründe seiner Nachforschungen in Bezug auf die Abhandlung und den Goldreif ... Wie schon Vlad Tepes vor ihm, so war auch der Tätowierte felsenfest von der Existenz dieses Rings des ewigen Lebens überzeugt, hinter dem auch der Alchemist von Brügge her gewesen war. Und um ihn zu finden, musste man anscheinend die aus der Abhandlung von den dreizehn Kräften der Magie herausgerissenen Seiten gelesen haben. Und wie sollte man das schaffen, ohne in die Vergangenheit zurückzukehren, bevor irgendjemand das Buch beschädigt hatte? Deshalb schickte der Tätowierte Sam nach Rom, mitten in die Invasion der Truppen Karls V.!

Abgesehen davon konnte man diesem Ring nur auf die

Spur kommen, wenn man im Besitz der beiden Goldreife war, deren Geschichte Sam von Setni erfahren hatte. Der Legende nach war der erste Goldreif vom Gott Thot geschmiedet und dem großen Magier Imhotep übergeben worden. Dieser sollte sich damit auf eine Reise durch die Zeiten begeben, um eine Arznei für die Tochter des Pharaos zu finden, die schwer krank war. Später dann war eine Kopie des Goldreifs angefertigt worden, als von Osten her die Hyksos ins Land eindrangen, Ägypten eroberten und ihnen unter anderem die Reiseberichte Imhoteps in die Hände gefallen waren. Diese Kopie, unter dem Namen Merwosers Armreif bekannt geworden, war später in den Orient verschleppt worden, wo dessen Herkunft und besondere Eigenschaften bald in Vergessenheit gerieten. Zumindest bis zu dem Zeitpunkt, als Vlad Tepes die Spur des Schmuckstücks wiederentdeckt und es nach Schloss Bran gebracht hatte. Dort hatte Sam es entwendet, als er seinen Vater aus dem Kerker befreit hatte ...

Anders gesagt war der Goldreif, den Sam zurzeit bei sich trug, in Wahrheit Merwosers Kopie. Das Original, das von Thot selbst geschmiedet worden war, war demnach lange Zeit in Theben versteckt geblieben, höchstwahrscheinlich im Tempel des Amun, wo Setni es während seiner Amtszeit als Hohepriester schließlich wiedergefunden hatte. Dieser wiederum hatte den Reif benutzt und, als Sam ihn in Barnboims Haus getroffen hatte, zugegeben, dass er ihn bei sich behalten hatte, gut geschützt in seinem Beutel. Was war danach aus dem Goldreif geworden? Samuel hatte nicht die leiseste Ahnung ...

Auf seinem Weg zur Grabkammer hinauf wandte er sich mehrere Male um, um sicherzugehen, dass ihm niemand folgte. Glücklicherweise waren der Wachposten und sein Hund auf die gute Idee gekommen, am entgegengesetzten Ende des Lagers herumzuschnüffeln …

Als er am Eingang zur Grabkammer vorbeikam, spürte Sam das langsame Pulsieren des Sonnensteins, das wieder in ihm erwachte, begleitet von einer Art Gemurmel, das mitten aus der Erde zu dringen schien. Er blieb stehen und spitzte die Ohren: Besagtes Gemurmel ging nicht vom Sonnenstein aus, es war das Echo eines Gesprächs, das aus der Tiefe zu ihm drang.

»Papa?«, entfuhr es ihm.

Im Schein des Goldreifs eilte er die Treppenabsätze hinunter und durch die aufeinanderfolgenden Gänge. Je tiefer er zur Grabkammer vordrang, desto deutlicher hörte er, dass es sich bei der vermeintlichen Unterhaltung eher um einen lautstarken Streit handelte, in den sich das Geräusch dumpfer Schläge mischte. Schließlich erreichte er den Schacht, von dem aus das Seil in die Tiefe führte. Von dieser Stelle aus war deutlich zu hören, dass es sich bei den – wie er zunächst geglaubt hatte – durch die Entfernung verzerrten, unverständlichen Worten um eine fremde Sprache handelte, die er nicht beherrschte. Wenn er auch den Sinn des Gesagten nicht erfasste, so doch den aggressiven Ton der Auseinandersetzung: Die beiden Männer schienen sich gegenseitig wüste Beschimpfungen an den Kopf zu werfen. Und einer von ihnen klang wie Allan …

Sam sprang vom Ende des Seils ab und lief weiter in den Tunnel hinein, den die Archäologen gegraben hatten, um zum Sarkophag vorzustoßen. Am Ende des Gangs sah er einen kupfernen Schein, vor dem schwarze Schatten, begleitet von lautem Geschrei, wild hin und her zuckten, fast wie auf einer Theaterbühne. Als er die Grabkammer erreichte, kniff Sam, geblendet vom hellen Licht einer Sturmlaterne, deren Schein von den goldfarbenen Wänden reflektiert wurde, zunächst die Augen zusammen. Sobald er sich etwas an die Helligkeit gewöhnt hatte, sah er vor sich zwei Männergestalten, die sich, erbittert miteinander ringend und kämpfend, im Staub wälzten. Beide waren in die gleichen weißen Gewänder gekleidet, die aussahen wie das lange Hemd, das die Zeitreisen mit dem Sonnenstein erleichterte. Einer von den beiden schien dem anderen deutlich unterlegen: Er lag am Boden und versuchte verzweifelt, seinen Angreifer abzuwehren, der ihm beide Hände um den Hals gelegt hatte und mit aller Kraft zudrückte, wobei er seltsame Laute ausstieß:

»Ringich umm.«

Samuel sah ihn nur von hinten, doch er erkannte auf den ersten Blick die Würgetechnik des Tätowierten, mit der er neulich nachts im Museum am eigenen Leib Bekanntschaft gemacht hatte. Um das Gesicht seines röchelnd am Boden liegenden Opfers zu erkennen, musste Sam einen Schritt zur Seite machen. Es traf ihn wie ein Blitzschlag mitten ins Herz: Der Mann, der dort verzweifelt nach Luft rang, war Allan! Ein viel jüngerer Allan, abgemagert, mit langen schwarzen Haaren, die ihm in die Stirn hingen, und den angstvollen Gesichtszügen eines Kindes, das auf dem Schulhof gegen die Übermacht eines viel Stärkeren ringt, obwohl es absolut keine Chance hat. Außer dass es sich hier nicht um ein Schulhofgerangel handelte, sondern um einen Mordversuch!

Sam schüttelte sich, um sich aus der Starre zu reißen, die ihm die Luft abschnürte. Sein Vater ... das hier war kein

Kinofilm und er nicht der Zuschauer ... Er musste etwas unternehmen!

Er zog die Pistole aus seinem Gürtel und trat von hinten auf den Tätowierten zu. Er riss den Arm so hoch wie möglich, dann schlug er mit dem Kolben zu, so fest er konnte. Der Angreifer stieß einen Laut aus wie ein geplatzter Luftballon und sackte nach vorn. Schnell rollte Sam ihn beiseite und beugte sich zu seinem Vater, um ihm aufzuhelfen. Ihm wurde schwindelig: Der junge Mann war nur ein paar Jahre älter als er selbst ... Er schien gerade eben erwachsen zu sein, doch seine Augen hatten einen leeren Ausdruck und seine Hautfarbe war so fahl und durchscheinend, als ob von innen heraus etwas an ihm zehrte. Eine Krankheit, er musste krank sein ... Grandpa hatte erzählt, dass Allan damals nach seiner Rückkehr aus Theben zehn Kilo abgenommen und sich irgendeinen bösartigen Virus eingehandelt hatte. Wie eine Art Warnung, um ihm klarzumachen, dass es nichts einbrachte, sich auf den Wegen der Zeit herumzutreiben!

Sam reichte ihm seine Hand, die er dankbar ergriff, während er sich den Hals massierte. Er war deutlich angeschlagen, am Ende seiner Kräfte, doch trotz der eigenartigen Situation hatte er eine auffallend offene, sympathische Ausstrahlung. Unter anderen Umständen, schoss es Sam durch den Kopf, hätte dieser Junge da sicher ein guter Freund werden können ...

Sobald er wieder auf den Beinen stand, stützte er sich dankbar auf Sams Arm.

»Häb Donk«, murmelte er. »Ohn di war i varlon.«

Samuel nickte mechanisch und blieb stumm. Mit gutem Grunde: Er hatte kein Wort verstanden! Himmel, warum war er nicht schon eher darauf gekommen? Offensichtlich benutzten sein Vater und er zwei verschiedene Sprachen! Indem er Sam nach Ägypten gebracht hatte, hatte der Sonnenstein ihm gleichzeitig die Fähigkeit verliehen, die örtliche Sprache zu beherrschen, doch Allan sprach natürlich weiterhin englisch! Daher die entfernt vertraut klingenden Worte, die für Sam jedoch keinen Sinn ergaben ... Er hatte seine Muttersprache verlernt! Bei seinem Zusammentreffen mit Chamberlain war ihm das nicht aufgefallen, weil der Archäologe fließend arabisch sprechen konnte. Wohingegen Allan, der gerade ein Ausgrabungspraktikum absolvierte ...

»Gaht gut?«, fragte der ihn verwirrt, als er Sams niedergeschlagenen Ausdruck bemerkte.

Schnell, lass dir was einfallen ... Sam nahm ihn bei der Hand und zog ihn mit hinüber zum Sarkophag, an dessen Fuß der Sonnenstein stand.

»Du darfst nie wieder in seine Nähe kommen«, beschwor er ihn, langsam und deutlich jede Silbe betonend. »Verstehst du? Niemals!«

Sein eindringlicher Tonfall schien Allan zu verwirren, denn er zog irritiert die Augenbrauen zusammen.

»Ich nicht verstehen«, antwortete er in holprigem Arabisch.

»Nie wieder den Stein anrühren, verstanden? DER STEIN IST GEFÄHRLICH«, schrie Sam.

Allan riss seine Hand los und machte einen Schritt zurück, er musterte ihn misstrauisch.

»Ich nicht verstehen«, wiederholte er. »Ich weggehen! Du weggehen!«, fügte er dann hinzu und wies auf den Tunnel.

»Warte«, hielt Sam ihn zurück, kochend vor Wut, weil er sich nicht verständlich machen konnte. »Du musst es mir versprechen! Es ist sehr wichtig! Der Stein bringt nur Ärger! Er ist verflucht, verstehst du? VERFLUCHT!«

Der andere Praktikant, der immer noch lang gestreckt auf dem Boden lag, fing plötzlich an zu stöhnen, als hätte das Gebrüll ihn gestört. Das schien Allan Beine zu machen: Er holte seine hinter einem Krug versteckten Sachen hervor und marschierte unsicheren Schrittes auf den Ausgang zu. Er drehte sich noch einmal um und warf einen Blick auf seinen am Boden liegenden Kollegen, dann ergriff er den blauen Plastiksack mit dem verdorbenen Fleisch und hielt ihn in die Höhe.

»Hund isst«, sagte er mit einem schwachen Lächeln. »Ich gehen!«

Damit verschwand er durch den Gang.

Sam überlegte kurz, ob er ihm hinterherlaufen sollte, doch irgendetwas sagte ihm, dass er nicht viel mehr aus ihm herausbringen würde. Außerdem wurde allmählich die Zeit knapp: Da draußen streifte immer noch der Wachmann mit seinem Hund umher und Chamberlain konnte jeden Augenblick Alarm schlagen. Und auch der Tätowierte würde sicher bald wieder zu sich kommen.

Der Tätowierte ...

Sam spürte, wie ein böses Gift in ihm hochkochte. Schließlich war der da an allem schuld ... Und er lag da, bewusstlos ... ihm ausgeliefert ...

Samuel beugte sich über den reglosen Körper, hob seinen rechten Arm hoch und schob den Ärmel des langen weißen Hemdes zurück. Die Schulter war unversehrt, keine Spur von einer Tätowierung. Das bedeutete natürlich nichts, möglicherweise hatte er sich Hathors Zeichen erst zu einem späteren Zeitpunkt eintätowieren lassen. Was allerdings die Identität des Angreifers anging …

Sam kniete sich neben ihn und versuchte, den Mann auf den Rücken zu drehen. Er war von eher großer Statur, recht kräftig und schwer wie ein totes Maultier! Sam brauchte mehrere Anläufe, bis er die Gesichtszüge des Praktikanten in dem goldenen Licht erkannte …

»Nein, doch nicht der!«

Angewidert zuckte Sam zurück und der Kopf des Tätowierten schlug leicht auf dem Boden auf.

»Nicht der!«, wiederholte er keuchend.

Der mysteriöse Praktikant war kein anderer als Rudolf! Rudolf, der neue Freund seiner Tante Evelyn! Rudolf, der sich seit einigen Wochen für den Sommer bei seinen Großeltern eingenistet hatte! Rudolf, der von Anfang an alles eingefädelt hatte und der den Unschuldigen spielte, während er allen anderen Vorhaltungen machte!

»Ich werde …«, setzte Sam mit zitternden Lippen an.

Ohne dass es ihm bewusst wurde, legten sich seine Finger von Neuem um den Griff der Pistole. Es wäre so einfach … Ein kleiner Druck auf den Abzug und es gäbe keinen Tätowierten mehr, keine Todesdrohungen, keine Entführung von Alicia. Alles würde wieder so werden wie vorher.

Einen Augenblick lang spielte er mit dem Gedanken, doch die Waffe in seiner Hand fühlte sich schnell sehr schwer und kalt an. Jemanden bewusstlos zu schlagen war eine Sache, auf ihn zu schießen jedoch eine ganz andere, vor allem, wenn der Mann hilflos vor ihm am Boden lag. Also …

Entschlossen stand Sam auf und versteckte die Pistole, so gut es ging, in der Ecke zwischen den Grabbeigaben, hinter einem Krug. So würde die Waffe zumindest nicht so schnell in die falschen Hände geraten.

Dann trat er wieder neben den bewusstlosen Rudolf, um ihn sich etwas genauer anzusehen. Unglaublich, wie jung er war, knapp zwanzig, wenn überhaupt, genau wie Allan. Was schon allein rätselhaft war ... Der Rudolf, den Sam aus der Gegenwart kannte, hatte die fünfzig bereits weit überschritten, er musste an die zehn Jahre älter sein als sein Vater. Allein deshalb hatte Samuel ihn nie in Verdacht gehabt: In seiner Vorstellung gehörten Allan und der andere Praktikant der gleichen Generation an, hatten nicht einen Altersunterschied von zehn Jahren! Irgendetwas konnte da nicht stimmen ... Wie konnte es sein, dass sie in der Vergangenheit gleichaltrig waren, und in der Zukunft lagen auf einmal zehn Jahre zwischen ihnen?

Oder vielleicht ... Samuel erinnerte sich plötzlich an etwas, das Setni gesagt hatte: Der Hohepriester hatte ihm erklärt, dass er älter aussah, als er eigentlich war. Und das lag daran, dass er während seines Lebens lange auf den Wegen durch die Zeiten gereist war ... Und auch Sam hatte an sich selbst festgestellt, dass sein Körperbau, seine Muskulatur sich verändert hatten, seit er auf diese Weise »reiste«. Als ob er gewachsen wäre. Konnte eine übermäßige Nutzung des Sonnensteins ein frühzeitiges Altern zur Folge haben? Dann sollte er vielleicht doch lieber in seinem Jahrhundert bleiben!

Rudolfs Arm zuckte kurz, seine Augenlider begannen leicht zu zittern. Er würde gleich zu sich kommen.

Sam stieg über ihn hinweg und trat zum Sarkophag. Im

hellen Schein der Sturmlaterne erschien ihm der Raum ganz verändert, viel größer, viel höher ... Er war zwar immer noch genauso prächtig ausgestaltet, doch irgendwie anders eingerichtet. Er meinte sich zu erinnern, dass beim letzten Mal der Sonnenstein genau entgegengesetzt ausgerichtet gewesen war, zum hinteren Teil der Grabkammer hin und nicht wie jetzt auf das große Abbild Thots, der eine Krone hochhielt ... Allerdings war das vor Setnis Beisetzung und im schwachen Schein einer Fackel gewesen. Möglicherweise waren diese Arbeiten hinterher durchgeführt worden? Doch man musste auch bedenken, dass Sam an jenem Tag gerade aus dem Palast des Ramses gekommen war, wo er zum ersten Mal Bekanntschaft mit dem ägyptischen Bier gemacht hatte ... Sicher war er noch nicht wieder ganz klar im Kopf gewesen!

Er kniete sich vor den mächtigen Steinblock, auf dem der Sarkophag ruhte, und stopfte den Plan von Rom in die Vertiefung. Dann nahm er den Goldreif in die eine Hand. Der Augenblick der Wahrheit war gekommen! Wenn die Formel des Alchemisten die richtige war, konnte er sich sein Ziel aussuchen und müsste eigentlich seinen nächsten Zwischenstopp punktgenau treffen. »Derjenige, der die sieben Münzen vereint, wird der Meister der Sonne sein. Wenn er ihre sechs Strahlen zum Leuchten bringt, wird sein Herz der Schlüssel zur Zeit ...« Samuel hatte die erforderten Einzelteile beisammen, jetzt musste der Stein nur noch sein Versprechen halten!

Er ließ die sechs ersten Münzen auf Merwosers Armreif gleiten und platzierte ihn auf der eingravierten Sonne. Wie schon beim letzten Mal fand jede der Münzen wie von Zauberhand ihren Platz und fügte sich in die sechs Strahlen. Er spürte, wie sich sein Herzschlag beschleunigte, während das langsame Pulsieren des Steins in seiner Brust stärker hämmerte. Eine Art Aufforderung oder dringliche Einladung …

Dann drehte er die chinesische Münze zwischen den Fingern und fragte sich, welche ihrer beiden Seiten am besten geeignet wäre, ihn auf direktem Wege zu Qins Grab zu katapultieren. Er entschied sich für die abgenutztere der beiden Seiten und legte sie in die Sonnenscheibe. Zuerst passierte nichts, doch nach ein oder zwei Sekunden, in denen das Pulsieren in seinem Inneren immer beherrschender wurde, sprühten weiße Funken aus den Sonnenstrahlen und bildeten eine gleißende Energiekugel um den Goldreif, wie eine kleine Sonne, die den Stein erglühen ließ. »Wenn er die sechs Strahlen zum Leuchten bringt, wird sein Herz der Schlüssel zur Zeit …«

Wie gebannt starrte Sam auf dieses funkensprühende Gebilde, etwa halb so groß wie eine Orange, das am Fuß des Sarkophags zu schweben schien. Dann wagte er, seinen Zeigefinger auszustrecken und es zu berühren. Es war weder heiß noch kalt, wie Luft. Ein Gefühl, als durchdringe man ein phosphoreszierendes Gas, das leicht auf der Haut prickelte, bevor es sie unempfindlich machte, beinahe körperlos. Er übte etwas mehr Druck aus und hatte das Gefühl, dass seine Fingerglieder durch den Stein drangen, ohne auf Widerstand zu stoßen. Er warf einen Blick auf den Rest des Raumes, um sicherzugehen, dass er nicht Opfer eines Trugbildes war, doch im Raum schien sich nicht das Geringste verändert zu haben. Oder doch: Rudolf hatte sich halb aufgerichtet und beobachtete, auf seine Ellbogen gestützt, sprachlos das unfassbare Schauspiel. Egal, dachte Sam, es war zu spät, um alles zurückzudrehen ...

Er zog seinen Finger von der weiß glühenden Mitte zurück und legte schnell die Hand auf die obere Rundung des Steins. Kaum berührte er ihn, als sein gesamter Körper von einem lang anhaltenden, heißen Krampf geschüttelt wurde und sich jedes einzelne seiner Moleküle durch unglaubliche Hitze in Luft aufzulösen schien ...

8.
Der Palast im Hügel

Und wieder diese Dunkelheit ...

Samuel kam wieder zu sich, er lag auf der Seite auf einem harten, eiskalten Untergrund. Der Ort roch durchdringend nach feuchter Erde oder nach Schlamm. Der Grabhügel des Kaisers Qin? Sam kam auf alle viere und ging jeden Teil seines Körpers einzeln durch: Er verspürte keinerlei Schmerzen, nicht einmal Übelkeit. Das war schon ein kleines Wunder angesichts der Heftigkeit, mit der er durch die Tunnel der Zeit katapultiert worden war ... Obwohl der Start noch immer genauso schmerzhaft gewesen war. Doch vielleicht hatte das Zusammenwirken des Goldreifs mit den sieben Münzen die unangenehmen Nebenwirkungen der Landung abgeschwächt?

Der Goldreif, genau ... Samuel tastete suchend den Boden ab und fragte sich, warum das Schmuckstück nicht mehr dieses schwache Leuchten ausstrahlte. Weiter seine nähere Umgebung abtastend, erkannte Sam, dass er sich in einer Art Sackgasse befand. Der Sonnenstein war in die rückwärtige Wand eingelassen und Merwosers Armreif lag noch immer an seinem Platz, auf der Sonne. Sam nahm ihn ohne größere Schwierigkeiten heraus, doch das vertraute Leuchten blieb weiter aus. Er nahm die chinesische Münze wieder an sich, ebenso den Plan von Rom aus der Vertiefung und verstaute alles in seinen Taschen. Jetzt musste er hier herausfinden ...

Als er aufstand, stieß er mit dem Kopf an die Decke, er musste in einer Art in die Tiefe gegrabenem schlauchartigem Gang gelandet sein. Nach etwa zwanzig Metern zeichnete sich vor ihm eine halbrunde Tür ab, umrahmt von einem feinen Lichtstrahl, der rundherum durch die Ritzen drang. Er bückte sich und öffnete einen Türflügel spaltbreit: Dahinter erstreckte sich ein riesiger Raum, der halb im Dunkeln lag und ein großes Gebäude mit Pagodendächern beherbergte. Das Haus im Hügel! Genau wie auf der Abbildung in der Abhandlung von den dreizehn Kräften der Magie! Er war direkt im Grabhügel Qins angekommen!

Sam wollte schon auf das aufwendig verzierte Vordach zustürzen, das den einzigen Eingang des Gebäudes überragte, als ihm Chamberlains Warnung einfiel: Das Grab sei mit unzähligen Fallen gespickt ... Er überlegte also lieber zweimal, bevor er weiterging, und nahm sich Zeit, den Ort genau unter die Lupe zu nehmen – zumindest den Teil, den er erkennen konnte. Auf den ersten Blick erinnerte die Anlage an einen orientalischen Palast: die charakteristischen, nach oben zugespitzten Dächer, die Abfolge von Terrassen mit ihren in Stein gemeißelten Balustraden; die beiden eleganten Etagen in Rot und Weiß, an denen Flammen gigantischer Kerzen emporleckten. Das Himmelsgewölbe darüber schien von unzähligen Sternen zu erstrahlen, doch bei genauem Hinsehen erkannte man, dass sie gleichzeitig zu nah und zu zahlreich waren, um einen echten Himmel darzustellen. Vielleicht Edelsteine, die das Licht zurückwarfen, oder sogar eine phosphoreszierende Substanz ...

Vor dem Haus erstreckte sich ein Garten, der größtenteils im Schatten lag. Sam selbst befand sich auf einer kleinen Anhöhe, etwa eineinhalb Meter über dem Boden, oberhalb einer Allee, die sich durch eine Fläche aus Moos und Kieselsteinen schlängelte. Einige Büsche mit knorrigen Stämmen waren an den Rändern gepflanzt, sie wechselten sich mit Steinaufschichtungen ab, die in regelmäßigen Abständen kleine Nischen bildeten, in deren Schutz rundliche Statuen standen.

Samuel ging über die drei in die Erde gegrabenen Stufen von seiner Anhöhe hinunter: Etwa vierzig Meter trennten ihn vom Palast, das sollte zu schaffen sein.

Er setzte einen Fuß auf die erste Steinplatte der Allee und hatte im selben Moment das Gefühl, dass sie sich absenkte. Von einer plötzlichen Vorahnung erfasst, riss er den Fuß zurück und duckte sich flach auf die Erdstufen, während ein Sirren die Luft durchschnitt: Ein Pfeil streifte seinen Arm und bohrte sich mit einem hässlich saugenden Geräusch in den Erdhang: tschlopp! Keine dreißig Zentimeter neben seiner Schulter ...

Sam war vor Schreck wie gelähmt, sein Herz raste, er wagte nicht, auch nur den kleinen Finger zu bewegen. Er spähte angestrengt in das Halbdunkel zu seiner Linken, in die Richtung, aus der der Pfeil gekommen war, riss weit die Augen auf und endlich gelang es ihm, eine Reihe menschlicher Gestalten auszumachen, die dort in der Dunkelheit postiert waren. Bogenschützen. Oder Armbrustschützen, so genau konnte man es nicht erkennen. Mindestens fünfzig, in Zweierreihen aufgestellt. Die Gestalten in der vorderen Reihe knieten mit einem Bein auf dem Boden, die dahinter standen aufrecht und unbeweglich, als warteten sie darauf, dass er den nächsten Schritt tat. Also versuchte er sein Glück auf der rechten Seite, doch auch dort sah das Empfangskomitee nicht viel einladender aus: die gleiche Anzahl von Kriegern, ebenfalls in einer Doppelreihe aufgestellt, bereit ihn zu durchbohren, falls er Anstalten machen sollte, sich vorwärtszubewegen.

Was machen die da?, fragte sich Sam. Woher haben die gewusst, dass ich komme? Und warum schießen sie nicht einfach? Hundert gegen einen!

Nach einigen Schrecksekunden kamen ihm die starren Gestalten und diese absolute Stille allmählich verdächtig vor. Keine Befehlsrufe, kein Waffengeklirr, nicht der kleinste Atemzug war zu hören. Und wenn er es nur mit Statuen zu tun hatte? Hatte Chamberlain nicht von Kriegern aus Ton gesprochen, die das Grab bewachten? Natürlich, es handelte sich nicht um Soldaten aus Fleisch und Blut, sondern um Statuen! Eine Art Kampfmaschinen, die ihre Pfeile abschossen, sobald man sich ihnen näherte und ...

Sam untersuchte den Weg vor sich etwas genauer. Die Steinplatten ... rechteckig, tiefschwarz und glänzend waren sie, mit scharlachroten Schriftzeichen versehen. Durch sie mussten die Schüsse ausgelöst werden. Ein unterirdischer Mechanismus wurde in Gang gesetzt, sobald eine von ihnen aktiviert wurde. Wenn man es schaffen könnte, sie zu umgehen ...

Ohne die Füße zu bewegen, zog Sam den Pfeil aus dem Lehmhang hinter sich. Er war aus sehr hartem Holz geschnitten, die Bronzespitze schien scharf zu sein wie eine Rasierklinge. Das Ding war zum Töten gedacht, nicht nur zum Verletzen. Sam nahm den Pfeil, um damit die Fläche aus grauem Moos abzutasten, die sich zu beiden Seiten der Allee wie ein Ascheteppich ausbreitete.

Mehr brauchte er nicht zu tun: Kaum hatte er damit ein

paarmal versuchsweise auf den Boden getippt, als sich ein eisernes Gebiss um den Pfeil schloss und ihn in drei Stücke brach. Das Empfangskomitee hielt auch Wolfsfallen bereit! Ganz abgesehen von den anderen Überraschungen, die den Unvorsichtigen erwarteten, der es wagen sollte, vom Weg abzuweichen …

Na los, versuchte er sich selbst aufzumuntern, da wird sich doch sicher eine Lösung finden lassen. Es *musste* eine Lösung geben … Von Neuem machte er sich daran, den Palast unter die Lupe zu nehmen, der jetzt unerreichbarer schien denn je. Den ins Halbdunkel getauchten Garten mit seinen zahlreichen Fallen, die Position der Statuen, die er mehr erriet, als dass er sie wirklich sehen konnte. Und schließlich den Weg, mit seinen in Zweierfolgen angeordneten Platten. Tatsächlich war auf jeder von ihnen ein rotes Zeichen auf schwarzem Grund zu erkennen, und was er auf den ersten Blick nur für eine Dekoration gehalten hatte, erschloss sich dem aufmerksamen Betrachter nach nur kurzem konzentriertem Nachdenken:  = Mond,  = Mensch, 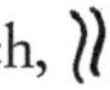 = Feuer,  = Baum,  = Berg und so weiter. Er verstand Chinesisch! Diese Magie erstaunte ihn noch immer!

Gut und weiter? Schnell überschlug er die Anzahl der vorderen Platten und kam auf etwa ein halbes Dutzend verschiedener Zeichen, die sich ohne eine bestimmte Abfolge auf der Allee wiederholten. Wenn sich daraus eine gesamte Bedeutung ableiten ließ, so schien ihm diese zu entgehen.

Da tauchte vor seinem inneren Auge die Zeichnung auf der letzten Seite der Abhandlung auf: Oberhalb von Qins Grabhügel hatte der Künstler eine Münze mit einem eckigen Loch in der Mitte dargestellt, anstelle einer Sonne. Außerdem war auf dieser Münze …

Fieberhaft kramte Sam den Goldreif aus seiner Tasche und löste die chinesische Münze ab, die ihn bis hierher gebracht hatte. Sie ähnelte der Münze aus dem Buch wie ein Zwilling und auf jeder ihrer Seiten waren die gleichen Zeichen eingeritzt:  und , Mensch und Berg. Zwei der Zeichen, die auch die Allee vor ihm schmückten. »Der Mensch, der sich im Berg befindet« ... Traf das nicht genau in diesem Moment auf Sam zu? Handelte es sich um einen Hinweis, der es dem Besucher erlaubte, den Garten unbeschadet zu durchqueren?

Sam sah sich die vor ihm liegenden Steinplatten noch einmal genauer an: Die auf der linken Seite, auf die er getreten war, trug das Mondzeichen. Die rechts daneben das Zeichen  für Berg. Vielleicht musste man dort ansetzen?

Vorsichtig streckte er den Fuß aus, bereit, jederzeit zurückzuspringen, und berührte mit den Zehenspitzen das Bergzeichen. Es war deutlich zu sehen, dass diese Platte sich nicht absenkte ... Er setzte den zweiten Fuß auf den rechteckigen Stein und keiner der Bogenschützen feuerte seinen tödlichen Pfeil auf ihn ab. Auf der nächsten Reihe befanden sich die Zeichen  Feuer und  Mensch nebeneinander. Er entschied sich für »Mensch«, ohne damit eine Reaktion vonseiten der Wachen auszulösen. Gar nicht so schlecht für den Anfang ...

So arbeitete er sich voran, immer darauf bedacht, zwischen  und 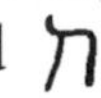 abzuwechseln. Manchmal war er gezwungen, ein oder auch zwei Plattenpaare zu überspringen, aber er schaffte es immer, mindestens einen der sicheren Steine zu erreichen. Nicht viel komplizierter als »Himmel und Hölle« zu spielen!

Als er wohlbehalten das Vordach erreicht hatte, stieß er die schweren Bronzeflügel der Tür auf und trat in den Innenhof des Palastes, über dem ein unangenehmer Geruch hing.

»Nicht schon wieder!«

Er stand Auge in Auge mit drei Armbrustschützen, ihre Waffen schussbereit auf ihn gerichtet. Sie hatten ungefähr seine Größe und einen ungemein lebensechten Gesichtsausdruck: Finster blickten sie ihm entgegen, mit gefurchter Stirn, pechschwarzen Schnurrbärten, lederner Haut und zu einem Knoten auf dem Hinterkopf geschlungenen Haaren. Sie hielten ihre Waffen gegen ihre metallischen Brustharnische gedrückt, die Sehne der Armbrust bis zum Anschlag gespannt. In dem zuckenden Kerzenlicht war die Täuschung nahezu perfekt!

Vor ihnen teilte sich die Allee in drei Abzweigungen, jede von ihnen eine regelmäßige Abfolge von Platten, auf denen sich immer ein und derselbe Buchstabe wiederholte, diesmal nur etwas komplexer: 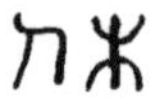 nach links, 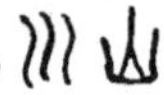 in der Mitte und 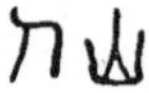 nach rechts. Eine Variante der vorherigen Aufgabe, die es erforderte, die richtige Wahl zu treffen, um nicht auf der Stelle von einem Pfeil durchbohrt zu werden.

Samuel ließ sich von den Bildern der Schriftzeichen leiten, dessen Bedeutung ihm eindeutig erschien. Das erste Zeichen 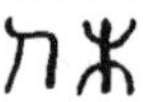 vereinte zwei, die ihm eben schon begegnet waren: 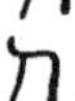 und , das bedeutete Mensch und Baum. 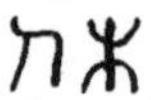, das war der Mensch, der sich an einen Baum lehnt, also ein Sinnbild für »Ruhepause«. In der Mitte das Nebeneinander von 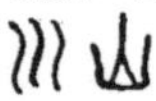, die Zeichen für Feuer und Berg, standen natürlich für den Vulkan. Rechts ergab sich 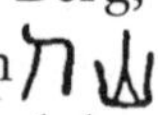 aus der Vereinigung von  und , der Mensch und der Berg, die beiden Zeichen, die ihm bis hierher Glück gebracht hatten. Zudem hatte ihre Kombination im Chinesischen traditionellerweise – jedenfalls verstand er es instinktiv so – eine besondere Bedeutung: 仙, der Mensch, der zurückgezogen auf dem Berg lebte, verwies auf die heilige Gestalt der Unsterblichkeit. Unsterblich . . . das hatte Kaiser Qin werden wollen!

Ohne länger zu zögern, entschied Sam sich für den Weg des Unsterblichen. Die erste Platte, die zweite, die dritte . . . Nicht eine erzitterte unter seinen Schritten und die drei Armbrustschützen standen da wie aus Marmor gehauen. Er umrundete die Statuen in einer Entfernung von etwa zehn Metern, dann erstarrte er plötzlich und hielt sich die Nase zu. Jetzt wusste er, woher der widerliche Geruch kam: Direkt vor ihm auf dem Boden lag ein abgezehrter, fast schon skelettierter Kadaver, einen Pfeil im Rücken. Ein Grabräuber oder ein verirrter Tourist, der nicht das Glück gehabt hatte, Qins Wachen zu entkommen? Und der an dieser Stelle zusammengebrochen war, nur wenige Meter vor dem Palast, die Hand noch ausgestreckt nach einer Tür, die er nie erreichen würde?

Sam wollte gerade an dem Unglücklichen vorbeigehen, als ihm der Ring auffiel, der die langen vertrockneten Finger schmückte. Gegen seine aufsteigende Übelkeit ankämpfend, beugte Sam sich darüber: Es war ein silberner Siegelring mit einem eingravierten Burgturm. Dieses Schmuckstück war ihm schon einmal woanders begegnet! Genauer gesagt in Brügge, im 15. Jahrhundert, wo dieser Siegelring die Macht des Vogts, des höchsten Polizeichefs, symbolisierte. Sein Eigentümer hatte ihn an jenem Tag getragen, als er Sam beim Herumschnüffeln in seinem geheimen Kabinett ertappt hatte. Denn dieser Siegelring gehörte niemand Geringerem als Klugg, dem Alchemisten von

Brügge! Er war der leblose Körper zu seinen Füßen! Klugg, der es bis zum Grab von Qin geschafft hatte, ohne zu ahnen, dass es auch sein eigenes werden sollte!

Den Schreck musste Samuel erst einmal verdauen: Natürlich hatte er den Alchemisten nicht besonders geschätzt, aber zu wissen, dass er hier den Tod gefunden hatte, grausam verletzt, weit von den Seinen und seiner Zeit ... War es das, was einen auf diesen »Reisen« erwartete? Unermüdliches Forschen und Suchen, das in den sicheren Tod führte? Und was wollte man letztendlich dort finden?

Sam stand auf und murmelte halblaut ein paar Worte zum Gedenken an seinen alten Feind. Mehr gab es nicht zu tun, außer seine eigene Lehre daraus zu ziehen und doppelt wachsam zu sein ... Vorsichtig legte er die letzten Meter zurück, die ihn noch vom Eingang des Palastes trennten. Dieser wurde von zwei mächtigen Kerzen eingerahmt, zwei riesigen, mindestens eineinhalb Meter hohen weißen Vasen, die zur Hälfte mit einer ölartigen, fischig riechenden Flüssigkeit angefüllt waren, in die ein langer, zu einer Spirale gewickelter Docht getaucht war. Damit dürfte die Beleuchtung für eine Weile gesichert sein ...

Sam ging mit angehaltenem Atem durch die Tür und betrat das Gebäude. Eine Art Vestibül, von einem grünen und einem gelben Drachen flankiert, ging über in einen Vorraum: mit roten Stoffen bespannte Wände, davor rund um den Raum aufgereihte niedrige Sitze. Linkerhand führte ein Treppenabsatz hinunter zu einem tiefer gelegenen Raum, wo sich eine beeindruckende Ansammlung von Krügen und Körben auf Regalen teilweise bis unter die Decke stapelte. Neugierig lüftete Samuel den ein oder anderen Deckel: Getreidekörner, getrocknete Früchte,

Bier ... Wie in Ägypten versüßte man dem Verblichenen seine Reise ins Jenseits mit reichlich irdischer Nahrung!

Im nächsten Raum war eine große kreisförmige Fläche mit gelbem Sand abgestreut, in deren Mitte zwei Statuen, mit einfachem Lendenschurz bekleidete Kämpfer, einander mit angespannten Muskeln gegenüberstanden. Ein dritter stand außerhalb des Kreises und hob den Finger, als wolle er sie zum Kampf einladen – oder wollte er den Kampf unterbrechen? Eine Art Sporthalle, vermutete Sam. Aus diesem weißen, unmöblierten Trainingsraum folgte er einer Holztreppe hinauf zu einer Terrasse. Auch diese war hell erleuchtet und überragte zugleich den Innenhof und den Garten. Sie führte zu einem Pavillon, um den herum eine überdachte Galerie verlief, von der eine Unzahl leuchtend bunter Bänder herabhingen, wie zu einem Fest oder Empfang. Im Inneren sah es so aus, als wäre ein feierliches Bankett in vollem Gange: drei gigantische Tische waren dort angerichtet, als müssten sie jeden Augenblick unter der Last des Geschirrs und den Unmengen von Gefäßen zusammenbrechen. Tiere aus Ton bildeten die verschiedenen Gänge eines opulenten Menüs: Schwäne, Enten, Schweine. Dazu mehrere Statuen von Gästen, die sich gerade von den Platten bedienten oder ein Glas an die Lippen hielten. Es sah aus, als hätte ein Fluch die feiernde Gesellschaft beim Festmahl in der Bewegung erstarren lassen. Man musste nur den richtigen Zauberspruch kennen, um sie wieder zum Leben zu erwecken ...

»Okay, Jungs«, rief Sam in die über allem lastende Totenstille hinein, »eure Geschichte von Fallen und Festessen ist ja schön und gut, aber wie komme ich hier wieder weg?«

Er suchte die Räumlichkeiten bis in den letzten Winkel ab, ohne etwas zu finden, das auch nur entfernt nach einem Sonnenstein aussah. Enttäuscht ging er zurück zur Terrasse. Von dort aus folgte er einem kleinen Übergang, der zu einem zweiten, dem vorherigen sehr ähnlichen rot-weißen Pavillon führte, nur ohne die farbigen Bänder. Auch die Atmosphäre war hier wesentlich nüchterner: ein fast leerer Raum, dessen Mitte von einer einzelnen, mindestens zwei Meter hohen Statue beherrscht wurde. Auch sie unterschied sich wesentlich von den anderen, die er vorher gesehen hatte: die Figur eines Mannes im reifen Alter mit langem schwarzem Bart und straff nach hinten gekämmten Haaren, dessen Gesichtszüge und Blick unverkennbar majestätisch wirkten.

Vor allem trug er im Gegensatz zu den Festgästen von vorher sehr reale Kleidung: einen leuchtend gelben, langärmeligen Mantel, vorn geschlossen mit einer grünlich schillernden Schürze, die mit verschlungenen Pflanzenmotiven bestickt war. Des Weiteren trug er eine erstaunliche Kopfbedeckung in Form einer kleinen eckigen Platte, von der feine Perlenschnüre herabhingen und einen Teil seines Gesichtes verdeckten. Wahrscheinlich der letzte Schrei der Mode um 210 v. Chr.... An ihrer Seite trug die Figur ein versilbertes Schwert und sie streckte die rechte Hand in einer herrschaftlichen Geste nach vorn, als wollte sie die ganze Welt unter ihren Willen zwingen.

Kaiser Qin, kein Zweifel ...

Die Wände um ihn herum waren von düsterem Schwarz, aufgehellt nur von einer Reihe weißer Banner, auf denen große rote Zeichen prangten: *Han ist besiegt worden, Zhao ist besiegt worden, Yan ist besiegt worden, Wei ist besiegt worden* und so weiter ... Sam zählte mindestens ein halbes Dutzend solcher Banner, die an die herausragendsten Siege des Eroberers erinnerten. Zu ihren Füßen erhob sich jeweils immer die gleiche graue Stele mit der Inschrift: *Dies hat Qin Shihuangdi vollbracht – dies hat der erste und erhabene Kaiser Qin vollbracht* ... Eins war sicher, an mangelndem Selbstbewusstsein hatte der Kerl ganz sicher nicht gelitten!

Sam setzte seinen Weg fort und fand gegenüber dem Pavillon eine Treppe in das darunterliegende Stockwerk und dann eine weitere Bronzetür, die sich zum hinteren Teil des Palastes öffnete.

Er stieß einen erstaunten Schrei aus.

Er kam sich vor, als würde er einen verzauberten Feenpark betreten, über den sich ein schwarzer, sternenübersäter Himmel wölbte. Ein Puzzle geschickt ineinandergreifender Inseln, untereinander durch wunderliche Brücken verbunden, die sich über einen silbrigen Fluss spannten. Riesige Lichtvasen beleuchteten jede der Inselchen, die mit schattenrissartigen Bäumen und Statuen bevölkert waren, in ihrer Mitte ein geschwungener Tempel, dessen Pagodendach die ganze Anlage beherrschte. Am anderen Ufer dieses seltsamen Sees endete das Himmelsgewölbe vor einem Berg zusammengestürzter Felsbrocken, als hätte ein Erdbeben alle Wege zurück zur Welt der Lebenden verschüttet.

Samuel ging die von Moos und Kieseln gesäumte Allee hinunter zum Ufer des Sees. Er tauchte seinen Finger in die spiegelnde Oberfläche, und als er ihn wieder herauszog, war er mit einer silbrigen, beinahe metallischen Substanz überzogen: Quecksilber ... Ein See aus Quecksilber! Er kam auf die erste Insel, die symbolisch von zwei Tonkriegern bewacht wurde, mit verschränkten Armen und dem Schwert in der Scheide. Der von zwei weißen Pferden gezogene Bronzewagen hinter ihnen schien soeben den Kaiser zu seinem Abendspaziergang abgesetzt zu haben. Ein paar Schritte weiter erwartete ihn eine Gruppe Musikanten. Ihnen folgten mehrere Bedienstete, die zu seinem Empfang bereitstanden, einige in tiefer Verbeugung, andere überreichten ihm feinste Tücher, bis an den Rand gefüllte Obstkörbe oder Weinbecher. Dahinter gabelte sich der Weg, einer führte weiter zu einer Insel mit Tierfiguren, der zweite auf den eleganten Pagodenbau zu.

Sam entschied sich für Letzteren, überquerte die Brücke und trat in den Turm mit durchbrochenen Wänden, dessen erste Stufen von zwei Steindrachen verteidigt wurden. Im Inneren gab es einen einzigen Raum, in dem Kaiser Qin auf einem ausladenden weißen Bett ruhte, das von vier Seiten mit Perlenvorhängen geschützt wurde. Samuel wahrte einen respektvollen Abstand. Der alte Mann lag ganz gerade, in ein buntes seidenes Totengewand gehüllt, einen langen schwarzen Gehstock an seiner Seite. Unter dem dichten grauen Bart waren seine Züge nur schwer zu erkennen – man hätte die Perlenvorhänge beiseiteschieben müssen, um besser zu sehen –, doch Sam erschienen seine Stirn und die Wangen stark eingefallen, als wäre das Gesicht im Laufe der Zeit eingetrocknet – oder hatte der Körper eine spezielle Behandlung zur Konservierung erhalten, obwohl er so lebensecht schien?

Abgesehen von den rundherum vor den Wänden aufgereihten Bronzestühlen bestand der einzige bescheidene Schmuck des Raumes aus einem Schriftzug auf einem weißen Banner: *Ich habe mit drei Armeen über dieses Reich geherrscht: Krieger, um zu erobern, Arbeiter, um zu bauen, Beamte, um zu verwalten.* Darunter hingen drei Paare symbolischer Gegenstände: Pfeil und Schwert, die sich kreuzten; daneben ein Hammer und ein dicker Meißel, ein Pinsel und eine Schreibtafel aus Bambusholz. Seltsam berührt von dieser Szenerie zog Sam sich leise auf Zehenspitzen zurück – die kriegerischen Tonfiguren waren ihm dann doch lieber.

Er setzte seine Besichtigung auf der anderen Seite der Insel fort, wo er hinter einer kleinen Steinmauer zu seiner Überraschung eine ganze Welt im Kleinformat entdeckte, die sich über die benachbarten Inseln erstreckte: Entlang des Quecksilberflusses waren im Miniaturformat drei komplette Städte nachgebaut, mit Stadtmauern, Straßen, Wohnhäusern, Parks ... Staunend spazierte Sam auf den verschlungenen Wegen an den Gebäuden vorbei, die ihm knapp bis zur Hüfte reichten, und kam sich vor wie Gulliver, der durch ein schlafendes Lilliput irrt. Es gab die unterschiedlichsten Häuser, bis in jede Einzelheit detailgetreu nachgebildet: Marktstände und Geschäfte voller Waren; Ställe, in denen Pferde tänzelten; geöffnete Fenster, durch die man in das komplett möblierte Innere der Häuser sehen konnte; Brunnen, Wachtürme, ein prächtiger Palast in der Mitte ... Qin hatte die Städte seines Reiches nachbauen lassen ... Der Kaiser hatte sich mit seinem ganzen Imperium beerdigen lassen!

So ging Sam weiter bis zur letzten Brücke, die hinüber zum gegenüberliegenden Ufer des Sees führte. Er war nicht ganz sicher, aber von dort, wo er war, und in dem flackernden Licht, konnte er am Fuße einer Mauer aus riesigen Steinblöcken eine etwas dunklere Stelle erkennen. Ein Ausgang?

In großen Sprüngen lief er über den Sandstrand darauf zu, während sich der doppelte Pulsschlag in seiner Brust verstärkte: Es musste in der Nähe einen weiteren Sonnenstein geben! Er ging auf eine runde Tür zwischen den Felsen zu und drückte die Klinke herunter, den Goldreif griffbereit in der Hand. Hinter der Tür lag eine grob in den Fels gehauene, schmucklose Grotte. Und in ihrer Mitte ...

Samuel blieb einen Augenblick wie versteinert stehen, von widerstreitenden Gefühlen hin und her gerissen. Der Stein ... Er war da ... Es war der richtige, dessen war er sicher, er konnte das Pulsieren in seinem Körper spüren. Und doch ... Auch wenn er dort auf dem unebenen Boden vor ihm stand, hatte er weder eine Sonne noch eine Vertiefung. Er war vollkommen glatt und vollkommen unbrauchbar!

Sam inspizierte den Stein von allen Seiten und suchte fieberhaft nach einer Erklärung. Der Stein lebte, jedes einzelne Molekül seines Körpers bestätigte ihm das. Aber wohin mit dem Goldreif? Und den Münzen? Er war noch roh, als ob niemand ihn ...

Die Legende von Imhotep ... schoss es ihm auf einmal durch den Kopf. Was hatte Setni noch gleich über ihn erzählt? Dass Imhotep, der Arzt und Architekt, den Auftrag erhielt, ein Heilmittel für die kranke Tochter des Pharaos zu finden, und der Gott Thot ihm die Fähigkeit verliehen hatte, Sonnensteine herzustellen. Und damit nicht genug, Setni hatte hinzugefügt, dass unter gewissen Umständen ein Reisender seine eigenen Sonnensteine erschaffen konnte: »Wer auf den Wegen der Zeit wandelt, verspürt mindestens ein

Mal in seinem Leben das Bedürfnis, die Sonnenscheibe des Re in Stein zu hauen«, hatte er versichert. »Unter der Voraussetzung, dass er den Ort mit Bedacht wählt und seine Absichten reiner Natur sind, kann der Zauber wirken und der Stein wird zum Leben erwachen.«

Das also war die letzte Prüfung von Qins Grab: einen eigenen Sonnenstein zu erschaffen!

»Aber ich weiß doch gar nicht, wie man das macht!«, jammerte Sam vor sich hin. »Außerdem habe ich überhaupt kein Werkzeug ... Ich bräuchte etwas zum Meißeln, einen Hammer oder so etwas ...«

Werkzeug, überlegte er. Aber ja, er wusste, wo er so etwas gesehen hatte!

Ohne eine Sekunde zu vergeuden, lief Sam mit großen Schritten zurück zu Qins Begräbnisturm. Er sprang über die Freitreppe und kam erst vor dem Bett zum Stehen. Über der Trennwand schwebte noch immer dieselbe Devise: *Ich habe mit drei Armeen über dieses Reich geherrscht: Krieger, um zu erobern, Arbeiter, um zu bauen, Beamte, um zu verwalten.* Natürlich galt Sams Interesse besonders den Arbeitern.

Er trat vor die unter dem Banner an der Wand befestigten Utensilien und griff nach Hammer und Meißel. Es konnte kein Zufall sein, dass man sie dort aufgehängt hatte: Sie waren die Rückfahrkarte in die Welt der Lebenden!

Sam war gerade im Begriff, den Raum zu verlassen, als ein Klirren hinter seinem Rücken ihm das Blut in den Adern gefrieren ließ ...

»Warte!«, hörte er eine Grabesstimme rufen.

9.

秦始皇

Wie in Zeitlupe wandte Sam sich um, als ob seine Gelenke plötzlich blockiert wären. Nein, das durfte nicht sein … er wollte es einfach nicht glauben …

Kaiser Qin hatte sich auf seinem Lager aufgerichtet und hielt den Perlenvorhang mit einer zitternden Hand beiseite … Ein lebender Toter! Ein Zombie!

Fast hätte Sam Hals über Kopf die Flucht ergriffen, doch der gebieterische Ton des alten Mannes hielt ihn zurück.

»Wir müssen miteinander reden. Komm näher, damit ich dich ansehen kann …«

Samuel gehorchte wie eine Marionette, unfähig, sich einer Willenskraft zu entziehen, die aus der Tiefe aller Zeit zu dringen schien. Qin hatte das Aussehen eines vom Alter gezeichneten Mannes. Obwohl seine Haare und sein Bart noch immer silbergrau schimmerten, war die Haut seiner Wangen und seiner Stirn nur noch über Knochen gespannt. Die Pupillen seiner Augen waren fast weiß und gaben dem Anblick etwas Gruseliges.

»Du bist sehr jung«, brummte Qin, während er versuchte, die Perlenschnüre miteinander zu verknoten, um sie besser beiseite zu halten. »Er hat mir nichts davon gesagt …«

»Er?«, stieß Sam hervor.

»Er, ja … Er hat mir versprochen, dass jemand kommen

würde. Allerdings konnte er mir nicht sagen, wann. Und vor allem nicht, wer. Auf jeden Fall, hat er dabei sicher nicht an ein Kind gedacht.«

Seine Stimmbänder klangen, als wollten sie jeden Moment reißen. Seit wie vielen Jahren hatte er wohl schon nicht mehr gesprochen?

»Sie sind also nicht ...«, stotterte Sam. »Ich meine, als ich das erste Mal hier war, sahen Sie aus, als wären Sie ...«

Qin gab etwas von sich, das wohl ein lautes Lachen sein sollte, obwohl es eher klang wie das Knarren einer alten Tür.

»Tot, meinst du das? Auf eine gewisse Art bin ich es wohl. Zumindest für die, die mich begraben haben. Vor wie vielen Jahren war es noch gleich? Hundert? Zweihundert? Dreihundert? Ich weiß es nicht mehr ... Aber wenn es dich beruhigt, ich werde es bald wieder sein. So ist der Lauf der Dinge.«

»Ich ... ich verstehe kein Wort«, gestand Sam verwirrt.

»Hol mir erst mal etwas Wasser«, befahl Qin anstelle einer Antwort. »Ich bin durstig. Dann werde ich dir alles erklären. Geh jetzt«, drängte er, als er sah, dass Sam immer noch stocksteif dastand. »Hinten ist ein Brunnen. Mein Grab befindet sich oberhalb der Drei Quellen, es ist das reinste Wasser in der Region Xi'an. Deine Instrumente kannst du hierlassen, ich habe nicht vor, sie dir zu stehlen.«

Samuel gehorchte. Er legte Hammer und Meißel auf einem der Sessel mit den geschwungenen Armlehnen ab und machte sich auf den Weg. Der Brunnen lag nur ein paar Schritte entfernt, mithilfe einer Kurbel konnte man einen kleinen Keramikeimer hinunterlassen oder heraufziehen. Samuel drehte erst in die eine, dann in die andere Richtung, dann schnupperte er an dem Wasser, das er aus der Tiefe geholt hatte: Es war klar und roch überhaupt nicht modérig. Er nahm einen Schluck davon, denn auch er fühlte sich auf einmal wie ausgetrocknet. Dann goss er den Rest in einen der Tonkrüge vor dem Brunnenrand. Zurück im Tempel reichte er das Gefäß dem Kaiser, der mittlerweile auf der Kante seines Lagers saß. Qin nahm ihm den Krug ohne ein Wort des Dankes aus den Händen und leerte ihn in gierigen Schlucken, mit laut schnalzender Zunge, bis zum letzten Tropfen.

»Ah!«, rief er, schon mit festerer Stimme, aus. »Trinken, das ist es, was mir am meisten fehlt ... Und du ...«, fuhr er fort und hob mahnend den Finger, »musst lernen, dass man sich verbeugt, bevor man den Kaiser bedient. Nur weil du aus ich weiß nicht welchem barbarischen Winkel dieser Welt kommst, heißt das noch lange nicht, dass du die Bräuche mit Füßen treten musst ... Und hör auf, mich so dümmlich anzustarren, ich habe nicht so lange ausgeharrt, um mich einem jungen Narren gegenüber wiederzufinden, der mich anglotzt wie ein staunender Fisch. Jetzt setz dich und unterbrich mich nicht. Ich mag dir vielleicht alt und welk erscheinen, doch wisse, dass dieser Arm, der einst ganze Königreiche im Kampf besiegte, dir immer noch den Hintern versohlen könnte ...«

Drohend hob er seinen großen schwarzen, mit Goldfäden umwickelten Stock und Sam fand es diplomatischer, sich ihm – zumindest dem Anschein nach – zu unterwerfen. Unter dem milchigen, zufriedenen Blick des Alten nahm er auf einem der Sessel Platz.

»Gut, so ist es schon viel besser«, lobte dieser. »Zuerst solltest du gewisse Dinge zu meiner Person wissen. Hör gut zu, denn du wirst der Letzte sein, dem ich das erzähle, und ich will nicht, dass es verloren geht ... Deinem groben Benehmen nach zu urteilen, kannst du es offensichtlich nicht ermessen, aber du hast die unschätzbare Ehre, dem berühmten Qin Shihuangdi, dem ersten Kaiser von China, gegenüberzusitzen.«

Er machte eine Kunstpause, um die Wirkung seiner Worte auszukosten, die Sam mit stummer Bewunderung entgegennahm.

»Wie es dort in der Inschrift an der Wand heißt, bin ich derjenige, den der Himmel dazu ausersehen hat, das mächtigste und beständigste Königreich, das es je auf dieser Erde gegeben hat und geben wird, zu errichten. Zu diesem Ziele und damit es die Jahrhunderte überdauert, habe ich es mit einer soliden Währung ausgestattet, mit unumstößlichen Gesetzen, mit einer neuen Schrift und einfachen Einheiten zum Rechnen und Wiegen ... Außerdem habe ich tausend Straßen und tausend Kanäle bauen lassen, und um sie zu schützen, habe ich eine große Mauer errichten lassen, wie man sie noch nie gesehen hat ... Kurz, ich habe diesem Land die Fähigkeit verliehen, den Zeiten zu trotzen.«

Er nickte ein wenig selbstgefällig.

»Eine Frage dazu, existiert China in deiner Zeit noch?«

»Äh! Ja, natürlich«, bestätigte Sam.

»Und ist es nicht der Erste unter allen Staaten?«

»Nun ja ...«

Jetzt nur nicht das Falsche sagen ...

»In einigen Bereichen trifft das durchaus zu ...«

»Immerhin! Und das alles ist mir zu verdanken! Ist dir klar, welche unerhörte Gunst ich dir gewähre, indem ich dich empfange?«

»Unerhört, das ist das richtige Wort«, stimmte Sam zu.

»Gut, gut«, freute sich Qin, »dein Geist beginnt, sich zu öffnen ... Doch man kann eine solche Aufgabe nicht bewältigen, ohne den Menschen und dem Schicksal ein wenig nachzuhelfen, musst du wissen. Man hat mich nicht immer verstanden«, fügte er hinzu und legte seine immer stärker zitternden Hände übereinander. »Ich habe gegen zahlreiche Vorbehalte und Widerstände ankämpfen müssen, einige haben sich gegen mich aufgelehnt und ich sah mich genötigt, sie zu bestrafen.«

Wie viele Kriege und wie viele Opfer es gekostet hat, übersetzte Sam im Stillen, dem die Überwindung der Zeitgrenzen einen neuen Blick auf das Weltgeschehen eröffnet hatte.

»Kurzum«, seufzte Qin, »je weiter sich meine Weltherrschaft ausdehnte, desto mehr wurde ich dazu getrieben, gewisse Fehler zu begehen. Schwere Fehler sogar.«

Ein kurzes Schweigen folgte und Sam hätte schwören können, dass ein feuchter Schimmer in den leichenblassen Blick des Kaisers trat.

»Es genügte mir nicht mehr, meine Herrschaft über die Völker auszudehnen, verstehst du, ich wollte, dass sie sich bis in die Ewigkeit erstreckte. Nicht mehr nur über meinesgleichen herrschen, sondern auch über ihre Kinder, über die Kinder ihrer Kinder, über alle nachfolgenden Generationen. Ich habe beschlossen, unsterblich zu werden ...«

Für einen kurzen Moment wandte er den Blick ab, als habe dieses Geständnis ihn große Überwindung gekostet. Dann fuhr er in vertraulichem Tonfall fort:

»Kennst du das Penglai-Gebirge, junger Mann?«

Samuel verneinte mit einem Kopfschütteln.

»Es befindet sich auf einer entlegenen Insel in den Meeren des Ostens. Dort, so behaupten die Ältesten, liegt die Quelle der Unsterblichkeit verborgen. Aber ach, sämtliche Expeditionen, die ich dorthin aussandte, sind am Ende entweder gescheitert oder kehrten nie zurück. Nur eine einzige hatte etwas mehr Glück und nahm einen Magier gefangen, der vorgab, den Namen Meister Lu zu tragen. Er behauptete, das Penglai-Gebirge erklommen und ihm seine Geheimnisse geraubt zu haben. Zum Beweis dafür lehrte er mich eine Form von Meditation, die man dort praktiziert und die es dem Eingeweihten erlaubt, einen Zustand der absoluten Erfüllung zu erlangen, die ihn über die Gegenwart erhebt. Dazu muss man nur tief in seinem Innersten dem Strom der Zeit ganz nah kommen und sein Herz dazu bringen, im Gleichklang zu schlagen ... Wem dieses gelingt, der kann das Zerfallen der Sekunden und Minuten um sich herum aufhalten, bis er sich vom normalen Lauf seines Lebens löst. In diesem Zustand der Glückseligkeit hast du mich hier vorgefunden, eine Art Seelenschlummer, bei dem der Schlafende nur sehr langsam vom Alterungsprozess des Körpers berührt wird ...«

Mit einem kurzen Blick stellte er fest, dass sein Wasserkelch tatsächlich leer war, zog einen enttäuschten Schmollmund und räusperte sich effektvoll, bevor er weitersprach:

»Leider ist es Meister Lu nach einigen Wochen gelungen, auch mein Misstrauen einzuschläfern. Er behauptete, dieser Zustand der Erfüllung, den zu erlangen er mich gelehrt hatte, sei nur der erste Schritt auf dem Weg zum ewigen Leben. Wenn ich jedoch seine Ratschläge gewissenhaft befolgte, würde ich schon sehr bald mein Ziel erreicht haben.

Mehr noch, ich könnte vielleicht sogar die Kunst erlernen, zwischen den Zeiten zu reisen ... Doch dafür, so versicherte er mir, müsste ich zunächst zu den heiligen Bergen pilgern, damit der Himmel meinen Geist reinige und ihn darauf vorbereite, diese Gabe zu erhalten. Und ach, geblendet von meinem Verlangen nach Macht, war ich so schwach, ihm Glauben zu schenken. Und bin aufgebrochen ...

Als ich nach langen Monaten der Irrfahrt bis an die äußersten Grenzen des Imperiums in meine Hauptstadt zurückkehrte, hatte Meister Lu die Zeit genutzt, um seine Macht zu festigen und etliche Reichtümer anzuhäufen. Doch wieder zog ich es vor, verführt von meinem Traum des ewigen Lebens, die Augen zu verschließen. Schlimmer noch, ich weigerte mich, jenen Gehör zu schenken, die versuchten, mich zu warnen ...«

Er stieß einen tiefen Seufzer aus. War er doch im Begriff, sich das von der Seele zu reden, was während all dieser Zeit auf ihm gelastet hatte:

Eines Tages haben die Gelehrten des Hofes mich aufgesucht, um mir ihren Verdacht in Bezug auf Meister Lu und seine wahren Absichten mitzuteilen. Ich habe ... ich habe mich nicht nur geweigert, ihnen zuzuhören, nein, ich habe mich von blinder Wut hinreißen lassen. Sie verlangten nichts Geringeres als die Verbannung desjenigen, der mich unsterblich machen würde! Ermutigt von dieser elenden Schlange, deren vergiftete Worte in meinen Ohren brausten, beschloss ich, an ihnen ein Exempel zu statuieren. Ungeachtet ihrer inständigen Bitten, ungeachtet der Tränenströme und des Geschreis ihrer Frauen und Kinder, ließ ich vierhundertsechzig von ihnen hinrichten, um meinen

Zorn zu besänftigen. Lebendig begraben«, seufzte er, »auf meinen Befehl und nach meinem Willen ...«

Qin vergrub seinen Kopf in den Händen und rieb sich die Schläfen.

»Ihre Schreie verfolgen mich noch immer ... Seltsam, nicht wahr? Ich, der ich immer unberührt geblieben war vom Tod meiner Feinde, ich habe von jenem Tag an nie wieder geschlafen und gleichzeitig nie wieder das Verlangen nach Unsterblichkeit verspürt. Wer weiß? Vielleicht hatte mich mein Aufenthalt in den heiligen Bergen trotz allem doch besser gemacht, als ich eigentlich war?«

Er nahm seine Hände vom Gesicht, als erwarte er eine Zustimmung, die Sam ihm wohl kaum hätte geben können.

»Zunächst war ich versucht, mich an jenem zu rächen, den ich für die Ursache des ganzen Übels hielt«, fuhr er fort, »an jenem irregeleiteten Magier mit Namen Lu. Doch das wäre nur ein weiteres Mittel gewesen, die Augen vor den Tatsachen zu verschließen: dass nämlich einzig und allein ich selbst für dieses Massaker verantwortlich war. Meister Lu zu opfern, hätte bedeutet, einen anderen für meine Verbrechen bezahlen zu lassen ... Ich habe ihn deshalb lediglich aus meinem Reich verbannt und ihm untersagt, sich meinen Grenzen auf weniger als zehntausend Schritte zu nähern. Und was mich betraf, welche Strafe wäre angemessener gewesen als der Tod? Ich musste mich töten, um meine Untaten zu sühnen ...

Am Vorabend jenes Tages, an dem ich vorhatte, meinem Dasein ein Ende zu setzen, kam ich ein letztes Mal in dieses Grab, um zu meditieren. Sein Bau war, nach achtzehn endlosen Jahren, soeben fertiggestellt worden, was mir wie ein himmlisches Zeichen erschien . . . Doch anstatt dort ganz allein zu sein, hatte ich eine unvorhergesehene Begegnung: ein kleinwüchsiger Mann mit rasiertem Schädel und dunkler Hautfarbe stand auf einmal wie aus dem Nichts vor mir . . . Ich zog mein Schwert, glaubte, der Geist eines jener Gelehrten, die ich kaltblütig hatte umbringen lassen, wollte mich angreifen. Doch er entwaffnete mich auf der Stelle durch ich weiß nicht welchen Zaubertrick. Dann zwang er mich, ihn anzuhören.«

»Ein kleinwüchsiger Mann mit rasiertem Schädel und matter Hautfarbe!«, rief Sam aufgeregt. »Fähig, einen kampferprobten Krieger zu entwaffnen!« Das konnte doch niemand anderes gewesen sein als Setni, der Hohepriester des Amun?

»Er erklärte, er käme aus einer anderen Welt und beherrsche die Kunst, nach Belieben durch die Zeit zu reisen. Dass er wüsste, was sich hier zugetragen hatte, und dass er mir ein Mittel schenken würde, alles wiedergutzumachen. Ich hätte meine Wache herbeirufen können, doch ich wusste sofort, dass dieser Mann die Wahrheit sprach. Ich habe ihn gefragt, warum er mir – wenn er doch in die Vergangenheit zurückgehen konnte – nicht vorschlug, die Hinrichtung der Gelehrten zu verhindern. Aber er behauptete, das Geschehene dürfe man nicht ungeschehen machen, denn wenn man versuche, den Lauf des Schicksals zu beeinflussen, so könne dies eine Kette noch viel verheerenderer Katastrophen auslösen. Und indem man meine, die Dinge zu verbessern, verschlimmere man sie nur . . .«

Hundert Prozent Setni, ohne Zweifel.

»Ich kenne ihn«, versicherte Sam eindringlich. »Das ist der Hüter der Sonnensteine. Ein guter Mensch, von großer

Weisheit, der auch mir schon einmal in einem Moment höchster Not geholfen hat . . .«

»Der Hüter der Sonnensteine . . .«, wiederholte der Kaiser. »Das würde passen, ja . . . Denn von diesen seltsamen Steinen war die Rede . . . Während meiner Abwesenheit hatte Meister Lu so einen Stein behauen lassen, mit einer sonderbaren Sonne in dem von Armbrustschützen bewachten Teil des Parks. Er hatte schon angefangen, einen zweiten zu behauen, doch ich habe ihn davongejagt, bevor er seine Arbeit beenden konnte. Ich schlug dem kleinen Mann vor, die Steine zu zerstören, weil sie ihm Sorgen zu machen schienen. Er entgegnete jedoch, dass es einem Sakrileg gleichkäme, diese Art von Bildhauerei zu zerstören. Und dass er eine bessere Idee hätte, wie man sie erhalten und gleichzeitig meiner Reue einen Sinn geben könnte.«

Daraufhin erhob Qin sich und verzog das Gesicht. Er machte ein paar unsichere Schritte auf eine der Licht-Vasen zu und sah hinein.

»Das war vorauszusehen! Es gibt kaum noch Öl, aber Docht ist noch übrig . . . Wenn ich genug Kraft hätte, würde ich sie alle auffüllen, damit sie noch Tage und Tage brennen können. Ich habe es bis jetzt so oft getan . . .«

Er wandte sich zu Sam:

»Dazu habe ich mich deinem Hüter der Sonnensteine gegenüber verpflichtet. Ich habe einen Tod vorgetäuscht, mein Begräbnis organisiert und warte hier darauf, dass jemand kommt. Mithilfe der Meditation und dieses Zustands der Erfüllung versuche ich, meinen Aufenthalt so lange wie möglich zu verlängern. Von Zeit zu Zeit wache ich auf, esse von dem, was ich in den Geschäften finde, überprüfe, ob noch ausreichend Brennstoff in den Lampen ist, erfrische mich an dem Wasser der Drei Quellen, spaziere durch diese Gärten ... In der Hoffnung, dass mein Besucher sich endlich entschließt zu erscheinen.«

»Und Ihr Besucher, das bin ich?«, fragte Sam mit zugeschnürter Kehle.

Der Kaiser stützte sich mit beiden Händen auf seinen Stock.

»Das wird sich herausstellen müssen, mein junger Freund ... Dem kleinen Mann war es äußerst wichtig, dass ich demjenigen, der bis hierher gelangen würde, mündlich eine Nachricht übermitteln könnte. Die Anweisungen sollten ihm nicht in schriftlicher Form dargeboten werden, ich sollte direkt mit ihm sprechen, um sicherzugehen, dass diese wertvollen Informationen nicht in die falschen Hände geraten. Eine Inschrift würde jeder Beliebige lesen können, nicht wahr, oder von einer beschriebenen Bambustafel Kenntnis erlangen. Sogar jemand mit übelsten Absichten. Meine Rolle besteht darin, mich zu versichern, dass derjenige, an den ich diese Nachricht übergebe, ihrer würdig ist. Dein Hüter der Sonnensteine meinte wohl, dass jemand, der so gelebt hat wie ich, bei all meiner Maßlosigkeit und all meinen Makeln, aber auch mit meinem Wunsch zur Buße, in der Lage wäre, die Spreu vom Weizen zu trennen.«

Zum ersten Mal seit dem Beginn ihrer Unterhaltung erhellte sich Qins Miene ein wenig:

»Nun ja, abgesehen von deinen erbärmlichen Manieren und deinem offensichtlichen Mangel an Erziehung, denke ich nicht, dass du Böses im Schilde führst. Ich finde es sogar beeindruckend, dass es jemandem in deinem Alter gelungen ist, die von meinen Architekten ersonnenen Fallen zu überlisten ... Das allein ist schon ein Zeichen, dass du von hohem Stande bist!«

»Wie ... wie lautet diese Nachricht?«, wollte Sam wissen.

Qin musterte ihn mit durchdringendem Blick.

»Zuerst, mein Junge, muss ich sicher sein, dass du über die notwendigen Qualitäten verfügst. Reich mir deine Hände ...«

Der Kaiser lehnte seinen Stock an einen der Sessel und nahm seinen Gesprächspartner bei den Handgelenken.

»Jetzt schließe die Augen.«

Sam gehorchte, während die knochigen Finger ihn abtasteten, als wollten sie seinen Puls fühlen.

»Sie sind da, alle beide«, flüsterte der Kaiser. »So wie es sein soll. Du spürst sie, nicht wahr?«

Außer der pergamentartigen Haut des Alten spürte Sam überhaupt nichts.

»Ich ... ich weiß nicht ... Was soll ich eigentlich ...?«

»Konzentriere dich lieber, anstatt zu reden. In deinem Brustkorb, hörst du es nicht? Da ist dein Herzschlag, natürlich, aber auch noch etwas anderes. Ein weiteres Klopfen, ein weiterer Takt ... Viel langsamer. Wenn ich dich nur berühre, spüre ich ihn schon. Er ist stark, er ist kraftvoll, umso besser ... Es ist der Rhythmus der Zeit. Die meisten Menschen sind sich dessen gar nicht bewusst, doch er fließt in uns dahin, genau wie in allen anderen Dingen ... Und wenn du von hier wieder aufbrechen willst, musst du lernen, ihn zu bezwingen. Dich selbst zu verlangsamen, um dich zu zügeln. Dich selbst zu beherrschen, um ihn zu beherrschen ... Nur so wird er zu deinem Verbündeten werden.«

Er ließ Sams Hände los und Sam öffnete die Augen wieder. Vor ihm stand ein Qin Shihuangdi, der ihn beinahe ansah, wie man einen Freund ansieht.

»Ja, der Fluss der Zeit durchströmt dich mit großer Kraft, junger Mann, ich denke, du verdienst es, dass man dir diese Nachricht anvertraut ... Es handelt sich im Grunde um einen einfachen Satz, nach dessen Sinn du mich gar nicht erst zu fragen brauchst, denn ich kenne ihn nicht. Dein Hüter der Sonnensteine hingegen schien überzeugt, dass dieser eine Satz von allerhöchster Wichtigkeit ist, dass er fähig ist, den Lauf der Welt ins Wanken zu bringen, zum Guten wie zum Schlechten. Deshalb weigerte er sich auch, ihn in irgendeiner Form niederzuschreiben, verstehst du. Um ihn an dich weiterzugeben, habe ich bis heute gewacht ...«

»Und wie lautet nun dieser Satz?«, fragte Sam ungeduldig.

»Der kleine Mann hat gesagt: ›Die beiden Sonnen können nicht gleichzeitig strahlen.‹«

Samuel glaubte, nicht recht gehört zu haben.

»Die beiden Sonnen können nicht gleichzeitig strahlen? Das ist alles?«

»Wort für Wort.«

»Und ... weiter nichts?«

»Weiter nichts, nein.«

Samuel war entsetzt. »Das ergibt doch überhaupt keinen Sinn! Das hat weder Hand noch Fuß!«

»Jetzt kommen schon wieder deine schlechten Manieren durch!«, schimpfte Qin. »Du hast doch Vertrauen zu diesem Hüter der Sonnensteine, oder etwa nicht?«

»Ja, natürlich, aber ...«

»Nicht an ihm solltest du also zweifeln, sondern an dir selbst. Vielleicht bist du dem Vertrauen, das andere in dich setzen, nur noch nicht gewachsen?«

»Das Vertrauen? Ich ... ich bin nicht deswegen hier. Ich habe eine Freundin, die mich erwartet, und ...«

Der Kaiser zuckte erschöpft mit den Schultern und ließ sich schwer atmend auf seinem Lager nieder.

»Das genügt, mein Junge, du musst jetzt gehen. Ich habe dir mitgeteilt, was ich dir mitzuteilen hatte, ich habe für dich den Rhythmus der Zeit heraufbeschworen, ich habe meine Schuldigkeit getan ... Alles Weitere geht mich nichts mehr an. Auch ich habe eine Freundin, die mich erwartet, und ich komme bereits viel zu spät zu unserer Verabredung.«

Laut stöhnend, als schmerzten ihn alle Glieder, streckte er sich auf seinem Lager aus.

»Wisse das Erfahrene gut zu nutzen und vor allem: zu niemandem davon ein Wort! Was mich betrifft ...«

Ohne sich weiter um Sam zu kümmern, legte Qin sich in der Mitte des Bettes zurecht.

»Sie geduldet sich schon so lange, es wäre unangemessen, sie noch länger auf die Folter zu spannen, nicht wahr?«

Er ordnete seine Frisur und strich den Bart glatt, als wollte er so korrekt wie möglich zu seinem letzten Rendezvous erscheinen. Dann streckte er die Arme lang neben seinem Körper aus, während er seine Atmung verlangsamte, bis sie fast nicht mehr wahrzunehmen war.

»Ich hoffe nur, dass es schnell gehen wird«, murmelte er und schloss die Augen.

Samuel verharrte sprachlos, unsicher, wie er sich verhalten sollte. Sollte er einschreiten? Ihn schütteln? Ihm zureden, doch weiterzuleben? Doch mit welchem Recht? Und mit welchem Ziel?

Am Ende entschied er, dass es das Beste wäre, den letzten

Willen des alten Mannes zu respektieren: ihn für immer in Frieden ruhen zu lassen, bei seinem Tête-à-tête mit der Ewigkeit . . .

willkürlich in alle Richtungen zogen, ohne die gewünschte Form zu bekommen. Irgendein Mittel musste er doch finden, sein Leben und auch Alicias hingen schließlich davon ab!

Er schloss die Augen und zwang sich, tief und ruhig zu atmen, um der allmählich in ihm aufsteigenden Panik Einhalt zu gebieten. Überdeutlich spürte er das Pulsieren des Sonnensteins und war davon überzeugt, dass dieser nur darauf wartete, ihn an das gewünschte Ziel zu bringen. Er musste es nur noch schaffen, ihn zu behauen und ...

Das Pulsieren des Sonnensteins ... Was hatte Qin ihm geraten? Um von hier fortzukommen, müsste er den Rhythmus der Zeit, die in ihm strömte, beeinflussen. Und um das zu tun, müsste er zuerst dahin gelangen, sich selbst zu verlangsamen ... Doch wie verlangsamt man sich selbst?, überlegte Sam skeptisch.

Im Halbdunkel der Grotte versuchte er, sich noch stärker zu konzentrieren. Sich selbst verlangsamen ... Den eigenen Herzschlag beeinflussen vielleicht? War es nicht das, was beim Einschlafen passierte? Die Herzfrequenz nahm ab, der Körper schaltete um auf Zeitlupentempo ... Eigentlich wie bei seinem Vater. Sein Vater, der im Koma lag und dessen Puls kaum noch vorhanden schien ... Oder sogar wie Qin Shihuangdi selbst, wenn er sich in jenen Zustand versetzte, der seinen Alterungsprozess so gut aufgehalten hatte. Genau, das war es: Um sich zu »verlangsamen«, musste man als Erstes seine Pulsfrequenz senken.

Samuel zwang sich, jeden störenden Gedanken aus seinem Gehirn zu verbannen: sich auf nichts anderes als auf den Rhythmus tief in seiner Brust zu konzentrieren ... Indem er sich sammelte und seine ganze Willenskraft auf dieses eine Ziel richtete, kam es ihm vor, als würde er schrittweise in sich selbst hinabsteigen, um seinem eigenen Herzen so nahe wie möglich zu sein. Wenn er sich noch ein bisschen mehr anstrengte, wäre er beinahe in der Lage, den Strömen seines Blutes durch die beiden Herzkammern zu folgen ... Die rechte, die die kostbare Flüssigkeit Richtung Lunge schickte, um sich mit Sauerstoff zu versorgen. Die linke, die es dann zu den restlichen Organen leitete. Die Herzvorhöfe, die sich füllten und wieder leerten, die Klappen, die sich öffneten und schlossen, der Rhythmus des Lebens, der in seinem tiefsten Inneren pulsierte! Und dann, genau dahinter, dieser andere Pulsschlag, besänftigter, ruhiger, an dessen Rhythmus er sich unbedingt anpassen musste ...

Im Augenblick fühlte Sam sich sehr gut. Diese Art von tiefem Wohlgefühl, die man auf der Schwelle zum Schlaf empfindet. Obwohl es gleichzeitig ein Zustand absoluter Klarheit war, all seine Sinne waren hellwach und nur auf das eine gerichtet: die beiden Pulsschläge, die in ihm existierten, in Einklang zu bringen ... Und sein Herz gehorchte, allmählich, und wurde langsamer, als wäre es von jeher darauf eingestellt worden. Sein Puls wurde ruhiger, bis er sich dem Rhythmus des Steins annäherte, ihn dann überlagerte und schließlich mit ihm verschmolz und ...

Er öffnete die Augen. Die Grotte um ihn herum hatte sich verändert. Oder nein, es war eher seine Sichtweise, die sich verändert hatte. Alles erschien ihm viel heller, nur in einen grünlichen Nebel gehüllt, der die Konturen verwischte. Auch seine Bewegungen hatten etwas Ungewohntes. Sie lösten in der Luft winzige, deutlich wahrnehmbare Vibrationen aus, die sich in konzentrischen Kreisen wie Ringe auf einer Wasseroberfläche ausbreiteten. Sein verlangsamter Pulsschlag hatte seltsame Auswirkungen auf seine Wahrnehmung der Welt!

Insbesondere der Sonnenstein erschien ihm in einem ganz neuen Licht ... Schon allein beim Ansehen konnte Sam nun die genaue Form der Sonne und ihrer Strahlen erahnen, als wären ihre Vertiefungen unter der Oberfläche des Steins bereits vorhanden und warteten nur darauf, freigelegt zu werden. Alle für die Zeitreise notwendigen Elemente waren schon im Stein vorhanden, man musste sie nur erkennen ...

Mit neuem Selbstvertrauen hob Samuel den Meißel auf. Auf einmal erschien ihm alles so einfach! Er machte sich daran, mit kleinen Schlägen das Felsgestein zu bearbeiten, um die Sonne freizulegen, die er im Inneren erahnte. Nach und nach kam ein makelloser Kreis zum Vorschein, umgeben von sechs Strahlen, die er mit ebensolcher Geschicklichkeit hervortreten ließ. Mit immer sichererer Hand höhlte er die Vertiefung in der unteren Hälfte des Sonnensteins aus, jeder seiner mit höchster Präzision ausgeführten Schläge formte die Transportvertiefung weiter aus. Wie vor ihm Imhotep, wie Setni oder Gary Barnboim, so lernte jetzt auch er die Kunst des Steinbehauens!

Nachdem er sein Werk vollendet hatte, legte Sam sein Werkzeug auf den Boden. Er konnte nicht sagen, ob er dafür eher eine Stunde oder eher eine Minute gebraucht hatte: Er schwebte in einem Raum außerhalb alles Zeitlichen, in dem die gewohnten Orientierungspunkte keine Gültigkeit mehr hatten. Er schloss die Augen, um sein Herz wieder den gewohnten Rhythmus aufnehmen zu lassen. Und in dem Moment, als es ihn gefunden hatte, nahm er in der Luft ein kurzes Klacken wahr, wie das Zurückschnellen eines breiten Gummibandes. Irgendwo hatte er dieses Geräusch schon einmal gehört ... An jenem Tag, als er Setni in dem Haus in Saint Mary getroffen hatte, im Jahre 1932. Sam und seine Cousine waren einer Bande von Schlägern in die Hände gefallen, die das Haus damals besetzt hatten, als Setni wie vom Himmel gesandt aufgetaucht war, um sie zu verteidigen. Als sich die Bande gerade auf ihn hatte stürzen wollen, hatte er seinen Stock gehoben und – oh Wunder! – auf einmal schien alles in Zeitlupe abzulaufen. Die Angreifer waren wie erstarrt, während er wie ein Wirbelsturm über sie fegte und sie in ihre Schranken verwies. Nachdem seine Angreifer außer Gefecht gesetzt waren, hatte Setni seinen Druck zurückgenommen und in einem Peitschenhieb genau wie eben gerade hatte die Zeit mit einem Schlag wieder ihr normales Tempo angenommen. Das gleiche Geräusch, das gleiche Gefühl, irgendwohin transportiert worden zu sein ... Hatte Sam nicht eben gerade die gleiche Tat vollbracht wie Setni? Hatte er nicht auch die Zeit um sich herum angehalten?

Er öffnete die Augen auf der Suche nach einem Hinweis, der seine Intuition bestätigen würde, doch die Grotte sah schon wieder genauso aus wie immer: kein übernatürliches Licht mehr, nur Halbdunkel und ringsherum graue Felswände. Nichts hatte sich verändert, mit Ausnahme des Steins, auf dem jetzt eine herrliche Sonne eingraviert war und eine Vertiefung, die exakt den Anforderungen entsprach. Sam war es selbst gelungen, eine Tür zu erschaffen, die ihn gleich von hier fortbringen würde!

Er holte den Plan von Rom aus seiner Tasche und verstaute ihn in der Aushöhlung, bevor er die Goldmünze von Papst Clemens VII. in seine Handfläche gleiten ließ. Alicia hatte schon viel zu lange gewartet …

11.
Der Nebelschleier

Auf das Halbdunkel folgte Nebel ... Als Samuel die Augen öffnete, glaubte er, in ein riesiges weißes Tuch gehüllt zu sein, so dicht hingen die watteartigen Partikel in der Luft und dämpften jedes Geräusch. Auf einer grasbewachsenen Böschung kauernd, sog er gierig die vor Feuchtigkeit schwere Luft tief in sich hinein, so viel angenehmer als die in Qins Grabhügel ... Endlich Sauerstoff!

Abgesehen von der verzehrenden Hitze zu Beginn, war der Transfer eigentlich gut verlaufen und er stellte keine der unangenehmen Reisenebenwirkungen fest. Er hatte sein Diplom als Steinmetz »Spezialgebiet Sonnensteine« mit Bravour bestanden!

Er stand auf, klopfte den Staub von Ellbogen und Knien und betrachtete die beeindruckende Mauer, die sich direkt hinter ihm erhob. Nach dem Plan von Rom, den der Tätowierte ihm mitgegeben hatte, sollte sich der Sonnenstein zu Füßen der Stadtmauer befinden. Auf den ersten Blick schien diese Angabe zu stimmen ... Zudem zog eine Zeichnung auf der Mauer, etwa einen Meter über dem Boden, seine Aufmerksamkeit auf sich: ein Paar u-förmig geschwungener Hörner mit einer Sonnenscheibe in der Mitte ... Das Zeichen Hathors, das Rudolf für seine Reisen durch die Zeit benutzte! Soweit Samuel verstanden hatte, erlaubte dieses Zeichen, sich von einer Zeit in die andere zu begeben, vorausgesetzt, man markierte es sowohl am Startort als auch am Ziel. Allerdings mit dem Nachteil, dass man nicht vorhersehen konnte, zu welchem anderen Hathor-Symbol man vom Sonnenstein geschickt wurde ... Diese sehr vom Zufall abhängige Art des Reisens war sicher nicht die bequemste, doch sie musste Rudolf die Erkundung vieler Zeiten ermöglicht haben. Und vor allem hatte er immer wieder dorthin zurückkehren können, wo er einmal sein Zeichen markiert hatte. Auf diese Weise hatte er es auch geschafft, Alicia fünf Jahrhunderte zurück in die Vergangenheit zu verschleppen.

Samuel untersuchte die direkt unterhalb der Wandzeichnung wuchernden Ranken und entdeckte nach kurzer Zeit einen verräterisch geformten Erdhügel. Er grub ein bisschen und brachte den Sonnenstein zutage, den Rudolf dort geschickt versteckt hatte. So fand er auch Merwosers Armreif wieder, etwas von Erde beschmutzt, ansonsten aber intakt, ebenso wie die gelochte Münze von Clemens VII. und den Stadtplan in der Transportvertiefung. Letzteren faltete er auseinander, in der Hoffnung, sich trotz des dichten Nebels besser zurechtzufinden. Auf den ersten Blick befand sich der mit der Zahl 1 markierte Sonnenstein in der Tat am Fuße der Stadtmauer, im Westen der Stadt. Um jedoch zu Punkt 2 zu gelangen – der Bibliothek, wo die Abhandlung von den dreizehn Kräften der Magie versteckt sein sollte –, musste man mitten in die Stadt hinein. Wobei nirgends auf dem Plan so etwas wie ein Stadttor eingezeichnet war ... Punkt 3 wiederum, der Treffpunkt mit besagtem Hauptmann Diavilo, lag am anderen Ufer des Flusses. Und so grob, wie der Plan gezeichnet war, konnte man sich nur bedingt nach den angegebenen Entfernungen und der Perspektive richten.

Zunächst versuchte Sam sein Glück entlang der Mauer zu seiner Rechten. Nach einigen Minuten erreichte er das Flussufer, das er in dem dichten Nebel gerade noch erahnen konnte. Hier leckte das Wasser an den Stadtmauerring und man konnte seinen Weg nur schwimmend fortsetzen. Hin und wieder erklang ein seltsames Rumoren, erstickte Schreie und abgehacktes Geklapper. War es Morgen oder Abend? Hatte die Eroberung begonnen? Oder war sie bereits beendet? Wie dem auch sei, bis hierher schien sich jedenfalls niemand gewagt zu haben.

Auf dem Rückweg erkannte er dank vereinzelter Löcher in den Nebelschleiern, dass die Mauer keineswegs einheitlich gebaut war: Ziegel wechselten sich mit rohen Felssteinen ab und einige Teile der Mauer schienen sogar Dächer zu haben, als wären sie zu Wohngebäuden erweitert worden. Entlang des Flusses erkannte man immer wieder Bootsstege, an denen, ihren schwarzen, länglichen Umrissen nach zu urteilen, Barken festgemacht waren. Sobald er sich die Abhandlung beschafft hätte, könnte er sich eine von ihnen ausleihen, um ans gegenüberliegende Ufer zum Lager jenes Hauptmanns Diavilo zu rudern ... Doch erst einmal musste er die Bibliothek finden!

Er passierte die Stelle, wo er Hathors Zeichen an der Mauer erkannt hatte, dann stieg er einen kleinen Hügel hinauf, um dem Verlauf der Stadtmauer zu folgen, die an dieser Stelle beinahe einen rechten Winkel beschrieb. Nun folgte er einer gepflasterten Straße, die an Gärten und großen Hütten vorbeiführte. Jetzt, wo er sich nicht mehr so weit unterhalb befand, drangen die Geräusche der Umgebung sehr viel deutlicher zu ihm: Rumpeln, entferntes Wiehern, aufeinanderschlagendes Metall. All das mischte sich zu einem unglaublichen Krach, als wollte ein Ansturm aus Soldaten und Pferden jeden Augenblick über Rom hereinbrechen. Der Beginn der Eroberung?

Samuel beschleunigte seine Schritte und hielt fieberhaft nach einem Zugang zur Stadt Ausschau. Und wenn er es nicht schaffte, sich rechtzeitig in Sicherheit zu bringen, bevor die Truppen Karls V. ihn überrollten? Im schlimmsten Falle würde er sich in den Fluss stürzen ...

»Hier entlang!«

Eine Stimme, die aus dem Nichts kam.

»Hier entlang, Mamina! Sie sind an der Porta del Torrione, schnell!«

Der Stimme nach musste der Ruf von einem jungen Mann irgendwo oberhalb der Mauer kommen. Im selben Moment trat eine Gestalt aus dem Nebel, eine Frau, das Gesicht unter einer Kapuze versteckt, die zwei große Körbe schleppte. Sie schien schon älter zu sein und eilte schwer atmend auf die Stadtmauer zu.

»Ich bin da, Enzo!«, rief sie stotternd. »Halt die Leiter fest, ich ...«

Als sie Samuel bemerkte, stutzte sie. »Was machst du hier, *ragazzo?* Alle sollen drinnen bleiben!«

Sie wandte ihm ihr fülliges, von Falten durchzogenes Gesicht zu, aus dem ihn zwei lebhafte, große braune Augen ansahen.

»Das versuche ich ja gerade«, entgegnete Sam schlagfertig in einer singenden Sprache, die angenehm über die Zunge rollte. »Ich bin unten am Ufer eingeschlafen, und als ich aufwachte, war da dieser Nebel. Ich muss mich verirrt haben ...«

Im Laufe seiner Reisen war Samuel ein wahrer Meister darin geworden, ebenso vage wie plausible Erklärungen abzugeben über sein plötzliches Auftauchen in Welten, in die er eigentlich nicht hineingehörte. Die Unbekannte beäugte ihn misstrauisch:

»Du musst ganz schön betrunken gewesen sein, wenn du hier draußen einschläfst, bei allem, was sich zusammenbraut!«

»Äh ... Ja, ich hatte wohl etwas viel getrunken«, log Sam und machte ein beschämtes Gesicht.

»Sämtliche Stadttore sind verschlossen, *ragazzo,* da wirst du sowieso nicht durchkommen! Weißt du denn gar nicht, dass die Armee dieses verfluchten Karl beschlossen hat, uns zu belagern?«

»Mamina!«, ertönte die Stimme von oben. »Ich muss jetzt gehen und meinen Posten auf den Zinnen einnehmen!«

»Das ist Enzo, mein Gehilfe«, erklärte die alte Dame. »Er scheint es eilig zu haben, einen Spieß oder einen Pfeil abzukriegen! Der Dummkopf! Als ob er allein die Stadt vor dem Untergang bewahren würde! Aber ach, mit ihm ist nicht zu reden, er liebt seine Stadt mehr als sich selbst ...«

Sie reichte Sam einen ihrer mit einem Tuch abgedeckten Körbe.

»Hier, hilf mir mal, *ragazzo.* Wenn ich schon Enzos Leben nicht retten kann, dann vielleicht deines.«

Mit kleinen schnellen Schritten setzte sie ihren Weg durch den Nebel fort und steuerte auf einen Punkt der Stadtmauer zu, den nur sie erkennen konnte. Eine grob zusammengezimmerte Leiter lehnte dort an der Steinwand, deren oberstes Ende in den Nebelschwaden verschwand. Trotz ihres fortgeschrittenen Alters machte sie sich schwungvoll daran, die Sprossen zu erklimmen, und Samuel sah sie im grauen Nebel verschwinden.

»Komm schon, *ragazzo*«, befahl sie nach ein paar Sekunden, »und pass auf, dass du meine Ernte nicht auskippst!«

Samuel schob seinen Arm unter den Henkel des Korbes und kletterte die wacklige Leiter hinauf. Auf den letzten Stufen angekommen, ergriff er dankbar die helfende Hand eines jungen Mannes mit dichtem dunklem Haar. Sam stieg über den Fenstersims und stand in einer Dachkammer, in der auf zwei Tischen Pflanzen und Blätter zum Trocknen ausgebreitet waren. Sie strömten eine so intensive Mischung verschiedener Düfte aus, dass ihm beinahe schwindelig wurde.

»Zieh die Leiter rein, Enzo, und schließ die Fensterläden«, sagte Mamina.

Während er ihre Anweisungen befolgte, drehte Enzo sich aufgeregt zu Sam um: »Du warst also draußen ... Hast du Neuigkeiten mitgebracht? Hier sagen sie, es sind mindestens zwanzig-, vielleicht sogar dreißigtausend! Sie sollen eine halbe Wegstunde von hier Stellung bezogen haben, auf dem Janiculus, und dass sie vorhaben, von mehreren Seiten aus gleichzeitig anzugreifen ... Man erzählt sich auch, dass außer Spaniern und Deutschen Söldner aus ganz Europa unter ihnen sind, Gaskogner, Burgunder, Graubündner und sogar auch Italiener im Dienste dieser Verräter von Colonna – möge ihnen die Haut auf dem Rücken rösten! Und dass dieses ganze Gesindel entschlossen ist, alles zu töten, was ihnen in die Quere kommt! Wenn du da draußen warst, hast du sie vielleicht gesehen, oder?«

»Bei diesem Nebel . . .«, sagte Sam.

»Und all das nur, weil unser Papst mit dem König von Frankreich verbündet ist«, seufzte die alte Frau, während sie die Tücher von ihren Körben herunternahm. »Und weil dieser französische Hornochse ständig gegen Karl V. Krieg führen muss. Was können wir anderen Römer dafür, wenn diesen hohen Herren mit ihren Kronen auf dem Kopf nichts anderes einfällt, als sich zu prügeln?«

Enzo verschloss die beiden hölzernen Fensterläden und verstärkte sie mithilfe eines Querbalkens.

»Auf jeden Fall werden sie«, fuhr er fort, »wenn wir sie nicht davon abhalten, in die Stadt einzudringen, alles plündern. Karl V. hat nicht die Mittel, seine Männer zu bezahlen, das ist allgemein bekannt, und die Soldaten werden sich an uns schadlos halten. Noch die letzte Dukate werden sie uns abnehmen, von den Kunstwerken und Schätzen ganz zu schweigen!«

»Ganz zu schweigen von meinem botanischen Garten«, fügte Mamina hinzu und inspizierte das Ergebnis ihrer Ernte. »Diese Wilden werden all meine Mädesüßstauden und Marco-Polo-Heilkräuter zertrampeln, die ich mir mit so viel Mühe beschafft habe!«

Wütend schwang sie eine gelbe Wurzel, die an eine zerknautschte Kartoffel erinnerte, mit Armen, Beinen und Hippie-Frisur. Ginseng . . . Den hatte Samuel zu Hause schon einmal gesehen, als seine Mutter noch lebte und ab und zu asiatisch gekocht hatte.

»Die ist Gold wert, *ragazzo,* ich möchte sie um keinen Preis verlieren! Ich verkaufe sie sogar an den Papst, um seinen Blutkreislauf zu stärken!«

»Sie . . . Sie sind Ärztin?«, wagte Sam zu fragen.

»Kräuterhändlerin, *ragazzo,* bist du noch nie an meinem Laden im Borgo vorbeigekommen?«

»Äh ... ich bin nicht von hier«, stammelte Sam.

»Dann bist du ein junger Pilger?«, fragte Enzo. »Deshalb bist du wohl auch ganz in Weiß gekleidet ... Du hast dir nicht die beste Zeit ausgesucht, mein Freund, unsere heilige Stadt ist zu einer Falle für alle guten Christen geworden. Und wenn wir uns nicht alle gemeinsam diesen Barbaren entgegenwerfen ...«

»Sachte, Enzo! Wenn dieser Junge hier ist, um zur Messe zu gehen, wirst du ihn nicht zwingen, zu den Waffen zu greifen! Und auch du solltest dich hier nicht dem Tod in die Arme werfen, sondern lieber mit mir zum Papstpalast kommen, von wo aus wir zur Festung der Engelsburg gelangen. Dort wärst du immerhin in Sicherheit!«

»Es kommt gar nicht infrage, dass ich meine Brüder beim Kampf gegen diese Gottlosen alleinlasse!«, ereiferte sich Enzo. Und wenn ich sterben soll, na ja, dann wird es mit einem Lächeln auf den Lippen sein, denn ich habe meinem Gott gedient! Was könnte glorreicher sein, als sich für den Herrn zu opfern?«, fügte er an Sam gewandt hinzu.

Der blickte betreten zu Boden und blieb ihm eine Antwort schuldig. Mit einem Achselzucken steckte Mamina den Ginseng in einen kleinen Stoffbeutel, dazu noch ein paar andere Pflanzen, die sie im Kerzenschein auswählte.

»Lass uns gehen«, sagte sie, nachdem sie ihre Wahl getroffen hatte.

Von einer Bodenklappe im hinteren Teil des Raumes aus führte eine Stiege hinunter in den eigentlichen Laden der Kräuterhändlerin. Das Geschäft war einfach einzigartig mit seinem riesigen Baummosaik auf dem Boden und den schwarzen Balken, von denen bündelweise getrocknete Blumen und Blätter herabhingen. Die in den hohen Regalen angeordneten Töpfe waren alle mit lateinischen Namen beschriftet, die unzähligen Glasgefäße auf dem wuchtigen Ladentisch enthielten getrocknete Pilze, Samenkörner, Blütenblätter in allen Farben und sogar getrocknete Frösche. In den blumigen Duft einer Parfümerie mischte sich der Geruch von sich zersetzendem Laub. Während Enzo die Bodenluke verschloss, durchsuchte Mamina einen Behälter nach dem anderen, um die seltensten Stücke ihrer Ware auszuwählen.

»Meine Kräuterteemischung aus Steinklee und Passionsblume«, rief sie und stopfte einen grauen Beutel in ihre Umhängetasche. »Den verkaufe ich bis nach Venedig. Das beste Mittel gegen Schlaflosigkeit und Nervosität . . . Ich schätze, es wird demnächst einige geben, die das gut gebrauchen können!«

»Ich muss jetzt gehen, Mamina«, verkündete Enzo, nachdem er die Trittleiter, die zum Dachboden führte, beiseitegeräumt hatte. »Sonst halten mich meine Kameraden am Ende noch für einen Feigling.«

Neben der Tür lag seine militärische Ausrüstung bereit. Er streifte ein Kettenhemd über seine lederne Kleidung, band seine langen Haare nach hinten, um sich einen Metallhelm aufzusetzen, und entschied sich für ein Gewehr mit kurzem Kolben. Zum Abschied drückte Mamina ihn stumm an sich. Er löste sich sanft, aber entschlossen aus ihrer Umarmung und öffnete die Tür. Für einen Moment eroberten die von draußen hereindringenden beunruhigenden Geräusche diesen Ort, in dem die Zeit stillzustehen schien. Auf der Schwelle drehte er sich noch einmal zu Sam um:

»Neben dem Ladentisch findest du noch einen Helm und eine Lanze. Wenn du dich nicht eines Tages dafür verwünschen willst, dass du deinen Papst und deine Kirche im Stich gelassen hast . . .«

Damit knallte er den Türflügel hinter sich zu und gab dem Kräuterladen seine trügerische Ruhe zurück.

»Welch ein Jammer!«, stöhnte Mamina. »Hinter diesem großsprecherischen Getue ist Enzo nichts als ein sturer Bengel! Ein Kindskopf! Ich hoffe nur, dass er für seinen Eifer belohnt wird und unser Herr so gnädig ist, ihn zu verschonen . . . Was werde ich in diesem Leben eigentlich noch alles mitmachen müssen!«

Sie ging noch einmal zurück hinter den Ladentisch, machte eine Art komische Verbeugung und legte den Helm und die Lanze, von denen Enzo gesprochen hatte, scheppernd auf der Arbeitsplatte ab.

»Abgesehen davon spricht nichts dagegen, dich zu bewaffnen, wenn du mich zum Papstpalast begleiten möchtest. Seit Rom unter Belagerung steht, sind die Straßen von Borgo nicht mehr besonders sicher: Bettler und Diebe treiben sich überall innerhalb der Stadtmauern herum. Und wenn ich schon mein Geschäft den Haudegen Karls V. überlassen muss, habe ich nicht vor, ohne meine größten Schätze umzuziehen . . .«

Sie nahm einen der Schlüssel, die an ihrem Gürtel baumelten, und machte sich an einer Schublade unter dem Ladentisch zu schaffen. Eine sehr schöne, prall gefüllte Lederbörse verschwand in ihrer Tasche.

»Ein ganzes Jahr Abkochen und Breiumschläge, *ragazzo!* Mit dem Schweiß einer alten Frau hart verdientes Geld, das kann ich dir sagen! Und wo du schon da bist . . . kannst du genauso gut den Leibwächter spielen für meine Ersparnisse und mich, nicht wahr? Zumindest uns bis zum Papstpalast Geleitschutz geben. Außerdem solltest du auch lieber dort Zuflucht suchen. Ich kann dir Einlass verschaffen, wenn du es wünschst ...«

»Das heißt ...«

Samuel war unsicher: Vor allen Dingen musste er die Abhandlung von den dreizehn Kräften der Magie auftreiben.

»Ich habe diese Zeichnung hier bei mir«, sagte er und zog den Plan von Rom aus seiner Tasche. Ein Freund hat mir einige Orte eingezeichnet, die ich unbedingt besichtigen soll, vor allem die Bibliothek. Ich weiß, es ist vielleicht nicht der passende Augenblick, aber ich werde nie wieder die Gelegenheit bekommen.«

Stirnrunzelnd drehte Mamina das Blatt zu sich.

»Mmmh ... Ich kenne diese Radierungen, sie werden von fliegenden Händlern in der ganzen Stadt angeboten. Was diese Zahlen angeht ...«

Sie kniff nachdenklich die Augen zusammen.

»Die erste« – sie zeigte auf die Stelle, wo der Sonnenstein versteckt war – »liegt außerhalb der Stadtmauer, nicht weit vom Heilig-Geist-Spital. Aber außer Waisenkindern und Kranken wüsste ich nicht, was es dort Interessantes zu sehen gäbe ... Du hast recht, die Zwei ist die päpstliche Bibliothek innerhalb der Palastmauern. Angeblich findet man dort die schönste Sammlung von Büchern des Christentums. Ich selbst bin, wie du dir denken kannst, nie dort gewesen ... Alles, was ich über Pflanzen weiß, habe ich von meiner Mutter gelernt, die es selbst wiederum von ihrer Mutter gelernt hat. Bislang hat noch niemand den Beweis erbracht, dass man in all diesen religiösen oder philosophischen Werken Rezepte für Kräutertees findet! Die Drei hier ...«

Sie verzog missbilligend den Mund.

»Wenn mich nicht alles täuscht, ist es das Kolosseum. Eine Art großes Theater auf der anderen Seite des Flusses, das aus der Zeit stammt, in der es noch Gladiatorenkämpfe gab. Wenn man Ruinen mag ... Und im Augenblick würde ich dir sowieso nicht raten, dorthin zu gehen.«

»Warum?«, fragte Sam, denn die abschätzige Miene der Kräuterhändlerin verhieß nichts Gutes.

»Den Gerüchten zufolge haben die Männer der Familie Colonna dort Stellung bezogen.«

»Die Männer der Familie Colonna?«

»Man merkt, dass du nicht von hier bist, *ragazzo!* Die Colonnas sind eine alte römische Familie, die sich seit seiner Wahl gegen Papst Clemens VII. gestellt hat. Sie haben sich zu Beginn des Krieges auf die Seite Karls V. geschlagen und halten jetzt ihre Truppen etwas im Hintergrund, um abzuwarten, wie sich der Wind dreht. Aber glaub mir, ihre Soldaten sind noch übler als die meisten Söldner. Hinterhältiger als die Spanier, gieriger als die Deutschen und böser als alle anderen zusammen. Sollte jemand wie du ihnen in die Hände fallen, ist er verloren, wenn du mich fragst.«

Samuel schnürte es die Kehle zusammen, als er sich eine gefesselte und in Tränen aufgelöste Alicia inmitten einer Horde hämisch grinsender, gewissenloser Schlächter vorstellte.

Mit gesenkter Stimme fuhr die Kräuterfrau fort: »Allen voran dieser Hauptmann Diavilo, der sie befehligt ... Nur damit du dir vorstellen kannst, wie grausam er ist – weißt du, wie seine Soldaten ihn nennen? *Il Diavolo* – der Teufel!«

Sie bekreuzigte sich schnell, als könne allein schon die Erwähnung seines Namens den Dämon herbeirufen, und Sam sah ein, dass es vielleicht doch vernünftiger wäre, Helm und Lanze anzunehmen ...

12.
Die Belagerung von Rom

Dieses Mal befand sich Rom wirklich im Krieg ... Das Gewitter, das sich kurz zuvor bereits grollend angekündigt hatte, hatte sich wie mit einem Paukenschlag über den Stadtmauern entladen und der erbitterte Kampf, der überall auf den Anhöhen tobte, hatte etwas Irreales. Am Fuß der Mauer rannten die Männer aufgeregt zwischen Feuerstellen hin und her, über denen gigantische Kessel aufgehängt waren, und füllten ihre Eimer mit einer zähflüssigen, kochend heißen Masse, um gleich darauf die Angreifer damit zu übergießen. Ein Stück weiter bildeten andere eine menschliche Kette und versorgten die auf den Wehrgängen postierten Verteidiger mit dicken Steinen und diversen Wurfgeschossen. Ein feiner Regen hatte eingesetzt, ohne jedoch den Nebel aufzulösen, und das Kampfgeschrei, ein dröhnendes Gemenge aus Schmerzgeheul, metallischen Explosionen und verängstigtem Wiehern, schien direkt vom Himmel herunterzukommen, als ob sich unsichtbare Götter über den Wolken bekämpften. Von Zeit zu Zeit zerrissen deutlichere Schreie die watteartige Luft und gaben dieser scheinbar überirdischen Gewalt ihre menschliche Dimension zurück:

»Die Leiiiter! Schiebt die Leiiiiter weiter nach rechts!«

»Pech! Wir brauchen mehr Pech! Schnell!«

»Ich sterbe im Namen meines siegreichen Herrn ... Ahhh!«

Inmitten dieses Weltuntergangsszenarios bahnte Mamina sich nervösen Schrittes ihren Weg über das feuchtglänzende Pflaster, mit gesenktem Kopf, die Kapuze tief ins Gesicht gezogen, um in diesem Chaos nicht zufällig Enzo erblicken zu müssen. Samuel hielt sich dicht neben ihr, die ihm anvertrauten Beutel um den Hals gehängt, während die Konservendose, die ihm als Helm diente, den Schädel einzwängte und seine Füße in den viel zu großen Sandalen schwammen. Dabei stützte er sich auf seine Lanze und versuchte, möglichst kriegerisch auszusehen.

Die Befestigungsmauern hinter sich lassend, bogen sie kurz darauf in eine enge Gasse und stießen auf eine breitere Hauptstraße, auf der die Menschen kopflos in alle Richtungen eilten. Dutzende düster und schweigsam umherirrender Gestalten kreuzten ihren Weg, einige mit schweren Bündeln beladen, andere einen Karren hinter sich her ziehend, und wieder andere, die plötzlich ohne Grund stehen blieben wie ein Schwarm vom Unwetter aufgestörter Insekten.

Mamina schien ihren Weg genau zu kennen. Sie ging die von verbarrikadierten Geschäften gesäumte Hauptstraße hinauf, von deren schmiedeeisernen Firmenschildern – Bäcker, Schreiner, Geigenbauer ... – der Regen tropfte. Eingehüllt in diesen düsteren Nebel hatte das Geschäftsviertel Roms etwas von einer Geisterstadt ...

Schließlich kamen sie zu einem Platz, der ganz von einem gewaltigen, mehrstöckigen Palastgebäude mit Arkadengängen auf jeder Etage beherrscht wurde. Im Nordflügel, nahe einem Eingangsportal, drängte sich eine reglose Menschenmenge zusammen wie eine verschreckte Schafherde, die auf ihren Hirten wartet. Unbeeindruckt ging Mamina darauf zu und bahnte sich unter Einsatz ihrer Ellenbogen einen Weg bis zum Eingang des Gebäudes, einen verlegenen Sam an ihrer Seite. Dort versperrte ihnen eine Kette von Soldaten in blau-gelb-roter Uniform den Weg, bereit, jeden zu töten, der es wagen sollte weiterzugehen.

Die alte Dame schob ihre Kapuze zurück und baute sich vor ihnen auf.

»Ich bin Mamina, Kräuterhändlerin von Heilig-Geist«, verkündete sie mit kräftiger Stimme. »Ich bringe dem Papst das ausdrücklich bestellte Marco-Polo-Heilkraut.«

Sie gab Samuel ein Zeichen, woraufhin er den Beutel öffnete und die seltsame Ginsengwurzel vorzeigte.

»Ich bin mit Oberleutnant Maladetta, Eurem Vorgesetzten, gut bekannt«, fügte sie an den Älteren gewandt hinzu. »Außerdem komme ich seit vier Jahren regelmäßig zu unserem Heiligen Vater und Ihr müsstet mich eigentlich kennen.«

Unter dem silberfarbenen Helm zuckte der rotblonde Schnurrbart des Soldaten zustimmend.

»Perfekt!«, freute sich Mamina. »In diesem Fall und angesichts der besonderen Umstände versteht Ihr doch sicher, dass seine Heiligkeit nicht warten kann? Wenn ihm zu Ohren käme, dass seine Wache die Lieferung seines Heilmittels behindern wollte . . .«

Der Soldat mit dem großen Schnurrbart warf seinen Kameraden einen fragenden Blick zu, doch sie schienen keinerlei Einwände zu haben.

»Dieser junge Mann gehört zu mir.« Sie wies mit dem Finger auf Samuel. »Er hilft mir, meine Habe gegen die Diebe zu verteidigen, die sich in der Stadt herumtreiben, und ich brauche seine Hilfe, um die Arzneien des Papstes zuzubereiten.«

Wieder ein fragender Blick des Schnurrbarts zu seinen Kollegen, gefolgt von deren Zustimmung. Daraufhin traten die Schweizergarden auseinander und hoben ihre Hellebarden, um den Weg frei zu machen. Schnell zog Mamina ihren Schützling durch das Tor, während sich auf der anderen Seite aufgebrachtes Gemurmel aus der Menge erhob.

»Ich habe auch Medizin für Clemens VII.«, zeterte eine junge Frau in zerrissenem Mantel.

»Man soll uns unter dem Schutz Seiner Heiligkeit zur Engelsburg geleiten!«, verlangte eine andere.

Da jedoch niemand eine ausreichende Empfehlung vorzuweisen hatte, blieben die Wachen unbeugsam. Als das Tor sich hinter ihnen schloss, zupfte Mamina Sam am Ärmel und raunte ihm zu: »Tut mir leid, *ragazzo,* ich musste die Wahrheit ein wenig verdrehen, ich weiß ... Aber was blieb mir anderes übrig? Sie hätten uns niemals durchgelassen!«

Sie durchquerten einen ersten Innenhof, in dem ebenfalls hektisches Treiben herrschte: Soeben verschwand ein Bataillon der Schweizergarde im Sturmschritt durch eine verdeckte Tür; mehrere Gruppen ganz in Weiß oder Schwarz gekleideter Prälaten hatten sich unter den Portalen offenbar zu wichtigen geheimen Besprechungen zusammengefunden; Dutzende von Bediensteten schleppten geschäftig Truhen von teilweise gewaltigen Ausmaßen hin und her. Offensichtlich rechnete hier jeder mit einer bevorstehenden Niederlage und der Erstürmung des Papstpalastes und man beeilte sich, alles in Sicherheit zu bringen.

»Siehst du die Säulenhalle dort hinten?«, fragte Mamina

und zeigte auf einen überdachten Durchgang zwischen zwei Säulen. »Er führt in den Papageienhof. Von dort gelangt man in die Bibliothek des Pontifex. Ich weiß zwar nicht, welchen Empfang sie dir dort bereiten werden, aber wenn dein Herz so daran hängt ...«

Sie befreite ihn von den Taschen und Beuteln.

»Ich für meinen Teil werde versuchen, es in die Engelsburg zu schaffen«, erklärte sie. »Falls du deine Meinung ändern solltest, musst du dort die Treppe hochgehen und der Terrasse folgen, dann holst du mich vielleicht noch ein. Selbst wenn es mir nicht gelingen sollte, zum Papst vorzustoßen, habe ich genügend Kardinäle unter meiner Kundschaft. Einer von ihnen wird mir bestimmt helfen, zur Festung zu gelangen ...«

Sie kramte in einem ihrer Beutel und gab Sam ein kleines Stoffsäckchen.

»Hier, nimm das, falls wir uns doch verlieren sollten ... es ist aus Baldrian gewonnen. Lass es ein paar Stunden in lauwarmem Wasser einweichen und du erhältst einen köstliche Kräutertee, der beruhigend wirkt. Und wenn du unglücklicherweise verletzt werden solltest, musst du nur ein Tuch damit tränken und es auf die Wunde legen: Es ist ein sehr wirksames Mittel gegen Entzündungen. Ich hoffe, du wirst es nicht brauchen!«

Sie schüttelte ihm herzlich die Hand und verschwand in ihrem typischen wiegenden Gang über die große Marmortreppe. Einen Augenblick war Samuel versucht, ihr zu folgen, doch er konnte sich nicht vorstellen, dass Hauptmann Diavilo *(Il Diavolo!)* Alicia gegen ein paar schöne Worte und ein Säckchen Kräutertee freigeben würde. Er brauchte die Abhandlung ...

Also ging Sam Richtung Säulenhalle und gelangte in einen weiteren Innenhof, der von der mächtigen Kirche überragt wurde, die sich gerade im Bau befand. Die schwindelerregenden Gerüste sahen aus, als wollten sie den Himmel erstürmen. Gegenüber der Kirche lagen mehrere Gebäude, eines davon mit einem Giebel, an dem ein Buch mit zwei gekreuzten Schlüsseln auf dem geprägten Einband prangte. Allem Anschein nach also die päpstliche Bibliothek ... Die Eingangstür stand offen und im Vorraum stieß er auf einen kleinen blonden Mann, der gerade dabei war, dicke Wälzer in eine Truhe mit beeindruckenden Eisenschlössern zu sortieren. Der kleine Mann richtete sich auf und musterte Sam in seinem ungewöhnlichen Aufzug erstaunt.

»Ich ... ich habe um Verstärkung gebeten«, sagte er zögernd. »Aber eigentlich habe ich jemand anderen erwartet. Demnach ist kein Soldat oder eine Schweizergarde verfügbar?«

Samuel dachte angestrengt nach, um eine möglichst unverfängliche Antwort zu finden.

»Viele sind auf den Verteidigungsmauern«, erklärte er.

»Die Verteidigungsmauern, ja natürlich. Alle meine Assistenten sind sofort dorthin gestürzt. Was zählen schon Bücher in einem Krieg, nicht wahr? Ach, die Menschen zerstören nur allzu gern mit der einen Hand, was sie mit der anderen aufgebaut haben, das ist die Geschichte der Welt. Die Bücher hingegen ... Wie dem auch sei«, fuhr er entschlossen fort. »Auch ich weiß mich zu wehren, auf meine Art ... Schließlich steht nichts Geringeres als die Rettung unserer Kultur auf dem Spiel! Bist du bereit, für Bücher zu kämpfen, mein Junge?«

Samuel nickte eifrig. Er war mit allem einverstanden, was ihn der Abhandlung Kluggs näherbringen würde.

»Also schön, dann komm mal mit.«

Er winkte Sam, ihm ins Innere der Bibliothek zu folgen. Sie kamen durch drei ineinander übergehende, herrlich geschmückte Räume, ausgestattet mit mächtigen Schränken, von denen mehrere weit geöffnet waren.

»Du hast noch nie einen Fuß hier hineingesetzt, nehme ich an?«

Samuel schüttelte den Kopf.

»Und was genau ist deine Aufgabe hier im Palast? Küchenhilfe? Pferdeknecht?«

»Kräu. . . Kräuterhändler. Also eigentlich Gehilfe von Mamina, der Kräuterhändlerin von Heilig-Geist. Sie hat darauf bestanden, dass wir hier Zuflucht suchen aufgrund der Ereignisse. Ich habe die Gelegenheit genutzt, weil ich mir gern die Bibliothek ansehen wollte.«

Er musste die letzten Worte mit einer solchen Treuherzigkeit vorgebracht haben, dass er sein Gegenüber sofort für sich gewonnen hatte, denn er zwinkerte Sam verschmitzt zu.

»Du wolltest also tatsächlich die Bibliothek sehen? Welch lobenswerte Neugier! Ich wünschte, die anderen Bewohner dieses Palastes, darunter auch die Erlauchtesten, würden deine Begeisterung teilen! Mein Name ist Patrizio Bocceron«, stellte er sich mit einer Verbeugung vor. »Und wenn du dich für Bücher interessierst, kannst du hier nach Herzenslust schwelgen, denn hier findest du die schönste Sammlung von Handschriften und Druckwerken der Welt!«

Er breitete die Arme aus und wies auf den Raum, der sie umgab.

»Der erste Saal, in dem wir uns befinden, gehört den lateinischen Autoren: Augustin, Tacitus, Seneca und viele andere . . . Der zweite ist den griechischen Schriften vorbehalten: Theater, Philosophie, Medizin, Astrologie . . . ein Hort von teilweise über zweitausend Jahre altem Gedankengut! Im dritten Saal schließlich, den wir die Große Bibliothek nennen, lagern höchst empfindliche Werke oder solche, die unsere Kirche nicht in freiem Umlauf wissen möchte. Zu diesem darf ich dir verständlicherweise keinen Zutritt gewähren. In den beiden anderen Sälen jedoch«, fügte er lächelnd hinzu, »werde ich deine beiden Arme brauchen . . .«

Er ging bis zur Mitte des griechischen Saals zu einem der weit geöffneten Schränke, in dem Dutzende von Büchern mit kunstvoll verzierten Einbänden aufgereiht standen.

»Leider fehlt uns die Zeit, alle unsere fünftausend Bände in Sicherheit zu bringen. Ich muss also eine Auswahl treffen und entscheiden, welche der Nachwelt um keinen Preis verloren gehen dürfen. In gewisser Hinsicht also das Wesen des menschlichen Geistes definieren. Keine leichte Aufgabe! Sollte man also vor der Zerstörungswut unserer Feinde lieber diese seltene Ausgabe von Aristoteles' *Physik* oder dieses einzigartige Exemplar von Ptolemäus' *Geografie* in Sicherheit bringen? Eine schier unmögliche Entscheidung, als müsste man bestimmen, welches von den Kindern weiterleben und welches sterben soll! Aber auch eine unumgängliche Entscheidung, wenn wir erhalten wollen, was wir sind. Denn der Krieg wird ja nicht ewig andauern, nicht wahr?«

Er warf Sam einen prüfenden Blick zu, um sicherzugehen, dass er ihm noch folgen konnte.

»Ich werde dir also die Bücher anvertrauen, die ich auswähle, und du ordnest sie in der Vorhalle in die Truhe ein. Achte darauf, dass du sie nicht beschädigst! Danach werden wir die Truhe an einen sicheren Ort schaffen. Hast du alles verstanden? Und nimm diesen Helm ab, er wird dir hier nichts nützen.«

»Ich stehe zu Eurer Verfügung«, sagte Sam.

Wie hätte er seine Hilfe nicht anbieten können? Er hatte zwar gehofft, dass die Kriegswirren ihm den Zugang zur Bibliothek auf die ein oder andere Weise erleichtern würden – wenn es darum ginge, eine Fensterscheibe einzuschlagen oder ein Schloss aufzubrechen –, aber ihm wäre doch nie in den Sinn gekommen, dass er eine offizielle Einladung erhalten würde! Noch dazu vom Leiter der Bibliothek höchstpersönlich!

Er machte sich also eifrig ans Werk und gab sich die allergrößte Mühe, die Anweisungen zu befolgen und die schönen, manchmal mit Gold oder Edelsteinen verzierten Bände mit unendlicher Sorgfalt zu behandeln. Dabei lauschte er gewissenhaft den Ratschlägen oder Anekdoten, mit denen Bocceron ihn versorgte. Hinter dieser eilfertigen Fassade jedoch verlor Sam sein eigentliches Ziel nicht aus den Augen: Kluggs Abhandlung. Auf seinen zahlreichen Wegen zwischen den Sälen der Bibliothek stellte er fest, dass das Pulsieren der Zeit in seinem Brustkorb deutlicher wurde, sobald er sich dem dritten Saal näherte, ebenjenem, zu dem ihm der Zugang verwehrt war. Das war sicher kein Zufall ... Denn so gründlich er auch die Schränke im lateinischen und im griechischen Saal durchsuchte, keins der dort eingelagerten Werke ähnelte auch nur im Entferntesten der Abhandlung von den dreizehn Kräften der Magie.

Entweder stimmten die Informationen des Tätowierten nicht oder das begehrte Buch versteckte sich tatsächlich in der sogenannten Großen Bibliothek ...

Nach einer halben Stunde intensiver Schlepperei entschied Bocceron, dass es sicher vernünftiger wäre, die bis zum Rand gefüllte Truhe nicht noch mehr zu beladen. Zumal draußen das von den Verteidigungsmauern dringende Kampfgetöse immer lauter zu werden schien, als ob die Angreifer allmählich zum Palast vordrangen ...

»Es wäre zu gefährlich, sich noch länger hier aufzuhalten«, stellte Bocceron fest und zog sein schwarzes Gewand zurecht. »Eigentlich müssten wir noch hundert weitere Bücher mitnehmen, aber ...«

Er verschloss die zum Bersten gefüllte Truhe und nahm einen der beiden metallenen Tragegriffe.

»Wir werden sie in die Engelsburg bringen«, erklärte er. »Es gibt dort einen Anbau, in dem das päpstliche Archiv lagert und wo die Werke in Sicherheit sind. Also, auf geht's, mein Junge!«

Sie gingen in die Knie und versuchten mit vereinten Kräften, die mächtige Truhe zu schieben, doch diese bewegte sich keinen Millimeter. Sie machten einen zweiten Versuch, dann einen dritten, wobei sie beide vor Anstrengung ächzten. Jedoch ohne Erfolg: Die Truhe stand da wie festgewachsen.

»Auch das noch!«, rief Bocceron und wischte sich den Schweiß von der Stirn. »Die Gedanken unserer Ahnen wiegen schwerer, als man denkt! Ich fürchte ...«

Er öffnete den Deckel und betrachtete einen Augenblick die Anordnung der Bücher, dann besann er sich.

»Nein, es wäre ein Verbrechen, weniger mitzunehmen.

Alles, was wir brauchen, ist Hilfe. Vier Männer und einen Handkarren, das sollte sich doch wohl finden lassen!«

Er legte zwei Finger an die Lippen und dachte angestrengt nach.

»Wenn ich es schaffen würde, bei Kardinal del Monte vorzusprechen«, murmelte er. »Ein wahrer Buchliebhaber. Um diese Zeit ist er sicher irgendwo auf der Seite vom Belvedere und ...«

Bocceron drehte sich zu Samuel um:

»Ich sehe keine andere Lösung, als Verstärkung zu holen. Das Belvedere ist gleich dahinter, ich bin schnell wieder zurück. Bis dahin darfst du die Truhe nicht aus den Augen lassen und passt auf, dass kein Räuber in die Bibliothek eindringt. Plündern und Stehlen scheint in letzter Zeit an der Tagesordnung zu sein ...«

Er versetzte seinem Gehilfen einen ermunternden Klaps auf die Schulter und eilte erstaunlich schnellen Schrittes davon. Samuel sah, wie er kurz darauf unter dem nebelverhangenen Säulengang des Innenhofes verschwand. Er hatte ein paar Minuten Zeit, sich Kluggs Abhandlung zu beschaffen ...

13.
In der Höhle des Löwen

Samuel durchquerte im gestreckten Galopp den lateinischen und den griechischen Saal und schoss wie eine Rakete in die Große Bibliothek. Bis dahin hatte er nur ein paar flüchtige Blicke hineinwerfen können und die alles beherrschende Atmosphäre von Einkehr und Studium nahm ihn sofort gefangen: das warme Licht der farbigen Fenster, der Geruch nach alten Büchern und Wachs, der große schwarze Tisch, auf dem die Manuskripte mit Silberketten befestigt waren; die ausladenden samtbezogenen Sessel und all diese für einen solchen Ort typischen Gegenstände, die der Forschung dienten: eine seltsame Weltkarte aus Metall zum Beispiel, die aus verschiedenen, sich überschneidenden, beweglichen Ringen bestand; eine dreieckige, fünfzig Zentimeter hohe Sanduhr, diverse kompassähnliche Recheninstrumente, eine große Uhr ohne Zeiger mit unverständlichen Teilstrichen ...

Dazu gab es, außer einem schönen, mit Löwenköpfen geschmückten Kamin, fünf Eisenschränke, von denen vier geöffnet waren. Samuel nahm sie umso fieberhafter in Augenschein, als er spürte, wie der Rhythmus der Zeit sich in ihm ausbreitete: Er musste seinem Ziel ganz nah sein ... Zunächst durchsuchte er die zugänglichen Regale, ohne etwas zu finden, was an Kluggs Abhandlung erinnerte, dann begann er, sich für das verschlossene Möbelstück zu interessieren, dessen Klinke er mehrere Male erfolglos betätigte. Er beließ es dabei, denn er war plötzlich überzeugt, dass er an einer anderen Stelle suchen musste. Er hatte nämlich bemerkt, dass die Intensität des Pulsschlages in seinem Körper von einem Ende des Raumes zum anderen variierte. Nach rechts – dort wo sich der verschlossene Schrank befand – wurde er schwächer, nach links dagegen wurde er stärker.

Sam suchte die Stelle, wo der Pulsschlag der Zeit am stärksten zu spüren war: direkt vor einem ovalen Spiegel, dessen auffälliger Rahmen aus einer Vielzahl vergoldeter Stäbe von unterschiedlicher Länge bestand, die ihn kranzförmig umstrahlten. Wie eine Sonne ... Samuel erkannte im Vorbeigehen sein Spiegelbild: ein etwa vierzehn- bis fünfzehnjähriger Jugendlicher in einem abgetragenen Hemd, mit zerzaustem Haar – der Helm hatte deutliche Spuren hinterlassen –, mit angespannten Zügen und einem fiebrigen Glänzen in den Augen, das auf wilde Entschlossenheit hinwies. Ein Straßenjunge gewissermaßen, wahrscheinlich auf der Suche nach Geld oder etwas zu essen ... Auf jeden Fall jemand, der nicht viel zu verlieren hatte.

Samuel riss sich zusammen: Das war jetzt nicht der Moment, über seinen Seelenzustand nachzudenken. Seinen Auftrag ausführen. Punkt. Aus. Der Tätowierte hatte einen Schrank mit einer Sonne darauf erwähnt, in dem die Abhandlung verschlossen sein sollte. Sam sah vor sich zwar einen Spiegel, der als Sonne gelten konnte, aber den dazugehörigen Schrank konnte er nicht erkennen. Dennoch pochte genau an dieser Stelle der Rhythmus der Zeit am stärksten, als wäre ein Sonnenstein in greifbarer Nähe ...

Er packte den Spiegel und hob ihn von der Wand. Dahinter versteckte sich eine Art in die Wand eingebauter Tresor: ungefähr sechzig mal sechzig Zentimeter und genau darüber ein Kreis mit sechs Strahlen. Eine weitere Sonne! Das erklärte auch das starke Pulsieren! Ihr Durchmesser passte genau zu Merwosers Armreif, aber die Strahlen stimmten nicht, sie waren kaum angezeichnet. Unmöglich, eine Münze hineinzuschieben. Diese Sonne hier diente nicht dem Zeitreisen, sie musste einen anderen Nutzen haben ...

»Okay«, flüsterte Sam. »Ich denke, ich habe, was du brauchst.«

Er nahm den Goldreif aus seiner Tasche, öffnete den kleinen Verschluss und zog die sechs Münzen ab. Sollte Kluggs Abhandlung tatsächlich hier versteckt sein, dürfte es nicht schwierig sein, an sie heranzukommen. Er drückte das Schmuckstück auf die Sonne: Merwosers Armreif leuchtete plötzlich grell auf, von irgendwoher ertönte ein klickendes Geräusch. Zu gern hätte er gesehen, wie sich das Geheimfach von selbst öffnete, doch nichts dergleichen geschah. Er schob seinen Zeigefinger in das Schlüsselloch und zog daran, allerdings auch ohne Erfolg. Die Sonne und der Armreif genügten nicht, er brauchte auch einen Schlüssel ...

Er wiederholte den Vorgang Schritt für Schritt. Sobald er Merwosers Armreif auf die Sonne legte, leuchtete dieser auf, ein kurzes Geräusch folgte und ... Er versuchte herauszufinden, woher dieses Klicken kam. Weder aus dem Geheimfach noch aus einem der Schränke, auch nicht von den Fresken an den Wänden, auf denen Städte- und Landkarten abgebildet waren. Der Kamin ... Ja, das Geräusch kam vom Kamin her!

Während er den Goldreif wieder und wieder auflegte, starrte Samuel wie gebannt auf den Kamin. Jedes Mal, wenn das klickende Geräusch ertönte, hatte er das Gefühl, dass einer der Löwenköpfe sich bewegte. So kurz und blitzschnell, dass man es kaum wahrnahm, wie ein kleiner unscharfer Punkt auf einem sonst gestochen scharfen Foto. Mehrere Male stürzte Sam auf den Kamin los, doch immer wenn er ankam, war die Löwenskulptur bereits wieder erstarrt. Immerhin stellte er bei seinen zahlreichen Anläufen fest, dass sich das Löwenmaul in atemberaubender Geschwindigkeit öffnete und wieder schloss und dass darin etwas kurz aufblitzte. Der Schlüssel zum Geheimfach?

Er untersuchte den Kamin etwas genauer: Der Löwe hatte eine prächtige steinerne Mähne, schmale Augen und ein Maul mit furchterregenden Fangzähnen. Ein winziger Spalt zwischen den Lefzen bestätigte die Vermutung, dass das Maul sich öffnen konnte. Doch von dem Moment an, wo der Mechanismus ausgelöst wurde, blieb das Maul nur so kurze Zeit offen, dass man unmöglich hineingreifen konnte, um, was immer sich darin verbarg, herauszuholen. Sam versuchte, das Gebiss mit bloßen Händen auseinanderzudrücken, doch ohne Erfolg. Vielleicht, wenn er ein Werkzeug hätte? Eins dieser spitzen mathematischen Instrumente oder ...

Da erblickte er die dreieckige Sanduhr auf dem schwarzen Tisch und ihm kam eine Erleuchtung: natürlich, der Fluss der Zeit! Meine Güte, warum war ihm das nicht schon eher eingefallen! Aus welchem Grund hatte der Tätowierte sich die Abhandlung nicht selbst geholt, obwohl er doch selbst in der richtigen Epoche gewesen war? Es war so offensichtlich! Einfach weil er nicht dazu in der Lage war ... Aufgrund des Löwen, der den Schatz bewachte und den Zugang zum Geheimfach unmöglich machte! Und welchen Grund hatte er gehabt, Sam trotz all der Gefahren zu Qins Mausoleum zu schicken? Damit Sam von dort die notwendigen Fähigkeiten mitbrachte. Rudolf musste gewusst haben, dass der Aufenthalt in Qins Grabhügel dem jungen Mann ein Mittel geben würde, dieses Hindernis zu überwinden. Was war das beste Mittel, dem Löwen zuvorzukommen und ihm seine Beute zu entreißen? Die Zeit anzuhalten ... Und was hatte Sam bei seinem Zusammentreffen mit Qin Shihuangdi gelernt? Sich selbst zu kontrollieren, um diese Verlangsamung zu steuern ...

Samuel ging zurück zu dem Geheimfach und zwang sich zu äußerster Konzentration. Er musste wieder diesen Trancezustand erreichen, der es ihm ermöglicht hatte, den Sonnenstein zu behauen und dem Grab zu entkommen. Er schloss die Augen und tauchte tief in sich hinein, dabei zwang er sein Herz, langsamer zu schlagen. Wieder hatte er dieses eigenartige Gefühl, in seiner eigenen Brust zu zerschmelzen und der Bewegung des Lebens im Inneren seines Körpers zuzusehen. Mühelos begann sich sein Herzschlag zu verlangsamen, bis er sich dem erhabenen Rhythmus der Zeit angepasst hatte und aus beiden ein einstimmiger Rhythmus geworden war ...

Sam öffnete ein wenig die Augen und stellte fest, dass er, wie schon beim ersten Mal, die Welt durch eine Art grünen Filter wahrnahm. Er drückte Merwosers Armreif auf die eingravierte Sonne und schnellte, als das klickende Geräusch ertönte – es klang unglaublich lange und höhlenartig -, hinüber zum Kamin. Es fühlte sich an, als würde er schweben, seine Arme und Beine lösten um ihn herum eine

Reihe von Schwingungen aus, die sich in großen konzentrischen Kreisen ausbreiteten. Als würde er sich durch ein flüssiges Medium bewegen ... Auch die Laute hörten sich irgendwie verstärkt und verzerrt an. Ein bisschen erinnerte es Sam an seine Kindheit, wenn er in der Badewanne so lange wie möglich den Kopf unter Wasser gehalten hatte und die Geräusche aus dem Haus ungewohnt klar und laut in seinen Ohren dröhnten. Hier, in den geräuschgedämpften Räumen der Bibliothek, klangen seine Schritte in den von Mamina geliehenen Sandalen wie das Trampeln einer Büffelherde. Die Kampfgeräusche von draußen dröhnten wie ein ganzes Paukenorchester. Die durch die Fensterscheiben hereindringenden Stimmen klangen unnatürlich tief, wie bei einer zu langsam abgespielten Schallplatte.

Mit drei Sprüngen war Sam am Kamin, während der Löwe weit gähnend das Maul aufzureißen schien. Auf der steinernen Zunge glänzte ein goldener Schlüssel. Sam schaffte es gerade noch, ihn zu ergreifen, bevor sich die Fänge des Löwen mit einem tiefen Grollen wieder schlossen. Er hatte ihn! Den winzigen Schlüssel fest mit seiner Hand umschließend, eilte er zurück zum Tresor und steckte ihn ins Schlüsselloch. Zunächst knirschte das Schloss, als wollte es protestieren, doch schließlich ließ sich die Tür öffnen. Dahinter kam ein in die dicke Mauer gemeißeltes Regal zum Vorschein, auf dem mehrere Bücher unterschiedlicher Größe mit verschiedenen Einbänden lagerten. Sein Blick blieb an einem Buchrücken hängen, über den sich ein Netz feiner dunkler Fäden spannte. Er zog es heraus: auf dem blassgelben Buchdeckel prangte eine große rote, orientalisch anmutende 13, genau wie auf dem Exemplar des Archäologen Chamberlain. Abgesehen von der Farbe konnte es sich um die Abhandlung von den dreizehn Kräften der Magie handeln ...

Sam zwinkerte ein paarmal, um sein Herz aufzufordern, den normalen Rhythmus wieder aufzunehmen. Zuerst passierte nichts, dann löste sich sein eigener Puls mit einem einzigen Schlag von der langsamen Frequenz, die ihm als Richtmaß gedient hatte. Ein lautes Klacken zerriss die Luft und die Zeit schien sich kurz zu überdehnen, bevor sie ruckartig in ihr altes Tempo zurücksprang. Sofort verblasste auch der grüne Filter und Sam konnte Kluggs Abhandlung in ihrer ganzen Pracht bewundern. Die wunderbare blaue Farbe, die leuchtenden Ziffern, das seidenartige Material des Einbands, das sich trotz seines Alters immer noch so geschmeidig anfühlte ... Das »Sesam-öffne-dich«, mit dem er Alicia befreien würde!

»Es dauert nicht mehr lange«, murmelte er, als wäre sie ihm ganz nah. »Vertraue mir ...«

Nervös durchblätterte er die Seiten des Buches, um sicherzugehen, dass er nicht an eine weitere Mogelpackung geraten war: dieselben Zeichnungen von Sonnensteinen an unterschiedlichen Orten, alchemistische Formeln, die furchtbare Fledermaus mit dem Kindskopf ... Kein Zweifel, es war das richtige. Anders als beim letzten Mal, als er die Kopie der Abhandlung in Chamberlains Zelt durchgeblättert hatte, konnte er jetzt den arabischen Text nicht lesen. Anderer Ort, anderes Wörterbuch! Die roten Anmerkungen des Alchemisten dagegen konnte er einigermaßen verstehen, wenn auch nicht jedes Wort. Sam sprach momentan ein Italienisch oder Römisch, das Kluggs Latein sicher sehr nahe war. Auch die berüchtigte Inschrift über die Funktionsweise des Sonnensteins kam der von Lili angefertigten Übersetzung aus dem Lateinischen sehr nahe.

Dann wandte er seine Aufmerksamkeit den letzten Seiten zu, die angeblich seit der Plünderung Roms verschwunden waren. Welch ein Glück! Sie waren vollständig und noch vollkommen unbeschädigt! Etwa ein Dutzend Seiten, angefüllt mit Zeichnungen und Kommentaren in roter Tinte. Eine Statue des Gottes Thot, überaus detailreiche Abbildungen der beiden Goldreifen, das Porträt eines Mannes mit Turban, Wappen, kabbalistische Zeichen ... Gern hätte Samuel sich das Ganze in Ruhe angesehen, aber dazu war jetzt keine Zeit: Jeden Augenblick konnte der Bibliothekar zurückkommen, er musste schnell wieder alles an seinen Platz bringen.

Gerade wollte er die kleine Tresortür wieder zumachen, als ihn ein Gedanke zurückhielt: Was musste sich in den Seiten dieser Schriften verbergen, damit man sie in einem Tresor aufbewahrte, dessen Schloss so gut wie niemand öffnen konnte? Dieses dicke Buch mit dem so unschuldig aussehenden weißen Einband zum Beispiel? Samuel zog es heraus und schlug es willkürlich auf. Ein gedruckter Text mit gotischen Schriftzeichen und handgemalten Abbildungen ... Die Sprache war ihm unbekannt, die Sequenz sich wiederholender identischer Doppelseiten allerdings ganz und gar nicht. Immer wieder die gleiche Überschrift, der gleiche mit seiner Krone auf dem Haupt dargestellte König ... Ein anderes *Buch der Zeit?*

Samuel schlug ein anderes Buch auf, diesmal mit dunklem Einband, in dem die Initialen jedes einzelnen Absatzes mit einer gemalten Vignette hervorgehoben waren. Auch hier, vom Anfang bis zum Ende, hundertmal der gleiche Inhalt!

Genauso beim dritten, dessen Einband in Fetzen zerfiel, und bei einem vierten von länglichem Format. Nichts als Bücher, deren Seiten sich wiederholten ... Die Bibliothek des Papstes beherbergte eine ganze Sammlung von *Büchern der Zeit!*

Samuel verharrte sekundenlang sprachlos vor seiner Entdeckung, unsicher, was er davon halten sollte, bis ihn das Geräusch knirschender Wagenräder von draußen aus seiner Verblüffung riss. Ein Karren oder Handwagen rumpelte durch den Papageienhof ... Hatte Bocceron die erhoffte Hilfe gefunden? Sam legte das *Buch der Zeit,* das er noch immer in der Hand hielt, zurück und stützte sich dabei auf ein kleines versiegeltes Elfenbeinkästchen. Beinahe wäre es ihm auf den Boden gefallen, doch er fing es im letzten Moment auf, bevor er die Tür zum Geheimfach wieder zuschlug – ein bisschen zu laut für seinen Geschmack. Die draußen über das Pflaster rollenden Räder wurden immer lauter. Schnell hängte Sam den Spiegel zurück an seinen Platz. Was allerdings den goldenen Schlüssel betraf ... egal, er würde ihn behalten! Er ließ ihn in seine Tasche gleiten, überprüfte ein letztes Mal, ob der Spiegel auch gerade hing, und lief mit großen Schritten zurück in die Vorhalle, Kluggs Abhandlung fest unter den Arm geklemmt. Er kam gerade bei der Truhe an, als ein Trupp Soldaten, angeführt vom Bibliothekar, aus dem Nebel auftauchte. Ohne lange zu überlegen, schob er die Abhandlung unter eine schwere säulenverzierte Anrichte.

»Ah! Du bist noch da«, begrüßte Bocceron ihn zerstreut. »Das ist gut. Kardinal del Monte hatte die Güte, mir Verstärkung zu besorgen, allerdings muss ich dafür eine gewisse Aufgabe für seine Heiligkeit erfüllen und ...«

10.
Lob der Langsamkeit

Den Kopf noch voll von den Worten und vom Anblick Qins überquerte Samuel die verschiedenen Brücken, die an die silbrigen Ufer des Felsenhaufens führten. Ohne nachzudenken, zog er die runde Tür zu sich auf und kam erst wieder zu sich, als er vor dem glatten Stein des Meisters Lu stand. Was hatte der chinesische Magier damit bezwecken wollen, dass er zwei dieser Steine noch dazu beinahe am selben Ort herstellte? Gab es da einen wie auch immer gearteten Zusammenhang mit Setnis geheimnisvollem Satz: »Die beiden Sonnen können nicht gleichzeitig strahlen«? Und wenn ja, welchen?

Die Tatsache, dass der Hohepriester des Amun selbst hierhergekommen war, ließ in Sams Augen alles nur noch sonderbarer erscheinen. Welche Nachricht hatte er überhaupt überbringen wollen? Und wem? Wenn man den Äußerungen des Kaisers glauben konnte, so kannte nicht einmal Setni selbst die Identität desjenigen, der das Grab aufsuchen würde. An wen also war diese seltsame Formulierung gerichtet?

Samuel legte sein Werkzeug auf dem Boden ab und strich mit der Hand über die Oberfläche des Steins. Er hatte sich in einem von Miss Delaunays Kunstkursen schon einmal an der Bildhauerei versucht, was er in sehr guter Erinnerung behalten hatte – wie eigentlich alles, was er im Kunstunterricht gelernt hatte. Doch bei diesen Übungen war es eher darum gegangen, aus Ton Tierfiguren herauszuarbeiten ... Stein behauen war eine ganz andere Geschichte!

Probehalber wog er den Hammer in der Hand und versuchte sich vorzustellen, wie Peneb, der Vorarbeiter bei der Ausschmückung von Setnis Grabkammer, vor einigen Jahrhunderten darangegangen war, diese klaren und perfekten Formen aus dem Material herauszumeißeln. Wie seine Instrumente über den Stein getanzt waren! Es hatte alles so einfach ausgesehen!

Sam drückte Merwosers Armreif gegen den Stein, um ungefähr abzuschätzen, wie er Sonne, Strahlen und Transportvertiefung anzuordnen hatte. Er konnte sich das alles bildlich vorstellen und hätte keine Mühe gehabt, es zu zeichnen, wenn man ihm Papier und Bleistift gegeben hätte. Aber mit Hammer und Meißel ... Ohne große Überzeugung nahm er seine Werkzeuge zur Hand und begann, den oberen Teil des Steins zu bearbeiten, um die Umrisse der Sonnenscheibe zu markieren. Doch auch nach mehreren Anläufen sah das Ergebnis weder besonders klar noch besonders rund aus. Die Steinsplitter platzten nach allen Seiten hin ab und sein Entwurf einer Sonne sah eher aus wie ein unförmiger, platter Reifen, in dem lauter Nägel steckten. Das fing ja gut an ...

Er beschloss also, sich zuerst um die Transportvertiefung zu kümmern, die sicher weniger bildhauerisches Geschick erforderte und ihm gleichzeitig die Gelegenheit verschaffte, seine Technik zu verbessern. Aber auch dabei war das Resultat nicht gerade ermutigend: Entweder hinterließen seine Schläge kaum einen Kratzer auf der steinernen Oberfläche oder es bildeten sich lange hässliche Risse, die sich

Ihm war offenbar nicht besonders wohl bei der Sache, etwas ganz anderes als seine wertvollen Bücher schien ihn zu beschäftigen.

»Folgt mir«, sagte er an den einzigen Mann gewandt, der nicht militärisch gekleidet war und dessen kantiges Profil an einen Raubvogel erinnerte. »Ihr anderen«, wies er die vier Soldaten an, die sich im Hintergrund hielten, »hebt die Truhe auf den Wagen und wartet, bis ich zurückkomme. Und dass mir niemand auf die Idee kommt, darin herumzuwühlen, verstanden?«

Während die Schweizergardisten sich daranmachten, seine Anweisung zu befolgen, zog der Mann mit dem Adlergesicht einen silbernen Schlüssel aus seinem weiten braunen Umhang und winkte damit dem Bibliothekar.

»Wollen wir? Der Pontifex Maximus ist an diesem Morgen nicht geneigt, sich in Geduld zu üben ...«

Bildete er es sich nur ein oder sah der Schlüssel bis auf die Farbe aus wie ein Zwilling dessen, den Sam soeben dem Maul des Löwen entrissen hatte? Die gleiche Größe, die gleiche Form ... das gleiche Schlüsselloch? Bocceron nahm den Schlüssel zwischen die Finger und hielt ihn in das schwache Licht:

»Ich sehe ihn zum ersten Mal«, hauchte er. »Und ausgerechnet in einem solchen Moment, wo vielleicht alles verschwinden wird!«

»Und es sind diese Umstände, die die Anordnungen des Heiligen Vaters rechtfertigen«, gab der andere zurück. »Wenn wir jetzt also fortfahren könnten ...«

Sie entfernten sich in Richtung des lateinischen Saales, ohne Sam, der beschloss, ihnen in einigem Abstand zu folgen, auch nur im Geringsten zu beachten. Konnte es sein, dass es einen zweiten Schlüssel gab, um das Geheimfach hinter dem Spiegel zu öffnen? Und wenn der Tresor tatsächlich ihr Ziel war, was suchten die beiden Männer dort? Samuel hatte eine ungute Vorahnung: die Abhandlung von den dreizehn Kräften der Magie …

Er drückte sich an den Wänden entlang bis zum griechischen Saal und schlich so weit wie nur möglich an den Eingang zur Großen Bibliothek heran. Die beiden Männer waren im linken Teil des Raumes stehen geblieben, dort wo sich das Versteck befand. Autsch! …

»Ich … ich weiß wirklich nicht, was da drin ist«, sagte Bocceron gerade. »Mein Vorgänger, Nuntius Moretti, hat mir bei meiner Ankunft von der Existenz dieser Geheimtür berichtet … Er selbst war noch ein junger Gehilfe, als die Arbeiten an der Bibliothek abgeschlossen wurden, das war vor mehr als fünfzig Jahren. Papst Sixtus IV., dem wir diese Bauwerke hier verdanken, hatte einen ägyptischen Architekten mit der Anlage des Verstecks beauftragt. Ein seltsamer Mensch, laut Moretti, aber von unvergleichlicher Bildung …«

Samuel stockte der Atem. Ein seltsamer Ägypter … Setni? Es gab ein leichtes Geräusch auf den Fliesen, das Sam verriet, dass die beiden Männer gerade den Spiegel abgesetzt haben mussten.

»Erstaunlich, nicht wahr?«, hörte er Bocceron sagen. »Seit ich meine Stellung hier angetreten habe, habe ich mich schon mehr als einmal gefragt, was sich wohl hinter diesem seltsamen Spiegel verbergen könnte. Der Nuntius hatte mir erklärt, dass es ursprünglich zwei Schlüssel gab, einer jedoch verloren ging. Und dass der andere gut bewacht im Tresor des Papstes in der Engelsburg läge. Ich hätte nie gedacht, dass ich ihn eines Tages in Händen halten würde!«

»Wenn der Heilige Vater ihn mir anvertraut hat, so nur unter der Anweisung, ihn niemand anderem als Euch zu geben und die betreffende Sache unverzüglich zu ihm zu bringen«, erklärte der andere. »Was soll diese eingravierte Sonne darstellen?«

»Ich weiß es nicht ... Soweit ich weiß, hat dieser ägyptische Architekt nur Sixtus IV. selbst gegenüber Rechenschaft abgelegt, so auch über die Auswahl des Dekors. Fragt sich nur, ob dieses Schloss noch funktioniert: Seit 1475 hat es niemand mehr benutzt.«

Mehrere aufeinanderfolgende Klick-Geräusche waren zu hören, dann ein charakteristisches Knarren: Die Tür zum Geheimfach hatte sich soeben geöffnet ...

»Bücher!«, rief Bocceron begeistert. »Werke, die ich noch nie gesehen habe!«

»Und das Kästchen steht tatsächlich im Regal«, freute sich der Gesandte des Papstes. »Clemens VII. wird erfreut sein.«

Die Versuchung war einfach zu groß: Sam konnte nicht anders, er musste einfach einen verstohlenen Blick in den Saal werfen: Der Bibliothekar hatte eines der *Bücher der Zeit* an sich genommen, während sein Begleiter das winzige Elfenbein-Kästchen betrachtete, das Sam vorhin beinahe fallen gelassen hatte.

»Ich werde den Gegenstand sofort zu ihm bringen«, fügte der Gesandte hinzu und ließ das Kistchen unter seinem Umhang verschwinden.

Bocceron hielt ihn aufgeregt am Arm zurück und zeigte ihm das Buch, das er gerade studierte:

»Etwas Außergewöhnliches!«, rief er. »Alle Seiten sind identisch! In einer germanischen Sprache geschrieben, nehme ich an, aber das ergibt alles keinen Sinn!«

Er drückte dem Adlergesicht das Buch in die Hand – der es sehr eilig zu haben schien, davonzufliegen – und nahm ein zweites heraus, woraufhin er wieder überrascht ausrief:

»In diesem hier ist es genauso! Seht nur, die Seiten wiederholen sich alle und ...«

»Ich bin nicht gekommen, um die Bestände der Bibliothek zu überprüfen«, schnitt ihm der andere das Wort ab. »Meine Männer und ich müssen so schnell wie möglich zurück. Wenn Ihr also den Karren nutzen wollt, so rate ich Euch zur Eile.«

Samuel erkannte, dass es für ihn Zeit wurde zu verschwinden. Unauffällig trat er den Rückzug an und »lieh« sich im Vorbeigehen eine der Kordeln aus, mit denen im lateinischen Saal die Vorhänge zusammengehalten wurden. In der Vorhalle holte er Kluggs Abhandlung unter der Anrichte hervor und band sie sich mit seinem improvisierten Gürtel so gut es ging vor den Bauch. Sein Hemd beulte leicht aus, doch bei dem Nebel würde man bestimmt nichts davon sehen ... Er lief nach draußen, wo die Soldaten bereits mit vereinten Kräften versuchten, den Karren in Bewegung zu setzen. Im selben Moment hallte ein Schrei von den hohen Mauern des Palastes wider:

»Rückzug! Sie sind in die Stadt eingedrungen! Rückzuuug!«

14.
Ein kleines Elfenbeinkästchen

Die Neuigkeit verbreitete sich wie ein Lauffeuer innerhalb der Mauern des Vatikans. Überall in den Fenstern tauchten erschrockene Gesichter auf und gaben die Nachricht weiter, und schon bald hatten sich die Prälaten im Papageienhof versammelt und beratschlagten, wie lange der Feind brauchen würde, um die heiligen Orte zu stürmen. Der Nebel hatte sich kaum gelichtet und die aufgehende Sonne verlieh der wattigen Hülle einen beinahe unwirklichen kupferfarbenen Schimmer. Weitaus beunruhigender war jedoch, dass die meisten Kanonen verstummt waren, was bedeutete, dass auf den Festungsmauern kein Widerstand mehr geleistet wurde und sich die Kämpfe in die Straßen der Stadt verlagert hatten. Das machte Sam einen gewaltigen Strich durch die Rechnung, denn er hatte geplant, auf dem Weg, den er gekommen war, auch wieder zu verschwinden, den Fluss zu überqueren und nach Hauptmann Diavilos Lager zu suchen. Jetzt würde er sich irgendwie anders durchschlagen müssen ...

Nachdem er sorgfältig alle Türen geschlossen hatte, kam endlich auch Bocceron aus der Bibliothek, eines der *Bücher der Zeit* unter den Arm geklemmt:

»Ich habe vorsichtshalber doch eins mitgenommen«, entschuldigte er sich. »Man kann nie wissen. Wenn diese Vandalen hier alles stürmen, wird bestimmt nichts verschont bleiben, nicht einmal das Geheimfach und ...«

Ein finsterer Blick der Adlernase erinnerte ihn daran, sich lieber zu beeilen, wenn er seine Truhe nicht am Ende doch selber tragen wollte.

»Der Heilige Vater hat vielleicht schon die Engelsburg erreicht«, schimpfte der Gesandte des Papstes vor sich hin. »Und ich sollte so schnell wie möglich zu ihm kommen. Wir haben keinen Augenblick mehr zu verlieren!«

»Ich folge Euch«, erwiderte der Bibliothekar gehorsam.

Damit setzte sich der kleine Konvoi in Bewegung und zog auf verschlungenen Pfaden durch den Palast, um mit dem Karren ohne Hindernisse die Gärten auf der Rückseite der Hauptgebäude zu erreichen. Es herrschte ein solches Gewühl, dass Sam kaum helfen konnte, den Karren zu schieben oder zu ziehen. Bocceron erkannte unter den Soldaten, die zur Verteidigung des Haupttors eilten, einen Jungen, kaum älter als Sam, dem die Angst ins Gesicht geschrieben stand.

»Aldo, weiß man, was passiert ist?«

»Die Spanier!«, stammelte der junge Mann und blieb widerstrebend stehen. »Sie haben im Heilig-Geist-Viertel die Stadtmauer überwunden, durch ein Fenster in der Mauer sind sie eingebrochen ... Mindestens dreitausend sind es und die Deutschen sind direkt hinter ihnen! Wir müssen die Festung verteidigen!«

Er winkte kurz und war im nächsten Augenblick schon wieder verschwunden.

»Weiter, weiter!«, befahl das Adlergesicht. »Sonst werden wir weder die Bücher noch unsere Haut retten!«

Mehr schlecht als recht bahnten sie sich weiter ihren Weg,

gelangten durch ein weiteres Portal wieder in einen neuen Innenhof, der in eine großzügige kiesbestreute Terrasse mündete, wo sie sich an Brunnen und Kübeln mit Orangenbäumen vorbeischlängeln mussten. So kamen sie zu einem flachen Bau, der offenbar zum Sammelpunkt des gesamten Palastes geworden war. Wachen umgaben eine Schar Prälaten, die versuchten hineinzugelangen und sich unter die wohlhabend gekleideten Männer mischten, aber auch Frauen und Kinder. In die verängstigten Laute und die hitzigen Diskussionen der Warteschlange mischte sich ein überraschend vielstimmiger Chor unterschiedlichster Vogelstimmen: Direkt daneben in einer großen Voliere zwitscherten die aufgeschreckten Vögel in den höchsten Tönen.

»Es sind zu viele Leute«, stellte die Adlernase fest. »Wir werden verhandeln müssen. Dazu brauche ich Eure Hilfe, Bocceron.«

Während die beiden Männer gingen, um eine Passiererlaubnis zu erhalten, beugte Samuel sich zu einem der Schweizer, der rechts neben ihm den Karren schob, einem großen Kerl mit freundlichem Gesicht:

»Ich kenne mich hier nicht so gut aus«, sagte er. »Dort geht es also zur Engelsburg?«

Der andere nickte: »Von dem Gebäude aus gibt es einen überdachten Durchgang, der über das ganze Viertel des Borgo hinweg bis zur Burg führt. Es ist der sicherste Weg dorthin. Deswegen warten hier auch die ganzen Leute«, erklärte er und wies auf die Schlange vor ihnen. »Na ja, ›Leute‹ sollte ich vielleicht nicht sagen . . . Nur feinstes Tuch, wohin man sieht: Bischof Carpi mit seinem schwarzen Hut, Kardinal Gilberti auf seinen Stock gestützt, ein

Stück weiter vorn Kardinal della Valle ... Auf der Höhe der Säule dort ist sogar ein Teil der Familie Orsini zu sehen und dort neben der Herkulesstatue einige Vertreter der Familie Conti. Und der Junge, der da mit seinem Stock spielt, trägt die Farben der Frangipanis ... Die ganze adlige Gesellschaft von Rom!«

»Keine Colonna«, wagte Sam einzuwerfen und dachte daran, was Mamina ihm über die Erzfeinde Clemens' VII. berichtet hatte, vor allem über besagten Hauptmann Diavilo, ihre verfluchte Seele.

»Sprich nicht so laut, mein Junge«, warnte ihn auch gleich der Soldat. »Die Colonnas sind hier sehr in Ungnade gefallen. Auch wenn sie nicht alle unrecht haben, wenn du mich fragst ...«

Er warf ihm einen verschwörerischen Blick zu.

»Und was ist mit Hauptmann Diavilo?«, fragte Sam hartnäckig weiter. »Er befehligt doch ihre Truppen, oder nicht?«

»Uhh, Diavilo! Das steht auf einem ganz anderen Blatt!« Der Schweizergardist hob entsetzt die Arme zum Himmel. »Ich habe einen älteren Bruder, der als Junge öfter mit ihm zusammen war. Ein wahrer Teufelsbraten, dieser Diavilo, das kannst du mir glauben! Weißt du, was er gemacht hat, als ihm sein Vater zum zehnten Geburtstag ein Schwert geschenkt hatte? Er hat es zwei- oder dreimal durch die Luft geschwungen und – zack! – seinem Hund den Kopf abgeschlagen. Mit einem einzigen Hieb ... Ja, ja, sieh mich nicht so entsetzt an, seinem eigenen Hund! Mein Bruder sagt, dass dieser Diavilo schon als Kind nicht ganz bei Sinnen war, und das hat sich mit dem Alter nicht geändert. Seine Hand zum Beispiel, weißt du, dass er nur eine Hand hat? Mein Bruder erzählt, dass er die andere verloren hat, als die Türken ihn gefangen genommen haben, vor ungefähr zwanzig Jahren. Sie haben ihn in eines ihrer verschimmelten Verliese gesteckt, ohne Essen, um ihn dort verhungern zu lassen. Aber als sie nach ein paar Wochen wiederkamen, war Diavilo immer noch am Leben ... Zuerst hatte er sich von Ratten ernährt, dann von Insekten und von dem Moos an den Wänden, und als er wirklich gar nichts mehr zu beißen fand, hat er sich die linke Hand abgeschnitten und hat sie ...«

Der Schweizergardist verzog angewidert das Gesicht.

»Na ja, du kannst dir sicher vorstellen, was er gemacht hat. Als die ihn da rausholten, waren sie so beeindruckt von seinem Mut, dass sie ihn gesund gepflegt und freigelassen haben. Ein Mann, der seinen eigenen Hund umbringt und der fähig ist, an sich selbst zu knabbern, ist wirklich kein gewöhnlicher Mann, oder?«

Samuel nickte. Gleichzeitig fragte er sich jedoch, was an dieser Geschichte Wahrheit und was Legende war. Wie dem auch sei, selbst wenn sicher viel Übertreibung dabei war, schien *Il Diavolo* tatsächlich einen mehr als zweifelhaften Ruf zu haben.

»Wenn er so verschlagen und mutig ist, wie man sagt, wird er nicht versuchen, die Engelsburg an sich zu reißen?«

»Die Festung ist uneinnehmbar, das kannst du mir glauben«, gab der Soldat im Brustton der Überzeugung zurück. »Bislang ist noch keiner der Päpste, die dort Zuflucht gesucht haben, verjagt worden. Und das schon seit vielen Jahrhunderten, glaub mir ... Beruhige dich, mein Junge, wenn wir erst in der Festung sind, wird es niemand mehr schaffen, dort einzudringen.«

»Und wie kommt man wieder heraus?«, fragte Samuel leise. Schließlich musste er daran denken, irgendwie zu Alicia zu gelangen.

»Man müsste verrückt sein, die Festung zu verlassen, während die ganze Stadt von Mördern und Plünderern überschwemmt wird! Außerdem wüsste ich nicht, wie man es anstellen sollte, es sei denn, man hätte Flügel wie die Papageien dort in der Voliere. Falls du es noch nicht weißt: Die Engelsburg ist gleichzeitig ein Gefängnis, das gefürchtetste von ganz Rom! Alles ist so eingerichtet, dass ein Ausbruch unmöglich ist!«

Samuel erwiderte gezwungen das Grinsen seines Gesprächspartners, auch wenn die Aussicht, sich in einer Festung einzuschließen, aus der es kein Entkommen gab, ihn alles andere als begeisterte. Egal, er hatte Kluggs Abhandlung und nichts würde ihn aufhalten, bis er Alicia nach Hause gebracht hatte …

Er dankte dem Schweizer und entfernte sich ein paar Schritte von dem Karren, um verstohlen das Buch zurechtzurücken, das immer wieder unter seinem Hemd wegzurutschen drohte. Bei der Gelegenheit holte er seinen Stadtplan hervor. In der Tat erkannte man, wenn man genau hinsah, auf der Zeichnung eine Art lange Mauer, die den Palastkomplex mit einem mächtigen mit Zinnen versehenen Turm oberhalb des Flusses verband. Die Engelsburg … Die Radierung zeigte ihre beeindruckenden Verteidigungsanlagen, die die Festung ohne Zweifel zu einem idealen Ort machten, um eine Belagerung zu überstehen. Wenn man allerdings von dort das antike Theater erreichen wollte, wo Hauptmann Diavilo sein Lager aufgeschlagen hatte, musste man fast die ganze Stadt durchqueren. Was sicher kein Sonntagsspaziergang werden würde ...

Sam konzentrierte sich noch einmal auf seine Karte, um den günstigsten Weg herauszufinden, als plötzlich um ihn herum lautes Geschrei losbrach. Eine wichtige Persönlichkeit, umringt von Kardinälen und Soldaten, kam die Allee herauf auf das Gebäude zu und versetzte die Menschenmenge in helle Aufregung:

»Clemens VII. ... Es ist Clemens VII.!«

»Eure Heiligkeit, segnet uns!«

»Habt Erbarmen mit meinem kleinen Sohn, nehmt ihn mit Euch!«

Die Eskorte von etwa einem Dutzend Soldaten hielt die Neugierigen von ihm fern und schon bald war der Papst auf Höhe des Karrens angekommen. Im selben Moment eilte das Adlergesicht auf ihn zu und verneigte sich ehrerbietig:

»Hochheiliger Vater, verzeiht meine Verspätung. Ich nahm an, ihr hättet die Festung bereits erreicht und ...«

»Nicht von Wichtigkeit«, unterbrach ihn Clemens VII. und gab seiner Eskorte ein Zeichen beiseitezutreten. »Habt Ihr es?«

Während das Adlergesicht vortrat und sich an seinem Umhang zu schaffen machte, hatte Sam Gelegenheit, sich den Papst, der nur fünf oder sechs Meter von ihm entfernt stand, genauer anzusehen. Er musste um die fünfzig Jahre alt sein, eine unnahbare Erscheinung mit scharf geschnittener Nase und hervorstehenden Wangenknochen, die schwarzen Haare unter einer roten Mütze. Er trug ein langes Gewand von strahlendem Weiß, darüber einen ebenfalls roten Mantel, der Schultern und Oberkörper bedeckte. Trotz seiner arroganten Stimme war er aschfahl im Gesicht und hatte dunkle Augenringe. Ein Machtmensch, der es gewohnt war, verehrt zu werden, und der spürte, wie sein Thron wackelte ...

Das Adlergesicht reichte ihm das kleine Elfenbeinkästchen aus dem Geheimfach der Bibliothek und Clemens VII. wog es in seiner Hand, bevor er es öffnete.

»Es gibt ihn also doch«, murmelte er. »Vielleicht gibt es doch eine Möglichkeit, wie ich damit fertig werde!«

Die Menge der Schaulustigen auf dem Vorplatz war auf einmal verstummt, als ahnte sie, wie erhaben dieser Augenblick war. Mit dem Daumennagel brach Clemens VII. das Siegel und öffnete den Deckel.

»Leer! Es ist leer!«

Mit einer wütenden Geste schleuderte er das Kästchen weit von sich und marschierte weiter auf das flache Gebäude zu.

»Ich ... ich weiß nicht, was ich sagen soll!«, entschuldigte sich das Adlergesicht und trat ein paar Schritte zurück. »Ich habe die Anweisungen Eurer Heiligkeit genauestens befolgt, es war mir unmöglich vorauszusehen, dass ...«

»Ich werfe Euch nichts vor!«, schnaubte Clemens VII. »Wie hättet Ihr denn auch wissen sollen, was der Inhalt war? Verschwindet, ich brauche Euch nicht mehr!«

Die Männer des Papstes bauten sich vor dem in Ungnade Gefallenen auf und schoben ihn beiseite, während er unbeirrt dem Papst zurief:

»Aber Hochheiliger Vater, da ist noch die Truhe mit den Büchern, von denen Euch der Bibliothekar berichtete ... Wir brauchen Eure Autorisation, um sie so schnell wie möglich in der Festung in Sicherheit zu bringen ...«

Clemens VII. ließ sich nicht zu einer Antwort herab, aber einer der Kardinäle aus seinem Gefolge gab Bocceron durch ein Zeichen zu verstehen, dass er sich darum kümmern werde. Während die Menge auseinandertrat, um den Papst durchzulassen, ging Samuel zu dem kleinen Jungen, der vorher die ganze Zeit mit seinem Stock gespielt hatte und sich jetzt ein paar Meter weiter auf das Kästchen stürzte.

»Darf ich mal sehen?«, fragte Sam.

Das Kind umklammerte fest seinen Fund und runzelte die Stirn.

»Seine Heiligkeit hat es aber mir zugeworfen!«

»Nur einmal ansehen ... Ich gebe es dir sofort wieder, versprochen. Und wenn du willst, verrate ich dir dann ein Geheimnis.«

»Ein echtes Geheimnis?«, fragte der Junge misstrauisch.

»Ein Geheimnis, wie du noch nie eines erfahren hast«, versicherte Sam.

Ohne diesen seltsam gekleideten jungen Mann aus den Augen zu lassen, öffnete das Kind langsam die Faust. Samuel drehte das Kästchen zwischen den Fingern und untersuchte es etwas genauer als vorher in der Bibliothek. Es musste sehr alt sein, denn das Elfenbein war schon recht vergilbt ... Unter dem roten Siegel, das Clemens VII. zum Teil abgeschabt hatte, war eine Art Hieroglyphe in den Deckel graviert. Das Profil eines Mannes mit Ibiskopf in gebückter Haltung. Eine Darstellung des Gottes Thot? Möglicherweise ... Im Inneren sah man deutlich, dass es für einen Ring bestimmt gewesen war. Die runde Aussparung im Boden hatte einen Durchmesser von etwa eineinhalb Zentimetern. Ohne Zweifel: ein Ring ...

»Gibst du es mir jetzt wieder?«, drängte der Kleine.
Samuel hatte das Gefühl, aus einem tiefen Traum gerissen zu werden. Er besann sich und dankte dem Jungen mit einem Augenzwinkern.
»Hier, vielen Dank!«
»Und das Geheimnis? Du hast mir ein Geheimnis versprochen!«
»Das Geheimnis ...« Sam überlegte kurz. »Also, dieses Elfenbeinkästchen, das du da in der Hand hältst ... Du musst es immer bei dir behalten, es hüten wie einen Schatz. Darin war einmal der wunderbarste und unglaublichste aller Schätze dieses Palastes aufbewahrt.«
Der kleine Junge machte große Augen.
»Der wunderbarste aller Schätze? Wirklich?«
»Wirklich«, versicherte Sam.

15.
Die Abhandlung von den dreizehn Kräften der Magie

Es kam nicht infrage, den Karren durch den überdachten Gang hinüber in die Festung zu ziehen. Da zwei der Schweizergardisten zurückgeschickt worden waren, um bei der Verteidigung des Haupttores zu helfen, musste Samuel helfen, die Truhe durch den schier endlosen Korridor aus Ziegeln und Stein zu schleppen, der hoch über der Stadt verlief. So oft wie möglich spähte er dabei durch die Schießscharten, um einen Blick auf Diavilos Lager jenseits des Flusses zu erhaschen. Der Nebel verzog sich zwar langsam, dafür hatte aber ein dichter Regen eingesetzt, der wie ein flüssiger Vorhang vor der weißen Watteschicht niederrann.

Im Inneren des *passetto* herrschte ein Gedränge wie zu den Hauptstoßzeiten in der U-Bahn und Sam wäre mehrere Male beinahe von Prälaten überrannt worden, die sich rücksichtslos ihren Weg bahnten und erwarteten, dass man ihnen Platz machte. Die Eisenbeschläge der Truhe bohrten sich in seine Schultern, sein Rücken krümmte sich unter der Last, doch immerhin beachtete ihn niemand, auch nicht Kluggs Abhandlung, die er fest um den Bauch geschnallt hatte.

Während er sich darauf konzentrierte, nicht zu stolpern,

dachte Samuel wieder an die kleine Elfenbeinschachtel und an das Schmuckstück, das einmal darin gewesen sein musste. Konnte es sein, dass es sich um den Ring der Ewigkeit handelte? Das eingravierte Zeichen des Gottes Thot, der runde Abdruck, der Umstand, dass es mitten zwischen den *Büchern der Zeit* aufbewahrt worden war ... Alle Anzeichen sprachen dafür. Doch wenn es tatsächlich der Fall sein sollte, warum hatte der Tätowierte dann nicht von Sam verlangt, dass er ihm zuallererst das Kästchen beschaffen sollte? Wusste er nicht, dass es sich dort im Geheimfach befand? Oder wusste er im Gegenteil bereits, dass es leer war? Rätselhaft ...

»Nach links!«, kommandierte Bocceron.

Durch eine schwere, mit Nägeln beschlagene Tür kamen sie in die Festung und bogen zu einer engen Treppe ab, deren Stufen so hoch waren, dass sie größte Mühe hatten, die Truhe hinaufzuschaffen. Danach führte Bocceron sie in den Anbau der Bibliothek, den er mit einem seiner zahlreichen Schlüssel öffnete.

»Setzt sie dort im Eingang ab, den Rest schaffe ich schon.«

Der freundliche Schweizer stöhnte erleichtert und reckte und streckte sich. Sam massierte seine Oberarme und fühlte sich auf einmal unglaublich leicht. Dann beschloss er, sich schleunigst davonzumachen, bevor noch jemandem die Beule unter seinem Hemd auffiel. Doch Bocceron hatte andere Pläne mit ihm:

»Wenn du mir hilfst, werde ich schneller damit fertig«, erklärte er. »Vor allem, weil du dich mit diesen Büchern jetzt schon ein bisschen auskennst!«

Samuel erfasste mit einem Blick den gewölbten Raum,

vollgestopft mit Schränken, Truhen und diversen Schriftrollen, und damit auch das Ausmaß der ihm zugedachten Aufgabe, und suchte nach einem Vorwand, um sich davor zu drücken.

»Also, ich ...«, begann er und hielt sich den Bauch, »also ich müsste erst mal ... also, ich müsste mich kurz zurückziehen.«

Der Schweizergardist brach in schallendes Gelächter aus, den anderen schien die Bemerkung weniger zu gefallen. Samuel entschuldigte sich und versprach, sofort zurückzukommen.

Sobald er den Bibliothekssaal verlassen hatte, hielt Sam als Erstes Ausschau nach einem ruhigen Ort, wo er sich ungestört mit Kluggs Abhandlung beschäftigen konnte. Von innen betrachtet trug das Schloss, vor allem angesichts der Dicke seiner Mauern, deutliche Züge einer militärischen Festungsanlage, gleichzeitig jedoch war es mit allen Annehmlichkeiten eines herrschaftlichen Palastes ausgestattet, mit prächtigen Sälen, herrlichen Fresken und kunstvoll geschnitzten Kassettendecken. Ein Kompromiss zwischen Palast und Festung ... Die Menschenmenge hatte sich bis in den letzten Winkel des Schlosses verteilt, Junge und Alte, Männer und Frauen, hockten teilweise zwischen eilig zusammengeschnürten Bündeln am Boden oder standen in Grüppchen zusammen und sprachen über die unseligen Zeiten, die über sie hereingebrochen waren. Einige andere waren erschöpft und mit leerem Blick in den wenigen Sesseln zusammengesunken.

Nachdem er eine ganze Weile herumgeirrt war, entdeckte Samuel in einem der oberen Stockwerke eine Fensternische, die ausreichend Licht bot und relativ ruhig gelegen war. Er löste die Schnur unter seinem Hemd und setzte sich mit dem Rücken zu dem bleiverglasten Fenster: Er gab sich eine halbe Stunde, um sich mit der *Abhandlung von den dreizehn Kräften der Magie* vertraut zu machen. Danach würde er sich darum kümmern, wie man hier am besten herauskam und wie er dem berüchtigten Hauptmann Diavilo gegenübertreten sollte.

Ohne eine weitere Sekunde zu verlieren, vertiefte er sich in die letzten Seiten des Buches, deren Zerstörung er verhindern sollte und die laut Chamberlain entscheidende Angaben zum Ring der Ewigkeit enthielten. Es handelte sich um etwa zehn Seiten, die über und über mit Zeichnungen, Karten und kabbalistischen Symbolen bedeckt waren, hinzu kamen Kluggs in roter Tinte ergänzte Anmerkungen. Auch wenn ihm die Bedeutung des Ganzen schleierhaft war, so kamen ihm doch einzelne Abbildungen vertraut vor. Zum Beispiel die Darstellung von Thot gleich auf der ersten Seite des Bündels ... Der Gott mit dem Ibiskopf, mit Kohlestift über die halbe Seite gezeichnet, hielt sich aufrecht, mit ausgebreiteten Armen, an den Handgelenken zwei auffallend breite gelbe Armreife. Klugg hatte darunter einen Kommentar eingefügt, den Sam erst nach mehreren Anläufen einigermaßen übersetzen konnte, dafür war sein »Latein« zu ungenau. Der Abschnitt trug die Überschrift: *Die beiden Goldreife, Original und Fälschung*. Eine klare Anspielung auf das von Thot selbst angefertigte Schmuckstück und Merwosers Kopie . . . »Sie sind wie zwei Brüder, die sehr eng verwandt zu sein scheinen, die jedoch alles trennt«, war die ungefähre Aussage des Textes. *Deshalb also breitet der Gott der Tage die Arme aus, einen nach Osten, Richtung Sonnenaufgang, einen nach Westen zum Sonnenuntergang, um zu zeigen, dass sie sich gleichzeitig ergänzen und einander entgegengesetzt sind* – dieser letzte Satz war unterstrichen.

Die nächste Seite zeigte in Schwarz-Weiß einen auf einem einsamen Hügel gelegenen, vollkommen überwucherten Friedhof. Vier nebeneinanderliegende Gräber mit jeweils einer eingravierten Sonne auf dem Stein. Wenn sich der Künstler auch große Mühe gegeben hatte, seine Darstellung realistisch erscheinen zu lassen, war eine solche Zusammensetzung von Gräbern an ein und demselben Ort höchst unwahrscheinlich: Die ersten beiden trugen eindeutig islamische Zeichen, das dritte wurde von einem christlichen Kreuz überragt und das vierte zeigte den Sarkophag des Hohepriesters Setni, an den Hieroglyphen erkennbar. Ein Fantasie-Friedhof ... Darunter standen drei eng beschriebene Zeilen, allerdings in einer Sprache, die Sam verschlossen blieb.

Die darauffolgenden Seiten schienen keinen direkten Bezug weder zum Ring der Ewigkeit noch zum Sonnenstein zu haben: ein Schachbrett, auf dem der schwarze König mit Turban in einer schlechten Position stand; ein halbes Dutzend Kreise, die jeweils vier Dreiecke umschlossen, die wiederum mit einer unterschiedlichen Anzahl von Punkten bestückt waren – Samuel hielt es für eine Denkaufgabe, ohne jedoch eine Logik herauslesen zu können; ein Schmuckfries aus Pflanzenmotiven, die zu einer langen blättrigen Girlande verschlungen waren, wunderbar gezeichnet, ohne jedoch einen Sinn zu ergeben, und so weiter. Sollte Chamberlain sich vielleicht geirrt und diesen fehlenden Seiten fälschlicherweise eine so wichtige Bedeutung zugeschrieben haben?

Glücklicherweise sah die vorletzte der Seiten etwas vielversprechender aus: Es handelte sich um eine mehrfach gefaltete alte Landkarte, die ausgeklappt ungefähr vier Seiten einnahm. Sie war herrlich gezeichnet, mit violetter Tinte auf rotbraunem Untergrund, eingerahmt von Kluggs zahlreichen Anmerkungen, was darauf hindeutete, dass sie für ihn von großer Wichtigkeit gewesen sein musste. Bis auf einige unstimmige Konturen zeigte sie ohne Zweifel den Raum des östlichen Mittelmeers von Ägypten bis zur heutigen Türkei – Sam hatte infolge seiner Reisen genügend Atlanten studiert, um den Küstenverlauf und das charakteristische Band des Nils zu erkennen. Eingezeichnet waren auch einige Städte mit ihren arabischen Namen und verschiedene Symbole, wie spitze Kegel für Berge und angedeutete Wellen für das Meer. Es gab auch zwei gestrichelte Linien, eine in Gelb, die andere in Weiß, die von derselben Gegend am Nil ausgingen und dann auf verschiedenen Routen Richtung Norden verliefen. Vermutlich zwei voneinander abweichende Wege, die von ihrem Ausgangspunkt in Ägypten zur Türkei führten, der gelbe auf dem Landwege, der weiße dem Verlauf der Mittelmeerküste folgend.

Mehr hätte Samuel nicht aus der Karte herauslesen können, wären da nicht Kluggs Anmerkungen gewesen ... Der Alchemist hatte direkt auf die Skizze die Namen bestimmter Städte übersetzt und vor allem mehrere kurze Texte verfasst, die ebenfalls sehr zum Verständnis des Dokumentes beitrugen. Samuel musste sie mehrmals lesen, um ihren Sinn zu erfassen und zu verstehen, was er da vor sich hatte: eine Karte, die die Geschichte des Rings der Ewigkeit nachzeichnete ...

Das Ganze begann am Nil, in dem Ort, der Ausgangspunkt der beiden Wege war. Klugg hatte den Namen in lateinische Buchstaben übertragen, den Sam auch so mühelos erkannt hatte: Theben, natürlich ... Über die Stadt hatte Klugg Folgendes notiert: *Vor undenklicher Zeit drangen die Hyksos in das große Reich der Pharaonen ein und eroberten es mitsamt seiner Hauptstadt Theben. Ein neuer Herrscher namens Merwoser ließ gemäß der von Thot hinterlassenen Anweisungen einen zweiten Goldreif schmieden. Doch es kam der Tag, an dem Merwosers Nachkommen ihrerseits vom Thron verjagt wurden. Sie flohen aus dem Königreich und nahmen dabei den zweiten Goldreif und den Ring der Ewigkeit in seinem weißen Kästchen mit.*

Ein weißes Kästchen ... Wie im Geheimfach der Bibliothek!

Die überlebenden Hyksos teilten sich kurz darauf in zwei Gruppen: Die eine nahm auf der östlichen Route den zweiten Goldreif, auch Hochstapler genannt, mit sich, die andere zog mit dem Ring der Ewigkeit Richtung Küste.

Diese Spaltung erklärte die beiden Wege, die sich auch auf der Karte trennten: der gelbe – goldfarbene – zeichnete die Reise von Merwosers Armreif nach, der weiße – elfenbeinfarbene – die des Schmuckkästchens ... Wenn man der Karte glaubte, so waren beide Gegenstände einer genauen Route durch eine ganze Kette von Städten gefolgt: im Osten Baçra, Wasit, Babil und so weiter; im Westen Ramla, Çur, Çayda und andere ... Klugg hatte sich bei seinen Anmerkungen am Rand der Skizze auf ein Dutzend dieser Städte beschränkt, zu denen er Informationen zusammengetragen hatte: hier ein Gründungsdatum, dort der Name eines Stammesfürsten, die Erwähnung eines Schriftstücks, in dem einer der beiden Schätze genannt wurde ...

Das Interessanteste für Sam waren jedoch die Zielorte der beiden Wege. Demnach war Merwosers Armband nach mehreren Jahrhunderten schließlich in der türkischen Stadt Izmit angekommen. Und hatte nicht Vlad Tepes zugegeben, den Goldreif im Jahre 1447 in Izmit gestohlen zu haben ... Er hatte sogar behauptet, dass zu jener Zeit niemand mehr etwas über die Herkunft des Schmuckstücks oder seine magischen Kräfte wusste. Mit anderen Worten, die Angaben über Merwosers Armband auf der Karte stimmten! Und warum sollte das für den Ring der Ewigkeit dann nicht auch gelten?

Samuel fuhr mit der Fingerspitze den mit kleinen weißen Kästchen markierten zweiten Weg auf dem Papier nach. Er war weitaus kürzer und einfacher als der erste, denn er führte aus Ägypten heraus geradewegs nach Norden. Sein Ziel war Antiochia, eine Stadt nahe der Küste. Klugg hatte dazu in einer Ecke der Karte notiert:

Antiochia: Hier verlor sich mehr als ein Jahrhundert lang die Spur des Rings der Zeit, nachdem dieser auf geheimen Wegen nach Syrien gelangt war. Der Letzte, der noch von seiner Existenz an diesem Ort berichtet, ist der große Philosoph Awzalag al-Farabi, der in seiner Abhandlung über die Grundlagen der Musik 948 erwähnt, in der Schatzkammer des Kadi von Antiochia ein weißes Schmuckkästchen gesehen zu haben, welches das Siegel Thots trug und einen seltsamen steinernen Ring enthielt.

Bei ihrem ersten Kreuzzug im Jahre 1098 zur Wiedereroberung Jerusalems landeten die Ritter Christi in Syrien und entrissen Antiochia gewaltsam den Seldschuken. Bei der Inbesitznahme der Stadt entdeckten sie nicht nur unsagbare Schätze, wie ein Stück der Heiligen Lanze, die die

Seite Christi durchbohrt hatte, sondern auch das elfenbeinerne Kästchen mit dem Ring der Ewigkeit. Letzteres wurde zunächst mit einem Teil der Beute nach Konstantinopel, der Hauptstadt des benachbarten byzantinischen Reiches, geschickt und dann nach Rom, wo der neue Papst Pascal darauf Anspruch erhob. Diese Lieferung wird im Logbuch der Karavelle »La Nonna« erwähnt, die mit dem Transport nach Italien beauftragt wurde.

Seit jener Zeit also befindet sich das Kästchen mitsamt seinem Inhalt im Besitz der Päpste irgendwo in ihrem Palast in Rom. Dort muss man es suchen.

Als Samuel die Karte wieder zusammenfaltete, kreiste ein Gewirr verschiedener Hypothesen in seinem Kopf. Die plausibelste davon war, dass Klugg im Zuge seiner Nachforschungen überzeugt gewesen sein musste zu wissen, wo sich der Ring befand. Dann hatte er sich die günstigste Epoche ausgesucht, um sich nach Rom zu begeben und den Ring zu stehlen, genauer gesagt nach der Erbauung der päpstlichen Bibliothek. Allerdings hatte er nicht vorhersehen können, dass Papst Sixtus IV. einen Architekten herbeirief, um seinen Besitz zu schützen, den Hohepriester Setni, der seinerseits zur Absicherung des Tresors ein Mittel erfunden hatte, um den Ablauf der Zeit zu verlangsamen ... Mit dem Ergebnis, dass der Alchemist zwar den richtigen Ort fand und es ihm sogar gelang, bis zum Geheimfach vorzustoßen, nur dass er sich leider außerstande sah, es zu öffnen! Daher seine Entscheidung, als letzten Ausweg den Grabhügel Qins zu erforschen und dort zu erfahren, wie man die Zeit verlangsamen konnte. Eine Entscheidung, die er am Ende mit dem Leben bezahlt hatte ...

Stellte sich eine zusätzliche Frage: Welche Rolle hatte

Setni in dieser ganzen Sache gespielt? Und warum hatte er den Auftrag angenommen, im Papstpalast ein magisches Geheimfach einzurichten?

In gewisser Weise hatte Clemens VII. höchstpersönlich ihm vor knapp zwei Stunden die Antwort darauf gegeben, als er das Elfenbeinkästchen aus dem Versteck hatte holen lassen und festgestellt hatte, dass es leer war. Samuel vermutete, dass das System, das Setni in der Großen Bibliothek installiert hatte, nur einem einzigen Zweck dienen sollte: nämlich, sich unbemerkt seines Inhalts zu bemächtigen ... Denn wer, außer dem Papst, der den Schlüssel dazu besaß, sollte sonst in der Lage sein, dass Geheimfach zu öffnen? Derjenige, der es gebaut hatte, natürlich: Setni ... Setni, der mit Sicherheit einen Weg gefunden hatte, das Schmuckstück herauszunehmen und dann das Kästchen so zu versiegeln, dass es noch unversehrt aussah. Eine glänzende Gelegenheit, den Ring an einem noch unauffälligeren Ort zu verstecken und gleichzeitig alle Spuren zu verwischen ...

»Träumst du?«

Samuel zuckte zusammen. Er hatte so in Gedanken verloren aus dem Fenster gestarrt, dass er den kleinen Jungen von vorhin nicht hatte kommen sehen, denselben, der das von Clemens VII. fortgeschleuderte Kästchen aufgehoben hatte.

»Äh ... ich denke nach«, antwortete er.

»Ich suche dich schon die ganze Zeit«, beschwerte sich das Kind und sah Sam mürrisch an. »Valeria sagt, dass in meinem schönen weißen Kästchen niemals etwas Wertvolles war.«

»Valeria? Wer ist Valeria?«

»Meine große Schwester. Sie ist vierzehn und sie ärgert mich die ganze Zeit … Sie sagt, ich bin nur ein Baby, das alles glaubt, was man ihm erzählt. Außerdem sagt sie, dass du dich nur über mich lustig machen wolltest mit deiner Geschichte und dass du gar keine Ahnung von Schätzen hast.«

Samuel drehte sich zögernd zu ihm um, er wusste nicht recht, wie er reagieren sollte. Der kleine Junge vor ihm hatte sehr blonde Haare, die ihm oben auf dem Kopf in einer Art Quaste abstanden, und man spürte, wie er innerlich vor ohnmächtiger Wut kochte, weil man ihn wie ein Baby behandelt hatte.

»Hm!«, machte Sam so ernst, wie er nur konnte. »Mit vierzehnjährigen Mädchen hat man es nicht leicht, das kann ich dir sagen. Deine Schwester glaubt also, ich kenne mich nicht mit Schätzen aus? Wenn das so ist, mache ich dir einen Vorschlag. Um dir zu beweisen, dass ich ein wahrer Fachmann auf diesem Gebiet bin, werde ich dir das hier anvertrauen …«

Er schob zwei Finger in seine Tasche und zog den kleinen goldenen Schlüssel hervor, den er aus dem Maul des steinernen Löwen geraubt hatte.

»Wie heißt du?«

»Vittorio«, antwortete der Junge und warf sich in die Brust.

»Also, Vittorio. Du wirst mir einen großen Gefallen tun. Kann ich dir vertrauen?«

Das Kind nickte eifrig.

»Ich wusste es! Hör gut zu: Das hier bringst du zu Patrizio Bocceron, dem Bibliothekar des Papstes. Du findest ihn ihm Anbau, zwei Stockwerke tiefer, in der Nähe der kleinen Wendeltreppe. Meinst du, das schaffst du?«

Wieder nickte der Junge mit stolzgeschwellter Brust.

»Gut. Du gibt's ihm von mir diesen Schlüssel, er gehört ihm. Und nebenbei fragst du ihn, ob es wirklich ein wertvoller Gegenstand ist ... An seiner Antwort wirst du erkennen, ob das, was ich dir über das Elfenbeinkästchen gesagt habe, wahr ist oder nicht. Aber ich kann dir versichern, mit Schatzkisten kenne ich mich aus ...«

Vittorio nahm den kleinen Schlüssel vorsichtig an sich, warf Samuel einen dankbaren Blick zu und eilte dann den Korridor hinunter, um seinen Auftrag auszuführen.

Samuel sah ihm bewundernd nach, wie er sich geschickt an den Erwachsenen vorbeischlängelte, und bedauerte kurz, dass das Skateboard erst so viel später erfunden worden war ... Dann ließ er die Abhandlung wieder unter seinem Hemd verschwinden und befestigte sie mithilfe der Kordel vor dem Bauch. Es kam nicht infrage, dass man ihn verdächtigte, das Buch »ausgeliehen« zu haben, und es ihm wieder wegnahm ... Bei der Gelegenheit warf er durch das Fenster einen prüfenden Blick auf den Himmel: Es hatte aufgehört zu regnen und die Sonne hatte endlich beschlossen, den Nebel aufzulösen. Weiter unten konnte Sam jetzt den Fluss erkennen und die Zugbrücke, die man allerdings hochgezogen hatte, um den Weg zum anderen Flussufer abzuschneiden. Im Hof der Engelsburg drängte sich eine große Anzahl Schaulustiger und Soldaten an den Schießscharten, die sich aufgeregt gestikulierend etwas zuriefen, als wären sie Zuschauer einer Aufführung. Samuel brauchte einen Moment, um die Ursache der ganzen Aufregung zu begreifen: Die Festung war inzwischen von der Außenwelt abgeschnitten, doch viele Flüchtlinge versuchten immer noch hineinzugelangen. So zum Beispiel am Fuße der

Außenmauer, wo unzählige Barken die Uferböschung hinaufgezogen wurden und die Menschen in Scharen auf die Festung zustürmten. Oben von den Zinnen warfen Schweizergardisten lange Seile herunter, an denen die Schutzsuchenden unter den Hochrufen der Menge zu ihnen hochkletterten.

Samuel zögerte keine Sekunde länger: Wenn die Römer mit allen Mittel versuchten, in die Festung hineinzukommen, musste er schleunigst sehen, dass er herauskam ... Er stürzte auf die erste Treppe zu und fragte eine junge, in eine bunte Decke gehüllte Frau nach dem Weg zum Haupthof. Nach einigen Umwegen gelangte er endlich auf den großen Platz, der auf der einen Seite von dem mächtigen Steinturm überragt wurde, auf der anderen von der hochgezogenen Brücke, die den Angreifern eine lange Nase zeigte. Mindestens zweihundert Neugierige drängten sich oben auf den Wehrgängen und unterstützten mit ihren Ratschlägen und aufmunternden Zurufen sowohl die Soldaten, die mit vereinten Kräften an den Seilen zogen, als auch die Unglücklichen, die verzweifelt versuchten, daran hochzuklettern.

»Haltet euch gut fest, eine Hand nach der anderen ...«

»Ausatmen! Vor allen Dingen tief durchatmen ...«

»Hau ruck! Hau ruck!«

Samuel musste seine Ellbogen einsetzen, um sich einen Platz neben einer riesigen nach Westen ausgerichteten Schießscharte zu erkämpfen. Die Nebelschleier, die Rom seit Sonnenaufgang eingehüllt hatten, zerrissen mehr und mehr, sodass an vielen Stellen rote und orangefarbene Dächer sichtbar wurden. Einzelne Kirchtürme, zerfallene Bauwerke und ganze Mauern des Papstpalastes. Die Luft war immer noch vom Kampflärm und vom Wiehern der Pferde erfüllt, doch der Hauptkampf hatte sich in die Straßen des Borgo-Viertels verlagert und es war schwer zu erkennen, wie weit die Eroberung vorangeschritten war. Samuel vertiefte sich in seinen Stadtplan und versuchte herauszufinden, in welche Richtung er sich wenden musste, um Alicia zu befreien. Etwa dreihundert Meter weiter machte der Fluss seine Biegung nach links, dicht an der Stelle vorbei, wo sich der Sonnenstein befinden musste. Dann gab es ein Stück weiter noch eine andere Brücke und auf dem gegenüberliegenden Flussufer, welches Sam interessierte, ein Gewirr enger Gassen, das sich im Nebel verlor. Irgendwo jenseits dieses Viertels, in unbestimmbarer Entfernung, lag Diavilos Lager versteckt ...

Samuel blickte über den Rand der Schießscharte in die Tiefe und überlegte, wie er die momentane Lage nutzen konnte. Zwanzig Meter weiter unten flehte eine Gruppe von zehn Menschen mit hochgestreckten Armen darum, gerettet zu werden, während fünf andere sich gerade an die Seile klammerten, um die Mauer zu erklimmen. Samuel dagegen wollte hinunter . . . Wie konnte er das schaffen, ohne dass jemand versuchen würde, ihn aufzuhalten?

Er sah sich die Gruppe der Flüchtlinge unten vor der Mauer etwas genauer an: Die Mehrzahl der Männer schien noch recht jung, ein älterer Mann mit dichtem grauem Haarschopf war dabei und drei Frauen, die sich ihrer langärmligen Mäntel entledigt hatten, um mehr Bewegungsfreiheit zu haben.

Er würde sich etwas einfallen lassen müssen ... Die Menge der Schaulustigen, die Soldaten, die allgemeine Aufregung ... Er würde improvisieren müssen, den Überraschungseffekt ausnutzen, um alle zu überrumpeln ... und ein bisschen Theater spielen!

»Nonno! – Großvater!«, begann er plötzlich zu schreien und winkte dem alten Mann mit der grauen Mähne in zwanzig Metern Tiefe mit aufgeregt fuchtelnden Armen zu. »Nonno, siehst du mich? Ich bin hier, Nonno!«

Den Umstehenden rief er zu:

»Das da unten ist mein Großvater! Siehst du mich, Nonno? Warte, ich komme!«

Laut schreiend drängte Sam sich durch die gaffende Menge geradewegs zu den Schweizergarden, die die Seile überwachten. Er baute sich vor zweien von ihnen auf, die gerade die Hände nach einem der Geretteten ausstreckten und ihm über die Mauer halfen.

»Da unten, mein Großvater!«, schrie Sam außer sich und wollte nach dem Seil greifen. »Er ist genau da unten! Ich muss ihn retten! Nonno«, wiederholte er, »ich hol dich rauf!«

Einer der Soldaten schob ihn beiseite, während der andere den Mann beglückwünschte, der sich erfolgreich in der Festung in Sicherheit gebracht hatte.

»Der mit den grauen Haaren!«, fuhr Sam fort. »Das ist mein Großvater! Er ist alt, er hat einen kranken Arm, er wird es niemals allein schaffen ... Er wird sterben, wenn ich nicht hinunterklettere und ihm helfe!«

Der zweite Soldat blickte nach unten.

»Er ist vielleicht nicht mehr ganz jung, aber ...«

»Ich flehe Euch an, es ist seine einzige Chance! Die Spanier werden ihn mitnehmen!«

Eine ältliche Dame mit schwarzem Hut schaltete sich ein:

»Ich wäre froh, wenn einer meiner Söhne bereit wäre, seinen Hals zu riskieren, um seine alte Mutter zu retten!«

»Aber ja!«, stimmte eine andere ihr zu. »Es ist doch sehr schön, wenn jemand seinen Großvater retten will!«

Der Schweizergardist sah schnell ein, dass es keinen Sinn hatte, lange zu diskutieren. Er gab nach und hob drohend den Zeigefinger.

»Einverstanden, aber auf deine Verantwortung! Wenn du dir unbedingt den Hals brechen willst, ist das allein deine Sache! Und beeil dich, da unten warten noch mehr!«

»Vielen Dank! Ich danke Euch!«, rief Sam. »Ich klettere nach unten und helfe ihm hinauf! Bin gleich wieder da!«

Schnell ergriff er das Seil, bevor der Soldat Zeit hatte, seine Meinung zu ändern, prüfte kurz, ob das Buch unter seinem Hemd noch fest saß, und schwang sich dann über die Mauer, sobald die beiden Soldaten ihm ein Zeichen gaben. Langsam, sich mit den Füßen an der Mauer abstützend, ließ er sich an dem Seil nach unten gleiten und achtete dabei auf eine gleichmäßige Atmung, damit seine Muskeln sich nicht verkrampften. Beim Seilklettern in der Schule war er gar nicht so schlecht gewesen und die Aussicht, bald bei Alicia zu sein, verdoppelte seine Kräfte. Sein Abstieg dauerte nicht einmal eine halbe Minute und unter donnerndem Beifall setzte er seine Füße ins feuchte Gras. Es gab sogar Applaus für seine Flucht!

Er rieb sich die brennenden Handflächen, suchte seine Sandalen zusammen, die er hatte fallen lassen, und fasste den Mann mit den grauen Haaren bei den Schultern.

»Nonno«, rief er, »ich bin ja so froh, dass es dir gut geht!«

»Äh . . . was . . .«

Der Alte sah ihn mit großen Augen an, doch Sam ließ ihm keine Zeit zu protestieren.

»Ich bin da, Nonno. Alles wird gut!«

Er schlang ihm das Seil um den Bauch und machte einen dicken, festen Knoten, bevor er ihm das Ende des Seils durch die Beine schob und ihm in die Hand drückte.

»Gut festhalten, Nonno! Du wirst sehen, du wirst nach oben schweben wie in einem Sessel!«

Er gab seinem Schützling einen Kuss auf die Wange und schrie den Soldaten oben auf den Zinnen aus vollem Halse zu: »Ihr könnt ihn jetzt raufziehen! Aber seid vorsichtig mit meinem Großvater!«

Das Seil spannte sich mit einem Ruck und der alte Mann schwebte nach oben, zwar immer noch verblüfft, aber froh, dass er jetzt schon an der Reihe war. Er war immer noch recht kräftig und schaffte es gut, sich mit den Füßen an der Mauer abzufangen. Oben angekommen, wurde er mit lautem Jubel in Empfang genommen und die Soldaten beeilten sich, ihn loszubinden, um das Seil schnell wieder zu seinem so mutigen Enkel hinunterzuwerfen.

Doch Sam rannte bereits zu einer der auf der Uferböschung gestrandeten Barken ...

16.
Il Diavolo

Zuerst ließ Samuel sich ein Stück in der Strömung treiben, lenkte nur mit dem Ruder hinten im Boot etwas nach, um nicht zu weit vom Ufer abzukommen. So schwamm er an den Befestigungsmauern des Borgo-Viertels entlang, die unter kräftigen Einschlägen und Erschütterungen erzitterten, bis die Wellen ihn an den kleinen Strand brachten, unweit der Stelle, an der der Sonnenstein vergraben war. Irgendwie schaffte er es anzulegen und zog das Boot auf den Sand, bevor er nach Hathors Zeichen Ausschau hielt, das Rudolf hier irgendwo in die Mauer geritzt hatte.

Er hatte keine zehn Schritte gemacht, als er weiter oben vom nächsten Abhang Pferde wiehern hörte, dort wo er Mamina zum ersten Mal getroffen hatte. Schnell warf er sich flach auf den Bauch ins Gestrüpp und reckte den Hals. Durch die leichten Nebelschleier erkannte er zwei schwer bewaffnete Soldaten mit Speeren und Federbusch am Helm, die ihre Pferde am Zügel führten. Sie plauderten und lachten in einer kehlig klingenden fremden Sprache, sichtlich zufrieden über den Ausgang des Kampfes. In der Nähe der Bootsstege ließen sie ihre Pferde trinken. Dabei zeigten sie immer wieder auf die Engelsburg, ergingen sich, dem Klang ihrer Stimmen nach zu urteilen, in wenig liebenswürdigen Bemerkungen über den Papst. Den inmitten des Gestrüpps flach auf den Boden gepressten Sam bemerkten sie nicht. Glücklicherweise machten sie kurz darauf wieder kehrt, ohne die Umgebung genauer in Augenschein zu nehmen.

Sam sah ihnen nach und wartete, bis sie die Straße erreicht hatten, bevor er sich wieder aufrichtete. Er hatte beschlossen, schnell zum Sonnenstein zu laufen, um sicherzugehen, dass er bei den Kämpfen nicht beschädigt worden war – vielleicht hatte er auch nur das Bedürfnis gehabt, ihn zu sehen und zu berühren? Aber noch etwas anderes beschäftigte ihn: Wenn er in Diavilos Lager ankam, würde man ihn mit Sicherheit von oben bis unten durchsuchen und ihm alles abnehmen, was irgendwie wertvoll aussah – ganz abgesehen davon, dass er Gefahr lief, umgebracht zu werden. Außerdem würde er, laut Rudolfs Anweisungen, neben dem Goldreif und Kluggs Abhandlung auch die gelochte Münze von Clemens VII. – die mit der Inschrift candor illaesus, »unbefleckte Reinheit« – brauchen, um Alicia zu befreien. Es war also klüger, die anderen Münzen, vor allem die graue, die ihn in die Gegenwart zurückbringen sollte, gut zu verstecken, damit sie nicht in Diavilos Hände gerieten.

Sam arbeitete sich also auf allen vieren auf dem vom Regen durchtränkten Boden voran und spürte schon das beruhigende Pulsieren der Zeit in seinem Brustkorb. Er erreichte den kleinen Hügel auf gleicher Höhe mit Hathors Zeichen an der Mauer und grub in der Erde: Der Stein war immer noch da, unversehrt und funktionstüchtig. An einer anderen Stelle, ungefähr zehn Meter weiter rechts, vergrub er die sechs verbleibenden Münzen, schließlich wollte er nicht alles auf eine Karte setzen!

Gerade wollte er zu seinem Boot zurücklaufen, als plötzlich drei weitere Reiter am Abhang aus dem Nebel auftauchten und ihre Streitrösser ebenfalls zum Flussufer führten. Zwei weitere folgten ihnen, dann kamen noch vier ... Samuel robbte hinüber zu seinem Boot und benutzte den Schiffskörper als Deckung: eine ganze Abordnung von Soldaten kam die Uferböschung hinunter, um die Pferde zu tränken!

Nach einer Weile – ihm kam es vor wie eine Ewigkeit, zumal er gegen den Schlaf ankämpfen musste, der ihn zu überkommen drohte – ertönte oben von der Straße her ein Hornsignal, begleitet von einem Trommelwirbel. Die Soldaten auf dem Bootssteg klatschten in die Hände und grölten vor Begeisterung, dann zogen sie ab. Es schien sich etwas anzubahnen ...

Samuel riskierte einen Blick über den Rand seines Bootes: Die Sonne löste gerade die letzten Nebelschwaden auf und ungefähr hundert Meter von ihm entfernt, auf der Anhöhe, setzte sich eine Kolonne metallgepanzerter Krieger in Bewegung wie eine Armee glänzender Maschinen. Einige waren hoch zu Ross, andere schwenkten rote und graue Standarten und alle schrien etwas Unverständliches, das vom Rhythmus der Trommeln überdeckt wurde. Zu Hunderten und Aberhunderten zogen sie von den Befestigungsmauern des Borgo-Viertels aus zu neuen Kampfplätzen.

Sam nahm wieder seinen Stadtplan zur Hand: Ein Stück weiter flussabwärts musste es eine Brücke geben. Es konnte durchaus sein, dass die Armee Karls V., nachdem sie im Westen den Palast von Clemens VII. erobert hatte, nun von Osten her angreifen wollte. Von Osten her, das hieß, von dort, wo Alicia gefangen war ...

Sobald die waffenklirrende Meute mit ihrem Kriegsgeschrei aus seinem Blickfeld verschwunden war, schob Sam sein Boot zurück ins Wasser, um den Fluss zu überqueren. Der mangelnde Schlaf der vergangenen Stunden machte ihm die Glieder schwer und er hatte einige Mühe, gegen die Strömung anzukämpfen, bis er endlich am gegenüberliegenden Ufer auf eine schwimmende Plattform zutrieb, die aus aneinandergebundenen Booten und schmalen Stegen bestand. Die seltsame Anlegestelle sah einsam und verlassen aus, bis auf eine Winde, an der noch ein Warenballen baumelte. Sam folgte den Bootsstegen, durchquerte einen Holzschuppen und wollte über eine Treppe hinauf zur Straße laufen. Auf halber Höhe jedoch hielt er inne: Die Uferstraße erzitterte unter Hufgetrappel, von allen Seiten ertönte lautes Befehlsgeschrei. Der Sturm auf das Viertel war bereits in vollem Gange!

Sam musste also seine Pläne ändern: Anstatt quer durch die Gassen zu laufen, würde er dem Flussufer folgen. Denn wenn er sein Ziel heil erreichen wollte, musste er sich vom Kampfgetümmel möglichst fernhalten ... Er lief vier- bis fünfhundert Meter auf der Uferböschung entlang, stapfte durchs Wasser, wenn der Sandstreifen zu schmal wurde, warf sich auf den Boden oder drückte sich dicht an die Felsen, wenn das Waffengerassel allzu nahe kam. Nach etwa einer halben Stunde kam er zu einer Reihe verfallener, über den Fluss hinausragender Schuppen, vermutlich alte Fischerhütten. Sam musste sich dringend etwas ausruhen und er entschied sich für die einzige der Hütten, die noch drei Wände und ein vollständiges Dach hatte. Er schob die alten Netze und Reste von Fischgräten auf dem Boden mit dem Fuß beiseite, bevor er sich ausstreckte, um sich eine kurze Verschnaufpause zu gönnen. Nein, nicht schlafen, nur im Schutz der Hütte abwarten, bis da draußen wieder etwas Ruhe eingekehrt war und man sich wieder in die Straßen wagen konnte, ohne gleich zur Zielscheibe der Söldner zu werden. Doch schon nach kurzer Zeit übermannte ihn die Erschöpfung ... Er gähnte einmal, dann noch einmal, spürte, wie seine Augenlider plötzlich bleischwer wurden, versuchte noch, mit aller Kraft dagegen anzukämpfen, und sank dann doch in einen tiefen traumlosen Schlaf.

Sam fuhr aus dem Schlaf hoch und hatte das Gefühl zu ersticken. Er schnappte nach Luft und schleuderte die stinkende Krake aus dünnen Schnüren und Gräten, die sich um sein Gesicht geschlungen hatte, beiseite.

»Puh!«

Er rutschte bis an die Rückwand der Hütte zurück und brauchte einige Sekunden, um zu verstehen, wo er war. Rom ... der Fluss ... Alicia ...

Mit einem Satz war er auf den Beinen und spähte hinaus zum nahegelegenen Flussufer. Die Abenddämmerung senkte sich allmählich über die Stadt, auf der Brücke waren Fackeln entzündet worden und die Stadt lag im flackernden Schein Dutzender Feuer – vermutlich absichtlich gelegter Brände ... Der wütende Schlachtenlärm war verstummt und hatte einem verwirrten Gemurmel Platz gemacht, hier und dort aufklingendem Gelächter und Gesang, aber auch herzzerreißenden Klagelauten. Wie lange hatte er geschlafen?

Mit zitternden Fingern breitete er seinen Plan aus: Er hatte keine Wahl, er musste sich einen günstigen Weg mitten durch die eigentliche Stadt hindurch suchen. Also ließ er das Flussufer hinter sich, stieg hinauf zur Uferstraße und musste sofort wieder den Rückzug antreten, weil direkt vor ihm eine Gruppe von Soldaten ein Trinkgelage feierte. Er huschte hinüber in eine enge dunkle Gasse, die in die Stadt hineinführte, prallte gleich darauf jedoch gegen einen leblosen Körper, der an einem Galgen hing. Eine Leiche … Er unterdrückte einen Schrei und lief schnell weiter. Dicht an die Mauern gepresst durchquerte er das Viertel, mehrere Male kam er an Wohnhäusern mit aufgebrochenen Türen vorbei, einige von ihnen waren ausgebrannt. Kein Lebenszeichen weit und breit, nur auf einigen Plätzen die Gelage der Plünderer. Die Bewohner der Stadt hingegen schienen sich in Luft aufgelöst zu haben.

Nach einer Weile wurden die Häuser weniger und immer flacher, er musste den Stadtrand erreicht haben. Vor ihm öffnete sich ein weites unbebautes Gelände, nur hier und dort ragten ein paar vereinzelte Säulen und Tempel auf, halb im Boden versunken, als wäre ein tagelanger Regen aus Erde und Staub niedergegangen. Dort war auch das besagte runde Theater, wie ein beeindruckender steinerner Schiffsrumpf, der im Treibsand stecken geblieben war und an dessen Glanz aus ruhmreicheren Zeiten der unerbittliche Zahn der Zeit nagte. Vor allem aus seinem Arkadenkranz waren große Stücke herausgebrochen und die langen, in den Himmel ragenden Spitzen warfen im Mondlicht bizarre Schatten.

Sam schlich geduckt ein paar Meter weiter und bezog hinter dem Sockel einer Säule Posten. Am Fuße dieser gewaltigen Ruinen war eine ganze Zeltstadt aufgebaut. Diavilos Lager … Es war rundherum von einem Erdwall eingeschlossen und hatte nur einen einzigen Eingang, der von drei bewaffneten Soldaten bewacht wurde. Innerhalb der Umfriedung standen die Zelte, die meisten von erstaunlichen Ausmaßen, dicht an dicht. Dutzende von Menschen liefen von einem zum anderen hin und her oder hatten sich in kleinen Gruppen um große Feuerstellen versammelt, deren knisternde Flammen hoch in den Himmel schlugen. Diese Ruhe und Disziplin, die offensichtlich unter Diavilos Truppen herrschten, standen in krassem Gegensatz zu den wüsten Gelagen, die Sam eben noch auf den Plätzen der Stadt gesehen hatte. Auch wenn es ihn nicht gerade ermutigte ... Eigentlich hatte er gehofft, dass der allgemeine Siegestaumel der Soldaten ihm die Befreiung von Alicia erleichtern würde. Doch darauf durfte er sich offenbar nicht verlassen.

Aus sicherer Entfernung beobachtete Sam die nähere Umgebung des Lagers. Sicher würde es ihm im Schutz der Dunkelheit gelingen, den Schutzwall zu überwinden, aber dann? Wie wahrscheinlich war es, dass er auf Anhieb das Zelt fand, in dem das Mädchen gefangen gehalten wurde? Und dass insbesondere dieses Zelt nicht unter strenger Bewachung stand? Und welche Chance hätten sie hinterher, sich zu zweit unbemerkt aus dem Lager zu schleichen? Keine, es sei denn, es geschah ein Wunder nach dem anderen.

Wenn er das alles gegeneinander abwog, blieb Samuel keine andere Wahl: Er würde Wort für Wort den Anweisungen des Tätowierten folgen müssen und konnte nur beten, dass Diavilo seinen Teil der Abmachung ebenfalls einhielt. Er ließ die Goldmünze in seiner Hand tanzen: *candor illaesus* ... Unbefleckte Reinheit ... Ob sich *Il Diavolo* davon erweichen ließ?

Mit unsicherem Schritt ging Sam geradewegs auf den Eingang des Lagers zu. Sofort stürzte einer der Wachposten mit gezücktem Schwert auf ihn zu.

»Halt! Wer da?«

»Ich ... ich habe etwas für Hauptmann Diavilo«, rief Sam und hob die Hände.

Mit drei Schritten war der Soldat bei ihm und hielt dem Eindringling ohne lange Vorrede seine Waffe an die Kehle.

»Wenn du gekommen bist, um vom Hauptmann ein Almosen oder irgendeinen Gefallen zu erbetteln, bist du so gut wie tot«, schnauzte er.

»Ich habe etwas für Hauptmann Diavilo«, wiederholte Sam und versuchte, das Zittern in seiner Stimme zu unterdrücken. »Hier, in meiner Hand ...«

Langsam öffnete er die Hand und hielt sie dem Wachposten entgegen. Misstrauisch nahm der die Münze.

»Ein Golddukaten«, stellte er fest. »Mit einem Loch in der Mitte. Was soll das? Du bist kein Bettler? Trotz deiner zerrissenen, dreckigen Lumpen?«

»Diese Münze muss dem Hauptmann persönlich übergeben werden«, erklärte Samuel beharrlich und beglückwünschte sich im Stillen, dass man ihm noch nicht die Kehle durchgeschnitten hatte. »Sie wird ihm beweisen, dass ich die Wahrheit sage und dass sich zwei Gegenstände von höchster Wichtigkeit in meinem Besitz befinden. Er weiß übrigens, worum es sich handelt ...«

Der Wachsoldat blickte einen Moment unsicher zwischen der Münze und dem Buch hin und her, das Samuel in der anderen Hand hielt, und beschloss, Verstärkung herbeizurufen.

»Fabio! Komm her! Bring diesen Dukaten zum Zelt des

Hauptmanns. Erklär ihm, dass dieser Rotzbengel hier ihn zu sprechen wünscht. Er sieht zwar nicht besonders gefährlich aus, aber er ist vielleicht ein Spion des Papstes … Wenn der Hauptmann es für besser hält, ihn einen Kopf kürzer zu machen, sag ihm, dass ich die Sache auf der Stelle erledige.«

Er sagte das so unaufgeregt, als gehörte es zu seinen alltäglichen Aufgaben, Menschen die Köpfe abzuschlagen. Routine sozusagen …

Mehrere Minuten lang verharrte Samuel in dieser recht unbequemen Position: einen Arm in die Luft gestreckt, den anderen nach vorn, die Schwertspitze der Wache knapp unterhalb des Kehlkopfes. Dann endlich kehrte der junge Fabio mit der Antwort des Hauptmanns zurück:

»Der Hauptmann verlangt, dass man ihn zu ihm führt«, verkündete er außer Atem. »Sofort!«

Eins zu null für mich, dachte Sam und senkte den Arm.

Doch sofort dämpfte der andere Soldat seinen Optimismus:

»Freu dich nicht zu früh, Bengel, der Hauptmann treibt gern seine Spielchen mit Nervensägen wie dir. Und wenn ich es recht bedenke, wäre es für dich bestimmt besser gewesen, wenn ich dich sofort …«

Mit diesen aufmunternden Worten packte ihn sein neuer Schutzengel am Handgelenk und führte in ins Lager hinein, wo ihre Ankunft eine Welle ähnlich ermutigender Kommentare auslöste. Zwischen den Zelten herrschte geschäftiges Treiben. An die hundert Männer waren dabei, ihre Waffen zu ölen, die Klingen zu schärfen, sich aus riesigen Kochkesseln zu bedienen oder etwas abseits die Pferde zu versorgen. Sie sahen allesamt zum Fürchten aus, einäugig, mit den unterschiedlichsten Schnittwunden im Gesicht, verbeulten Nasen, abgerissenen Ohren. Doch jeder von ihnen ging ruhig seiner Aufgabe nach, woran man leicht ablesen konnte, welche Autorität ihr Kommandant genoss.

Die Wache führte Sam zum größten Zelt, ungefähr in der Mitte des Lagers, und übergab ihn den beiden Kleiderschränken, die den Eingang versperrten. Die beiden mindestens zwei Meter großen Kolosse hatten so vernarbte Gesichter, dass Sam erst auf den zweiten Blick bemerkte, dass sie Zwillinge waren. Der erste packte ihn am Hals, während der zweite ihm das Buch entriss und ihm die Taschen leerte: Merwosers Armreif, den Stadtplan und sogar Maminas Kräutersäckchen. Damit verschwand er hinter dem dicken violetten Vorhang, der als Tür diente, und kam gut fünf Minuten später wieder, um Sam am Arm hineinzuzerren.

Drinnen sah es aus wie in Ali Babas Höhle: Auf einem dicken, weichen Teppich lagen große Kissen im Halbkreis um eine edelsteinbesetzte Wasserpfeife verteilt. Auf der anderen Seite eines schimmernden, transparenten Vorhangs waren goldene Platten, Kristallflakons und wertvolles Geschirr angeordnet, als warteten sie nur darauf, dass die Tafel zur Abendmahlzeit gedeckt wurde. Der rückwärtige Teil des Zeltes sah aus wie ein Schlafzimmer und ein Antiquitätengeschäft zugleich: ein elegant geschwungenes Bett aus schwarzem Holz, das unter einer unglaublichen Menge von Nippes, Schwertern, Rüstungen und schillernden Stoffen, die aus halb geöffneten Truhen hervorquollen, beinahe versank. Dazu eine Vielzahl von Gemälden, achtlos an diverse Statuen gelehnt, die wiederum über und über mit Ketten und Ringen behängt waren. Die Beute dieses Tages?

Auf dem einzigen Platz, der nicht ganz so überfüllt war, saß rechterhand Hauptmann Diavilo wie auf einem Thron und betrachtete versunken seine Schätze. Er war ganz in Schwarz gekleidet, an seiner Seite hing ein Dolch. Genau wie es der Schweizergardist im Papstpalast berichtet hatte, fehlte ihm die linke Hand: Aus dem bauschigen Ärmel seines Hemdes sah ein spitz zulaufender Haken hervor. Insgesamt war er von eher korpulenter Statur, mit pockennarbiger Haut, das rabenschwarze Haar im Nacken zu einem Zopf gebunden. Vor allem der durchdringende Blick aus seinen gelben Schlangenaugen, als könnte er jeden einzelnen Gedanken lesen, war nur schwer zu ertragen. Er musterte Sam von oben bis unten: seine jämmerliche Bekleidung und das dreckverschmierte Gesicht; dann gab er seinen beiden Schergen ein Zeichen:

»Bringt unserem Gast einen Stuhl.«

Er hatte eine tiefe, erstaunlich sanfte Stimme. Einer der beiden Kolosse holte neben dem Bett einen Stuhl hervor und zwang einen kleinlauten Samuel, sich rechts neben den Hauptmann zu setzen.

»Es ist gut, ihr könnt gehen«, wies Diavilo seine beiden Diener an.

Rückwärts, mit tiefen Verbeugungen, verließen sie das Zelt. Diavilo öffnete seine rechte Hand und betrachtete die Münze von Clemens VII., die in seiner Handfläche glänzte. Kluggs Abhandlung und Merwosers Armreif hatte er auf seine Knie gelegt, und Sam stellte beklommen fest, dass das Schmuckstück seinen gewohnten Schimmer verloren hatte und nicht das kleinste Leuchten mehr von ihm ausstrahlte. Als habe man es seinem wahren Besitzer entrissen ...

»Also stimmt es, dass du wegen des Mädchens gekommen bist?«, fragte der Hauptmann und seine Augen bohrten sich wie zwei goldene Angelhaken in die seines Gegenübers.

Sam erwiderte den Blick, ohne mit der Wimper zu zucken. Auf keinen Fall durfte er sich seine Angst anmerken lassen. Alicias Bild trat ihm vor Augen und er fühlte sich auf einmal sehr stark.

»Wo ist sie?«, brachte er heraus.

»Bei den Kranken und Verletzten ... Es ging ihr in den letzten Tagen nicht besonders gut«, fügte er mit gespielt besorgtem Tonfall hinzu. »Ein plötzliches Fieber, das uns das Schlimmste fürchten ließ. Ich habe sie in die Hände meines Leibarztes gegeben und es sieht aus, als hätte sie sich etwas erholt. Zu unserer großen Erleichterung, wie du dir vorstellen kannst.«

Alicia krank ... Samuel erinnerte sich an das heftige Fieber, das seine Cousine Lili befallen hatte, nachdem sie beide im Chicago von 1932 gelandet waren. Setni hatte erklärt, dass es sich um die »Zeitkrankheit« handelte, die Neulinge zuweilen befiel.

»Ich will sie sehen«, verlangte Sam mit einer Entschiedenheit, die ihn selbst überraschte.

»Ganz langsam, mein Junge«, gab Diavilo zurück, ohne sich aus der Ruhe bringen zu lassen. »Erst müssen wir etwas besprechen.«

»Da gibt es nichts zu besprechen. Das Buch und der Armreif gegen meine Freundin, wie vereinbart.«

»Wie vereinbart, natürlich ...«, murmelte der Hauptmann abwesend, als ob ihm entfallen wäre, dass es so etwas wie eine Vereinbarung gab.

Geschickt nahm er das Schmuckstück mit seinem Haken auf und ließ es auf den Arm einer Statue neben seinem Sessel rutschen. Dann vertiefte er sich in Kluggs Abhandlung, bei einigen Seiten verweilte er etwas länger, über andere blätterte er schnell hinweg. Samuel wagte nicht, ihn zu unterbrechen, und drückte sich selbst die Daumen, dass Diavilo gleich das Buch zuklappen und so etwas sagen würde wie: »Alles klar, mein Junge, Glückwunsch! Nimm deine Freundin und hau ab!«

Stattdessen fragte Diavilo, als er seine Lektüre beendet hatte: »Weißt du, wie viel unser gemeinsamer Freund mir für diesen kleinen Dienst bezahlt hat? Ich meine, um dieses Buch und das Schmuckstück zu beschaffen?«

Samuel schüttelte den Kopf.

»Fünftausend Golddukaten. Ein hübsches Sümmchen, nicht wahr? Für ein altes Buch voller unverständlicher Zauberformeln und einen simplen Armreif, der zehnmal weniger wert ist als irgendetwas, was du hier siehst ... Und weißt du, warum er die Angelegenheit ausgerechnet mir übergeben hat?«

Obwohl er nicht genau sagen konnte, warum, gefiel Sam die Richtung, die ihr Gespräch jetzt nahm, überhaupt nicht.

»Das interessiert mich nicht«, erklärte er. »Ich will nur, dass Ihr Alicia freilasst.«

»Das sollte es aber«, spottete Diavilo, »es ist nämlich äußerst lehrreich. In Wirklichkeit brauchte unser Freund jemanden, der die Sprache der Mohammedaner spricht. Arabisch, wenn dir das lieber ist ... Um überprüfen zu können, dass dieses Buch tatsächlich das ist, welches er erwartet. Zufällig habe ich einige Zeit bei den Ottomanen gelebt. Genauer gesagt, in ihren Gefängnissen. Eine äußerst bereichernde Erfahrung . . .«

Seine Pupillen verengten sich zu zwei kleinen Punkten geschmolzenen Metalls und er hob wie zur Untermalung seinen amputierten Arm.

»In Wahrheit«, fuhr er fort, »habe ich dort sogar den Tod gefunden . . . Lach nicht, ich erzähle keine Märchen: Ich bin wirklich und wahrhaftig tot. Eines Tages wurde ich mitten auf dem Meer von Piraten des Sultans gefangen genommen und in ihren Kerker geworfen. An dem, was man mir dort angetan hat, bin ich schließlich umgekommen und, wie zu erwarten war, in der Hölle wieder aufgewacht . . . Mein Sündenregister war schon lang, das muss ich sagen! Als ich die Augen öffnete«, fügte er hinzu und beugte sich zu Sam, »war ich mitten im Fegefeuer.«

Er sprach wie im Fieberwahn und Sam hütete sich, ihm zu widersprechen. Zumal in seinen Pupillen in der Tat züngelnde Flammen erschienen.

»Aber mein Wille war stark«, redete er weiter, »so stark, dass ich unter die Lebenden zurückkehrte. Das hat mich meine linke Hand gekostet . . . Ein lächerlicher Preis, glaub mir. Seitdem weiß ich ganz genau, was mich im Jenseits erwartet. Und im Vergleich zu den Schmerzen, die ich dort erleiden werde, kann mir nichts, was mir in diesem Leben geschieht, mehr etwas anhaben. Vermutlich haben deshalb auch alle, die mir gehorchen, Vertrauen zu mir: Nichtsnutze, Diebe, Mörder, sie alle wissen, dass ich den Weg gegangen bin, den sie eines Tages noch vor sich haben. Ich bin für sie so etwas wie ein Führer geworden.«

Die größte Stärke dieser Art Spinner ist, dass sie selbst so von ihrem Wahn überzeugt sind, dachte Samuel ...

»Ich erzähle dir das, damit du eine Sache verstehst: Durch Geld allein lasse ich mich nicht blenden. Nicht einmal durch die fünftausend Golddukaten, die mir unser Freund versprochen hat. Also habe ich mich gefragt: Was steckt so Wertvolles in diesem Zauberbuch, dass er bereit ist, ein solches Vermögen dafür zu zahlen? Und was hat er mit diesem Armreif vor? Die Erklärungen, die er mir bislang dazu geben wollte, sind zu ausweichend: eine alte Abhandlung, von mehreren arabischen Weisen in Folge überarbeitet, deren Wert vor allem ihre Einzigartigkeit sein soll. Ein Schmuckstück, das früher seiner Familie gehört hat und eines Tages verloren ging ... Nichts wirklich Erhellendes.«

»Ihr habt den Armreif und die Abhandlung«, unterbrach Sam ihn. »Letztere ist vollständig und in der richtigen Sprache, davon konntet Ihr Euch selbst überzeugen. Ich habe meinen Teil der Abmachung erfüllt, ich bitte Euch, Euren ebenso zu erfüllen.«

Der Hauptmann lehnte sich mit einem raubtierhaften Lächeln zurück.

»Bist du da so sicher, mein Süßer? Kennst du denn wirklich alle Klauseln des Vertrages?«

»Was wollt Ihr damit sagen?«

»Dass es zweifellos eine Sache gibt, die unser Freund dir nicht mitgeteilt hat. Sobald ich das Schmuckstück und die Abhandlung habe, soll ich euch beide verschwinden lassen.«

»Was?«

Samuel wollte aufspringen, doch bevor er dazu kam, hatte sich Diavilo mit überraschender Schnelligkeit ausgestreckt und seinen Hals mit der Spitze seines Hakens erwischt. Sam fühlte einen stechenden Schmerz unterhalb des Kiefers und ein Rinnsal Blut lief ihm warm auf den Kragen.

»Was hast du dir eigentlich gedacht, junger Narr?«, zischte Diavilo und zwang Sam vor sich in die Knie. »Wolltest du etwa, nachdem du dich hier in mein Zelt gewagt hast, dein elendes, stinkendes Dasein weiterführen, als wäre nichts gewesen? Du Einfaltspinsel!«

Er drückte seinen Haken noch weiter herunter und Sam musste seine Nase auf die Armlehne des Throns pressen, wenn er nicht verbluten wollte wie ein Schwein. Diavilo behielt ihn eine Weile in seinem Griff, dann lockerte er ihn allmählich.

»Es sei denn ...«, säuselte er.

Er schleuderte Sam zurück auf seinen Platz und sah ihn mit blitzenden Augen an.

»Es sei denn, du erklärst mir, was in dieser Abhandlung steht. Und zwar so überzeugend, dass ich geneigt bin, dich zu verschonen. Hast du mich verstanden? Ich will wissen, was für Karten das sind und welche Art von Schätzen dort eingezeichnet sind ... Ich will wissen, was diese Abbildungen von Armreifen bedeuten, die so ähnlich aussehen wie der, den du mitgebracht hast. Ich will wissen, was diese Formeln und Texte bedeuten, in denen von einem sagenhaften Ring die Rede ist. Und den ganzen Rest ... Wenn du meine Neugier befriedigst, ist dein Leben gerettet.«

Samuel legte die Hand an seinen Hals, um das Blut zu stoppen, das auf sein bereits rot gefärbtes Hemd tropfte. Der Schnitt brannte wie Feuer und ihm war leicht schwindelig. Er musste Zeit gewinnen ...

»Und ... und gesetzt den Fall, ich kläre Euch über diese Punkte auf, versprecht Ihr, Alicia freizulassen?«

Nachdenklich wischte Kapitän Diavilo seinen Haken an seiner Pluderhose ab.

»Unter der Bedingung, dass deine Informationen mich überzeugen«, willigte er halbherzig ein, »werde ich sie auch gehen lassen.«

Samuel hatte so viel Vertrauen in diesen plötzlichen Anfall von Gnade wie in einen Werwolf in einer Vollmondnacht. Aber immerhin hatte er so eine kleine Atempause gewonnen.

»Und woher weiß ich, dass sie nicht längst tot ist?«, wollte Sam wissen. »Ich sehe keine Veranlassung, Euch diese Geheimnisse zu verraten, wenn ich nicht den Beweis habe, dass sie noch lebt. Ich will sie sehen.«

Diavilo musterte Sam mit seinem durchbohrenden Blick, als versuche er, seine Absichten zu durchschauen. Er schien sie für ungefährlich zu halten, denn gleich darauf rief er die Zwillinge herbei:

»Castor! Pollux!«

Die beiden Gorillas steckten ihre Köpfe durch den violetten Vorhang.

»Bringt mir das Mädchen«, befahl der Hauptmann. »Und passt auf, dass keiner der Männer ihr zu nahe kommt.«

Diavilo lehnte sich wieder auf seinem Sessel zurück und fixierte seinen Gast mit amüsiertem Blick, als freute er sich schon darauf, ihn gründlich hereinzulegen. Samuel seinerseits suchte verzweifelt nach einer Möglichkeit, aus der Sache herauszukommen. Sollte er sich auf die Erpressung des Hauptmanns einlassen? Ihm alles über den Sonnenstein und den Goldreif erzählen? Mit den fatalen Folgen, die daraus erwachsen könnten, falls dieser sich entschließen würde, nun seinerseits durch die Zeit zu spazieren?

Oder sollte er im Gegenteil lieber eine überzeugende Geschichte erfinden? Mit dem Risiko, dass sein teuflischer Geist ihm auf die Schliche kommen und seine Drohung, sie beide umzubringen, wahr machen würde?

Samuel zermarterte sich noch eine Weile das Gehirn, als sich der violette Vorhang von Neuem hob. Alicia trat ins Zelt, eingerahmt von den beiden Kolossen. Sie wirkte verstört, ihre langen blonden Haare hingen wirr herab, Tränenspuren zeichneten ihr Gesicht und die sonst so fröhlichen blauen Augen blickten unendlich verängstigt. Sie trug die gleiche Art Nachthemd, die Lili und er bei ihrer ersten Reise durch die Zeit auch plötzlich angehabt hatten, ihre nackten Beine waren zerkratzt, als wäre sie durch Dornengestrüpp gerannt. Als sie Samuel erkannte, wollte sie etwas rufen, brachte jedoch nur einen erstickten Klagelaut heraus. Sie sah aus wie eine dieser Heiligen auf religiösen Gemälden, wunderschön, und doch würde man sie im nächsten Augenblick opfern.

Samuel wollte zu ihr stürzen und sie trösten, doch Diavilo trat dazwischen und bohrte ihm seinen Haken in die Magengrube.

»Einen Schritt weiter und ich schlitze dich auf, mein Junge. Vor den Augen deiner jungen Freundin. Und ich glaube nicht, dass so ein Anblick ihr in ihrem Zustand besonders zuträglich wäre. Hör mir gut zu. Ich habe deine Forderung erfüllt und sie dir herbringen lassen, jetzt wirst du auch meine erfüllen müssen. Und für den Anfang schlage ich dir ein kleines Spiel vor ...«

Er zog den Dolch aus seinem Gürtel und warf ihn einem

der beiden Schergen zu, der ihn in der Luft auffing. Dann öffnete er die Abhandlung auf einer Seite, wo zwei Sonnensteine abgebildet waren, der eine am Fuße einer Statue auf den Osterinseln, der andere auf der Rückseite eines Brunnens.

»Wir werden es so machen: Ich zeige auf eine dieser rätselhaften Zeichnungen, die dieses Buch schmücken, und jedes Mal, wenn du nicht in der Lage bist, mir eine überzeugende Erklärung zu liefern, wird mein lieber Pollux deiner Freundin etwas abschneiden. Angefangen mit der linken Hand, warum nicht. Pollux, bitte ...«

Der Riese packte den linken Arm der Gefangenen und schob ihren Ärmel hoch, während sein Bruder den Dolch am Handgelenk ansetzte. Wieder brachte Alicia nur einen stummen Schrei heraus.

»Wir sind uns also einig?«, fragte Diavilo genüsslich. »Also abgemacht. Hättest du also die Güte, mir die Bedeutung dieser eingravierten Sonne zu erklären, die so oft in diesem Zauberbuch auftaucht?«

Samuel betrachtete die Abbildung der beiden Sonnensteine, auf die der Hauptmann beharrlich zeigte. Für Ausweichmanöver war jetzt keine Zeit mehr ... Er schloss seufzend die Augen. Hoffentlich würde er das, was er jetzt tat, nie bereuen müssen.

17.
Alicia

Samuel hatte die Augen noch immer geschlossen und atmete tief durch. Beruhigen musste er sich vor allem und sich von der Raserei um ihn herum lösen ... Hauptmann Diavilo wiederholte drohend seine Frage, doch davon durfte Samuel sich jetzt nicht ablenken lassen. Er konzentrierte sich darauf, sich ganz tief in sich selbst zu versenken, wie er es schon einmal in Qins Grabhügel und in der päpstlichen Bibliothek gemacht hatte. Das Pulsieren der Zeit in seinem Brustkorb war kaum wahrnehmbar, aber es war da ... Der Rhythmus seines eigenen Herzschlags musste in Einklang gebracht werden mit dem langsamen Pulsieren des Sonnensteins. Einen Augenblick lang hatte er den Eindruck, dass das dumpfe Klopfen tief in seinem Inneren erstarb, so schwach und aus so weiter Ferne drang es zu ihm, doch sobald er seine Gedanken auf die beiden Sonnenbilder in der Abhandlung lenkte, wurde es wieder deutlicher. Und langsam und ruhig verschmolzen die beiden Pulsschläge in seiner Brust zu einem ...

»Wenn du es nicht anders willst!«, drohte Diavilo. »Poolluux, schneiiiideee diiiiiiie Haaaaaaand ...«

Die Stimme des Hauptmanns drang nur noch verzerrt wie eine sich zu langsam drehende Schallplatte zu ihm, bis seine Worte überhaupt nicht mehr zu verstehen waren.

Samuel öffnete die Augen: Der Innenraum des Zeltes hatte eine schöne dunkelgrüne Färbung angenommen. Diavilo zeigte noch immer mit wutverzerrtem Gesicht auf die Abhandlung, doch er schien von einer seltsamen Lähmung befallen, als wäre sein Körper eine tonnenschwere Last und als weigerte sich sein Mund zu artikulieren. Nichts als hohl klingende Laute kamen ihm über die Lippen, die sich nur schrittweise formten, während sich seine Lider mühsam schlossen. Hinter ihm schwang Pollux den Dolch hoch in die Luft und hielt mitten in der Bewegung inne, wie von einem unsichtbaren Faden festgehalten. Auch seine Gefangene war von der plötzlichen Benommenheit befallen, statuengleich in einer dramatischen Abwehrhaltung.

Samuel dagegen schnellte nach vorn wie entfesselt, zuerst auf die kleine Statue zu, um sich den Goldreif wieder zu holen, dann stieß er Diavilo beiseite, der nur schwachen Widerstand leistete. Nur wenige Meter trennten ihn von den Zwillingen. Er stellte fest, dass der Dolch sich um ein paar Zentimeter gesenkt hatte, Alicia versuchte, mit einer Kopfbewegung auszuweichen, und Castor hatte sich leicht zu ihr gedreht, um sie zu stoppen. Alle drei waren nicht vollkommen erstarrt, sondern nur unglaublich verlangsamt …

Sam versetzte Pollux einen Tritt in die Magengrube, woraufhin dieser ins Schwanken geriet und mit ungeahnter Langsamkeit nach hinten kippte. Damit war auch die gefährliche Klinge aus dem Weg geräumt.

Als Nächstes stürzte Sam sich auf den Zwillingsbruder, der sein Opfer immer noch umschlungen hielt, und riss ihn nach hinten, damit er das Mädchen losließ. Obwohl so gut wie bewegungsunfähig, war der Riese immer noch unglaublich stark und Sam musste ihm mit aller Kraft die Finger verrenken, bis sich sein Griff endlich lockerte.

Und jetzt zu Alicia ...

»Ich weiß nicht, ob du mich verstehst«, raunte er ihr ins Ohr, »aber du wirst mir helfen müssen ...«

Er legte ihr die Arme unter die Achseln und zog sie hoch, sodass sie auf die Knie kam, dann bückte er sich und hob sie über seine rechte Schulter. Unter normalen Umständen wäre es fast unmöglich gewesen, sie so zu tragen, doch durch die Veränderung der Zeit fühlte er sich wie elektrisiert und sprühte geradezu vor Energie.

Er schob den violetten Vorhang beiseite und schlüpfte ins Freie. Diavilos Lager bot ein unwirkliches Schauspiel: Dutzende von Männern waren bei ihren abendlichen Tätigkeiten überrascht worden und standen wie festgewachsen zwischen den Zelten. Einer führte Millimeter für Millimeter seinen Löffel zum Mund, ein anderer wollte seinem Nachbarn auf die Schulter klopfen, doch er schien mitten in der Bewegung innezuhalten. Der Dritte versuchte erfolglos, etwas auf den Boden zu spucken ... Selbst das Feuer leuchtete wie erstarrt, und als Sam es in seinem Überschwang berührte, spürte er kaum ein Brennen.

Sobald er Alicias Gewicht auf seiner Schulter sicher ausbalanciert hatte, machte er sich auf den Weg zum Ausgang des Lagers, sich an den versteinerten Soldaten vorbeischlängelnd, die ihm den Weg verstellten. So schnell er konnte, durchquerte er das Gelände mit den halb versunkenen Säulen und Ruinen, das ebenfalls in einen grünlichen Nebel gehüllt war. Jeder seiner Schritte versetzte die Luft in kräftige Schwingungen, bei jedem Atemstoß entwich ein feines Netz aus Luftblasen, die über seine Wangen rollten. Als würde er auf dem Grund eines Ozeans aus grünem Sirup waten und atmen wie ein Fisch ...

Knapp hundert Meter hatte er zurückgelegt, als er spürte, wie Alicia auf seiner Schulter schwerer und schwerer wurde und es ihn immer größere Mühe kostete, seinen Herzschlag im Einklang mit dem Rhythmus der Zeit zu halten. Ein schmerzhafter Krampf begann sich in seiner Brust auszubreiten ... Doch was blieb ihm anderes übrig, als einfach weiterzulaufen? Wie lange dieser Zustand auch anhalten würde, er musste ihn noch ausnutzen, um Diavilo so weit wie möglich zu entkommen.

Endlich erreichte er die ersten Häuser der Stadt und bog in die nächstgelegene Gasse ein. Er legte eine kurze Atempause ein, seine Beine brannten wie Feuer und vor allem weitete sich der stechende Schmerz in der Herzgegend aus. Ohne Alicia loszulassen, lehnte er sich gegen eine Mauer und konzentrierte sich, um den Puls der Zeit nicht zu verlieren. Es gelang ihm, zumindest vorläufig, den Rhythmus festzuhalten, und sofort machte er sich wieder auf den Weg, nun allerdings mit gemäßigterem Schritt. An zwei ausgebrannten Gebäuden vorbei schaffte er es noch bis zur nächsten Häusergruppe. Dann konnte er beim besten Willen nicht mehr: Sein Brustkorb schien von glühenden Zangen zusammengedrückt zu werden, sein Herz drohte im nächsten Augenblick zu explodieren, nicht in der Lage, den ihm aufgezwungenen, anormalen Rhythmus länger zu ertragen. Am Rande des Zusammenbruchs entschied Sam sich für eine enge Gasse, in der mehrere Türen aufgebrochen worden waren, und trat durch den nächsten offenen Hauseingang. Vorsichtig legte er Alicia auf dem Lehmboden der Eingangshalle ab und brach neben ihr zusammen, am Ende seiner Kräfte. Er schloss die Augen, sein Herz zuckte schmerzhaft zusammen, während ein lauter Knall die Luft durchschnitt. Die Zeit nahm wieder ihren normalen Lauf ... Er spürte, wie Alicia sich sofort neben ihm bewegte, und legte ihr reflexartig die Hand über den Mund, als sie gerade zu einem Hilfeschrei ansetzte.

»Fu Hiife!«

»Alicia«, flüsterte er und nahm sie fest in seine Arme, »ich bin's, Samuel ... Samuel Faulkner ... du hast mich eben in dem Zelt gesehen, erinnerst du dich?«

Sie schüttelte den Kopf und versuchte weiterhin, sich zu wehren.

»Ich habe uns da rausgebracht, aber sie werden schon bald hinter uns her sein. Wenn ich dich loslasse, versprichst du, nicht zu schreien?«

Sie stieß einen Laut aus, den er als Zustimmung deutete. Er gab ihren Mund frei und sank erschöpft zurück auf den Boden.

»SAMUEL, WAS IST HIER LOS?«, schrie sie in einem Anfall von Hysterie.

»Bitte, nicht so laut, man darf uns nicht hören. Sie sind bestimmt nicht mehr weit und wenn ...«

»ABER WER SIND SIE? UND WO SIND WIR? DIESE GANZEN VERRÜCKTEN, DIE ALLE BEWAFFNET SIND WIE DIE WILDEN UND MICH UMBRINGEN WOLLEN? WAS FÜR EINE SPRACHE SPRECHEN SIE? WAS FÜR EINE SPRACHE SPRECHE *ICH?*«

Sie schüttelte ihn wild, doch er bekam gerade keine Luft mehr, anstelle seines Herzschlags spürte er tausend Nadelstiche.

»Wir sind in Rom«, brachte er schließlich heraus, »im Jahr 1527. Ich werde dir alles erklären . . .«

»Was? Was erzählst du mir da?«

Sie richtete sich ruckartig auf, tastete im Halbdunkel nach seinem Hemd und klammerte sich mit beiden Händen fest.

»Bist du verrückt geworden, oder was? 1527? Das ist doch irrsinnig!«

Sie musste bemerkt haben, dass es ihm nicht besonders gut ging, denn sie beugte sich beunruhigt über ihn.

»Samuel, alles klar? Du atmest so schwer . . . Bist du verletzt?«

»Nein, nein«, stammelte er, »nur erschöpft . . . Ich muss erst wieder zu Atem kommen, dann gehen wir weiter.«

Er spürte ihre kühle Hand auf seiner Stirn und ihre Finger, die über sein Handgelenk strichen und ihm den Puls fühlten.

»Du glühst«, stellte sie fest. »Und dein Herz . . . Als hättest du gerade den Weltrekord im 100-Meter-Lauf aufgestellt!«

»Ja, so ungefähr«, gab er zu. »Aber mir geht es schon besser, glaub mir.«

Er stützte sich auf einen Ellbogen hoch und zwang sich, sich aufzusetzen.

»Wir müssen es bis zum Fluss schaffen, Alicia«, erklärte er mit fester Stimme. »Dort sind wir etwas sicherer und ich kann dir alles erklären, was du wissen willst. Wir müssten ungefähr fünf oder zehn Minuten Vorsprung haben, so ist es meistens. Plus die Zeit, die sie brauchen, um zu entscheiden, in welcher Richtung sie nach uns suchen wollen.«

»Aber wer sind diese kostümierten Typen, Sam? Und wie

kann ich mich in einer Sprache ausdrücken, die ich noch nie gehört habe?«

»Später, Alicia, ich werde dir alles erklären, versprochen.«

Sie half ihm auf die Beine und sie traten hinaus in die Gasse, wo glücklicherweise nichts darauf hindeutete, dass Castor und Pollux ihnen bereits auf den Fersen waren. Alicia hakte sich bei Sam unter, um ihn zu stützen, und sie schlugen, mehr humpelnd als gehend, den Weg zum Fluss ein. Samuel war wie gelähmt vor Muskelkater, sein Brustkorb tat immer noch weh, und seine Beine waren von der Anstrengung vollkommen steif. Auf einmal fühlte er sich, als wäre er fünfhundert Jahre alt ... Er erinnerte sich, wie Setni im Jahr 1932 in Saint Mary dieser Schlägerbande eine unvergessliche Tracht Prügel verpasst hatte. Danach war der Hohepriester ganz blass geworden, auch vollkommen erschöpft. Das Band der Zeit wie ein Gummiband zu dehnen hatte eben auch seine Nebenwirkungen ...

Sie folgten dem gleichen Weg zurück, den Samuel vor ein paar Stunden genommen hatte, ohne weitere Zwischenfälle. Bis auf eine Patrouille auf der Uferstraße, die sie umgingen, indem sie sich im Schatten einer Kirche versteckten. Am Flussufer angekommen, spürte Sam, wie der Druck allmählich von ihm wich, doch er hütete sich, Alicia schon jetzt Entwarnung zu geben. Einerseits, weil Schweigen ihr bester Verbündeter war, aber auch weil er fürchtete, sie würde sonst sofort seinen Arm loslassen. Sobald sich die Angst, von Diavilo verfolgt zu werden, etwas gelegt hatte, wurde ihm klar, wie schön es war, sie bei sich zu haben ... Dass es ihre Hand war, die da über seine Haut strich, ihre Haare, die sanft seine Wange streiften, das Geräusch ihrer

Schritte neben seinen eigenen. Dass die Gefahr, in der sie beide schwebten, sie eng miteinander verband und dass sie, was auch immer jetzt passierte, gemeinsam durchstehen mussten. Obwohl er sich angesichts der Umstände ziemlich dumm vorkam, fühlte Sam sich beinahe glücklich ...

Nach einer knappen halben Stunde hatten sie die Fischerhütten am Fluss erreicht, weit genug von Diavilos Lager entfernt, um eine kleine Pause einzulegen, zumal Alicia darauf brannte, endlich alles zu erfahren. Sie suchten in der Hütte Unterschlupf, in der Sam auf dem Hinweg geschlafen hatte. Und er begann, ihr die ganze Geschichte von Anfang an zu erzählen: Wie er den Sonnenstein im Keller der Buchhandlung entdeckt hatte, wie er sich auf einmal auf der Insel Iona zur Zeit der Wikinger wiedergefunden hatte. Die lange Folge von Reisen, bis es ihm endlich gelungen war, wieder nach Hause zu gelangen. Dass seine Cousine Lili ihn unterstützt hatte, ihre Abenteuer in Pompeji und Chicago. Seine Begegnungen mit dem Hohepriester Setni und sein Tête-à-Tête mit Vlad Tepes; wie es ihm gelungen war, seinen Vater aus den Verliesen von Bran zu befreien. Seine Verblüffung, als er feststellen musste, dass Onkel Rudolf und der Tätowierte ein und dieselbe Person waren. Seine Expedition zu Qins Grabhügel, die Suche nach Kluggs Abhandlung, um Alicia zu befreien ... Und schließlich, wie er die Zeit verlangsamt hatte, um sie den Klauen *Il Diavolos* zu entreißen.

Als er geendet hatte, schwieg Alicia zunächst und bewunderte den Goldreif, der erneut im milchigen Schein des Mondes leuchtete. Dann legte sie voller Zuneigung eine Hand auf Sams Knie:

»Das erklärt wirklich einiges. Vor allem diese Bücher

über Dracula, die du mit dir herumgeschleppt hast, als du bei uns warst. Oder dass du mir nicht sagen wolltest, wie es deinem Vater wirklich geht ... Aber warum hast du mir das alles nicht schon vorher erzählt, Sam? Ich hätte dir vielleicht helfen können.«

Samuel lächelte gequält. »Ich fand, du hast auch so schon genug unter meinen Fehlern gelitten. Du schienst so glücklich zu sein damals mit Jerry. Da wäre es nicht besonders cool gewesen, dich mit meinen Problemen zu belasten. Und mal ehrlich, hättest du mir geglaubt?«

Alicia überlegte. »Vielleicht nicht ... Aber, du weißt ja, ich habe einen sechsten Sinn, was dich angeht: Ich merke sofort, wenn du mich belügst. Auf jeden Fall war es ein Fehler, nichts zu sagen, sonst säße ich jetzt nicht auch hier. Wenn ich das alles vorher gewusst hätte, wäre ich misstrauischer gewesen ... Besonders gegenüber Rudolf.«

Ihr Blick verhärtete sich, als sie diesen Namen erwähnte, und ihre Finger gruben sich in Sams Bein.

»Wie ... wie ist das passiert?«, fragte er. »Hat er dich überrumpelt?«

»Nicht wirklich. Es war so, dass deine Cousine mir eine SMS geschickt hat.«

»Wie bitte?«

»Sag ich doch: Ich hatte eine SMS von ihr auf meinem Handy. Sie schrieb, dass du mich unbedingt um 19 Uhr in der Cafeteria treffen wolltest, hinter der Eisbahn. Du konntest mich nicht erreichen, also hättest du sie gebeten ...«

»Aber das ist unmöglich! Lili ist im Ferienlager, einige Hundert Kilometer von Saint Mary entfernt!«

»Mir kam es auch merkwürdig vor. Also habe ich die angezeigte Nummer zurückgerufen und bekam den Anrufbeantworter, aber es war tatsächlich die Stimme deiner Cousine. Ich hatte also keinen Grund, Verdacht zu schöpfen!«

Samuel schäumte. »Diese Ratte! Jetzt weiß ich, wie er das eingefädelt hat. Als Lili mir ihr Handy geliehen hatte, hat Rudolf behauptet, ich hätte es ihr gestohlen, um es zu Geld zu machen. Als er es dann später in die Finger bekam, hat er es ihr ganz weggenommen. In Wahrheit wollte er es benutzen, um dich in die Falle zu locken!«

»Und ich bin sofort mit fliegenden Fahnen losgerannt«, seufzte Alicia. »Natürlich warst weder du da noch Lili, sondern Rudolf ... Er behauptete, du wärst in der Klinik bei deinem Vater und könntest nicht kommen, und er sollte dich entschuldigen. Er fing an, mir zu erklären, dass er sich große Sorgen um dich mache, dass du dich seit Allans Verschwinden seltsam verhieltest ... Er hat mich gefragt, ob ich irgendetwas wüsste, ob du mir etwas anvertraut hättest. Im Lauf des Gesprächs wurde mir auf einmal ganz schwindlig.«

»Der miese Kerl! Er muss dir irgendein Mittel verabreicht haben!«

»Ja ... er muss etwas in mein Glas getan haben, als ich zur Toilette war. Mir ging es immer schlechter und er bot an, mich nach Hause zu fahren. Was dann passierte, weiß ich nicht mehr. Doch, eins weiß ich noch: Irgendwann im Auto, ich war halb eingeschlafen, hat er mir eine Spritze gegeben. Ich habe versucht, mich zu wehren, aber ich hatte keine Kraft mehr. Danach hat er mir übrigens noch mehr Spritzen gegeben.«

Sie schob ihren Ärmel hoch: Die Innenseite ihres Armes war mit kleinen Blutergüssen übersät.

»Wohin hat er dich gebracht?«, fragte Sam. Wo Rudolfs Sonnenstein versteckt war, war ihm immer noch ein Rätsel.

»Ehrlich gesagt, kann ich mich an fast nichts erinnern. Am Anfang war ich in diesem Auto ... es roch nach Leder ... Sitze mit beigefarbenen Bezügen, dann ein tiefes Dröhnen, ein Motorengeräusch.«

»Ein Flugzeug?«

»Kann sein ... ich war vollkommen benebelt. Dann dieses furchtbare Brennen. Ich dachte, das Fahrzeug stände in Flammen, dass wir einen Unfall gehabt hätten. Ich habe sogar geglaubt, ich wäre tot.«

»Das ist der Zeitsprung«, folgerte Sam. »Das wirkt sich immer so aus. Aber es hält nie lange an. Der Stein, den Rudolf benutzt, muss einige Stunden von Saint Mary entfernt sein, so weit, dass er ein Flugzeug nehmen muss oder einen Hubschrauber, aber trotzdem so nah, dass er immer schnell wieder zurück ist. Denn er hat mich an dem Morgen, als du verschwunden warst, aus dem Bett gezerrt, weil deine Mutter bei uns war und dich überall suchte. Da war er also schon wieder zurückgekommen.«

»Was für ein Mistkerl!«, regte Alicia sich auf. »Scheinheilig die Mutter zu trösten, der er gerade eben die Tochter entführt hat!«

»So würde ihn niemand verdächtigen, außerdem konnte er mich zu Hause genau beobachten, sehen, ob ich den Köder geschluckt hatte, ob ich den Umschlag mit dem Stadtplan von Rom und den Münzen auch wirklich bekommen hatte ... Teuflisch! Das Einzige, was ich nicht verstehe, ist, welche Rolle Tante Evelyn in der ganzen Sache spielt. Ich gebe zu, sie ist eine ziemliche Nervensäge, aber sie sich als Komplizin dieses Verbrechers vorzustellen ...«

»Wenn es dich beruhigt, sie war nie bei ihm, weder in Saint Mary noch hinterher. Als ich in dem Zelt aufwachte, waren da nur Männer.«

Sie fröstelte bei dem Gedanken daran. »Schlägertypen, als mittelalterliche Krieger verkleidet, die mich angestarrt haben wie ein seltsames Tier. Ein echter Albtraum ... Ich habe geschrien, aber ich lag mit Händen und Füßen angekettet auf einem Strohsack. Rudolf kam auf mich zu ... Er war genauso angezogen wie die anderen, Diavilo war bei ihm, sein Hakenarm und dieser irre Gesichtsausdruck sind mir sofort aufgefallen. In gewisser Weise war ich sogar froh, als sie mir wieder Schlafmittel eingeflößt haben: Ich wäre sonst bestimmt verrückt geworden. Nach einiger Zeit bin ich dann krank geworden, was das Ganze auch nicht besser machte. Ich fühlte wieder diesen brennenden Schmerz, dieses Mal aber von innen, und ich habe wieder gedacht, ich müsste sterben. Erst heute Morgen bin ich wieder zu mir gekommen, mitten in einem furchtbaren Getöse aus Donner, Schüssen und Schreien ... Ein komischer Arzt, der aussah wie ein Schlachter, hat mich untersucht und mir wieder so eine ekelhafte Flüssigkeit eingetrichtert, nach der man innerhalb von fünf Minuten einschläft. Als die beiden Zwillinge heute Abend in mein Zelt kamen, war ich gerade erst wieder zu mir gekommen. Sie haben mich wie ein Tier vor ihren Anführer gezerrt und da habe ich dich gesehen.«

Sie starrte mit leerem Blick vor sich hin und Samuel legte seine Hand auf ihre, wohl wissend, dass er allein für ihre Lage verantwortlich war. Sie zog ihre Hand nicht zurück und so saßen sie eine Weile reglos da und sahen auf die Lichter der Stadt, die sich im Fluss spiegelten, als wollten sie von dem Gelächter und dem Wehklagen ablenken, das immer wieder aus der Ferne zu ihnen drang.

»Ich weiß, was du jetzt denkst, Sam«, murmelte sie nach ein paar Minuten. »Du denkst, dass ich so ein kleines zerbrechliches Ding bin und dass alles, was mit mir passiert ist, deine Schuld ist. Dass du wieder mal versagt hast und ich allen Grund hätte, dir böse zu sein ... Aber zuerst musst du endlich begreifen, dass ich nicht aus Zucker bin. Sicher, ich habe Angst gehabt, furchtbare Angst. Sicher, ich habe mir die Augen ausgeweint ... Das ist doch menschlich, oder nicht? Aber ich habe auch gelernt zu kämpfen, mich nicht unterkriegen zu lassen. Du kannst auf mich zählen, Sam, verstehst du, das will ich dir damit sagen ... Und in Zukunft möchte ich, dass du mir vertraust und ehrlich zu mir bist, anstatt mich immer aus allem raushalten zu wollen.«

Sie kniete dicht vor ihm. »Und übrigens, ich bin nicht sicher, dass irgendjemand anderes, wer immer es auch sei, auch nur halb so viel getan hätte, um mich zu retten, wie du. Insbesondere nicht Jerry. Ich glaube, ich habe wirklich meinen Traumprinzen gefunden ...«

Sie beugte sich zu ihm und küsste ihn sanft auf die Stirn.

»Ich danke dir, Sam, aus tiefstem Herzen. Und jetzt«, fügte sie beinahe ausgelassen hinzu, »sollten wir zusehen, dass wir nach Hause kommen. Du musst dringend duschen ...«

Leicht verlegen ergriff Sam ihre ausgestreckte Hand und sie standen gemeinsam auf. Alicia war wirklich der wunderbarste Mensch auf Erden, in welcher Zeit auch immer ...

Sie folgten dem Flussufer bis zu dem schwimmenden Hafen, wo Sam vor einigen Stunden sein Boot festgemacht hatte. Die gute Nachricht war, dass es noch immer an seinem Platz lag, die schlechte, dass genau am gegenüberliegenden Ufer, dort wo sich der Sonnenstein befand, Soldaten ein Lager aufgeschlagen hatten. Samuel durchzuckte kurz der Gedanke, dass im nächsten Augenblick Diavilo und die Zwillinge auf dem Bootssteg gegenüber erscheinen würden, doch es handelte sich nur um einen Trupp Reiter, die wie am Morgen die Stelle aufsuchten, um ihre Pferde zu tränken. Die Tiere grasten friedlich im Schatten, etwas abseits vom Lager.

»Was machen wir?«, flüsterte Alicia.

»Wir gehen zuerst ein Stück flussaufwärts, dann lassen wir uns von der Strömung wieder hinuntertreiben. In der Hoffnung, dass sie zu betrunken sind, um uns zu hören!«

Die Söldner schienen in der Tat in bester Stimmung zu sein, sangen aus voller Kehle und stießen mit dicken Tonkrügen an. Mit etwas Glück ...

»Also los«, gab Sam das Kommando.

Sie machten das Boot los und zogen es lautlos flussaufwärts bis zu der Stelle, wo das Ufer auf einen alten Brückenkopf stieß. Auf der gegenüberliegenden Seite wurden die düsteren Befestigungsmauern des Borgo nur von ein paar spärlichen Fackeln beleuchtet. Im Norden erkannte man deutlich den hellen Schein der Engelsburg wie eine riesige Kerze über dem Wasser.

Alicia kletterte als Erste ins Boot und legte sich flach auf den Boden, gefolgt von Sam, der das Boot kräftig vom Strand abstieß, bevor er sich ins Heck kauerte. Lautlos ließen sie sich mit der Strömung treiben und Sam gelang es mithilfe des Steuerruders, das Boot möglichst dicht ans westliche Ufer zu lenken. Sobald sie über die Mitte hinaus waren, würde die Strömung sie mit etwas Glück zur richtigen Seite treiben.

Unterhalb des Borgo landeten sie auf dem Sandufer, unweit der Stelle, wo Sam seine Münzen vergraben hatte. Sie kletterten aus dem Boot und legten sich flach in den Sand: Etwa fünfzig Meter von ihnen entfernt hielten die Soldaten, ohne etwas zu merken, weiter ihr ausgelassenes Gelage ab. Nur eins der Pferde gab ein nervöses Wiehern von sich ...

Samuel robbte bis kurz vor die Mauer und wühlte in der Erde: Die sechs Münzen waren noch vollzählig!

»Mist!«, fluchte er leise. »Ich hätte die Golddukaten wieder mitnehmen sollen!«

»Was ist los?«, flüsterte Alicia hinter ihm.

Er zeigte ihr die grau beschichtete Münze.

»Die hat Rudolf mir gegeben, sie soll uns zurück in die Gegenwart bringen. Das Problem ist allerdings, dass man insgesamt sieben Münzen braucht, um sein Ziel zu bestimmen, wir haben aber nur noch sechs! Die siebte hat Diavilo eingesteckt.«

»Und das heißt?«

»Mit nur sechs Münzen schickt der Sonnenstein dich erfahrungsgemäß willkürlich in eine der sechs möglichen Epochen.«

»Willst du damit sagen, dass wir nicht sofort nach Hause kommen?«

»Die Chancen stehen leider sechs zu eins! Es sei denn, wir benutzen nur die graue Münze, so wie Rudolf es geplant hat, und lassen Merwosers Armreif zurück. Was ein großer Fehler wäre.«

»Also gibt es nur eine Lösung, worauf warten wir dann noch? Wo immer wir landen, schlimmer als hier kann es doch nicht werden, oder?«

Darauf antwortete Samuel lieber nicht. Es konnte immer noch schlimmer werden ... Trotzdem schob er die Münzen auf den Armreif und sie krochen auf allen vieren am Fuß der Mauer entlang wie zwei Diebe. Bei Hathors Zeichen teilte Samuel das Gestrüpp und grub wieder in der Erde, bis der Sonnenstein zum Vorschein kam. Ein weiteres Pferd begann zu wiehern, dann ein drittes, und Sam hatte das Gefühl, dass ein paar der Soldaten verstummt waren.

»Unglaublich!«, hauchte Alicia und strich mit den Fingern über den Stein.

Samuel legte ihr die Hand auf den Mund. Er hatte sich nicht getäuscht: Der Gesang hatte aufgehört und zwei Soldaten waren aufgestanden und lauschten. Ohne Zeit zu verlieren, drückte Sam geschickt Merwosers Armreif auf das Sonnenbild, woraufhin jede der Münzen auf ihren Platz rutschte. Dann drückte er Alicia fest an sich und legte seine Finger auf den Stein, der bereits seine Wärme ausstrahlte. Keine Sekunde zu früh: Die Reiter zeigten aufgeregt in ihre Richtung ... Samuel verstärkte seinen Griff um Alicia, während der Boden unter ihnen zu zittern begann und das vertraute tiefe Brummen die Luft erfüllte. Plötzlich spuckte der Stein wie ein überkochender Geysir eine heiße Säure aus, die ihm den Arm hochstieg, sich über seinen Oberkörper ergoss bis zu den Beinen, bis sie auch Alicia erfasste und jedes Molekül ihrer Körper durchdrang, die sich daraufhin in Luft auflösten.

18.
Die Kirche der sieben Auferstehungen

Samuel hielt Alicia immer noch fest an sich gedrückt, als sie hart auf einem Marmorboden aufschlugen, der in gleißendes elektrisches Licht getaucht war. Seine Freundin krümmte sich und kämpfte vergeblich gegen die Übelkeit an, die sie wie eine Welle überrollte. Unterdessen drehte Sam den Kopf nach allen Seiten, um sich zu orientieren und festzustellen, wo sie gelandet waren: Schaukästen, Kostüme, Gemälde, Poster, auf den ersten Blick sah es nach einem Museum aus ... Er streckte die Hand nach Merwosers Armreif aus und fragte sich, welche der sechs Münzen sie wohl hierhergebracht hatte: weder die chinesische Münze von Qin, noch die aus Schloss Bran oder die aus Theben im Jahr 1980. Blieben also nur die graue Münze von Rudolf, die unauffällige aus gelblichem Metall, die im Zelt des Archäologen Chamberlain gelegen hatte, und der blaue Plastikjeton.

Welche auch immer es gewesen war, auf jeden Fall hatte sie sie nicht nach Hause gebracht: Der Sonnenstein vor Sams Nase sah zwar aus wie ein Zwilling des Steins im Keller der Buchhandlung Faulkner, die Ausmaße des Saals, der sie umgab, hatten jedoch mit Allans Kellerraum nichts gemein.

»Es ist ... einfach ... un... unerträglich«, stöhnte Alicia. Sie hockte auf den Knien, das Gesicht am Boden, und wurde noch immer von heftigen Krämpfen geschüttelt.

»Das geht vorbei«, beruhigte Sam sie und strich ihr übers Haar. »Am Anfang ging es mir genauso, danach wurde es besser.«

»Mir egal ... dass es ... besser wird ... Will ... dass es ... jetzt aufhört!«

Sam wartete, bis ihre Übelkeit nachgelassen hatte, dann half er ihr aufzustehen.

»Wo sind wir?«, fragte sie mit matter Stimme, sobald sie wieder auf den Beinen war.

»Ich weiß es nicht. Leider nicht zu Hause!«

Sie gingen ein paar Schritte durch die Ausstellung: eine Sammlung verzierter Tongefäße, afrikanische und asiatische Statuen, Schaukästen mit Feuersteinspitzen, Bruchstücke antiker Wandfriese, alte aufgeschlagene Handschriften mit farbenprächtigen Malereien ... An den Wänden reihten sich Puppen, die die unterschiedlichsten Epochen repräsentierten: ein Samurai mit Waffenrock und Katana*; ein aztekischer Krieger in buntem Gewand mit prächtigem Federkopfschmuck; ein Ritter in voller Montur und bis an die Zähne bewaffnet, ausgerüstet, um Rom im Alleingang zu erobern; und sogar eine Mumie in einem falschen Sarkophag, auf deren Binden verblichene Zeichnungen zu erkennen waren. Ja, ein Museum schien es zu sein, aber mit einer höchst eigenwilligen Ordnung ...

»Sieh mal da!«, rief Alicia.

Sie zeigte auf eine beigefarbene Tür, deren verschlossene Flügel beide mit einem schwarzen Paar geschwungener Hörner verziert waren, eine goldene Scheibe in der Mitte. Das Logo von Arkeos ...

---

* Anm. d. Übers.: japanisches Langschwert

»Was soll denn das bedeuten?«, brummte Sam.

Er ging zu der Tür und öffnete sie vorsichtig. Sie führte in einen gewölbten, von Lichterketten erleuchteten Raum mit Fotos rundherum an den Wänden. Auf einem Tisch mit schwarzem Tuch stand ein großes strahlend weißes Modell. Nachdem sie sicher waren, dass außer ihnen niemand da war, wagten Alicia und Sam sich weiter vor. Das Modell stellte einen Gebäudekomplex dar, dessen Grundriss offensichtlich von Hathors Zeichen inspiriert war: ein u-förmiger, sich nach der Seite öffnender Gürtel verschiedener Bauten, aus dessen Mitte eine runde Glaskuppel aufragte. Jedes Gebäude des äußeren Gürtels war an historische Vorbilder angelehnt und mit einem kleinen Namensschild versehen: Pyramide des Übergangs, Tempel der Erneuerung, Pagode der Ewigkeit, Kathedrale der letzten Verwandlung, Privatresidenz des Pandits* ... Das Innere des Kuppelbaus war hochmodern eingerichtet und erinnerte eher an ein Einkaufszentrum, trug aber ähnlich seltsame Beschriftungen: Amphitheater der Pilger, Brücke der Wanderung, Daten-Theke, Studio der Sechs Geburten ... Der ganze Komplex war umgeben von hohen Bäumen, blühenden Alleen und Wasserbecken. Das Säulenportal vor dem Haupteingang trug die Inschrift: KIRCHE DER SIEBEN AUFERSTEHUNGEN.

»Hast du eine Ahnung, was dieses ganze Kauderwelsch bedeuten soll?«, fragte Alicia.

»Vielleicht«, antwortete Sam und zog die graue Münze aus seiner Tasche. »Das Zeichen von Hathor ist auch das

* Anm. d. Übers.: Titel brahmanischer Gelehrter

Logo von Arkeos, der Firma, die Rudolf für seinen Handel mit Antiquitäten aufgebaut hat. Es könnte sein, dass er uns genau hierherbringen wollte.«

»Willst du damit sagen, in seine Firmenzentrale? Aber was sollen wir hier?«

»Wenn ich das wüsste.«

»Aber sollten wir dann nicht lieber sofort hier verschwinden?«

»Wohin? Zurück nach Rom? In Qins Mausoleum? Nein, wir müssen erst ein Mittel finden, um nach Hause zu kommen. Wenn wir wirklich in seinem Unterschlupf gelandet sind, müsste es hier irgendwo Münzen geben ...«

»Und wenn er uns sieht?«

»Ja dann ... werden wir es ihm zeigen«, versetzte er grimmig.

Erst einmal sahen sie sich die Fotos an den Wänden des Saals genauer an. Sie zeigten antike Gegenstände, Skulpturen, kleine Statuen, Halsketten und so weiter, sogar eine Großaufnahme vom *Nabel der Welt*, einem heiligen Stein, der angeblich die Mitte der Welt markierte und der vor Jahrhunderten in Griechenland, in Delphi, gestohlen worden war, als Sam sich auch gerade dort aufgehalten hatte.

»Ganz bestimmt sind wir bei Rudolf«, stellte Sam fest. »Das Foto dort zeigt den *Nabel der Welt* ... Arkeos hat ihn gerade vor einigen Wochen für zehn Millionen Dollar verkauft. Das hier muss eine Art Galerie sein, in der er seine Trophäen ausstellt.«

»Und auf der anderen Seite?«

Sechs große Poster unter Glas, alle mit einer Legende versehen, deckten die gegenüberliegende Wand ab. Das erste trug den Titel *Djoser-Pyramide, um 2600 v. Chr.* und zeigte eine ägyptische Kartusche*, auf der vor allem Hathors Zeichen vorkam. Beim zweiten handelte es sich um die Reproduktion eines chinesischen Textes, der mit einem stilisierten Hörnerpaar endete, das eine Sonnenscheibe umschloss, beschriftet als: *Ode an ri-dhi-fi, Gedicht-Kanon, um 1000 v. Chr.* Dann folgte *Inschrift des Apollo-Tempels in Delphi, V. Jahrhundert v. Chr.*, zu sehen waren in eine Marmorplatte gravierte griechische Schriftzeichen, wieder mit dem Zeichen von Hathor. Auf dem vierten stand: *Fenster der Kathedrale von Canterbury, XII.–XIII. Jahrhundert n. Chr.*, die Vergrößerung eines farbigen Kirchenfensters, auf dem wieder das gleiche Zeichen deutlich zu erkennen war, diesmal mit blau-roten Ranken, die wiederum von zwei großen R umrahmt wurden ...

Kurz vor dem fünften Poster murmelte Sam: »Siehst du auch, was ich sehe?«

Alicia trat einen Schritt näher heran ... Es war eine Reproduktion des Gemäldes mit dem Titel *Die Falschspieler*, 1595 von Caravaggio gemalt. Eine großartige Komposition, sowohl was die Farben anging als auch das kontrastreiche Spiel von Hell und Dunkel, das das Gemälde lebendig erscheinen ließ. Was Samuel jedoch fesselte, war weder die Vollkommenheit des Bildes noch das Thema. Das Gemälde zeigte einen jungen Kartenspieler, dessen Gutgläubigkeit von drei Falschspielern ausgenutzt wird. Einer von ihnen hatte eine frappierende Ähnlichkeit mit Rudolf im Alter von ungefähr dreißig Jahren, mit noch dunklen Haaren, der sich ein kleines Bärtchen hatte wachsen lassen und einen Hut mit Feder und gelöcherte Handschuhe trug ...

* Anm. d. Übers.: schildartiges Ornament

»Unglaublich!«, staunte Alicia. »Das ist er! Diese Ähnlichkeit kann doch kein Zufall sein, oder?«

Samuel fuhr mit dem Finger über eine der Karten, die der erste Spieler hinter seinem Rücken versteckte: Was von Weitem wie eine Herz oder Karo Sieben aussah, waren eindeutig kleine Us mit einem Kreis in der Mitte ...

»Rudolf reist durch die Zeit und meistens mithilfe von Hathors Zeichen. Was sollte ihn daran hindern, für einen Maler im 16. Jahrhundert Modell zu sitzen?«

»Nur, um sich hier sein blödes Affengesicht an die Wand zu hängen? Der Typ hat wohl ein überdimensionales Ego?«

»Und ich fürchte, das ist noch längst nicht alles«, warnte Sam.

Er stand gerade vor dem letzten Poster, der schönen Schwarz-Weiß-Fotografie eines Gebäudes, das sich noch im Bau befand. Durch das Gerüst hindurch erkannte man sein Metallgerippe. Eine Gruppe von vier Bauarbeitern posierte auf einem Eisenträger und in ihrer Mitte erkannte man unschwer Rudolf, diesmal in Latzhose und Schutzhelm. Er wirkte etwas älter als auf dem vorigen Bild und hielt lächelnd eine Art Taschentuch in die Kamera, wieder mit Hathors Zeichen verziert. Darunter war zu lesen: *Baustelle des Home Insurance Building, Chicago, 1885*.

»Warum nur muss er sich immer mit Hathors Symbol zeigen?«, fragte Sam perplex.

»Das sind eben seine Art Urlaubsfotos!«

»Es muss einen anderen Grund geben. Rudolf überlässt nichts dem Zufall ...«

Sie verließen den gewölbten Raum durch eine weitere Flügeltür mit dem Arkeos-Emblem und kamen in eine weiträumige Bibliothek, die gleichzeitig als Büro diente. Auch hier gab es keine Fenster, dafür genauso viel künstliche Beleuchtung.

Alicia und Samuel untersuchten zuerst den angrenzenden Ankleideraum, der ein echtes Badezimmer aus Marmor und eine Garderobe umfasste, in der, ordentlich aufgereiht, zahlreiche Leinengewänder hingen – mit denen Rudolf sich vermutlich auf seine Zeitreisen begab – ebenso wie ein perfekt geschnittener dunkelgrauer Anzug, ein gestärktes weißes Hemd und eine komplette Golf-Ausstattung inklusive Tasche und Schläger. Links neben dem Ankleideraum gab es eine gepanzerte Tür, die Sam vorsichtig zu öffnen versuchte, aber sie war durch ein System mit magnetischer Karte gesichert, das nicht zu knacken war.

»Ich würde gern einen Blick nach draußen werfen«, knurrte Samuel, »nur um zu wissen, wo seine feine Firmenzentrale überhaupt liegt!«

Alicia war bereits dabei, die hochherrschaftliche Bibliothek aus dunklem Holz zu durchsuchen, die mit silbernen Querstangen und einer kleinen Leiter ausgestattet war, die vor den Regalen hin- und herglitt.

»Hier gibt es nicht nur Bücher, Sam, komm mal her!«

Und tatsächlich, außer der Unmenge von Büchern älteren und neueren Datums, viele davon in exotischen Sprachen verfasst, gab es einen ganzen Bereich mit sorgfältig eingerahmten Artikeln aus Zeitungen oder Zeitschriften.

»Sieh mal, der hier«, sagte Alicia auf einmal bestürzt.

Gespannt sah Sam über ihre Schulter und streifte beiläufig ihre Wange. Es handelte sich um ein Interview aus dem *Newsweek*-Magazin mit der Überschrift: *Zeit ist Geld*. Auf den Fotos war ein sonnengebräunter Rudolf mit strahlendem Zahnpasta-Lächeln zu erkennen, allerdings auffallend gealtert, mit Falten um die Augen und schütterem weißgrauem Haar. Fieberhaft suchte Samuel nach dem Datum.

»Sch. . .!«, fluchte er. »Er hat uns in die Zukunft geschickt!«

19.
Ein blauer Plastikjeton

»Wir sind in der Zukunft«, wiederholte Samuel, noch immer fassungslos. »Sieben Jahre nach unserer Gegenwart! Sieben Jahre!«

»Und das scheint kein Witz zu sein oder eine Montage«, ergänzte Alicia. »All die anderen Artikel hier sind auch ... sozusagen ... nach unserer Zeit geschrieben!«

»Doch warum? Was genau will er erreichen?«

»Lies mal das Interview!«, schlug Alicia vor.

Samuel vertiefte sich in den *Newsweek*-Ausschnitt. Er ging über eine ganze Seite und der Journalist befragte Rudolf zu seinen grandiosen Projekten der *Kirche der sieben Auferstehungen:*

Newsweek: *Ist die bevorstehende Eröffnung Ihrer* Kirche der sieben Auferstehungen *nach vier Jahren Argwohn und Spott für Sie so etwas wie eine Genugtuung?*

Pandit Rudolf: *Ich habe keinen Anlass, irgendjemandem gegenüber Genugtuung zu empfinden ... Ich bin selbst erstaunt, wie schnell alles gegangen ist! Als ich mich entschieden habe, in meiner Umgebung von meinen außergewöhnlichen Erfahrungen zu berichten und den wertvollen Erkenntnissen, die sich daraus für die gesamte Menschheit ergeben, hatte ich nicht mit einer solchen Begeisterung gerechnet! Aus allen Winkeln der Welt wurde mir Unterstüt-*

zung angeboten, und die verletzende Kritik gewisser Leute wurde von dem Enthusiasmus all der anderen weggewischt.

N.: *Wie erklären Sie sich das enorme Interesse an der* Kirche der sieben Auferstehungen?

P. R.: *Durch den außergewöhnlichen Charakter ihrer Botschaft! Wer würde nicht davon träumen, sein Leben, das seiner Kinder und seiner ganzen Familie zu verbessern, indem man sich auf die Erfahrungen der Vergangenheit stützt, die Erfahrung aus Milliarden von Leben, die vor uns bereits gelebt wurden? Gibt es eine schönere Lektion als die all jener Männer und Frauen, die Tausende von Jahren vor uns gedacht, geliebt, gelitten und gehofft haben? Das ist es, was ich all denen weitergeben möchte, die mir Gehör schenken: das Wissen und die Weisheit, das Erbe unserer Vorfahren. Das Erbe ihres Lebens! Und weil ich das Leben jener Epochen am eigenen Leib erfahren habe, habe ich beschlossen, eine Art Brücke zu werden zwischen den Menschen von gestern und den Menschen von heute.*

N.: *Obwohl man Sie wegen Ihrer sogenannten Auferstehungen im Laufe der Zeiten sehr belächelt hat ...*

P. R.: *Ich denke, ich habe den Beweis erbracht, dass ich die Wahrheit gesagt habe. Die größten Wissenschaftler der Welt haben die Beweise eingehend untersucht, die ich ihnen vorgelegt habe, und Sie kennen genau wie ich ihre Schlussfolgerungen: Sie mussten zugeben, dass alles, was ich vorbrachte, der Realität entspricht. Ja, ich habe wirklich zur Zeit des ägyptischen Pharaos Djoser gelebt, genauso wie im antiken Griechenland, im China der ersten Dynastien und in vielen anderen Epochen. Ja, der Schöpfer hat mich auserwählt, um die universelle Botschaft der Vergan-*

genheit weiterzutragen und zur Geburt einer glücklicheren Zukunft für die Menschheit beizutragen ... Er hat mich dazu bestimmt, ich kann nichts dafür.

N.: *In gewisser Weise sind Sie eine Art Guru geworden.*

P. R.: *Der einzige Titel, den ich in Anspruch nehme, ist der eines Pandit, den einige indische Freunde mir verliehen haben. Der Pandit ist ein gelehrter Mann, ein Weiser, geachtet aufgrund seiner langen Erfahrung mit Menschen und Dingen. Das passt sehr gut zu mir.*

N.: *Und was sagt der Pandit zu der Polemik um die Finanzierung der* Kirche der sieben Auferstehungen? *Es ist die Rede von mehreren Hundert Millionen Dollar, die in Ihre Kassen geflossen sein sollen.*

P. R.: *Geld ist kein Zweck, Geld ist immer nur ein Mittel... Ich habe niemals jemanden zu einer Spende gezwungen und sei sie auch noch so klein! Es ist einfach so, dass viele mündige Bürger dieser Welt genau wie ich davon überzeugt sind, dass mein Projekt es erlaubt, eine bessere Welt aufzubauen. Bei der Verwirklichung dieses Projektes zu helfen, heißt, am Aufbau dieser Zukunft mitzuwirken. Was soll daran verwerflich sein?*

N.: *Einige unterstellen Ihnen auch den Wunsch, später eine politische Karriere anzustreben.*

P. R.: *Dann sollten sie der* Kirche der sieben Auferstehungen *beitreten, denn sie scheinen mehr über die Zukunft zu wissen als ich über die Vergangenheit!*

Aufgezeichnet von Rod Armor.

»Pandit Rudolf«, schimpfte Sam. »Wohl eher Bandit Rudolf!«

Er unterdrückte seinen Ärger und überflog die weiteren

Artikel. Von den Abenteuern des Meisters war dort die Rede, Anekdoten über die verschiedenen »Existenzen«, die er seit seiner ersten »Geburt« durchlebt hatte; Einzelheiten über seine »Auferstehungen«, die ihn zu einer Art »Messias« werden ließen, der die Jahrhunderte durchstreift hatte, um seinen Mitmenschen Weisheit und Glück zu bringen; Zeugenaussagen seiner Anhänger, in denen tränenreich beteuert wurde, dass Pandit Rudolf einen ihrer Vorfahren im vergangenen Jahrhundert getroffen habe oder sie dank seiner Kenntnisse uralter Heilmittel von schlimmer Krankheit befreit habe. Und so weiter und so weiter ...

Am interessantesten war noch der Ausschnitt aus dem Magazin *History Today*, wo wissenschaftlich erklärt wurde, wie europäische und japanische Forschungsinstitute die Echtheit des Caravaggio-Gemäldes oder des Fotos vom Chicagoer *Home Insurance Building* überprüft und bestätigt hatten, dass Pandit Rudolf wahrhaftig in diesen Epochen gelebt hatte. Selbst die Symbole der Gottheit Hathor auf dem chinesischen Gedichte-Kanon, auf dem Tempel von Delphi und den Kirchenfenstern der Kathedrale von Canterbury wurden als »historisch unwiderlegbar« bezeichnet ...

»Er hat eine Art Sekte gegründet, nicht wahr?«, fragte Alicia, als Sam sich einen Überblick verschafft hatte.

»Eine Sekte, die ihm eine Unmenge Geld und Macht verschafft«, bestätigte Sam. »Die Frage ist nur, warum er mir diese graue Münze gegeben hat, damit ich das alles herausfinde.«

Sie setzten ihre Durchsuchung in einer Art Wohnzimmerbereich mit Sitzgruppe bei einer hohen Schrankwand fort. Hinter den Schranktüren aus demselben dunklen Holz wie die Bücherregale versteckten sich große Vitrinen aus mattem, halb durchsichtigem Glas. Samuel drückte seine Nase an einer Scheibe platt und schnappte nach Luft: gelochte Münzen, Dutzende und Aberdutzende gelochter Münzen! Sorgfältig sortiert und beschriftet, mit Datum und Ort! Pandit Rudolfs Schatz!

»Ich glaube, wir haben unsere Rückfahrkarte«, stieß Sam hervor.

Er versuchte, das Schnappschloss der Vitrine zu öffnen, doch es war fest verriegelt. Alicia und er untersuchten daraufhin sämtliche Vitrinen, die der Schrank barg, doch alle waren versperrt.

»Daran soll es nicht liegen ...«, murmelte Sam entschlossen.

Er nahm einen schweren Edelstahlaschenbecher von einem der Beistelltische und wollte irgendeins der Fächer damit aufschlagen, als Alicia ihn am Arm zurückhielt.

»Warte! Es gibt eine Alarmanlage!«

Samuel sah nach oben an die Decke: Über jeder Vitrine war in der Tat ein kleiner Kasten angebracht, in dem ein rotes Lämpchen blinkte.

»Bevor du alles zerschlägst, sollten wir lieber erst nachsehen, ob der Schlüssel nicht hier irgendwo versteckt ist. Ich durchsuche die Kleiderkammer, kümmerst du dich um den Schreibtisch?«

Samuel verabschiedete sich von der Idee, beim Zertrümmern der Scheibe etwas Dampf abzulassen, und machte sich daran, den Schreibtisch unter die Lupe zu nehmen. Das Möbelstück spiegelte den Größenwahn seines Besitzers wider: riesige Ausmaße, schwarz glänzender Lack, mit allerlei kleinen Kostbarkeiten bestückt, aber auch Schriftstücke, Briefe, Rechnungen . . . Unübersehbar prangte in der Mitte ein Buch: *Die Wahrheit über meine sieben Auferstehungen,* von Pandit Rudolf, auf dem Umschlag das erhabene Porträt besagten Pandits vor einem Sonnenuntergang. Samuel machte sich nicht einmal die Mühe, es aufzuschlagen . . .

Es gab auch zahlreiche Fotos von Rudolf und einigen Stars, auf denen er aussah, als wäre er schon eine halbe Ewigkeit engstens mit ihnen befreundet – Samuel erkannte unter anderem eine berühmte Sängerin, mittlerweile etwas gealtert, und einen ergrauten Schauspieler, der seine besten Zeiten schon länger hinter sich hatte . . . Dazwischen prangte eine etwa dreißig Zentimeter hohe Replik des Sonnensteins aus einem hässlichen blauen Kunststoff, aber mit einer perfekten Nachbildung der eingravierten Sonne und der Transport-Vertiefung. Obendrauf gab es einen Schlitz wie bei einer Kinderspardose . . . War die Ironie beabsichtigt? Denn genau das war der Sonnenstein für Rudolf: eine riesige Spardose, die enorme Gewinne einbrachte!

Samuel durchsuchte die mit Briefen, Dokumenten und unsortierten Zeitschriften vollgestopften Schubladen. In einer Schublade fand er einen Stapel Zeitungen, die er sofort erkannte: *Saint Mary Tribune,* die Tageszeitung seiner Heimatstadt! Er schlug ein paar Exemplare auf, in denen es immer um dasselbe Thema ging: die Kirche der sieben Auferstehungen. Beim Überfliegen der Schlagzeilen ging Sam ein Licht auf: Rudolf hatte seine Sekte der Erleuchteten nirgends anders als in Saint Mary gegründet! Die Titelseiten der Zeitungen sprachen Bände: *Kirche der sieben Auferstehungen – Stadtverwaltung erteilt Baugenehmi-*

gung! Oder auch: *Bewohner der Barenboim-Straße wehren sich vergeblich gegen Pläne des Pandits* ... Dann, auf der nächsten Seite: *Pandit Rudolf: »Unsere Stiftung ist ein hervorragender Wirtschaftsmotor für Saint Mary.«* Und die aktuellste titelte: *Barnboim-Viertel: Bauarbeiten beginnen!* Dazu ein Foto von Bulldozern, die die kleinen viktorianischen Häuser, die Samuel so gut kannte, abrissen.

Alicia riss ihn aus seiner Verblüffung.

»Samuel, ich habe hier was für dich! Den Schlüssel habe ich zwar nicht gefunden, dafür aber ...«

Sie legte ein rechteckiges weißes Plastikkärtchen mit der Aufschrift *Privatresidenz des Pandit* auf die Schreibunterlage.

»Sie steckte in seiner Anzugjacke. Das ist bestimmt die Magnetkarte für den Eingang, was meinst du?«

Samuel nickte wortlos, immer noch schockiert von dem, was er gerade gelesen hatte. Er nahm Alicias Hand und sah ihr in die Augen.

»Was ist los?«, fragte sie.

Sam zeigte ihr die Titelseiten der *Tribune*.

»Weißt du, wo er gerade seine verdammte Stiftung baut? Bei uns, in Saint Mary, mitten an der Barnboimstraße. Er zerstört das ganze Viertel, reißt unsere Häuser ab ...«

Sie überflog die Schlagzeilen und ihr Blick verdüsterte sich.

»Wie ist das möglich? So etwas darf man doch gar nicht! Da muss es doch Gesetze geben!«

»Hast du eine Ahnung! Bei dem Geldsegen, der auf ihn herunterrieselt, hat Rudolf alle Mittel, den Bürgermeister und die Hälfte der Abgeordneten zu kaufen!«

»Und die Buchhandlung? Glaubst du … glaubst du, sie ist auch nicht mehr da?«

»Natürlich ist sie nicht mehr da!«, antwortete Sam bitter. »Wir sind gerade genau darunter! Und der Stein dort im Nebenraum ist *mein* Sonnenstein! Deshalb kam er mir so bekannt vor! Rudolf hat sich unser Haus geschnappt!«

Alicia drückte sanft seine Hand.

»Wir haben noch sieben Jahre, um das zu verhindern«, versicherte sie. »Mehr als genug Zeit, nicht wahr? Vorausgesetzt wir schaffen es zurück nach Hause. Hast du den Schlüssel gefunden?«

Niedergeschlagen schüttelte Sam den Kopf.

»Hast du überall nachgesehen?«

»Ich habe jede Schublade geleert.«

»Und dieser blaue Klotz da, was ist das?«

»Eine Spardose, nehme ich an …«

Alicia hatte Mühe, das Ding umzudrehen, so schwer war es: Von innen hörte man ein metallisches Rauschen.

»Da ist irgendwas drin.«

»Klar, ist doch auch eine Spardose!«

Alicia tastete die eingravierte Sonne ab, die Vertiefung und den Spalt auf der Oberseite, doch eine Öffnung war nicht zu finden.

»Ist das nicht aus dem gleichen blauen Plastik wie eine deiner Münzen?«

Ihre Überlegung traf Sam wie eine Erleuchtung. Er sprang auf, kramte den blauen Poker-Jeton mit dem Loch in der Mitte aus seiner Tasche und reichte ihn Alicia.

»Woher hast du ihn?«, fragte sie und untersuchte ihn von allen Seiten.

»Mein Vater hatte ihn bei einem Nachbarn für mich hinterlegt, beim alten Max, genau wie die Münze von Schloss Bran ...«

»Sie stammt also direkt von Allan, nicht wahr?«

Zunächst versuchte Alicia, den Jeton durch die obere Öffnung zu schieben, ohne Erfolg. Dann legte sie ihn auf die Sonnenscheibe. Ein leichter Druck genügte, diese sank nach innen und verschluckte den blauen Jeton in ihrem tiefen Schlund. Ein kurzes Knirschen ertönte und plötzlich fiel ein platter Metallschlüssel in die Transportvertiefung.

»Wir sind wieder einen Schritt weiter!«, jubelte Alicia.

Sie schnappte sich den Schlüssel und lief zu einer der Vitrinen, die sie im Handumdrehen aufgeschlossen hatte.

»Und, wo bleibt der Dank?«

In der nächsten Sekunde stand Samuel schon neben ihr. Aus der Nähe betrachtet erwies sich der Schrank als ein Musterbeispiel an Ordnung und Organisation: nur wenige Zentimeter hohe Rollschubladen, jede von ihnen gefüllt mit ungefähr fünfzig Münzen, die alphabetisch nach Orten sortiert waren, mit Datums- und manchmal zusätzlich sogar mit Uhrzeitangabe versehen. Der Schrank, den sie aufgeschlossen hatten, umfasste die Buchstaben H bis L und enthielt an die dreißig Mal die Ortsangabe London, zu etwa einem Dutzend verschiedener Jahrhunderte ... Ein Reisebüro der ganz besonderen Art!

»Die Orte mit S müssen weiter rechts sein«, meinte Sam.

Nach wenigen Sekunden hatten sie die richtige Vitrine gefunden. Außer zwei oder drei Fächern für São Paulo oder Sydney war der größte Teil Saint Mary vorbehalten, insbesondere dem vergangenen Jahrzehnt. Mindestens fünfhundert Münzen! Systematisch durchsuchten sie jede

Schublade, bis sie auf das Jahr ihrer Gegenwart stießen, das mit Abstand die meisten Münzen enthielt.

»Bingo!«, rief Alicia triumphierend.

Sie zeigte auf drei Fächer, deren Zeitangaben ungefähr dem Moment ihres Verschwindens entsprachen.

»Und wenn wir zu der Zeit kurz vor meiner Entführung zurückkämen?«, schlug sie vor.

»Unmöglich«, erklärte Sam. »Es gäbe zwei Alicias und zwei Samuels gleichzeitig in Saint Mary, und laut Setni würden wir das nicht überleben. Nein, wir sollten lieber auf Nummer sicher gehen: diese hier zum Beispiel.

Er nahm eine einfache Silbermünze, auf der lediglich Datum und Uhrzeit kunstvoll eingraviert waren.

»Sechs Tage nach unserem Verschwinden, das müsste reichen ... Außerdem ist die Ankunft für Mitternacht vorgesehen, perfektes Timing für eine unauffällige Rückkehr!«

Er drehte und wendete die Münze in seiner Hand.

»Soll ich dir was sagen? Rudolf stellt die Münzen selbst her ...«

»Meinst du?«

»Diese ganze Serie ist identisch. Das gleiche Metall, die gleiche Form, die gleiche schlichte Gravierung, nur das Datum ändert sich. Er muss ein Mittel gefunden haben, um sich selbst mit den Scheiben des Thot zu versorgen.«

»Wenn das so ist«, sagte sie grinsend und zeigte auf ein Fach gleich dahinter, »hatte er sogar eine für deinen Geburtstag vorgesehen: 5. Juni, 17 Uhr!«

»Toller Geburtstag!«, seufzte Sam und nahm die Münze in die Hand. »Das ist der Tag, an dem ich den Sonnenstein im Keller meines Vaters gefunden habe ... Und dann habe ich nicht mal ein Geschenk bekommen! Aber ich kann sie immerhin als Andenken mitnehmen«, sagte er und steckte die drei Münzen in seine Tasche.

Während Alicia einen Blick auf die nächste Vitrine warf, machte er sich auf die Suche nach einem anderen Datum, einem in seinen Augen viel wichtigeren, das drei Jahre vor seiner Gegenwart lag ... Wahrscheinlich eine verrückte Hoffnung, wenn es auch durchaus logisch erschien: Sollte Rudolf in seinem Schrank zufälligerweise auch eine Münze von dem Tag haben, an dem Elisa Faulkner ums Leben gekommen war? Das würde ihm die einzigartige Möglichkeit eröffnen, sie zu retten ... Zumal ihm eine Bemerkung von Alicia nicht aus dem Kopf ging: Der alte Max war zwar als Vermittler aufgetreten, doch es war Allan gewesen, der ihm aufgetragen hatte, den blauen Jeton weiterzugeben. Genau wie die Münze, die Sam bis zu Vlad Tepes gebracht hatte ... Sollte das ein Zufall gewesen sein? Oder hatte ihm sein Vater ganz bewusst die Münze zugespielt, mit der er Merwosers Armreif bekommen und die Möglichkeit gehabt hatte, in Rudolfs Unterschlupf zu gelangen? Nur so konnte er die Münze finden, die ihn zu einem Zeitpunkt vor dem Unfall seiner Mutter bringen könnte. Ob Allan gewusst hatte, dass sein alter Feind in der Zukunft über eine unerschöpfliche Quelle von Thots Scheiben verfügen würde?

Mit zitternden Fingern fand Sam das Jahr, das er suchte. Der Autounfall war an einem 11. Juli passiert und ... ihm versagten beinahe die Knie. Es gab tatsächlich eine Münze vom 11. Juli! Sogar zwei! Eine von 10 Uhr, die andere von 15 Uhr ... Noch dazu konnte er sich eine aussuchen! O Wunder über Wunder! Ausnahmsweise war das Glück endlich mal auf seiner Seite!

Er steckte die beiden Münzen ein und fiel Alicia um den Hals.

»Weißt du, was ich am allerbesten finde?«, sagte er und küsste sie.

»He! Was ist denn in dich gefahren?«

»Ich habe eine Lösung gefunden, mit der alles gut wird.«

»Was?«

»Das erkläre ich dir, wenn wir wieder zu Hause sind. Komm, wir verschwinden hier.«

»Vorher solltest du dir vielleicht noch das hier ansehen ...«, hielt sie ihn zurück.

Sie stand vor der Vitrine mit dem Buchstaben T und hatte eine Münze in der Hand, die mit der gleichen grauen Schicht überzogen war wie die eine, die Rudolf ihm gegeben hatte. Auf dem Etikett stand: *Titanic, 15. April 1912.*

»So ein mieser Kerl!«, regte sie sich auf. »Das graue Zeug muss eine Art Koralle sein oder so etwas ... Er wollte uns nicht nach Hause schicken, sondern direkt auf den Grund des Ozeans!«

Samuel nickte: »Doppelt genäht hält besser, oder? Für den Fall, dass wir uns aus Diavilos Fängen befreien würden! Was aber auch beweist, dass Rudolf ganz und gar nicht geplant hat, dass wir hier reinkommen und ...«

Samuel verstummte. Seine Augen überflogen die Fächer neben den *Titanic*-Münzen, bis er eine Unterteilung mit der Aufschrift *Theben* fand. Unter den Gegenständen dort entdeckte er schließlich einen, der ihm besonders am Herzen lag: den Ring des gläsernen Skarabäus, den Ahmousis, Setnis Sohn, ihm vor dreitausend Jahren anvertraut hatte, um wieder in die Gegenwart zurückzukommen.

»Der hier gehört mir«, stellte er fest. »Ich habe ihn bei

meiner ersten Reise nach Ägypten in der Grabkammer von Setni gelassen und er hat nichts in Rudolfs dreckigen Fingern zu suchen ... Und jetzt lass uns hier verschwinden.«

Er nahm seine Freundin am Arm, doch schon nach zwei Metern blieb sie plötzlich wie angewurzelt stehen.

»Warte!«, flüsterte sie und legte den Finger an die Lippen.

Sie zeigte aufgeregt zu der Trennwand, hinter der Rudolfs Privatmuseum lag. Samuel lauschte: Ja, da waren gedämpfte Geräusche, man hörte Schritte im Nebenraum ...

20.
Serienmorde

Versteck dich in der Kleiderkammer«, zischte Sam. »Ich sehe mal nach, was da los ist ...«

»Was? Kommt gar nicht infrage, ich bleibe bei dir!«

»Mach schon«, drängte er, »zu zweit wird man uns schneller finden!«

Alicia zog widerwillig davon, während Sam nach einem Gegenstand Ausschau hielt, den er als Waffe benutzen konnte. Doch er fand kaum etwas, abgesehen von dem schweren Edelstahlaschenbecher, den er mit beiden Händen umfasste, bevor er auf Zehenspitzen zu der Tür mit dem Hathor-Zeichen schlich. Der Raum mit dem Modell war leer und Samuel schlüpfte hinein. Er streifte die lange schwarze Tischdecke, schlich weiter und lauschte an der zweiten Tür. Nichts mehr. Kein Laut, nicht das leiseste Rascheln ... Vielleicht hatten sie nur die Geräusche der Bauarbeiten über ihnen gehört? Oder einfach nur Schritte, die durch die Stockwerke widerhallten? Möglich war alles ... Doch überall brannte Licht, da waren diese Hemden und der Anzug in der Kleiderkammer, diese Schlüsselkarte in der Jackentasche. Als habe jemand vorübergehend seine Sachen hier abgelegt. Während er den Sonnenstein benutzte?

Millimeter für Millimeter drückte Sam die Türklinke der zweiten Tür nach unten. Zuerst sah er nur ein Stück Vitrine, dann weitete sich sein Blickfeld bis ans andere Ende des Museums. Der Samurai, der Ritter, alles schien ruhig. Daraufhin wagte er es, die Tür noch ein Stück weiter zu öffnen, um den restlichen Teil des Raumes zu überblicken, als etwas Hartes, Kaltes seine Stirn berührte. Der Lauf einer Waffe ...

»Sieh an, der kleine Faulkner!«, rief Rudolf und trat hinter dem Türflügel hervor. »Und ich habe dich schon in 4000 Metern Tiefe auf dem Meeresboden vermutet! Lass los, was du da in der Hand hast, und steh schön langsam auf.«

Samuel gehorchte und fühlte, wie sich der Lauf immer härter in seine Stirn bohrte, je weiter er aufstand.

»Tja, so sieht man sich wieder, nicht wahr?« Der Tätowierte grinste breit. »Du scheinst dich kaum verändert zu haben.«

»Sie schon«, gab Samuel eisig zurück.

Wie auf dem Foto in *Newsweek* wirkte Rudolf in der Tat sehr gealtert. Derselbe eckige Kiefer, derselbe harte Blick aus den stahlblauen Augen, jedoch viele Falten in den Augenwinkeln, eine kahle fliehende Stirn und schmutzig grau-weißes Haar. Er trug eins der langen Leinenhemden aus der Ankleidekammer und hielt eine schwarz glänzende Pistole auf ihn gerichtet.

»Deine Schuld, mein Junge, alles deine Schuld! Wenn du vor sieben Jahren auf mich gehört hättest, wäre ich nicht so weit gekommen ... Geh einen Meter zurück.«

Samuel machte drei Schritte nach hinten und stieß gegen die Vitrine mit der Mumie.

»Perfekt! Und jetzt die Hände auf den Rücken und rühr dich nicht vom Fleck. Ich bin ein ziemlich guter Schütze und die 357er Magnum hat acht Patronen im Magazin.«

Ohne Sam aus den Augen zu lassen, trat er seinerseits zurück bis an einen Safe, der in einem ähnlichen Schrank verborgen war wie die Münzsammlungen. Der Safe bestand aus mehreren Regalen und Sam erkannte mehrere alte Bücher und ein paar verpackte Gegenstände.

»Du hast mich gerade beim Aufräumen gestört. Ich habe ein kleines Andenken von meiner Reise zu den Skythen mitgebracht, von vor fast zweitausendfünfhundert Jahren. Ich möchte nicht, dass es in die falschen Hände gerät.«

Mit dem gleichen unerträglich süffisanten Grinsen wies er auf einen herrlichen goldenen, etwa zehn Zentimeter langen Anhänger, der einen Reiter auf einem steigenden Pferd darstellte. Um seine Beute in den Tresor zu legen, musste er sich kurz umdrehen. Samuel nutzte den Moment, um seine Augen zu schließen und sich auf das Verlangsamen seiner Herzfrequenz zu konzentrieren und sie in Einklang mit dem Puls der Zeit in seinem Inneren zu bringen.

Doch er hatte kaum angefangen, das Klopfen zu spüren, als es ihn wie ein Messerstich in die Brust traf, mit solcher Heftigkeit, dass er meinte, sein Herz würde zerspringen. Seine Beine versagten und er musste sich an der Vitrine abstützen, um nicht zusammenzubrechen.

»Oh«, fragte Rudolf amüsiert, »ein kleines Unwohlsein? Zu viel Druck vielleicht? Unser Reisender ist wohl noch etwas zu zart, um den Unannehmlichkeiten der Reise zu trotzen? Halt dich bitte gerade und lass die Hände auf dem Rücken . . .«

Samuel öffnete wieder die Augen und atmete tief, um den Schraubstock zu lösen, der ihm den Brustkorb zusammenschnürte. Er war nicht mehr in der Lage, die Zeit zu verlangsamen ... Entweder war seine Konzentrationskraft erschöpft oder sein Herz machte nicht mehr mit. Oder vielleicht konnte Rudolf ihn daran hindern ...

»Ich war ziemlich sauer auf dich«, erklärte Rudolf. »Du solltest mir doch Merwosers Armreif aus Rom mitbringen, erinnerst du dich? Ich weiß nicht, was mit Diavilo passiert ist, seine Erklärungen waren reichlich wirr. Er redete von plötzlichem Verschwinden, Zauberei ... Wie auch immer, er hat dich wohl entwischen lassen! Und als du nicht wieder in der Gegenwart aufgetaucht bist, dachte ich, du hättest meine hübsche Münze von der *Titanic* benutzt und wärest als Fischfutter geendet. Offenbar ...«

»Offenbar bin ich immer noch da«, fiel ihm Sam ins Wort.

»Ja, du bist immer noch da!« Rudolf gab ein meckerndes Lachen von sich. »Der letzte Vertreter der Familie Faulkner!«

Der Satz traf Sam wie ein Fausthieb. Der Schock saß tief: der letzte Vertreter der Familie Faulkner ...

»Ah! Ich sehe dir an, dass du nicht ganz auf dem Laufenden bist«, freute sich der Tätowierte. »Wie solltest du es auch erfahren haben? Erlaube mir also, dir etwas verspätet mein Beileid auszusprechen: Es gab ein furchtbares Unglück bei deinen Großeltern ... Alles ist abgebrannt.«

»Was?«

»Ein paar Tage nach deiner Abreise! Das Haus ist über Nacht in Flammen aufgegangen. Sie sind alle tot.«

Samuel machte Anstalten, sich auf ihn zu stürzen, doch Rudolf hielt ihn mit dem Lauf seiner Waffe zurück.

»Mach das nicht, mein Junge! Dich hier umbringen zu lassen, wird sie nicht zurückbringen, weißt du.«

»Und ... und mein Vater?«, fragte Sam mit ersterbender Stimme.

»Der arme Allan«, seufzte Rudolf. »Er ist nie aus dem Koma erwacht. Nach sechs Monaten sahen sich die Ärzte gezwungen, die Geräte abzuschalten.«

Samuel traf es wie ein zweiter Schlag ins Gesicht. Sein Vater ... Sein Vater hatte nicht überlebt. Er hatte versagt ... Er hatte auf ganzer Linie versagt!

»Ach, das Leben ist ungerecht, nicht wahr?«, plapperte Rudolf weiter. »Das habe ich mir schon so oft gesagt. Vor allem, seitdem ich herausgefunden habe, dass man die Fahrkarte für die Zeitreisen teuer bezahlen muss: Wer durch die Zeit reist, altert früher und stirbt vor seiner Zeit ... Paradox, nicht? Dieser Stein, der uns erlaubt, die Grenzen der Zeit zu verschieben, macht uns nur noch stärker zu Gefangenen der engen Grenzen unserer Existenz. Vor allem mich, weil ich so viele Jahre das Zeichen Hathors benutzt habe! Du kennst die Vor- und Nachteile dieses Zeichens, nehme ich an? Es erlaubt einem, sich zwischen zwei Orten hin- und herzubewegen, an denen es zu finden ist. Nur dass es heutzutage an jeder Ecke Hathors Zeichen gibt und ich manchmal erst nach fünfzehn oder zwanzig Anläufen den gewünschten Ort erreicht habe ... Und mit jedem Zeitsprung verkürzte sich meine Lebenserwartung. Ist das nicht himmelschreiend?«

Himmelschreiend fand Samuel vor allem die grenzenlose Verachtung, die der Tätowierte dem Leben anderer entgegenbrachte, insbesondere dem der Faulkners.

»Nach und nach sind mir im Zuge meiner Experimentiererei ein paar Verbesserungen gelungen«, fuhr Rudolf fort.

»Zum Beispiel habe ich herausgefunden, dass man die Anzahl der Versuche um die Hälfte oder ein Drittel verringern kann, wenn man immer eine ganze Menge Münzen dabeihat, die von einem Ort mit Hathors Zeichen stammten. Als gelänge es einem, den Fluss der Zeit ein kleines bisschen zu steuern ... Was mich natürlich darauf gebracht hat, die Scheiben des Thot selbst herzustellen. Aus einem indischen Schriftstück habe ich gelernt, dass die Münzen einer Epoche unter Beachtung gewisser Regeln immer in dieser Epoche selbst hergestellt werden müssen. Zum Beispiel muss das Metall bei vollem Sonnenschein in Form gebracht werden, oder in der Nähe des Goldreifs, um die Kraft der Tagesgestirne einzufangen ... Ich habe diese Rezepte angewandt, um meine eigenen Münzen zu produzieren, und mir so einige unnötige Umwege erspart. Einige, aber leider bei Weitem nicht alle. Also bin ich weiterhin viel zu schnell gealtert. Deshalb musste ich mir auch unbedingt den Goldreif beschaffen ...«

Der Tätowierte zog eine der Ablageplatten aus dem Tresor. Darauf lag ein leicht glitzernder goldener Armreif, der, aus der Entfernung betrachtet, genauso aussah wie der, den Sam in der Tasche bei sich trug.

»Sie ... Sie haben ihn?«, murmelte Sam.

»Ich habe ihn, ja. Aber das war nicht leicht ... Vor allem wegen deiner Eltern.«

»Meine Eltern!«, brauste Sam auf. »Wie können Sie es wagen, meine Eltern in diese Sache hineinzuziehen! Sie sind tot! Haben Sie denn vor gar nichts Respekt!«

»Woher willst du denn wissen, dass sie nicht längst in der Sache mit drinstecken«, gab Rudolf zurück. »Du hast von der ganzen Geschichte überhaupt keine Ahnung ... Willst du jetzt sofort sterben, indem du dich auf mich stürzt, oder soll ich sie dir erzählen?«

Samuel vergrub seine Fingernägel im Handballen, um sich zu beherrschen. Er durfte Rudolf keinen Grund geben abzudrücken ... Er durfte Alicia diesem Monster nicht allein gegenübertreten lassen, nicht die letzte Chance verpassen zu retten, was noch zu retten war. Er musste sich gedulden, gedulden, bis Rudolf einen Fehler machte. Und dann ...

»Ich ... ich höre Ihnen zu«, brachte er heraus und schluckte seinen Zorn hinunter.

»Schon viel besser. Zumal ich dir ein seltenes Privileg einräume«, plusterte Rudolf sich auf. »Du hast das Privileg, den Goldreif zu betrachten. Den *echten* Goldreif ... Natürlich hast du schon von ihm gehört. Der Legende nach soll der Gott Thot selbst ihn geschmiedet haben, bevor er beim Einmarsch der Hyksos versteckt und einige Jahrhunderte später vom Hohepriester Setni wiedergefunden wurde.«

Er lachte böse. »Von Setni, diesem alten Narr, sollte ich lieber sagen. Er fühlte sich zu einer heiligen Mission berufen: zu verhindern, dass böswillige Reisende zu ihrem eigenen Vorteil in den Lauf der Zeit eingreifen. Diese Naivität! Als wäre er in der Lage, ganz allein über die Geschichte zu wachen!«

»Setni war ein guter und gerechter Mensch«, erwiderte Sam. »Ein großer Weiser, der seine enormen Kenntnisse in den Dienst der Menschheit gestellt hat. Das glatte Gegenteil zu Ihnen!«

»So gerecht und so gut und dabei so dumm«, gab Rudolf ironisch zurück. »Er hat es geschafft, den Ring der Ewigkeit ausfindig zu machen, und ist nicht einmal auf die Idee gekommen, ihn für sich selbst zu nutzen! Hat ihn irgendwo in seinem Grab versteckt und sich wie jeder andere Dummkopf daneben zum Sterben niedergelegt . . . Sehr weise, in der Tat!«

»Er wusste auch, welchen Schaden der Ring demjenigen zufügen konnte, der ihn benutzte . . . Und hat die bestmögliche Entscheidung getroffen!«

»Wenn du dich Setni so verbunden fühlst«, bellte Rudolf, »dann tu mir doch den Gefallen und frag ihn, wo er seinen Ring hingetan hat. Worauf wartest du, du hast ihn unter deiner Hand!«

Er zeigte mit der Waffe auf die Vitrine und Samuel zuckte entsetzt zur Seite. Die Mumie . . . Die Mumie in ihrem gläsernen Käfig!

»Nein, das ist unmöglich«, stammelte Sam. »Er kann es nicht sein!«

»Aber sicher, mein Junge, aber sicher! Der ehrwürdige Setni! Zu einem Wahnsinnspreis dem Museum in Theben abgekauft, in der Hoffnung, er würde mir ein paar Geheimnisse über den Ring der Ewigkeit verraten . . . Doch der alte Idiot wollte nicht reden. Ich kann ihn röntgen und durchleuchten lassen, so viel ich will, keine Spur eines Gegenstands oder Schmuckstücks ist an ihm zu finden.«

Damit traf der dritte Faustschlag Sam ins Gesicht . . . Einen Augenblick lang war er wie betäubt, hin- und hergerissen zwischen Trauer und Bestürzung angesichts dieses armseligen, mit gelblichen Streifen umwickelten Körpers mit der verblichenen Zeichnung auf dem Bauch, die aus zwei übereinander angeordneten Dreiecken bestand, deren Innenflächen mit Punkten gefüllt waren. Wie eine

Sandhur, die den Ablauf der Zeit symbolisierte . . . Die letzten Worte, die sie miteinander gewechselt hatten, kamen ihm in den Sinn: »Werden wir uns eines Tages wiedersehen, Hohepriester?«, hatte Sam gefragt. »Auf jeden Fall nicht so, wie du es dir vorstellst, junger Mann«, hatte der Hüter der Steine geantwortet. Und nun stand Sam vor den sterblichen Überresten des erhabensten aller Zeitreisenden, die wie irgendeine gewöhnliche Töpferkunst im Museum des Tätowierten ausgestellt waren!

»Wenn man die Abhandlung von den dreizehn Kräften der Magie aufmerksam liest«, fuhr Rudolf fort, »lässt sie kaum einen Zweifel daran, dass er den Ring irgendwo in seinem Grab verscharrt hat. Am Ende des Buches gibt es eine Seite mit einer Zeichnung des Sarkophags und einem eindeutigen Kommentar . . . Aber ich wüsste gern, wo genau er ihn versteckt hat . . . Du hast nicht zufällig eine Idee?«

»Absolut nicht«, versicherte Sam.

»Mmmh . . . Egal, auf diesen Punkt werden wir später noch zurückkommen. Erst mal habe ich dir eine wahre Geschichte versprochen, stimmt's? Eine mittlerweile dreißig Jahre alte Geschichte, die damals begann, als dein Vater und ich zusammen im Ausgrabungslager von Theben arbeiteten. Du musst wissen, dass dein Vater aus irgendeinem Grund, den ich nicht kenne, unwiderstehlich angezogen war von der Gravierung des Sonnenbildes. Er war überzeugt, dass sie eine besondere Bedeutung hatte. Ständig strich er um den Stein herum und irgendwann versuchte er, eine der gelochten Münzen, die in einer Schale daneben herumlagen, einzupassen . . . Ich war direkt neben ihm und so wurden wir beide durch die Zeit geschleudert. Die

Details über unsere unzähligen Versuche, in unsere Zeit zurückzukommen, erspare ich dir jetzt, du kannst dir ja vorstellen, dass es nicht leicht war. Als wir schließlich wieder zurück waren, haben wir weiter an den Ausgrabungen gearbeitet, und da habe ich einen entscheidenden Fund gemacht: einen Goldarmreif, der sich perfekt in den Stein fügte. Eines Nachts haben wir es ausprobiert und fanden uns Jahrhunderte in die Vergangenheit versetzt wieder, nur dass wir dieses Mal den Einruck hatten, wir könnten unsere Reise besser kontrollieren. Bei unserer Rückkehr allerdings fand dein Vater, es wäre besser, damit aufzuhören. Ich habe versucht, ihm klarzumachen, wie wir die Situation zu unseren Gunsten ausnutzen konnten, doch er wollte nichts davon hören. Der Streit eskalierte, wir haben uns geprügelt und ...«

Rudolf machte ein Gesicht, als ob er selbst nach so vielen Jahren noch immer nicht verstanden hatte, was geschehen war.

»Ich weiß nicht, wie dein Vater es geschafft hat, aber am Ende hat er mich bewusstlos geschlagen ... Als ich wieder zu mir kam, meinte ich eine dunkle Gestalt neben dem Stein zu sehen und eine helle Lichtkugel. Dein Vater war verschwunden.«

Samuel unterdrückte ein Grinsen: Diese dunkle Gestalt neben dem Stein, das war er gewesen, und er war es auch gewesen, der ihm von hinten den Schlag versetzt hatte. Eine vorzeitige, willkommene Rache im Grunde genommen!

»Als ich aus der Grabkammer kam, wurde ich vom Lagerwächter überrascht. Und als Chamberlain, der leitende Archäologe, davon erfuhr, hat er mich mit Pauken und Trompeten davongejagt. Unmöglich, deinen Vater noch einmal zu sehen, und vor allem unmöglich, das Schmuckstück zurückzubekommen! Jetzt verstehst du vielleicht besser, warum ich Allan gegenüber so nachtragend war ... Als er mir den Goldreif genommen hat, hat er mir einen Teil meines Lebens gestohlen!«

Rudolfs Hand zitterte so heftig, dass Sam Angst hatte, er könnte aus Versehen abdrücken. Doch er fing sich schnell wieder und fuhr fort:

»Natürlich war mir zu jener Zeit nicht bewusst, welch eine Bedeutung der Goldreif hatte. Ich war vielmehr damit beschäftigt, einen neuen Sonnenstein zu finden, um wieder durch die Zeit reisen zu können. Was mich immerhin zwei volle Jahre gekostet hat ... Zwei Jahre, in denen ich in der Weltgeschichte umherirrte, sämtliche Bibliotheken durchforstete, zwei Jahre der Ungewissheit und des Herumtastens. Aber ich habe es geschafft. Danach habe ich alles nachgeholt, das kannst du mir glauben ... Die folgenden zehn Jahre war ich ständig unterwegs, immer nur mit kurzen Zwischenstopps in der Gegenwart. Und habe nebenbei reichlich Kriegsbeute zusammengetragen ... Denn es waren nicht nur Wertgegenstände, die mich bereichert haben, musst du wissen. Hinzu kamen eine Menge wertvoller Informationen. Stell dir vor, wie viel Geld du an der Börse machen kannst, wenn du genau weißt, wie sich ein Unternehmen in den kommenden zehn Jahren entwickeln wird! Oder was dir eine Goldmine einbringen kann, wenn du den Fundort ein halbes Jahrhundert früher als alle anderen kennst! Ja, ich habe es mir gut gehen lassen ...«

Rudolf machte ein derart zufriedenes Gesicht, dass sich Sam sämtliche Nackenhaare sträubten, wobei er sich gleichzeitig bemühte, möglichst unbeteiligt zu wirken.

Vielleicht würde der Tätowierte in seiner Selbstzufriedenheit weniger vorsichtig sein.

»Ich habe schnell erkannt, wie nützlich es sein konnte, mein eigenes Unternehmen für den Handel mit wertvollen Antiquitäten aufzubauen. So ist Arkeos entstanden, mit Hathors Symbol als Firmenzeichen. Doch je öfter ich das Zeichen benutzte, das ich mir auch auf die Schulter tätowieren ließ, desto mehr beschleunigte sich mein Alterungsprozess. Ich bekam Wind von gewissen Gegenständen, die angeblich die Nebenwirkungen der Reisen verringern konnten, und bin, als ich meine Nachforschungen wieder aufnahm, auf Beschreibungen des Goldreifs und Anspielungen auf Setni gestoßen. Natürlich war mir der Zusammenhang mit dem Schmuckstück, das dein Vater mir abgenommen hatte, sofort klar ...«

Er gönnte sich eine kurze Pause und schob das Ablagebrett zurück in den Tresor, allerdings ohne Sam aus den Augen zu lassen.

»Ich habe mehrere Monate gebraucht, um deinen Vater wieder aufzuspüren. Als ich wusste, dass er nach Saint Mary umgezogen war, waren mir seine Beweggründe sofort klar. Ich hatte von Barnboim und seinen Heldentaten erfahren und bald herausgefunden, welches Haus er zu Beginn des 20. Jahrhunderts bewohnt hatte. Ich habe der neuen Besitzerin einen Höflichkeitsbesuch abgestattet, einer Art alkoholsüchtigen Hexe, die dort inmitten einer Meute verwilderter Köter lebte. Und das Tüpfelchen auf dem i: In der alten Hütte verbarg sich ein Sonnenstein!

Zuerst weigerte sich die alte Hexe, mir das Haus zu überlassen, aber dann sind wir doch einig geworden: Sie erlaubte mir, von Zeit zu Zeit ihren Keller zu benutzen ... Selbst für sonst taube Ohren gibt es keine süßere Melodie als das Klingen eines Geldbeutels!«

Er knallte die Schranktür mit der Hacke zu und machte einen Schritt auf Sam zu.

»Allerdings war damit das Rätsel um den Goldreif natürlich immer noch nicht gelöst. Ich habe also angefangen, deine Eltern zu beobachten. Ganz diskret, soweit meine Arbeit oder meine Reisen es erlaubten ... Ich fragte mich, was dein Vater ausbrütete, ob er das Schmuckstück behalten oder es weiterverkauft hatte ... Ob er einen Plan verfolgte oder ob sein Umzug nach Saint Mary reiner Zufall gewesen war. Natürlich habe ich daran gedacht, bei ihm einzubrechen, doch Allan hatte eine Alarmanlage eingebaut und ich wollte nicht riskieren, erkannt zu werden. Ich habe dich dort sogar mehrere Male im Garten spielen sehen ... Du warst übrigens ein ausgesprochen wildes Kind und eher schlecht erzogen, wenn ich mich recht erinnere.«

Samuel spürte, wie sein Herz sich zusammenkrampfte. Selbst als sorgloses Kind war er schon vom Tätowierten belauert worden, der im Schatten herumlungerte ...

»Und dann sah ich ihn: Am späten Nachmittag gingen deine Eltern mit Freunden aus und deine Mutter trug ihn am Handgelenk. Allan hatte ihn ihr geschenkt! Er hatte nicht mehr dieses Leuchten von damals, doch er war immer noch wunderschön und ich hätte ihn unter Tausenden sofort wiedererkannt. Ich parkte am Straßenrand mit halb geöffnetem Fenster. Deine Mutter ging direkt an mir vorbei ... Ich hätte nur die Tür aufreißen und mich auf sie werfen müssen ... Doch es waren zu viele Leute dabei, ich hätte alles verdorben. Ich beschloss, abzuwarten und die Sache anders anzugehen.«

Er kam noch einen Schritt nach vorn und seine Züge verhärteten sich.

»Der Vorteil an Zeitreisen ist, dass sie gewisse Machenschaften verschleiern können. Stell dir nur mal vor, du planst einen Banküberfall und musst dir ein wasserdichtes Alibi beschaffen. Für den Tag des Überfalls sorgst du dafür, dass du dich weit entfernt von der Bank aufhältst, möglichst an einem belebten Ort, wo dich jeder bemerkt . . . Dann kommst du eine Woche später an diesen Tag zurück. Ziehst dir die Kapuze über den Kopf, schnappst dir deine Waffe und – egal, was danach passiert – niemand wird dich verdächtigen. Zwanzig Personen können bezeugen, dich zur Tatzeit ungefähr hundert Kilometer von dort gesehen zu haben . . . der perfekte Coup!«

Samuel hatte das Gefühl, ein Stecknadelkissen zu verschlucken.

»Wollen Sie damit sagen, dass Sie sich so an meinen Eltern gerächt haben?«

»Ach, Samuel«, stöhnte Rudolf gekünstelt, »du musst mich verstehen! Der Goldreif gehörte mir, dein Vater hatte ihn mir gestohlen! Ich habe mir nur geholt, was mir gehörte, das war doch nur gerecht! Außerdem musste ich damit rechnen, dass er sich nicht so einfach darauf einlassen würde! Was würde passieren, wenn wir uns wieder geschlagen hätten, wie beim ersten Mal? Gar nicht daran zu denken, wenn ich wieder den Kürzeren gezogen hätte . . . Ich musste einfach Vorsorge treffen, falls die Sache schiefgehen würde. Reine Vorsichtsmaßnahme!«

»Vor allem wollten Sie sich an ihm rächen, das ist es«, fauchte Sam.

»Kann sein! Ich bin schließlich auch nur ein Mensch und

habe meine Schwächen. Und dein Vater hatte eine deutliche Lektion verdient ... Wie dem auch sei, ich habe alles bis ins Kleinste vorbereitet. Ich habe einem Juwelier in Saint Mary genaue Anweisungen geschickt, nach denen er fünfzehn Scheiben des Thot herstellen sollte, mit genauer Datums- und Zeitangabe, nach den strengen Regeln, von denen ich dir erzählt habe. Währenddessen habe ich einen Kurzurlaub in Australien eingeschoben, um mir ein Alibi zu verschaffen, bin in den teuersten Hotels abgestiegen und habe mich in den angesagtesten Diskotheken sehen lassen. Bei meiner Rückkehr fand ich das Päckchen mit den gelochten Münzen und begann meine Reise acht Tage zurück in die Vergangenheit. Nach sechs oder sieben Versuchen mit dem Zeichen Hathors kam ich schließlich genau am vorgesehenen Datum im Keller in der Barnboimstraße an.«

Das Nadelkissen in Sams Hals hatte sich in einen dicken Igel mit spitzen Stacheln verwandelt, sodass er kaum einen Satz herausbrachte.

»War das ... war das am 11. Juli?«

»Ich glaube ja«, bestätigte der Tätowierte. »Auf jeden Fall am Anfang des Sommers. Ach ja! Dein Vater war nicht da, nur deine Mutter ... Ich bin ihr gefolgt, als sie in die Garage ging, doch als ich verlangte, sie solle den Goldreif herausgeben, tat sie so, als wäre er ihr einige Tage zuvor gestohlen worden ... Natürlich glaubte ich ihr nicht und ich zwang sie, mir ihre Schmuckschatulle zu zeigen. Keine Spur von dem Goldreif ... Ich wurde wütend, habe sie geschüttelt, doch sie blieb dabei! Wie hätte ich auch ahnen sollen, dass sie die Wahrheit sagte? Es erschien einfach zu unglaubwürdig! Erst drei Jahre später habe ich durch

Überschneidungen herausgefunden, was geschehen war: Jemand hatte schon vor mir das Schmuckstück an sich gebracht. Jemand, den man niemals verdächtigt hätte: die alte Miss MacPie!«

»Miss MacPie?«, stammelte Samuel, der aus dem Staunen nicht mehr herauskam.

»O ja! Die ehrenwerte alte Dame, die immer so auf ihren Prinzipien herumreitet ... Auch sie hat ihre dunkle Seite, diese diebische Elster, die keiner Sache widerstehen kann, die glitzert und glänzt! Und als sie den Goldreif am Arm deiner Mutter gesehen hatte ... Du erinnerst dich sicher, dass sie oft zum Babysitten zu euch kam. Das hat sie ausgenutzt. Nur, wie hätte ich das in dem Moment wissen sollen? Deine Mutter konnte noch so sehr beteuern, dass jemand bei euch ins Haus eingedrungen war, ich war außer mir und ...«

Ein mörderisches Glitzern trat in seine Augen.

»Und?«, drängte Sam, der spürte, wie ihm die schmerzhafte Kugel in den Magen rutschte.

»Ich habe ein bisschen zu kräftig zugeschlagen. Ohne es zu wollen natürlich! Sie ist auf die Tischkante gefallen und ... Aber warum musste sie sich auch so zur Wehr setzen?«, regte er sich auf. »Deine Eltern haben mir ständig Knüppel zwischen die Beine geworfen! Dann musste ich zusehen, dass ich die Leiche loswurde, musste sie in den Wagen hieven und bis zu den Doomsday-Hügeln fahren, damit es nach einem Unfall aussah ... Als ich das Auto den Abhang hinuntergestoßen hatte, musste ich den ganzen Weg zu Fuß zurücklaufen. Das war der Gipfel!«

Samuel ballte die Fäuste und versuchte, seine Tränen zurückzuhalten. Das war einfach zu viel ... Der Kerl hatte seine Mutter umgebracht, wahrscheinlich sogar seine ganze Familie ... Und jetzt stand er vor ihm und sonnte sich in seinen Taten ohne das geringste Anzeichen von Reue. Dafür musste er bezahlen, auf welche Weise auch immer. Und wenn Samuel dabei alles verlieren würde. Ja, er würde bezahlen.

»Und, hat dir meine kleine Geschichte gefallen, Sammy?«, höhnte Rudolf. »Dann können wir jetzt ja zum Wesentlichen kommen, nicht? Du hast sicher ein kleines Geschenk für mich dabei, oder? Los, leer deine Taschen aus, da auf der Vitrine«, befahl er.

Merwosers Armreif, dachte Sam. Rudolf wollte auch noch Merwosers Armreif an sich bringen! Und sobald er die beiden Goldreife hätte, würde es ihm ohne Zweifel gelingen, den Ring der Ewigkeit aufzuspüren. Doch vielleicht war das auch eine Chance ... Denn in dem Moment, in dem Samuel den Goldreif aus seiner Tasche ziehen würde, wäre Rudolf für einige Sekunden abgelenkt, und sei es auch nur, um ihn anzusehen. Die allerletzte Möglichkeit ...

Langsam schob Sam die Hand in seine Hosentasche, während seine Augen die des Tätowierten nicht eine Sekunde lang losließen, um das kleinste Anzeichen von Unaufmerksamkeit zu registrieren. Sobald der seinen Blick auch nur für den Bruchteil einer Sekunde abwandte, würde Samuel sich ihm zwischen die Beine werfen und mit dem Arm versuchen, ihm die Waffe aus der Hand zu schlagen.

Doch als er die Abfolge seiner Bewegungen schon vor seinem inneren Auge abspielte, hörte er aus dem Nebenraum ein Geräusch. Dann noch eins ... Alicia ... Sie musste sich aus der Kleiderkammer herausgewagt haben! Instinktiv zuckten Sams Augen zu der halb geöffneten Tür und diese Bewegung genügte, um ihn zu verraten.

»Bin ich blöd!«, schrie Rudolf. »Natürlich, deine kleine Freundin ist auch da! Die hatte ich ganz vergessen! Du hast sie aus Diavilos Klauen befreit und sie mitgebracht! Sie muss sich irgendwo im Büro versteckt haben und ... Aber ja! Deshalb seid ihr nie in die Gegenwart zurückgekommen! Ihr seid nicht auf dem Meeresgrund gestorben, in Wahrheit habe ich euch in der Zukunft umgebracht!«

Die Waffe immer noch auf Sam gerichtet, forderte er ihn mit einer Kopfbewegung auf, sich zur Flügeltür mit dem Arkeos-Logo zu bewegen.

»Hierher, Sammy ... wir werden ein bisschen Verstecken spielen.«

21.
Der sechste Tag

Im Ankleidezimmer, ich wette, sie hat sich im Ankleidezimmer versteckt ... Oder etwa nicht? Das hätte ich an ihrer Stelle jedenfalls getan.«

Samuel antwortete nicht. Mechanisch drückte er die Klinke des rechten Türflügels herunter und ging in den Raum mit dem Modell, den Tätowierten dicht hinter sich.

»Ach ja«, fuhr dieser fort. »Ich hatte noch gar keine Zeit, dir mein neuestes Baby vorzustellen! *Die Kirche der sieben Auferstehungen* ... Ein echter Erfolg! Unter anderen Umständen hätte dich das sicher interessiert ...«

Sam presste die Lippen zusammen, während er fieberhaft überlegte, wie er Alicia am besten warnen und gleichzeitig verhindern konnte, dass Rudolf sie fand. Doch er spürte nur den Lauf der Waffe im Nacken und kam sich vor wie ein Schaf, das zur Schlachtbank geführt wird.

»Los, weiter«, befahl der Tätowierte. »Ich kann es kaum erwarten, von dem Fräulein zu hören ...«

Samuel betrat als Erster das Büro und bemerkte sofort, dass die Verbindungstür nach draußen, die mit einem elektronischen Schloss gesichert war, halb offen stand.

»Sieh an, sieh an«, rief Rudolf. »Sieht aus, als wollte deine Freundin etwas Luft schnappen. Sie muss die Karte in meiner Jackentasche gefunden haben und ... Ich fürchte leider, das wird ihr kein Glück bringen! Wir werden trotzdem mal in der Kleiderkammer nachsehen, kommst du?«

Er stieß Sam vorwärts bis in den Ankleideraum, den er von oben bis unten durchsuchte. Dann gingen sie zurück zur Ausgangstür und Rudolf brach mit dem Fingernagel den kleinen Plastikkasten auf, unter dem das Lesegerät an der Wand befestigt war. Er hantierte an den Drähten und löste eine Alarmanlage aus, während die Neon-Deckenlampen anfingen zu blinken.

»Sie wird nicht weit kommen«, schrie Rudolf. »Auf der Baustelle sind überall Männer mit Hunden. Ich glaube, ihr habt wieder mal einen bösen Fehler gemacht!«

Er schlug Sam auf die Schulter und deutete auf den Korridor. Sam riss die Augen auf, um sich in dem von zuckenden Lichtblitzen erhellten Korridor zurechtzufinden, in dem es durchdringend nach feuchtem Putz und frischer Farbe roch. Wo konnte Alicia nur sein? Warum war sie einfach so auf gut Glück losgelaufen?

Er ging bis zu einer komplett weißen Treppe, die nach oben führte, und fragte sich, ob er den Höhenunterschied nutzen sollte, um dem Tätowierten hinter ihm in den Bauch zu treten. Er fasste nach dem dicken vergoldeten Handlauf, der ihm ausgezeichneten Halt bieten würde, und beschloss, auf halber Höhe sein Glück zu versuchen. Doch kaum hatte er den Fuß auf die erste Stufe gesetzt, als hinter seinem Rücken ein Geräusch wie von einem zerbrochenen Krug ertönte, gefolgt von einem dumpfen Aufschlag. Blitzschnell wirbelte er herum und sah Alicia, die mit beiden Händen einen Golfschläger schwang, und einen zu ihren Füßen zusammengesackten Rudolf.

»Alicia!«

Sie zitterte wie Espenlaub.

»Ich ... ich habe ihn doch nicht umgebracht?«

»Verdient hätte er es«, meinte Sam, während er dem Tätowierten den Puls fühlte. »Nein, er ist nur bewusstlos. Wie hast du das denn geschafft?«

»Ich ... ich habe die Tür mit der Karte geöffnet, damit er glaubte, ich wäre draußen, und habe mich unter dem Tisch mit dem Modell versteckt. Dann seid ihr direkt an mir vorbeigegangen, ich habe gewartet, bis Rudolf in den Korridor ging, und bin ihm gefolgt. Den Schläger hatte ich mir sicherheitshalber aus der Kleiderkammer mitgenommen und ... Oh, Samuel! Als ich dann zuschlagen musste, hatte ich solche Angst!«

Sie vergrub sich in seinen Armen und Sam drückte sie sanft an sich. Ihr war heiß und kalt zugleich und er konnte nicht anders, als ihr einen Kuss auf den Mundwinkel zu drücken.

»Danke, Alicia. Du warst einmalig!«

»Ich habe dir doch gesagt, du kannst dich auf mich verlassen.«

Von oben hörten sie ein Klacken, dann, zwischen dem Aufheulen der Alarmanlage, eilige Schritte auf der Treppe.

»Schnell!« Sam zog Alicia mit sich. »Da kommt Verstärkung.«

Sie liefen zurück ins Büro, zogen die Tür hinter sich zu und eilten in die Museumsräume, wo der Alarm ebenso ohrenbetäubend schrillte wie im Rest des Gebäudes. Samuel ging an dem Schrank mit dem Wandtresor vorbei, doch sosehr er auch an der Stahlklinke rüttelte, sie bewegte sich keinen Millimeter.

»Der Goldreif ist da drin ...«, erklärte er.

»Das ist ein Safe, Samuel!«, schrie Alicia. »Glaubst du, sie warten, bis du die richtige Kombination gefunden hast?«

Sie hatte natürlich recht.

»Okay, gehen wir.«

Sie liefen zwischen den Vitrinen hindurch bis zum Sonnenstein und Sam kniete sich davor, um Merwosers Armreif vorzubereiten. Die Münze von der Titanic warf er weg und ersetzte sie durch die beiden auf den 11. Juli datierten Münzen. Die mit dem gläsernen Skarabäus und die von seinem Geburtstag legte er in die Transportvertiefung.

»Ich habe auch diese hier mitgenommen«, flüsterte Alicia ihm zu. »Ich fand sie hübsch . . .«

Sie gab ihm eine dezent karminrote Münze, die sich zu den beiden anderen gesellte. Sam brachte den Goldreif an den Stein und jede der wertvollen Scheiben fand ihren Platz in den Auskerbungen. Dann legte Sam die letzte Münze auf die Sonnenscheibe, es war die, die sie ein paar Tage nach dem Zeitpunkt ihres Verschwindens ankommen lassen würde. Sechs kleine weiße, Funken sprühende Geysire entsprangen gleichzeitig den sechs Sonnenstrahlen und Alicia stieß einen überraschten Schrei aus. Samuel zog sie zu sich und sie hielten sich gegenseitig fest, fasziniert von diesem winzigen Feuerwerk. Kurz darauf umhüllte eine leuchtende Kugel die Sonne, ganz so, als wäre sie soeben zum Leben erwacht, und Sam genoss ihren goldenen Widerschein in Alicias Augen. Er nahm ihre Hand und legte sie sanft auf die Halbkugel reiner Energie, die vierzig Zentimeter über dem Boden leuchtete.

»Seltsam«, murmelte sie, »es ist, als wäre man schwerelos.«

Ungeachtet des schrillenden Alarms und der blinkenden

Neonlampen hätten sie noch minutenlang so verharren und dieses Wunder bestaunen können, doch mehrere, kurz aufeinanderfolgende Schläge aus dem angrenzenden Büro sagten ihnen, dass sie keine Zeit mehr verlieren durften. Samuel schlang seinen Arm um Alicias Schultern und legte seine Handfläche oben auf den Stein. In seinem Inneren spürte er gleichzeitig das Pulsieren der Zeit und die Erschütterungen, die aus dem Boden kamen. Er drückte seine Hand noch fester auf die Rundung des Steins und in weniger als einer Sekunde schien ein weiß glühender Lavastrom aus den Tiefen der Erde zu schießen, der sie in einem glutheißen Wirbel mit sich riss.

Samuel kam als Erster wieder zu sich und seltsamerweise hatte er das Gefühl, sich keinen Millimeter bewegt zu haben. Als wäre er vom Blitz getroffen worden und im nächsten Augenblick an derselben Stelle wieder zum Leben erwacht. Er richtete sich auf und sah sich um: der Keller der Buchhandlung Faulkner sah wieder aus wie immer, Welten entfernt von der neonbeleuchteten, mit Antiquitäten vollgestopften Residenz des Pandits. Dieselbe schwache Lampe beleuchtete denselben gelben Hocker und dasselbe Feldbett. Vielleicht nicht so elegant wie der Unterschlupf des Tätowierten, dafür umso tröstlicher!

Er beugte sich zu Alicia, die zusammengekrümmt auf dem staubigen Zementboden lag und nur mühsam wieder zurückfand. Als er ihr hochhalf, stammelte sie:

»Wo ... wo sind wir hier?«

»Bei mir zu Hause. Bei meinem Vater, im Keller.«

»Sind wir zurückgekommen, bist du sicher?«

»Wir sind wieder zurück.«

Sie nickte, immer noch gezeichnet von den Strapazen des Transfers, und schlang ihre Arme um Sams Hals. Einen Augenblick lang klammerte sie sich an ihn, den Kopf an seiner Brust vergraben, und sagte kein Wort. Weil er nicht wusste, was er sonst hätte tun sollen, hielt er sie fest an sich gedrückt und schloss die Augen. Schließlich löste sie sich von ihm, ohne ihm in die Augen zu sehen.

»Ich muss meine Eltern anrufen«, sagte sie matt. »Das ist der Moment, an dem wir wieder in unser Leben einsteigen, nicht wahr?«

Schweigend stiegen sie die Kellertreppe hinauf und während Alicia telefonierte, zog Sam sich in seinem Zimmer um und verstaute seine Sachen in der Judotasche. Als er wieder herunterkam, legte sie gerade den Hörer auf.

»Und?«

»Mein Vater war nicht da, aber ich habe mit meiner Mutter gesprochen. Sie sagte, es wäre der schönste Tag ihres Lebens ... Immerhin weiß ich, wie ich ihr eine Freude machen kann! Sie springt ins Auto und wird gleich hier sein.«

»Als ich sie das letzte Mal gesehen habe, war sie sehr unglücklich«, sagte Sam. »Was wirst du ihr erzählen?«

Alicia zuckte die Achseln. »Die Wahrheit, das ist immer noch das Einfachste, findest du nicht?«

Sie warf Sam einen vielsagenden Blick zu und er beeilte sich, das Thema zu wechseln.

»Äh ... ich müsste auch meinen Großeltern Bescheid sagen.«

Alicia überließ ihm ihren Platz neben dem Telefon und ging hinauf ins Bad, um sich frisch zu machen, während er die Nummer seiner Großeltern eintippte. Er ließ es lange klingeln, mindestens ein Dutzend Mal, ohne Erfolg. Er versuchte es noch einmal, dann ein drittes Mal . . . Sie mussten alle in Tiefschlaf gefallen sein.

»Kann ich etwas von dir anziehen?«, rief Alicia von oben. »Wenn meine Mutter mich so sieht, kriegt sie einen Anfall.«

»Bei meinem Vater im Schrank«, antwortete Sam. »Das erste Zimmer auf der linken Seite. Da gibt es eine Menge Leinenhemden, bedien dich.«

Während Alicia sich umzog, versuchte Sam noch einmal, seine Großeltern zu erreichen, doch es nahm immer noch niemand ab.

Kurz darauf kam Alicia wieder herunter, sie trug das Modell »Zeitreisender« aus der Kollektion Allan Faulkner, hatte die Haare gekämmt und wieder etwas mehr Farbe im Gesicht als eben.

»Hast du sie erreicht?«, erkundigte sie sich besorgt.

Samuel fragte sich, wie es möglich sein konnte, dass dieses Hemd und die Hose an ihm aussahen wie ein Kartoffelsack, an ihr dagegen wie ein Haute-Couture-Modell.

»Es geht niemand ran«, erklärte er. »Dabei habe ich es immer wieder versucht.«

»Vielleicht sind deine Großeltern ein bisschen schwerhörig?«

»Meine Tante Evelyn müsste bei ihnen sein und die hat ziemlich gute Ohren, soviel ich weiß.«

»Und Lili? Ist sie schon zurück?«

Samuel zeigte auf die Uhr über der Tür, die nicht nur die Zeit – 0:34 Uhr – anzeigte, sondern auch das Datum.

»Wir waren sechs Tage weg, Lili wird erst nächsten Monat aus ihrem Ferienlager zurückkommen. Aber auch ohne sie hätten Tante Evelyn und Grandma aufwachen müssen. Es sei denn, sie sind mitten in der Nacht ausgegangen, was sie normalerweise nie tun würden.«

»Glaubst du, es ist etwas passiert?«

»Ich weiß nicht. Hast du gehört, was Rudolf vorhin sagte?«

»Nur das Ende ... Als er ... als er von deiner Mutter gesprochen hat.«

»Meine Mutter, ja«, sagte Sam düster. »Es war gar kein Unfall, der Mistkerl hat sie umgebracht. Aber da war noch etwas ... Er meinte, nach meiner Abreise nach Rom wäre das Haus meiner Großeltern abgebrannt. Und sie wären dabei umgekommen.«

»Was?«, schrie Alicia.

»Ein Brand, ein paar Tage, nachdem ich weg war. Also vielleicht auch sechs?«

Seine Freundin riss entsetzt die Augen auf. »Du meinst, es könnte sein, dass gerade in diesem Moment ...?«

Das Quietschen von Autoreifen draußen auf der Straße ersparte es Alicia, den furchtbaren Gedanken auszusprechen. Sie liefen beide zur Tür, Helena Todds entgegen, die aus ihrem Wagen schoss, die Vordertreppe hinaufflog, ihrer Tochter direkt in die Arme.

»Alicia! Alicia, mein Liebling!«

Schluchzend und lachend zugleich bedeckte sie ihre Tochter mit Küssen.

»Mama, beruhige dich! Ich bin da! Ich bin's!«

»Geht es dir gut? Ich habe mir solche Sorgen gemacht! Du siehst abgemagert aus. Man hat dir doch hoffentlich nicht wehgetan?«

»Mir geht es den Umständen entsprechend gut, Mama, glaub mir. Dank Samuel, er hat mich zurückgebracht.«

Helena Todds wirbelte zu dem jungen Mann herum und schloss ihn, wieder unter Tränen, in die Arme.

»Samuel! Du bist auch wieder da! Deine Großeltern haben die ganze Woche nach dir gesucht! Wart ihr zusammen?«

Samuel wich einer Antwort aus, indem er die Frage stellte, die ihm unter den Nägeln brannte.

»Meine Großeltern, Mrs Todds. Haben Sie von ihnen gehört?«

»Nun ja ... Sie haben mich gestern oder vorgestern angerufen. Es ging ihnen gut, warum?«

Alicia und Samuel tauschten einen Blick.

»Wir müssen Samuel nach Hause bringen, Mama. Sofort.«

»Ihr solltet lieber erst anrufen! Ich bin sicher, sie werden glücklich sein ...«

»Es ist sehr wichtig«, unterbrach Alicia sie. »Sam glaubt, sie sind in Gefahr.«

»Wie bitte? Aber was ...«

»Bitte Mama, hör mir zu! Wir fahren jetzt sofort zu Sam und unterwegs erkläre ich dir alles, ja?«

Helena Todds starrte die beiden verwirrt an. Angesichts der Situation erschien es jedoch unmöglich, ihnen etwas abzuschlagen, was immer es auch sei, und so gab sie schließlich nach. Sie stiegen in den Wagen und Sam quetschte sich auf die Rückbank. Er hörte nur mit halbem Ohr zu, während Alicia ihrer Mutter die Umstände ihrer Entführung erklärte. Ihre Mutter bombardierte sie mit Fragen, gab von Zeit zu Zeit ein empörtes Ah! oder Oh! von sich, während Sam wie hypnotisiert auf die draußen vorbeiziehenden Lichter starrte und jeden Moment damit rechnete, im Himmel über Saint Mary einen riesigen Feuerschein zu sehen. Denn er war sich mittlerweile ganz sicher: Der Brand sollte heute Abend stattfinden. Und der Brandstifter konnte niemand anders als Rudolf sein ... Warum hätte er sonst eine Münze herstellen sollen, die ihn genau in dieser Nacht nach Saint Mary bringen würde? Offensichtlich wendete der Tätowierte bei Sams Großeltern die gleiche List an, mit der er auch im Fall Elisa Erfolg gehabt hatte. Am Tag des Dramas – das hieß also am heutigen Tag – musste er sich irgendwo weit weg von Kanada in Szene gesetzt haben mit dem Hintergedanken, dass sein Doppelgänger aus der Zukunft in die Zeit zurückreisen und die Untat vollbringen konnte. Um sich die Faulkners vom Hals zu schaffen, ohne dass jemand etwas bemerkte ...

Doch dieses Mal war Samuel zur Stelle.

Er hoffte nur, dass sie es noch rechtzeitig schaffen würden. Im Schrank des Pandits, wo Samuel die Münze gefunden hatte, stand bei der Uhrzeit: *Mitternacht*. Und kurz nach ihrer Rückkehr hatte die Uhr in der Buchhandlung bereits 0:34 Uhr angezeigt. Mehr als eine halbe Stunde Verspätung ...

»Man muss auf der Stelle die Polizei benachrichtigen!«, regte sich Helena Todds auf. »Evelyns Verlobter, also wirklich, wem kann man denn heutzutage noch vertrauen? Und wo hat er dich hingebracht, nachdem er dich gezwungen hatte, ins Auto zu steigen?«

Alicia war an der kritischen Stelle angekommen, an der sie ihrer Mutter würde erklären müssen, dass sie durch die Zeit gereist war. Doch in dieser Sekunde hatten sie das Viertel erreicht, in dem Sams Großeltern lebten, und ihre

Aufmerksamkeit richtete sich auf die im Halbdunkel liegenden Häuserreihen. Nur die Straßenlaternen warfen kleine Lichtkegel entlang der Vorgärten und nur zwei oder drei Fenster waren erleuchtet.

»Sieht alles ganz ruhig aus, oder?«, murmelte Alicia.

»Was habt ihr denn erwartet?«, fragte ihre Mutter erstaunt. »Es ist fast ein Uhr morgens, die Leute schlafen alle!«

Samuel drehte die Scheibe herunter und schnupperte in die Nachtluft, doch er konnte keinen verdächtigen Geruch feststellen. Der Wagen bog nach rechts in die vertraute Allee. Ein großer schwarzer Wagen kam ihnen entgegen, etwas zu schnell, mit ausgeschalteten Scheinwerfern.

»Das ist Rudolfs Geländewagen!«, rief Sam.

»Was, Rudolf ist hier?«, ereiferte sich Helena Todds. Was ... was sollen wir tun?«

»Wir müssen weiterfahren bis zu uns, schnell!«

Sie gab Gas und endlich sahen sie etwa dreißig Meter weiter auf der rechten Straßenseite das Haus seiner Großeltern. Ungewöhnlich war, dass die Vorhänge im Erdgeschoss und im ersten Stock alle zugezogen waren. Dahinter schimmerte ein tanzender Lichtschein wie von mehreren Fernsehern, die alle das gleiche orangegelbe Bild ausstrahlten.

»Zu spät«, stieß Sam hervor. »Er hat das Feuer bereits gelegt.«

22.
Im Feuer

Helena Todds parkte mit quietschenden Reifen auf dem Gehweg und Sam sprang aus dem Wagen.

»Ruft die Feuerwehr!«, schrie er. »Schnell!«

»Bleib hier!«, versuchte Alicia ihn zurückzuhalten. »Die Rettungskräfte werden bald da sein. Es ist zu gefährlich!«

Doch Sam setzte bereits über Grandpas Blumenbeete hinweg und rannte auf die Haustür zu. Er steckte seinen Schlüssel ins Schloss, doch der wollte sich nicht umdrehen lassen, durch irgendetwas blockiert. Daraufhin lief er zum Wohnzimmerfenster, nahm im Vorbeilaufen einen dicken Stein auf und warf ihn in die Scheibe. Die zersprang in tausend Scherben und er konnte durch die Öffnung den Griff fassen und den Fensterflügel öffnen. Alicia stand plötzlich hinter ihm und berührte ihn leicht an der Schulter.

»Ich weiß, ich kann dich nicht davon abhalten, Sam«, sagte sie leise. »Was auch passiert, ich möchte, dass du weißt, dass ich bei dir bin, einverstanden?«

Samuel strich ihr über die Wange und kletterte durchs Fenster. Er schob den Vorhang beiseite. Dieser Teil des Wohnzimmers war noch nicht von den Flammen erfasst worden, aber man hatte den Eindruck, dass im ganzen Haus ein riesiger Heizkessel brummte, man hörte ein Rauschen und entferntes Knistern. Richtung Eingangshalle sah Sam die Flammen aus der Küche schlagen und aus dem

Flur, der zu Evelyns Schlafzimmer und dem seiner Großeltern führte. Ein durchdringender Benzingeruch lag in der Luft, vielleicht kam er aus der Garage ... Einen Moment überlegte Sam, das Licht einzuschalten, doch dann hatte er Angst, einen Kurzschluss auszulösen, der verheerende Folgen haben würde.

»Grandma?«, brüllte er. »Evelyn?«

Niemand antwortete. Irgendwie musste er es schaffen, durch die Flammen zu kommen ... Sam riss mit aller Kraft den Wohnzimmervorhang herunter und wickelte ihn um sich wie eine Toga. Dabei hoffte er im Stillen, dass der Stoff vielleicht aus irgendeinem schwer entflammbaren Material war.

»Evelyn? Grandpa?«

Alles schlief tief und fest.

Er eilte zu den Schlafzimmern, während es um ihn herum immer heißer wurde. Beißender Qualm trat aus der Küche – wahrscheinlich brennendes Plastik – und er musste sich die Hand vor den Mund halten, bevor er in den Flur einbog. Er konnte kaum etwas sehen, nur die rötlichen Flammen, die an den Wänden hochleckten und die Tapete verkohlten. Noch war ein Durchkommen möglich, der Brand musste gerade erst ausgebrochen sein. Seltsamerweise machte Sam die Hitze wenig aus, als hätten ihn die Erfahrungen mit dem Sonnenstein unempfindlicher gemacht.

Er trat gegen die erste halb geöffnete Tür auf der linken Seite, die ins Schlafzimmer seiner Tante führte.

»Evelyn!«, schrie er, so laut er konnte. »Evelyn!«

Von der Tür aus sah er, dass sie tief vergraben in ihrem Bett lag. Sie schlief ahnungslos!

»Tante Evelyn!«, wiederholte er. »Tante Evelyn, wach auf!«

Mit einem schnellen Blick erfasste er das Zimmer. Das Feuer war bereits im angrenzenden Bad angelangt, wo mehrere Fläschchen auf dem Boden zerschellt waren und sich eine Flüssigkeit auf dem Boden ausbreitete, die sich entzündet hatte.

»Tante Evelyn!«

Er riss den Vorhang von sich und begann, mit ihm die Flammen auf dem Boden auszuschlagen. So arbeitete er sich bis zum Bett vor, warf sich auf seine Tante und schüttelte sie.

»Tante Evelyn! Aufstehen!«

Neben dem Kopfkissen entdeckte er einen großen Wattebausch. Er schnupperte daran – kein Zweifel: Chloroform ... Rudolf musste abgewartet haben, bis die Faulkners eingeschlafen waren, dann hatte er noch einmal nachgeholfen! Sam versetzte seiner Tante ein paar schallende Ohrfeigen, um sie aus ihrem künstlichen Schlaf zu reißen. Irgendwann öffnete sie mühsam die Augen und fragte mit belegter Stimme:

»Toast? Habt ihr die Toasts verbrennen lassen?«

»Jetzt ist keine Essenszeit, das Haus brennt!«

»Das was ...?«

Sie brauchte ein paar Sekunden, um zu sich zu kommen und die Situation zu erfassen.

»Samuel!«, heulte sie plötzlich. »Es brennt!«

»Alles wird gut, Tante Evelyn, hier, zieh das über.«

Er riss die Decke vom Bett und wickelte sie darin ein.

»Lass das so«, befahl er, »das schützt dich vor den Flammen. Komm!«

Er zwang sie aufzustehen und schob sie ungeachtet ihrer Proteste durch die Flammen, die an ihrer Türschwelle leckten.

»Alles brennt!«, schrie sie. »Alles brennt!«

Sie kreischte noch eine Weile, dann brachte sie der Rauch zum Husten und sie murmelte nur halblaut, unterbrochen von einigen Schluchzern, unverständliche Wehlaute vor sich hin. Ohne sie loszulassen, führte Sam sie zum Wohnzimmer, wo das Feuer bereits auf die Sessel übergriff.

»Lauf zum Fenster«, sagte er. »Alicia wird dir heraushelfen. Ich hole die Großeltern.«

Er ließ sie allein weitergehen und rannte zurück zu den Schlafzimmern, dabei versuchte er, möglichst wenig von den giftigen Dämpfen aus Küche und Garage einzuatmen. Dann lief er durch den überhitzten Flur bis zum Ende, wo seine Großeltern schlafen mussten.

»Grandma!«, schrie er aus vollem Hals. »Grandpa!«

Als er das Zimmer betrat, sah er sofort den Flammenherd am Fußende des Betts: ein mit Kleidungsstücken gefüllter Papierkorb, der noch dazu mit Benzin übergossen worden war und gerade drohte auch den Bettüberwurf in Flammen zu setzen. Direkt daneben hatte Rudolf eine kleine Gasflasche aufgestellt, wie man sie beim Grillen benutzte. Ein Brand reichte ihm nicht, er wollte offenbar, dass alles in die Luft flog ... Samuel beförderte den brennenden Papierkorb mit einem kräftigen Tritt Richtung Badezimmer und schob die Gasflasche so weit wie möglich außer Reichweite. Im Halbdunkel saß sein Großvater aufrecht im Bett, an sein Kissen gelehnt. Sam eilte zu ihm.

»Grandpa, geht's dir gut? Ihr dürft hier nicht bleiben!«

Donovan schien abgestumpft, beinahe willenlos, er reagierte mechanisch auf Sams Versuche, ihm beim Aufstehen zu helfen.

»Jemand hat geschrien, nicht wahr?«, fragte er mit abwesender Stimme.

»Stütz dich auf den Nachttisch«, ermutigte Sam ihn, sobald es ihm gelungen war, ihn auf beide Füße zu stellen. »Ich kümmere mich um Grandma.«

Er kletterte über das Bett zu seiner Großmutter und schob ihr vorsichtig den Arm unter die Schultern, um sie aufzurichten. Er küsste sie auf die Wange und flüsterte ihr ins Ohr:

»Grandma, ich bin's, Sam. Du musst aufwachen. Sofort.«

Sie wiegte schlaftrunken den Kopf hin und her, bevor sie halbherzig ein Auge öffnete.

»Sam?«, schrie sie auf. »Mein Gott, Sam! Ich träume nicht, du bist es wirklich?«

»Es brennt, Grandma«, antwortete er so ruhig wie möglich. »Wir müssen hier raus.«

»Feuer, ja aber ...«

Trotz ihrer schleppenden Stimme kam sie schnell zu sich und ihre erste Regung galt Grandpa, um zu sehen, ob er noch da war. Dann zeigte sie auf das Fenster zu ihrer Rechten.

»Dahin ... Das ist der kürzeste Weg ...«

Im Gegensatz zu Evelyns Fenster war dieses nicht von außen vergittert und man konnte ohne Probleme in den Garten hinausgelangen. Man musste nur hindurchklettern.

Sam schob die Vorhänge beiseite und riss die Fensterflügel weit auf. Die frische Luft war eine Wohltat und ihm war, als hörte er draußen jemanden seinen Namen rufen.

»Samuel! Samuel!«

»Hier!«, schrie er zurück. »Hierher! Hinter dem Haus!«

Während seine Großmutter um das Bett herumging und den vollkommen orientierungslosen Donovan holte, schnappte Sam sich die Gasflasche und schleuderte sie nach draußen. Eine Gefahr weniger ... Dann nahm er den Frisierhocker und stellte ihn als Trittbrett vors Fenster.

»Samueeeel!«

Tante Evelyn tauchte aus dem Dunkel auf, dicht gefolgt von Alicia.

»Samuel!«, rief sie außer Atem. »Lili ...«

»Was ist mit Lili?«

»Sie ist oben in ihrem Zimmer!«

»Lili ist hier?«

»Ja, sie ist gestern zurückgekommen«, jammerte sie. »Sie wollte es unbedingt, sie behauptete, du würdest ohne sie niemals zurückkommen!«

Sam spürte auf einmal einen bitteren Geschmack in sich aufsteigen. Lili hatte ihr Ferienlager verlassen ... Und jetzt lag sie da oben und schlief!«

»Habt ihr die Feuerwehr angerufen?«, fragte er.

»Vor drei Minuten. Sie müssen jeden Augenblick hier sein«, versicherte Alicia.

Jeden Augenblick, natürlich ... Nur dass die Feuerwache am anderen Ende der Stadt lag. Und bis sie einschreiten konnten ...

»Am Fußende des Bettes war eine Gasflasche«, erklärte Sam. »Man muss die Feuerwehr warnen, sobald sie hier ist, es könnten noch mehr davon hier herumliegen. Ich werde Lili holen ... Alicia, du kümmerst dich um die Großeltern, ja?«

Von den entsetzten Ausrufen und Warnungen hörte Sam schon nichts mehr. Schnell rannte er zurück in den Flur, seinen improvisierten Schutzmantel fest um sich geschlungen. Dicker Rauch quoll mittlerweile aus den Wänden, als schwitzte das Haus aus allen Poren ein böses Fieber aus. Die Flammen hatten sich zur Küche und zum Wohnzimmer hin verdoppelt und sie begannen, unter der Tür zur Garage herauszuschlagen. Was nichts Gutes bedeutete, zumal Grandpas Auto in der Garage parkte.

Samuel stürzte die Treppe hinauf und gelangte problemlos auf den oberen Gang. Die beiden Schlafzimmer – seins und das seiner Cousine – hatten die Flammen schon erfasst. Er dachte kurz an seine Sachen, seinen Computer, die Fotos von seiner Mutter auf seinem Schreibtisch, an all die kleinen Dinge, die sein Leben ausmachten und die er nie wieder sehen würde ...

Doch alles, was jetzt zählte, war Lili.

Er drang ins Reich seiner Cousine vor und holte so tief Luft, wie es nur ging. Die Vorhänge im hinteren Teil des Raumes brannten wie Bonbonpapier, aus dem Bücherregal schlugen jedes Mal gelbe Flammen zur Decke, wenn das Feuer auf ein neues Buch übergriff. Glücklicherweise stand das Bett gleich rechts neben der Tür, sodass die Flammen es noch nicht erreicht hatten. Mit einem Ruck zog er die Bettdecke von der schweißgebadeten Lili, die wie ein Baby zusammengerollt dalag, einen Wattebausch vor der Nase. Er schleuderte den chloroformgetränkten Klumpen beiseite und drehte sie vorsichtig auf den Rücken. Sie war schlaff wie eine Stoffpuppe ... Hoffentlich hatte sich Rudolf nicht in der Dosis verschätzt!

»Lili? Lili, wir müssen gehen, schnell!«

Er rüttelte sie an der Schulter, doch sie zeigte keinerlei Reaktion. Wie eine Tote ... Er nahm die kleine Wasserflasche vom Nachttisch und kippte ihr den Inhalt ins Gesicht – pschzzzz! machte es und war im Nu verdunstet. Sie rührte sich immer noch nicht. Aus den Augenwinkeln beobachtete er die Flammen und versuchte, die Zeit einzuschätzen, die ihm noch blieb, um sie wiederzubeleben: Offenbar war das Feuer im Papierkorb unter dem Schreibtisch ausgebrochen, hatte die Vorhänge dahinter erfasst, bevor es daneben auf das Bücherregal übergegangen war. Jetzt begann es, die Poster an der Wand zu verzehren und gleichzeitig den violetten Teppich am Fußende des Betts. Neben einem Stapel Zeitschriften unter dem Fenster erkannte er eine dunkle, rechteckige Form. Noch eine Gasflasche, bereits von den Flammen umschlossen ...

»Lili«, versuchte er es noch einmal und schüttelte sie mit aller Kraft. »Wir müssen hier weg. Du musst unbedingt ...«

BUUMMM! Seine letzten Worte gingen in einer Detonation unter, die ihm fast das Trommelfell zerriss. Das ganze Haus erzitterte bis in die Grundmauern und ein Hitzeschwall fegte durchs Zimmer. Instinktiv warf Sam sich schützend über seine Cousine, er spürte den glühenden Hauch der Explosion in seinen Haaren und auf der Haut. Erst Sekunden später wagte er, den Kopf zu heben, als die Mauern aufgehört hatten zu zittern und die Luft stillzustehen schien. Die Bettlaken, die Möbel, der Fußboden, alles um ihn herum war mit einer feinen grauen Staubschicht überzogen. In der heißen Luft schwebten ganze Wolken feiner glühender Partikel. Er spuckte den Staub aus, der ihm Mund und Nase verklebte, und legte die Hände auf die Ohren. Ein unglaublicher Schmerz pochte in seinen Schläfen und er konnte kaum noch etwas hören, nur ein Hintergrundgeräusch wie das Knistern eines Transistorradios. Wenn er zum Fenster hinsah, schien – abgesehen von der Staubschicht und den herumwirbelnden Papierfetzen – alles unverändert: das Feuer fraß sich weiter auf das Bett zu, aber die Gasflasche war noch intakt. Die Explosion musste von irgendwoher aus dem Erdgeschoss gekommen sein, aus der Küche vielleicht oder aus der Garage ... Auf dem Treppenabsatz sah man rote Flammensäulen emporschlagen, das Feuer musste das gesamte Erdgeschoss erfasst haben. Er durfte nicht warten, bis eine zweite Explosion losbrach, vor allem nicht drei Meter von ihnen entfernt.

Samuel schob die Arme unter den reglosen Körper seiner Cousine und rollte sie zur Bettkante, dann ging er in die Knie und legte sie, so gut es ging, über seine Schulter. Ächzend hob er sie auf, sie wog mindestens eine Tonne ... Mit kleinen Schritten ging er Richtung Treppe, seine wertvolle Last fest an sich gedrückt. Die Geräusche von außen hörten sich seltsam an, als hätte er einen Helm mit Gehörschutz auf dem Kopf. Er fragte sich kurz, ob er vielleicht taub war, doch diese Sorge wurde schnell von einer anderen, viel wichtigeren verdrängt: Zwar war die Treppe noch begehbar, doch der untere Absatz war bereits von einem Flammenmeer umzingelt und der Zugang zum Wohnzimmer absolut unmöglich ... Den Flur, der zu den Schlafzimmern im Erdgeschoss führte, sah man schon nicht mehr, dichter schwarzer Qualm breitete sich überall aus. Sam wollte schon den Rückzug antreten, um oben auf die Feuerwehrleute zu warten, doch das hieße, sich einer noch größeren Gefahr auszusetzen: der Gefahr, von der Explosion der Gasflasche in Stücke gerissen zu werden.

Also blieb ihm nur noch eins übrig ...

Sam konzentrierte sich und schloss die Augen. Er erinnerte sich genau an den Moment neben Diavilos Zelt, als die Welt um ihn herum anzuhalten schien, als hätte jemand auf *Pause* gedrückt, und die ganzen Lagerfeuer wie erstarrt waren. Den Fluss der Zeit aufzuhalten ... Wäre das nicht eine Möglichkeit, durch die Flammen hindurchzukommen? Natürlich nur, wenn er in der Lage wäre ...

Er zwang sich, tief in sich hineinzutauchen. Doch kaum hatte er damit begonnen, sich die regelmäßige Bewegung seiner Herzkammern vorzustellen, als ein stechender Schmerz, wie schon in der Residenz des Pandits, durch seinen Brustkorb fuhr. Als würde man ihm einen Nagel durchs Herz schlagen ... Er schwankte, doch Lilis Gewicht auf seinen Schultern erinnerte ihn an seine Aufgabe: Er durfte jetzt nicht schwach werden. Er biss die Zähne zusammen und fuhr trotz des Schmerzes fort, den Rhythmus seines Herzschlags zu verlangsamen, bis er ihn in den Gleichklang mit dem Pulsieren des Sonnensteins in seinem Innersten zwingen konnte. Doch viel länger würde er nicht aushalten können, ihm fehlten einfach die Kräfte, seine Konzentration mehr als eine Handvoll Sekunden länger aufrecht zu halten. Würde es reichen, um hier herauszukommen und wieder frei atmen zu können?

Er öffnete die Augen. Das Haus hatte sich in eine unendliche Vielzahl von Grüntönen gefärbt, mit großen smaragdgrünen Garben, die wie schwerelos in der Luft zu hängen schienen. Die Möbel im Wohnzimmer waren wie dunkle Flecke, der Flur zu den Schlafzimmern sah aus wie ein Straßentunnel und die erstarrten Rauchwirbel zeichneten eine sturmgepeitschte Meeresoberfläche an die Decke.

Langsam, sich mit den Oberschenkeln am Treppengeländer abstützend, um nicht zu fallen, ging Sam die Treppe hinunter. Bald stand er vor dem erstarrten Flammenmeer, das jedoch immer noch eine erstickende Hitze ausstrahlte. Er legte die Decke, die er immer noch bei sich trug, über seinen und Lilis Kopf und ging mit angehaltenem Atem ins Feuer hinein. Fünf oder sechs Meter, maximal sieben, waren es bis zum Fenster ... Von der Außenwelt nahm er so gut wie nichts mehr wahr, nur die Hitze im Raum und das Gefühl, durch eine Mikrowelle geschoben zu werden. Am schlimmsten war jedoch, was sich in ihm selbst abspielte ... Es kostete ihn übermenschliche Anstrengung, seinen Puls im Rhythmus mit dem des Sonnensteins zu halten: Sein Herzmuskel steckte in einem Schraubstock, der sich immer enger zog, womit das Gefühl mit jeder Sekunde unerträglicher wurde. Der Schmerz begann bereits, in seinen Hals und seinen linken Arm auszustrahlen, und sein Gehirn musste gegen die Versuchung ankämpfen, einfach alles loszulassen. Aber er musste Lili um jeden Preis beschützen. Und dieser Gedanke führte ihn, ungeachtet aller Schmerzen, wie ein kleiner Leuchtturm durch die Nacht auf den sicheren Hafen zu.

Er setzte seinen Weg durch das reglose Flammenmeer fort und stellte erleichtert fest, dass seine Intuition richtig gewesen war: Die Hitze blieb zwar, doch das Feuer war zu träge, ihn im Vorbeigehen zu erfassen. So durchquerte er die Eingangshalle, während seine Brust zu zerspringen drohte, fühlte den Teppich des Wohnzimmers unter seinen Füßen, stolperte fast über die Sofakante, wandte sich dann nach links, musste jedoch auf der Höhe des Zeitungsständers abrupt innehalten. Irgendetwas in seinem Brustkorb klemmte ... Es hatte nichts mehr mit diesem Schmerz zu tun, es war wie eine Art Kurzschluss, der seinen ganzen Oberkörper lähmte und das Herz zum Stillstand zu bringen drohte. Wenn er nicht sofort damit aufhörte, die Zeit anzuhalten, würde unweigerlich das Schlimmste passieren. Andererseits blieben nur noch knapp zwei Meter bis zum Fenster und Lili hing noch immer bewusstlos über seiner Schulter. Wenn seine Konzentration jetzt nachließe, würden die verheerenden Flammen mit voller Wucht wieder ausbrechen und sie beide verschlingen. Nur noch zwei Meter ...

Mit einem Schrei riss Samuel sich aus seinem Schmerz und warf sich in einem Ausbruch unbändiger Wut nach vorn. Er schaffte einen Schritt, dann zwei und spürte, wie sich alles in ihm aufbäumte, als er den dritten machen wollte. Dann wusste er, dass ihm sein Körper nicht mehr gehorchen würde. Wie aus weiter Ferne hörte er das klackende Geräusch, mit dem die Zeit wieder das gewohnte Tempo aufnahm, und fast gleichzeitig nahm er den letzten Schlag seines Herzens wahr, unendlich lang, unendlich süß, wie eine endgültige Befreiung. Es wurde schwarz um ihn, er schlug vornüber mit dem Kopf zuerst auf den Boden und spürte nicht mehr, wie Lilis Gewicht sich auf ihn senkte.

Sein Herz hatte aufgehört zu schlagen.

23.
Tante Evelyn

Der Tod war wie ein Fischtraum ... ein flüssiges Universum, warm und friedlich, in dem Sam sich vollkommen mühelos bewegen konnte. Er glitt einfach dahin, befreit von der Last der Schwerkraft, befreit von den tausend Schmerzen, die er in seinem irdischen Dasein hatte erleiden müssen. Es war eine flüssige Welt, die ihn jetzt umgab und nur aus dem sanften Fließen und Rauschen des Wassers bestand ... Wobei da immer noch diese Stimmen waren, weit, weit weg, die aus unendlicher Entfernung verzerrt zu ihm drangen – die unüberwindbare Unendlichkeit, die ihn vom Leben trennte? –, die immer noch vom anderen Ufer her nach ihm riefen. Und da waren immer noch diese Hände, die sich auf seiner Haut zu schaffen machten, auf der Suche nach einem letzten Atemzug oder einem Funken von Bewusstsein. Dazu diese Lampen – oder eher Lichter –, die wie farbige Sterne vor dem schwarzen Himmel kreisten. Doch Sam schwamm von nun an anderswohin, von allem losgelöst, ein Wesen des Meeres. Er würde zu seiner Mutter schwimmen ...

»Wir verlieren ihn, wir verlieren ihn ...«, hörte er in der anderen Welt jemanden schreien.

Dann berührte etwas zärtlich seine Lippen. Etwas unendlich Lebendiges, mit dem süßen Geschmack eines Versprechens. Ein Kuss ... Ein Kuss voller Sonne und Lachen, voller Glück und Ewigkeit . . . Ein Kuss voller Leben. Er glaubte, Alicias zartes Gesicht zu sehen, doch es war wahrscheinlich nur sein neuer Zustand, der diese Illusion hervorrief, denn in Wirklichkeit sahen seine Augen nur einen verschwommenen Nebel, in den sich rote und gelbe Punkte mischten. Der Kuss hielt jedoch länger an und Samuel hatte ein Gefühl, als würde er langsam aus seiner Wasserblase gesogen, als ob eine unwiderstehliche Kraft ihn aus seinem neuen Paradies herausriss. Er spürte, wie sein Körper wieder zu funktionieren begann, und all die Schmerzen, von denen er sich eben noch befreit hatte, setzten mit einem Schlag wieder ein, als wäre sein ganzer Körper eine einzige offene Wunde. Er bäumte sich auf vor Schmerzen, versuchte vergeblich, den Mund zu öffnen, um zu atmen, verharrte drei bis vier Sekunden in diesem Erstickungsanfall, dann verlor er endgültig das Bewusstsein.

Unbestimmte Zeit später kam Sam wieder zu Bewusstsein. Sein Geist tauchte aus einem Mahlstrom wirrer Bilder auf, in denen sich die geliebten Menschen seiner Familie mit Scheusalen wie Rudolf und Kapitän Diavilo mischten. Albtraumhafte Szenen, in denen Feuersbrunst und Sintflut sich um ihn stritten, weiße Gestalten, die plötzlich auftauchten und wieder verschwanden, Krankentragen und Spritzen, der Geruch nach Alkohol und das Gebimmel irgendwelcher Geräte. Er zwinkerte, um seine Augen an das grünliche Licht der Neonlampen zu gewöhnen, und sah, dass er ausgestreckt auf einem Krankenbett lag, in einer Art blauem Papierschlafanzug steckte. Auf seiner Brust klebte ein Gewirr aus Elektroden und eine Infusionsnadel in seinem Arm verband ihn mit einem Tropf. Vorsichtig bewegte er Beine und Finger und spürte, wie seine Hand an den Stellen spannte, an denen man ihm Gazekompressen aufgelegt hatte. Reflexartig fasste er in die Herzgegend, doch das unerträgliche Druckgefühl, das er immer wieder gespürt hatte, war verschwunden. Eigentlich fühlte er sich gar nicht so schlecht ... Er warf einen Blick auf die neben seinem Bett aufgereihten Bildschirme und blinkenden Dioden und erkannte auf einem der Messgeräte das Logo des Krankenhauses von Saint Mary. Was bedeutete, dass er ganz in der Nähe von seinem Vater war und nur aufstehen musste, um zu ihm zu gehen ...

»Ich bin froh, dass es dir besser geht«, sagte eine Stimme hinter ihm.

Samuel drehte sich um. Jemand saß ein Stück vom Kopfende des Bettes entfernt, in der dunkelsten Ecke des Zimmers.

»Tante Evelyn?«, fragte er erstaunt. »Du ... du bist hier?«

»Ich wache schon seit zwei Tagen hier an deinem Bett, seit sie dich in die Klinik gebracht haben. Ich wollte dabei sein, wenn du wieder bei uns bist.«

»Zwei Tage«, wiederholte Sam, weniger überrascht über die Zeit als über die unerwartete Fürsorglichkeit seiner Tante.

»Wie fühlst du dich?«, fragte sie besorgt.

»Nun ja ... ich fühle mich zwar, als hätte ich einen Autobus verschluckt, aber ansonsten scheine ich es ganz gut überstanden zu haben.«

Evelyn trug ihren Stuhl näher ans Bett und legte – kaum zu fassen – liebevoll ihre Hand auf seinen Unterarm.

»Der Arzt hat gesagt, du musst dich ausruhen, Samuel. Du hattest eine ... eine Art Herzanfall.«

Sam kniff ungläubig die Augen zusammen.

»Eine Art Herzanfall?«

»Ja, es scheint so ... Den Untersuchungsergebnissen nach hattest du jedenfalls alle Symptome. Doch der Arzt ist zuversichtlich, er glaubt, dass du keinerlei Folgekrankheiten haben wirst. Die Rettungskräfte waren vor Ort, sie haben sich sofort um dich gekümmert, das hat dir das Leben gerettet. Jetzt musst du wieder zu Kräften kommen, versprochen?«

Zum ersten Mal seit Langem schien Tante Evelyn nicht auf die ganze Welt, insbesondere auf ihren Neffen, böse zu sein. Ihr Gesicht wirkte zwar immer noch etwas verkrampft, doch es war weicher geworden und in ihrer Art zu sprechen und zu lächeln lag beinahe etwas ... Mütterliches.

»Wie geht es Lili?«, fragte Sam. »Und Grandma und Grandpa?«

»Also, was Lili angeht, es ist wie ein kleines Wunder. Ich weiß nicht, wie du es geschafft hast, bei all den Flammen und Explosionen, aber ... sie ist vollkommen unverletzt geblieben, nicht die kleinste Schramme! Ein Wunder, wirklich! Deiner Großmutter geht es auch gut, natürlich abgesehen davon, dass das Haus abgebrannt ist ... Doch die ganze Familie hat in der Buchhandlung Unterschlupf gefunden, du wirst sehen, es ist sogar fast komisch. Grandpa allerdings ...«

Sie brach kurz ab, bevor sie zögernd weitersprach:

»Er stand sehr unter Schock. Dieses gewaltige Feuer, noch dazu mitten in der Nacht aus dem Schlaf gerissen zu werden, sein Haus in Schutt und Asche ... Er ... er ist noch nicht wieder bei Sinnen.«

»Was soll das heißen?«

»Sagen wir, er ist verwirrt. Die Klinik hat ihn vierundzwanzig Stunden unter Beobachtung behalten, ohne Ergebnis. Die meiste Zeit liegt er niedergeschlagen im Bett und starrt ins Leere. Und wenn er redet, ergibt es keinerlei Sinn.«

»Besteht wenigstens Hoffnung, dass sich das wieder bessert?«

»Ach, weißt du, Grandpa war doch eigentlich immer recht zäh. Man muss ihm nur ein paar Tage Zeit geben ...«

»Und mein Vater?«

Tante Evelyn wich seinem Blick aus.

»Es gibt immer wieder Höhen und Tiefen. Ich will dir nichts vormachen. Aber solange noch Leben in ihm ist, nicht wahr ...«

Samuel nahm sich fest vor, in Zimmer 313 vorbeizuschauen, sobald man ihn von diesen Elektroden befreit hätte. Und wenn niemand sie ihm abnehmen wollte, würde er es eben selbst erledigen.

»Es gibt noch etwas, das du wissen solltest«, fuhr Tante Evelyn ernst fort. »In den vergangenen Stunden haben Grandma, Lili und ich über vieles geredet und mir ist klar geworden, wie sehr ich mich in dir getäuscht habe. Ich muss mich bei dir entschuldigen, Samuel. Ich habe mich dir gegenüber nicht immer korrekt verhalten, ich war verblendet und ungerecht. Ich habe alles nur noch mit Rudolfs Augen gesehen, leider! Er hat mich, wie man so sagt, ganz in seinen Bann geschlagen. Wenn ich nur ein kleines bisschen mehr Verstand gehabt hatte, wäre mir all das nicht passiert.«

Einen Augenblick lang fragte Samuel sich, ob er nicht

doch tot und in einer Art Paradies gelandet war, wo die Tante Evelyns beinahe umgänglich wurden. Aber nein, sie waren beide äußerst lebendig und die Reue seiner Tante schien aufrichtig zu sein.

»Rudolf, genau«, nahm er den Faden auf. »Er steckt hinter dem Brandanschlag, nicht wahr?«

Evelyn senkte den Kopf.

»Ich mache mir Vorwürfe, Samuel, du kannst dir gar nicht vorstellen, welche Vorwürfe ich mir mache! Ich war vollkommen ahnungslos, so ahnungslos! Rudolf war angeblich geschäftlich in Tokio und sollte erst in vier Tagen zurückkommen. Und da taucht er plötzlich auf, in dem Moment, als wir gerade zu Bett gehen wollten. Die Arme voller Geschenke, für jeden hatte er etwas dabei ... Er, der sonst immer so ruhig war, schien plötzlich ganz kribbelig, beinahe überschwänglich. Wenn ich doch nur geahnt hätte, warum! Während wir die Geschenke auspackten, sollten wir unbedingt ein japanisches Getränk probieren, das er mitgebracht hatte, einen süßen Sirup aus Milch und Früchten, glaube ich.«

»Mit einem sehr starken Geschmack, um das Schlafmittel zu verdecken, nehme ich an ...«

»Genau das hat Lili mir gestern auch gesagt«, bestätigte Evelyn bitter. »Danach fingen alle an zu gähnen und wir sind schnell schlafen gegangen. Danach ... Danach weiß ich nur noch, dass mein ganzer Körper wie gelähmt war und ich wie ein Stein ins Bett gefallen bin.«

»Sobald alle fest schliefen, musste Rudolf sich nur noch in aller Ruhe ans Werk machen ...«

»Die Feuerwehrleute haben sechs Gasflaschen gefunden«, bestätigte Evelyn. »Dazu die eine, die in der Küche explodiert ist. Zwanzig Minuten später, und wir wären mitsamt dem Haus in die Luft geflogen.«

»Und kein Faulkner hätte ihm mehr im Weg gestanden«, fasste Sam nachdenklich zusammen. »Ich frage mich trotzdem, warum Rudolf euch unbedingt loswerden wollte ... Papa und mich, das verstehe ich ja noch, aber euch?«

»Er hatte zweifellos Angst, dass ich anfangen würde zu reden. Dass ich bestimmte Dinge ausplauderte. Ich habe in den letzten beiden Nächten gründlich nachgedacht und bin zu dem Schluss gekommen, dass er es auf mich abgesehen hatte und dass er den Brand allein mit dem Ziel gelegt hat, mich verschwinden zu lassen. Mich, nur mich allein ...«

Ihre angespannten Züge verrieten, wie sehr sie um ihre Fassung rang: Der Mann, den sie geliebt hatte, war gleichzeitig derjenige, der ihre Familie hatte auslöschen wollen.

»Wenn ich ganz ehrlich bin, muss ich zugeben, dass sich bereits vor etwa zehn Tagen etwas zwischen uns verändert hat. Vorher war er immer ausgesprochen fürsorglich, so aufmerksam gewesen und plötzlich schien er so distanziert, fast gleichgültig. Als ob er mich nicht mehr brauchte.«

»Wie bitte?«

Sie schüttelte traurig den Kopf, als ihre Erinnerungen wieder hochkamen.

»Es ist eine seltsame Geschichte, Samuel ... Während all der Zeit, die wir zusammengelebt haben, hat Rudolf mich nur ausgenutzt, nicht mehr und nicht weniger. Nein, er hat mich nicht geliebt, er hat mich nur benutzt. Jeder andere an meiner Stelle hätte Verdacht geschöpft, bestimmt. Allein schon das Haus in Chicago ...«

»Das Haus in Chicago? Welches Haus?«

»Der Firmensitz von Arkeos. Offiziell ist die Firmenzentrale in New York, aber in Wirklichkeit ist das Gebäude, in dem sich die Büros und Rudolfs Wohnung befinden, in Chicago. Es kommt noch besser, es ist dort, wo früher deine Urgroßeltern mütterlicherseits lebten. Das hätte mich übrigens hellhörig machen müssen ...«

Samuel fragte sich, ob bei seinem Herzanfall nicht auch ein paar wichtige Neuronen in seinem Gehirn abgestorben waren.

»Tut mir leid, Tante Evelyn, ich verstehe kein Wort.«

»Nun ... Wenn Rudolf und ich verreisten, fuhren wir meistens zu dem Firmensitz in Chicago. Rudolf lagerte dort den Großteil seiner Antiquitäten zwischen und leitete von dort aus seine Geschäfte.«

Chicago, überlegte Sam. Rudolfs Hauptquartier, eine Flugstunde von Saint Mary entfernt ... Vielleicht dort, wo er Alicia nach ihrer Entführung hingebracht hatte?

»Und was hat der Firmensitz von Arkeos bitte mit meinen Urgroßeltern zu tun?«

»Grandmas Eltern sind Anfang der 1930er-Jahre in dieses Gebäude eingezogen. Ein seltsamer Zufall, nicht wahr? Zu jener Zeit war das Haus gerade gebaut worden und bot allen modernen Komfort. Dort hat Grandma ihre Kindheit verbracht, bis sie eine junge Frau geworden war, in dem Feinkostladen der Faulkners Arbeit gefunden hatte und sich in deinen Grandpa verliebte ... Das erklärt auch, warum Allan und ich als Kinder an vielen Sonntagnachmittagen im Hof dieses Wohnhauses gespielt haben. Und an einem dieser Sonntagnachmittage hat Allan mich mit in den Heizkeller gezogen und es ist etwas Furchtbares passiert ...«

Sie fröstelte, als sähe sie alles wieder vor sich.

»Nach all dem, was ich jetzt weiß, weil Lili mir alles über eure Reisen durch die Zeit erzählt hat, glaube ich immer mehr, dass das Schicksal der Faulkners an jenem Tag seinen Lauf nahm. An jenem verwünschten Tag, als Allan sich in den Kopf gesetzt hatte, den Heizkeller zu erforschen ... Es war verlockend, das muss ich zugeben: Man hatte uns immer streng verboten, in den Keller hinunterzusteigen. Wegen des riesigen Heizkessels und der vielen kochend heißen Wasserrohre. Doch am fraglichen Nachmittag stand die Kellertür offen und Allan hat mich überredet mitzukommen. Mit klopfendem Herzen gingen wir die Treppe hinunter und haben uns in den Kellerräumen zuerst verlaufen, bis wir den riesigen Raum mit dem Heizkessel fanden. Dort haben wir eine Weile Verstecken gespielt. Auf der Suche nach einem Versteck entdeckte Allan hinter den Kohlensäcken ein Loch in der Mauer. Wir gruben ein bisschen im Schein unserer kleinen Lampen und legten einen Gang frei, durch den man sich hindurchschlängeln konnte. Nach ein oder zwei Metern endete der Tunnel in einem Raum voller Schutt, alten Zeitungen, toten Ratten und anderem Unrat. In einer Ecke lagen sogar ein paar Knochenreste und, direkt daneben, ein merkwürdiger abgerundeter Stein. Mit einem eingravierten Kreis und seltsamen Rillen ...«

Samuel richtete sich aus seinem Kopfkissen auf und das Piepen des Geräts, das sein Herz überwachte, beschleunigte sich rapide.

»Unter Grandmas Haus gab es einen Sonnenstein?«

Evelyn nickte. »Allan nannte ihn den ›dicken Stein‹. Er war fasziniert, anders kann man es nicht beschreiben ...

Mir war dieser Stein eher unheimlich, mit den Knochen und dem ganzen Unrat rundherum. Ich wollte unbedingt wieder nach oben gehen, habe damit gedroht, alles unseren Eltern zu erzählen, doch er wollte nicht auf mich hören. Wir haben uns beinahe geprügelt, und als es ihm zu viel wurde, hat er mir an den Kopf geworfen: ›Wenn du unbedingt zurückgehen willst, bitte schön, sieh doch zu, wie du allein den Weg findest!‹« Er schaltete die Taschenlampe aus und ich hörte, wie er wegging und dabei lachte. Ich habe versucht, ihm nachzulaufen, doch der Gang führte aufwärts und es war stockfinster! Ich bekam Angst, lief ziellos im Kreis und fing an zu weinen ... Ich war eine Ewigkeit da drin, dachte ständig, dass Ratten zwischen meinen Beinen hindurchliefen, dass sich jeden Augenblick ein Skelett auf mich stürzen würde und dass der dicke böse Stein versuchte, mich zu verschlingen. Ich dachte, ich würde verrückt werden ...«

Tante Evelyn war leichenblass, der Blick starr wie unter Hypnose, ihre Hände zitterten.

»Sag schnell«, bat Sam, um die Spannung zu brechen, »Papa ist zurückgekommen und hat dich geholt, nicht wahr?«

»Ja, er kam zurück. Doch es war schon zu spät, der Schaden war angerichtet. Seitdem habe ich immer schwache Nerven gehabt. Manchmal genügt schon eine Kleinigkeit, um mich in panische Angst zu versetzen. Ich weiß ja, dass es nur ein Kinderstreich war, dass Allan erst zehn war und es nicht böse meinte ... Trotzdem hat dieses Erlebnis mich traumatisiert.«

»Und wie ... wie ist dann Rudolf auf dieses Gebäude gestoßen?«

»Rudolf? Dazu, wie zu vielem anderen auch, hat er sich nie wirklich geäußert ... Ich weiß nur, dass nach dem Verschwinden von Grandmas Eltern 1970 ihre Wohnung verkauft worden ist. Rudolf hat das Haus vor vier oder fünf Jahren gekauft und es komplett umbauen lassen, bevor er dort einzog.«

»Hast du ihn gefragt, was er mit dem dicken Stein gemacht hat?«

»Er gab vor, überhaupt nichts von ihm zu wissen, und meinte, die Bauarbeiter hätten ihn wahrscheinlich beim Bau der Tiefgarage zerstört. Ich hatte nur noch eine dunkle Erinnerung, wo er gestanden hatte, und hätte es kaum nachprüfen können.«

»Dieser verdammte Lügner!«, rief Sam empört. »Natürlich hat er den Stein nicht zerstört! Das ist doch der einzige Grund, warum er solches Interesse an dem Gebäude hatte! Dank des Steins konnte er nach Lust und Laune durch die Zeiten spazieren und Arkeos mit lauter wertvollen Antiquitäten versorgen!«

»Das hat Lili auch gesagt«, stimmte Evelyn zu. »Und außerdem haben wir im Gespräch mit Grandma noch etwas anderes herausgefunden. Etwas anderes, das dich betrifft ...«

Samuel runzelte die Stirn und bemühte sich, ihr zu folgen.

»Nach eurer Reise nach Pompeji seid ihr beide, du und Lili, in Chicago gelandet, nicht wahr? Auf einer Baustelle, wo sie gerade dabei waren, Häuser abzureißen?«

»Äh, ja ... Ein Bulldozer war kurz davor, den Sonnenstein zu verschütten, der uns hergebracht hatte, und wir konnten es nicht verhindern.«

»Grandma und Lili haben im Internet alte Stadtpläne gefunden. Grandma ist absolut sicher: Genau an dieser Stelle ist das Gebäude errichtet worden, in dem sie ihre Kindheit verbracht hat . . .«

Samuel machte große Augen und das Gerät, das seinen Puls aufzeichnete, schlug beinahe Purzelbäume.

»Willst du damit sagen, dass wir exakt an der Stelle gelandet sind, wo sie dann Grandmas Haus gebaut haben?«

Sie nickte heftig.

»Deshalb habe ich eben gesagt, dass das Schicksal der Faulkners mit diesem verfluchten Klumpen Stein verbunden war.«

»Unglaublich!«, rief Sam aus. »Wir haben also alle irgendetwas mit dem Stein zu tun! Von Anfang an! Du, Grandma, Papa, Lili, ich . . . sogar Rudolf! Ja natürlich, sogar Rudolf! Als wir auf dieser Baustelle im Chicago von 1932 angekommen waren, parkte in der Nähe ein Wagen mit dem Firmenlogo von Arkeos. Ich habe einen Blick darauf geworfen: Es handelte sich um den Lieferwagen eines Antiquitätengeschäfts. Ein Geschäft, das eben Rudolf gehörte . . . Das heißt, dass er von dem Stein wusste!«

»Er hat alles eingefädelt«, warf Evelyn ein, »von Anfang an. Im Nachhinein wird das alles klar.«

»Und . . . du hast wirklich nie irgendeinen Verdacht geschöpft?«

»Rudolf hatte so etwas Geheimnisvolles, das war Teil seines Charmes . . .«

»Aber du hast doch gesagt, er hätte dich benutzt, oder nicht?«

»Nun ja . . . Ich bin in der Tat davon überzeugt, dass er mich benutzt hat, um an Allan heranzukommen. Um ihn zu beobachten ... Details aus seinem Leben zu erfahren, was weiß ich ... Rudolf hat mir immer eine Menge Fragen über meine Familie gestellt. Er versicherte mir immer wieder, es würde mir helfen, meine Probleme zu bewältigen, ähnlich wie eine Therapie. Seltsamerweise weigerte er sich gleichzeitig strikt, Grandma und Grandpa vorgestellt zu werden. ›Später‹, sagte er mir immer, ›wenn wir uns beide richtig sicher sind.‹ In Wirklichkeit befürchtete er, Allan könnte ihm über den Weg laufen und ihn erkennen, aber das konnte ich ja nicht ahnen. Übrigens hat er erst nach Allans Verschwinden eingewilligt, sich bei meinen Eltern vorzustellen.«

Tatsächlich, dieses Detail hatte Sam vollkommen vergessen: Er hatte Rudolf wirklich erst vor einem Monat persönlich getroffen. Bis dahin war er nur ein Name gewesen, den Evelyn oft erwähnte. Er schien ein überaus vielbeschäftigter Geschäftsmann zu sein, der häufig im Ausland unterwegs war.

»Wenn ihr beide zum Firmensitz von Arkeos gefahren seid, was habt ihr da eigentlich gemacht?«

»Rudolf arbeitete meist in seinen Büros und ich wartete in seiner Wohnung im obersten Stockwerk auf ihn. Ich musste nicht viel tun, ich musste nur an ihn denken ...«

»Was?«

»An ihn denken, ja, sonst nichts. Es wäre mir auch schwergefallen, nicht an ihn zu denken, denn überall hing sein Porträt! Er behauptete, mich in seiner Nähe zu wissen, helfe ihm dabei, sich auf seine Aufgaben zu konzentrieren und bessere Ideen zu entwickeln. Als würde ich positive Wellen zu ihm aussenden ... Das erschien mir ungemein romantisch! Was für ein Trottel ich doch war ...«

»Und sonst«, fragte Sam weiter, ohne darauf einzugehen, »ist kürzlich etwas passiert, das sein verändertes Verhalten erklären würde?«

»Schwer zu sagen ... Er wurde nur ... irgendwie distanzierter. Vor zehn Tagen wollten wir eigentlich nach New York reisen, doch im letzten Moment konnte er auf einmal nicht fliegen, angeblich, weil er einen wichtigen Kunden treffen musste. Er kam am übernächsten Tag zwar nach, doch er war mit seinen Gedanken ganz woanders. Von da an ...«

Evelyn wurde unterbrochen, als plötzlich die Zimmertür aufflog. Ein alter Arzt mit dickem weißem Schnurrbart kam herein, gefolgt von einer Krankenschwester, die einen Rollwagen vor sich herschob. Beide kamen geradewegs zum Bett.

»Sie hatten recht, Janet«, erklärte der Arzt, ohne sich überhaupt vorzustellen. »Die Kontrollschirme haben sich nicht geirrt, unser Held ist wieder hellwach!«

Er trat zu Sam ans Bett, während er die blinkenden Zahlen auf den verschiedenen Geräten beobachtete, dann nahm er sein Handgelenk, um ihm den Puls zu fühlen. Mit dem zerzausten grauen Haar, dem Schnurrbart und dem Dackelgesicht sah er aus wie Einstein, der kurz davor war, eine komplizierte Gleichung zu lösen.

»Mmhh!«, machte er. »Ist noch immer sehr unregelmäßig, aber schon viel besser. Wie fühlst du dich, Junge?«

»Äh ... topfit«, antwortete Sam, in der Hoffnung, schnell wieder aufstehen zu dürfen.

»Perfekt, perfekt«, freute sich der Arzt. »Wir müssen nur noch ein paar ergänzende Untersuchungen machen ... Und Sie, meine liebe Frau, sollten sich unbedingt ausruhen«, sagte er zu Evelyn gewandt. »Sie sehen sehr erschöpft aus. Der junge Mann hier hat das Schlimmste überstanden, glauben Sie mir. Es sei denn, er hat Angst vor Spritzen!«

Ein Klappern auf dem Rollwagen ließ Sam aufschrecken. Die Krankenschwester war gerade dabei, eine Spritze mit einer beeindruckenden Nadel zu versehen, die aussah, als stammte sie direkt aus einem Horrorstreifen – Dr. Einsteins Klinikinferno zum Beispiel. Und Samuel hasste Spritzen ... Instinktiv spannten sich seine Muskeln an bei der Vorstellung, dass gleich zehn Zentimeter Metall in seine Haut gestochen wurden, um seine Venen zu suchen. Es gab Momente im Leben, da wäre man besser tot ...

24.
Anästhesie

Wie von Dr. Einstein – der eigentlich Hawk mit Nachnamen hieß – angekündigt, blieb Samuel achtundvierzig Stunden zur Beobachtung in der Klinik von Saint Mary. Am ersten Tag wurden verschiedene Untersuchungen durchgeführt, unter anderem ein Belastungstest auf dem Fahrrad, der keinerlei beunruhigende Anomalien zeigte, dem alten Arzt allerdings eine Serie zweifelnder Seufzer entlockte.

»Also wirklich, höchst seltsam ...«

Samuel wagte nicht zu fragen, was an seinen Werten so seltsam war, er hatte Angst, die Wahrheit über den Zustand seines Herzens zu erfahren und dann vielleicht nicht mehr vollenden zu können, was er sich vorgenommen hatte ...

Auf dem Weg zur Röntgenabteilung gab es jedoch eine nette Überraschung für ihn, als er Isobel wiedertraf, die Krankenschwester, die so nett zu ihm gewesen war, als er sie am Krankenbett seines Vaters getroffen hatte. Sie hatte ihm angeboten, er könne jederzeit zu ihr kommen, wenn er niedergeschlagen war und das Bedürfnis hatte, mit jemandem zu reden. Sie beglückwünschte ihn zu seiner heldenhaften Rettungsaktion bei dem Brand und fragte ihn immer wieder, ob es ihm auch wirklich gut ginge. Samuel nutzte die Gelegenheit, ihr ein paar Fragen zu stellen, und erhielt einige nützliche Informationen, insbesondere über den Gesundheitszustand seines Vaters. Isobel sagte ihm ganz offen, dass er sich in den letzten Tagen sehr verschlechtert hatte und es so aussah, als sinke er immer tiefer in die Abgründe der Bewusstlosigkeit. Andererseits räumte sie auch ein, dass der Verlauf einer solchen Krankheit absolut unvorhersehbar war und es nicht selten vorkam, dass Patienten wie er plötzlich wieder zum Leben erwachten. Was für Samuel zweierlei bedeutete: Noch konnte sein Vater gerettet werden und man musste schnell handeln ...

Am nächsten Morgen war noch eine ganze Serie von Untersuchungen angesetzt und erst am frühen Nachmittag hatte Sam, endlich von Kabeln und Infusionen befreit, das Gefühl, wieder frei zu sein. Er wollte sich gerade auf den Weg zu seinem Vater machen, als sich die Zimmertür öffnete und Lilis kleines Gesicht durch den Spalt sah. Als sie sah, dass ihr Cousin aufgestanden war, rannte sie zu ihm und schlang die Arme um ihn.

»Sammy! Sammy, ich bin ja so froh!«

Sie drückte ihm beinahe die Luft ab.

»He«, protestierte er, »vergiss nicht, dass ich mich gerade erst auf dem Wege der Besserung befinde! Willst du mich umbringen, oder was?«

»Sammy, du hast mir das Leben gerettet! Du bist durch die Flammen nach oben gegangen und hast mich trotz der ganzen Explosionen ins Wohnzimmer geschleppt, du ...«

»Schon gut, schon gut! Ich bin ein Superheld, zugegeben, aber eine sehr bescheidene Ausgabe! Außerdem hättest du an meiner Stelle genauso gehandelt. Weißt du noch, als wir in der Steinzeit gelandet sind und ich von diesem behaarten Stamm gefangen genommen wurde? Wer war da so geistesgegenwärtig, sich mit dem Bärenschädel zu verkleiden, um mich zu befreien? Du, oder etwa nicht? Also ...«

Lili schüttelte den Kopf, als wollte sie den Unsinn nicht hören, doch ihre Augen glänzten vor Rührung und Freude zugleich.

»Ich bin so glücklich, dass du mein Cousin bist, Sammy ... Und ich bin so froh zu sehen, dass es dir wieder gut geht!«

»Leider scheint dieser Doktor Hawk deine Ansicht nicht zu teilen. Die ganze Zeit führt er eine Untersuchung nach der anderen durch, als wäre ich schwer krank.«

»Hawk, das ist doch der Grauhaarige mit dem Bart, nicht wahr? Er hat zu meiner Mutter gesagt, du hättest Bradycardie.«

»Wie bitte?«

»Bradycardie ... Das ist eine Herzrhythmusstörung, wenn das Herz dazu neigt, extrem langsam zu werden. Sicher machen sie deshalb so viele Untersuchungen mit dir.«

»Und ist diese Bradycardie gefährlich für Superhelden?«, fragte Samuel, der seine ganz eigene Theorie zur Ursache des Problems hatte.

»Mama meint, es schien den Arzt offenbar nicht besonders zu beunruhigen. Außer dass deine Werte wohl ziemlich spektakulär sind. Vielleicht ist es nur das, was sie verwirrt.«

»Dann sollen sie eben verwirrt sein«, erwiderte Sam. »Ich habe jedenfalls keine Lust, ewig das Versuchskaninchen zu spielen. Ach übrigens, wie geht es Grandpa?«

»Man könnte sagen, er ist nicht mehr bei Sinnen«, seufzte sie. »Meistens weiß er nicht mehr, wo er ist oder wie spät es ist, ob er gerade aufstehen oder zu Bett gehen muss ... Er wirkt vollkommen abwesend.«

»Mmmh! Er hatte in den letzten Tagen aber auch viel zu verarbeiten. Der Brand seines Hauses, Papas Koma, das eine oder andere Verschwinden ... Das hätte doch jeden aus der Bahn geworfen.«

»Ich hoffe, du hast recht«, sagte sie wenig überzeugt. »Bis auf Weiteres ...«

Sie öffnete die große bunte Umhängetasche, die perfekt zu ihrem gelben Kleid passte.

»Hier, ich hab dir was mitgebracht.«

Sie brachte ein dickes, halb geschwärztes Buch zum Vorschein. Der rote Einband war aufgequollen und durchzogen von kohlschwarzen Brandspuren und Wasserflecken.

»Das Buch der Zeit!«, rief Sam perplex. »Du ... du hast es gerettet!«

»Es lag ganz hinten in deinem Kleiderschrank. Leider hat es auch Feuer gefangen und ist vom Löschwasser nass geworden. Ein paar Seiten sind aber noch lesbar.«

Samuel nahm das dicke Buch ehrfürchtig in die Hände. Es roch gleichzeitig verbrannt – beinahe hätte er gesagt nach verbrannter Haut wie bei einem Lebewesen – und leicht modrig. Ein kleiner verkohlter Leichnam, aus den Trümmern geborgen ... Eine Weile starrte er es sprachlos an, ohne ausdrücken zu können, was er wirklich empfand. Ein Sakrileg, das Wort traf es vielleicht am besten. Man hatte ein unersetzbares heiliges Buch beschmutzt und zerstört.

Er schlug das, was von ihm übrig geblieben war, vorsichtig auf und begann, in den steifen, rissigen Seiten zu blättern, von denen einige zu feiner grauer Asche zerfielen, sobald er sie nur berührte.

»Eher am Ende«, schlug Lili vor.

Tatsächlich waren die letzten Seiten am besten erhalten geblieben, auch wenn der Text häufig unter den schwarzen Schlieren verschwand und das Papier eine karamellartige Farbe angenommen hatte, die das Lesen erschwerte. Dank der identischen Doppelseiten war es jedoch möglich, wenigstens die Überschrift zu rekonstruieren: *Jahr 1 der Kirche der sieben Auferstehungen,* ebenso wie hier und dort Bruchstücke einzelner Sätze: ... *die Entstehung einer neuen Religion, die einen so überwältigenden Erfolg hatte, dass ...; ... der Pandit hofft, noch tausend Jahre zu leben, um seinem Werk eine universelle Dimension zu verleihen, die allein es ihm ermöglichen wird, in die Ewigkeit einzugehen; ... Saint Mary ist so zum Zentrum eines Glaubens der Zeit geworden und die Geschichte übertrifft alles, was man* ... und so weiter.

»Was hältst du davon?«, fragte Sam, nachdem er alles, so gut es ging, entziffert hatte.

»Sieht so aus, als hätte Rudolf gewonnen, oder nicht?«, stellte Lili traurig fest. »Alicia hat mir erklärt, was ihr in der Zukunft gesehen habt. Die Bauarbeiten an der Kirche der sieben Auferstehungen, das Museum, das Rudolf hat bauen lassen, diese Artikel, in denen er erklärt, was er mit dieser Sekte vorhat ... Wenn man davon ausgeht, was in diesem Buch steht, könnte man meinen, es wäre ihm gelungen, nicht?«

»Es ist ihm gelungen, ja ... Er hat sich als eine Art Guru der Zeit ausgegeben. Und Tausende von Menschen haben ihm geglaubt, Hunderttausende vielleicht sogar. Genau das, was Setni verhindern wollte ...«

»Meine Mutter macht sich große Vorwürfe«, sagte Lili zögernd. »Sie ist überzeugt, wenn sie etwas hellsichtiger gewesen wäre, hätte sie diese Katastrophe verhindern können. Und wenn du nicht wieder aufgewacht wärest, hätte sie sich niemals davon erholt.«

»Wir haben gestern sehr lange miteinander gesprochen«, sagte Sam. »Das hat uns . . . sagen wir, etwas nähergebracht.«

Lili schüttelte den Kopf. »Es gibt da, was sie und Rudolf angeht, trotzdem eine Sache, die mir Sorgen macht. Was meinst du, warum musste er sich unbedingt als ihr Verlobter ausgeben? Ich verstehe ja, dass sie für ihn eine Informationsquelle war, über deinen Vater und über dich, aber wozu dann eigentlich gemeinsam leben? Kommt dir das nicht merkwürdig vor?«

Samuel nickte. Einmal mehr hatte ihn seine Cousine auf eine Sache hingewiesen, die zwar nebensächlich schien, deshalb aber nicht weniger rätselhaft war. Welches Interesse hatte Rudolf gehabt, seine Beziehung zu Evelyn voranzutreiben, wenn er genauso gut hätte auf Distanz bleiben können? Sam hatte in den letzten Stunden darüber nachgedacht und wahrscheinlich die Antwort gefunden.

»Weil sie deine Mutter ist, ganz einfach«, erklärte er.

»Na, das ist tatsächlich ein guter Grund!«, gab sie spöttisch zurück.

»Ein besserer, als du glaubst! Kannst du mir zum Beispiel erklären, warum du vor vier Tagen aus deinem Ferienlager zurückgekommen bist?«

Lili runzelte die Stirn.

»Na . . . erstens, weil das Essen miserabel war, und zweitens, weil du seit einer Woche verschwunden warst und ich das sichere Gefühl hatte, du würdest ohne mich nie wieder zurück in deine Gegenwart finden.«

»Ich bin dir sehr dankbar, dass du mir zuliebe deine Ferien geopfert hast. Für einen Zeitreisenden ist es nämlich von unschätzbarem Wert, in seiner Umgebung jemanden zu haben, der ihn allein durch die Kraft seiner Gedanken zu seinem Ausgangsort zurückholen kann ...«

Lili riss erstaunt die Augen auf, als ihr plötzlich klar wurde, worauf er hinauswollte.

»Du meine Güte! Willst du damit sagen, meine Mutter kann auch ...«

»Natürlich! Erinnere dich an Setnis Worte ... Die außergewöhnliche Gabe, die du besitzt, wird von der Mutter auf die Tochter vererbt!«

Lili starrte ihn mit offenem Mund an.

»Und deshalb wollte Rudolf deine Mutter nicht verlassen! Weil er mit ihrer Hilfe immer todsicher in seine Ausgangszeit zurückkehren konnte ... Viel leichter als mit seiner Tätowierung und dem Zeichen Hathors! Er musste sie nur in sein Hauptquartier in Chicago mitnehmen und sie bitten, immer an ihn zu denken, während sie auf ihn wartete. So konnte Rudolf in aller Ruhe den Sonnenstein nutzen!«

»Mama auch ...«, wiederholte Lili, als hätte sie Mühe, das zu glauben.

»Und Grandma genauso«, fügte Sam hinzu. »Ich möchte wetten, dass sie es war, von der Evelyn diese Gabe geerbt hat ... Das würde auch die Träume erklären, die sie hatte, als Papa bei Dracula gefangen war: Er erschien ihr wie in einem Nebel, in einer fremden Umgebung, um ihr zu sagen, dass er noch lebte. Wahrscheinlich aufgrund dieser besonderen Verbindung, die sie mit dem Sonnenstein hat ...«

»Wenn ich dir folgen kann, hieße das also, dass auch Grandma die Gabe wiederum von ihrer Mutter geerbt hat?«

»Das wäre logisch«, stimmte Sam zu. »Aber es gibt noch eine andere Hypothese: das Haus in Chicago.«

»Das Haus in Chicago?«

»Das gerade gebaut wurde, als wir 1932 dort gelandet sind, und in das Grandmas Eltern eingezogen sind ... Der Sonnenstein war irgendwo im Keller vergraben, hat Evelyn dir davon nicht erzählt?«

»Sie zitterte immer noch vor Angst, wenn sie davon sprach.«

»Also ... Ich frage mich, ob sie diese Gabe nicht entwickelt hat, weil sie ihre ganze Kindheit dort, in der Nähe des Sonnensteins, verbracht hat.«

»Wow! Willst du damit sagen, dass die Strahlung des Steins oder so was Ähnliches auf sie gewirkt hat?«

»Ich kann es nicht beweisen ... Aber ich stimme Evelyn zu, wenn sie behauptet, dass unsere ganze Familiengeschichte mit diesem Stein verknüpft ist.«

»Und du meinst, Rudolf hat davon gewusst?«

»Gute Frage ... Wie hat er herausgefunden, dass deine Mutter diese Gabe hat? Wusste er es, bevor er sie getroffen hat? Rätselhaft ... Bei einer Sache bin ich mir allerdings ziemlich sicher: nämlich, was vor zehn Tagen passiert sein muss, als sich das Verhältnis der beiden veränderte. Evelyn meinte, Rudolfs Verhalten hätte sich geändert, er wirkte ihr gegenüber gleichgültiger. Ich bin davon überzeugt, dass er sie von diesem Zeitpunkt an einfach nicht mehr brauchte: Er hatte der alten Miss MacPie gerade den Goldreif gestohlen und von da an kam er allein zurecht.«

»Der Goldreif, natürlich! Alicia hat mir erzählt, dass die alte Miss MacPie ihn deiner Mutter gestohlen hatte! Und dass es vielleicht auch ihre Schuld war, dass ...«

Sie verstummte plötzlich, als sie merkte, dass sie kurz davor war, einen Fauxpas zu begehen.

» ... dass meine Mutter starb?«, beendete Sam den Satz. »Das habe ich auch kurz gedacht. Wenn Miss MacPie den Goldreif nicht gestohlen hätte, hätte meine Mutter ihn Rudolf geben können, als er kam, um ihn sich zu holen. Sie hätten nicht diese Auseinandersetzung gehabt, er hätte sie nicht geschlagen und ... Aber es ändert nichts daran, dass Rudolf sie getötet hat. Also ist nur einer schuldig.«

Sie schwiegen beide bedrückt, während Sam versuchte, die Bilder aus seinem Kopf zu vertreiben, Bilder von einem handgreiflichen Streit, einem Kopf, der auf die Tischkante schlug, und von einem Auto, das über einen Abgrund hinausschoss und trudelnd in die Tiefe stürzte.

»Ich habe im Keller die Münzen gesehen, die du aus der Zukunft mitgebracht hast. Vor allem die vom 11. Juli, dem Tag, an dem deine Mutter ver... verschwunden ist. Du hast die Absicht, sie zu retten, nicht wahr?«

Samuel fixierte einen unsichtbaren Punkt auf der Wand.

»Ich werde es versuchen«, gab er schließlich zu. »Ich kann sie einfach nicht so sterben lassen, unter Rudolfs Schlägen. Das wäre unfair. Und dann werde ich sie hierherbringen, in unsere Zeit. Vielleicht wird das meinem Vater helfen, wieder ins Leben zurückzufinden.«

Lili nahm seine Hand, als wäre er ein Kind, das vor lauter Kummer fantasiert.

»Ich kann mir denken, wie du dich fühlst, Samuel, aber das kannst du nicht tun. Du hast eben selbst von Setni gesprochen ... In einem Punkt hat er sich sehr klar ausgedrückt: An einen Ort und in eine Zeit zurückzukehren, zu der man selbst gelebt hat, wäre Selbstmord. ›Es kann nicht zwei identische Seelen am selben Ort zur selben Zeit geben‹, das waren seine Worte. Und dann hat er noch gesagt: ›Wenn es dennoch geschehen sollte, würde die Seele unweigerlich verbrennen, als wäre sie von einem Blitz getroffen.‹ Du verstehst doch, was das bedeutet, Sammy, oder? Wenn du zu einer Zeit vor drei Jahren nach Saint Mary zurückkämest, würdest du, bevor du überhaupt Zeit hättest, die Augen zu öffnen, auf der Stelle sterben!«

Samuel löste seinen Blick von der Wand.

»Es gibt einen Weg«, erklärte er langsam, jedes einzelne Wort gewichtend, »einen Weg, den Setni selbst angedeutet hat. Denn als er betonte, wie gefährlich es wäre, in die eigene Vergangenheit zurückzureisen, hat er noch etwas hinzugefügt: ›Es sei denn, der Reisende würde in eine hypnotische Trance oder einen magischen Schlaf versetzt.‹ War es nicht so?«

»Ja, das stimmt, ich erinnere mich sehr gut daran. Und? Willst du mir jetzt weismachen, du hättest auch Superkräfte, die so etwas wie einen magischen Schlaf oder eine hypnotische Trance erzeugen können? Du weiß doch nicht einmal, was das bedeutet!«

»Nun ja, ich könnte mir vorstellen, dass es eine Art künstlicher Zustand ist, in dem sich das Bewusstsein verändert. Und in so einem Zustand befindet sich die Seele in so tiefem Schlaf oder ist so verwandelt, dass sie nicht mehr wirklich sie selbst ist – also auch nicht mehr identisch mit ihrer Zwillingsseele, mit der sie konfrontiert wird ... Das könnte ihre Rettung sein. Hoffe ich zumindest!«

»Na toll! Und was willst du mit dieser wunderbaren Theorie anfangen? Schlaftabletten schlucken, bevor es losgeht? Um dort halb k. o. anzukommen? Ich kann mir dein Zusammentreffen mit Rudolf jetzt schon vorstellen!«

»Ich muss gar keine Schlafmittel einnehmen, Lili. In dem Moment, als meine Mutter getötet wurde, war ich bereits eingeschlafen. Oder besser gesagt, der Samuel jener Zeit war bereits eingeschlafen. Narkotisiert, um genau zu sein ... Denn an jenem Nachmittag bin ich am Blinddarm operiert worden!«

»Die Blinddarmentzündung!«, stammelte Lili. »Die Blinddarmentzündung! Daran hatte ich gar nicht gedacht! Aber ... aber wie kannst du so sicher sein, dass es zur gleichen Zeit passiert ist, ich meine die Narkose und ... und das mit deiner Mutter?«

»Ich habe mich genau erkundigt. Hier in der Klinik gibt es eine sehr nette Schwester, Isobel heißt sie. Sie war sogar bereit, im Archiv einen Blick in meine alte Krankenakte zu werfen. Laut Operationsbericht kam ich am 11. Juli um 14:30 Uhr in den OP und habe um 16:30 Uhr den Aufwachraum verlassen. Das heißt, zwischen 14:30 Uhr und 16:30 schwebte der damalige Samuel höchstwahrscheinlich in einer Art künstlichem Schlaf. Oder wie Setni diesen Zustand beschrieben hat ... Mir bleibt also genügend Zeit, meine Mutter zu warnen und sie zu retten.«

»Mag sein, aber ... Rudolfs Münzen? Wie verlässlich sind sie? Wirst du nicht vielleicht eine Stunde zu früh oder zu spät in Saint Mary ankommen und am Ende doch vom Blitz oder ich weiß nicht welcher höheren Macht erschlagen werden?«

»Keine Angst, Lili, Rudolfs Münzen scheinen zu funktionieren. Auf der, die Alicia und ich benutzt haben, um nach Saint Mary zurückzukommen, stand: Mitternacht. Und wir sind gegen 0:30 in der Buchhandlung angekommen. Vielleicht nicht so präzise wie ein Schweizer Uhrwerk, aber gar nicht so schlecht! Bei den beiden Münzen vom 11. Juli, die ich aus Rudolfs Schrank mitgenommen habe, steht auf einer 10:00 Uhr und auf der anderen 15:00 Uhr. Ich bin mir sicher, dass Rudolf die letzte benutzt hat. Die Polizei hat Mamas Wagen um 17:00 Uhr gefunden, es muss sich also alles etwas früher am Nachmittag abgespielt haben. Also etwa zur selben Zeit, als ich noch in der Narkose lag ... Kurz gesagt, wenn ich unterwegs nicht herumtrödele, müsste ich alles verhindern können.«

»Und wenn du es schaffst, wirst du versuchen, sie zu überreden, dir in deine Gegenwart zu folgen?«

»Das ist auf jeden Fall besser, als in der Vergangenheit zu sterben.«

»Zugegeben ... Aber hat Setni dich nicht auch gewarnt, auf keinen Fall den Lauf der Zeit zu verändern? Weil es unvorstellbare Katastrophen nach sich ziehen könnte? Ist dir klar, welches Risiko du eingehst, wenn du deine Mutter retten willst?«

»Darüber habe ich auch nachgedacht«, antwortete Samuel, dessen graue Zellen während Dr. Hawks Untersuchungen auf Hochtouren gearbeitet hatten. »Indem ich drei Jahre zurückreise, werde ich die Vergangenheit nicht durcheinanderbringen, im Gegenteil, ich werde sie wiederherstellen.«

»Wie bitte?«

»Ganz einfach! Diese Vergangenheit, von der wir sprechen, in der meine Mutter gestorben ist ... ist nicht die echte Vergangenheit, sondern eine Vergangenheit, die von Rudolf manipuliert worden ist!«

»Kannst du dich bitte etwas klarer ausdrücken?«

»Na klar! Jener Rudolf, der am 11. Juli bei uns zu Hause geklingelt hat, um sich den Goldreif zu holen, kam in Wirklichkeit aus der Zukunft. Sicher nicht viel, ein oder zwei Wochen vielleicht ... Was dem Rudolf jener Zeit – nennen wir ihn Rudolf 1 – die Möglichkeit gab, sich im selben Moment an einem Ort weit weg von Kanada zu zeigen, um sich ein wasserdichtes Alibi zu verschaffen. Das bedeutet aber auch, dass es vorher eine Originalversion der Vergangenheit gegeben haben muss, ohne das Auftauchen von dem Rudolf aus der Zukunft. Eine erste Version, in der Rudolf 1 sich lediglich irgendwo am anderen Ende der Welt herumtrieb. Und in dieser Originalsequenz war meine Mutter nicht gestorben! Dann, zwei Tage später, tritt Rudolf 2 auf die Bühne. Mithilfe einer seiner Münzen, die ich mitgenommen habe, kommt er in die Vergangenheit, zum 11. Juli, zurück und rächt sich an meiner Mutter. Er hat in gewisser Weise die Originalsequenz gelöscht zugunsten der zweiten Version, in der er meine Mutter tötet. Was bedeutet, dass ich, indem ich meine Mutter rette, nicht wirklich die Vergangenheit verändere, verstehst du? Ich stelle nur die Originalversion wieder her! Eine Version, in der Mama niemals gestorben wäre!«

Lili strahlte ihn voller Bewunderung an und wollte gerade etwas sagen, als aus ihrer Tasche eine völlig unpassende Musik ertönte:

Und dann nimmt er meine Haaaand,
Oh, der Junge vom Straaaand!

»Nein!«, stöhnte Sam. »Sag nicht, du hast immer noch diesen dämlichen Klingelton drauf!«

»Schsch«, machte Lili.

Sie kramte ein kleines weißes Handy aus den Tiefen ihrer Tasche, das in den höchsten Tönen plärrte:

Er ist so schön
Er ist so süß
Ein Blick aus seinen Augen und ich zerfließ
Der Junge vom Straaaaand!

Samuel bog sich vor Lachen, als seine Cousine ihm nach einem Blick auf die angezeigte Nummer das Telefon unter die Nase hielt:

»Hier, hör lieber auf, so dumm zu lachen ... Es ist für dich.«

25.
ERKLÄRUNG

Sam nahm das Telefon, während Lili diskret das Zimmer verließ.

»Hallo?«

Die Stimme am anderen Ende war wie ein Sonnenstrahl, der ihm direkt ins Herz strahlte.

»Samuel? Ich bin's, Alicia. Geht es dir gut?«

»Alicia! Ich ... ja, es geht mir gut! Sehr gut! Ich werde sicher bald entlassen ... Und du, wo bist du?«

»Meine Eltern meinten, ich sollte nicht in Saint Mary bleiben, solange die Polizei Rudolf nicht gefasst hat. Wir sind gerade in unserem Ferienhaus am Meer angekommen ... Die Entführung hat ihnen einen solchen Schreck eingejagt, dass sie schon Angst haben, die Fensterläden zu öffnen!«

»Hast du ihnen erzählt, wohin Rudolf dich gebracht hatte? Nach Rom, ins Jahr 1527 und all das?«

»Hm, in groben Zügen ... Ich kann mir vorstellen, dass sie mich vor allem deshalb zur Erholung ans Meer schicken wollten! Meine Mutter scheint mir zu glauben, aber mein Vater sieht mich an, als hätte ich einen Schlag auf den Kopf bekommen. Sie wollen mich sogar so schnell wie möglich zu einem Psychologen hier in der Gegend schicken.«

»Das kenn ich. Es ist nicht die Art Geschichte, die die Leute gern hören.«

»Aber über meine Eltern wollte ich eigentlich gar nicht mit dir reden, Sam. Lili hat mir erzählt, dass du Herzprobleme hattest?«

»Lili und du, ihr scheint ja richtig dicke Freundinnen geworden zu sein«, wich er ihrer Frage scherzhaft aus. »Du hättest ihren verschwörerischen Blick sehen sollen, als sie mir ihr Handy gab!«

»Deine Cousine ist wirklich klasse und ich wusste nicht, wie ich sonst mit dir sprechen sollte, ohne dass uns jemand zuhört. Wenn jemand außer euch im Zimmer gewesen wäre, hätte Lili sich selbst gemeldet, so hatten wir es vereinbart.«

»Ihr seid ja zwei echte Bond-Girls! Das heißt also, du hast mir etwas Wichtiges mitzuteilen?«

»Auf jeden Fall wollte ich sichergehen, dass wir frei reden können. Zuerst zu diesen Münzen, die du aus der Zukunft mitgebracht hast ... Lili glaubt, du willst sie benutzen, um Rudolf davon abzuhalten, deine Mutter anzugreifen, ist das wahr?«

»Ja, deshalb habe ich sie mitgenommen.«

»Aber sie glaubt auch, dass du in den sicheren Tod rennen wirst, wenn du drei Jahre zurückreist.«

»Über dieses Thema haben wir gerade gesprochen. Ich glaube, sie hat daraufhin ihre Meinung geändert: In Wirklichkeit ist das Risiko nicht viel größer als bei jeder anderen Zeitreise ...«

»Was verstehst du unter ›nicht viel größer‹?«

»Im Großen und Ganzen muss ich nur ziemlich schnell sein. Den Fall, dass ich plötzlich Rudolf Auge in Auge gegenüberstehe, natürlich nicht eingerechnet. Was dann passiert, kann ich nicht vorhersehen.«

»Auf jeden Fall hat es keinen Sinn zu versuchen, dich davon abzuhalten, richtig?«

»Alicia, ich weiß, dass sich das Ganze von außen betrachtet ziemlich verrückt anhört. Aber auch nicht verrückter, als in das brennende Haus meiner Großeltern zu rennen oder als es mit Diavilo in seinem eigenen Zelt aufzunehmen. Und dabei bin ich doch ziemlich gut aus der Sache rausgekommen, oder nicht? Außerdem habe ich keine andere Wahl. Wenn ich es nicht tun würde, würde ich mich selbst verraten, verstehst du?«

Kurzes Schweigen war die Antwort. Samuel hörte das entfernte Knistern, das ihr Gespräch leise untermalte. Dann hörte er Alicia resigniert aufseufzen.

»Es war so furchtbar Sam. Als du an dem Abend inmitten der Feuerwehrleute so leblos dalagst, habe ich wirklich gedacht, du hättest mich ... du hättest mich wieder verlassen. Aber dieses Mal für immer. Es hat mir das Herz zerrissen, ich fühlte mich auf einmal so leer. Das Heulen der Sirenen, die gelben und roten Lichter, das Geschrei deiner Tante, die Kommentare der Nachbarn ...«

Sie wurde immer leiser und brach schließlich ganz ab, bevor sie schniefend fortfuhr:

»Irgendwann hat der eine Feuerwehrmann geschrien, sie wären dabei, dich zu verlieren, oder so ähnlich. Ich konnte es nicht länger ertragen. Ich habe mich auf dich geworfen, um dich aufzuwecken, dieser Albtraum sollte endlich aufhören ... Ich war sicher, dass ich es schaffen konnte, dass ich genug Kraft hätte. Doch kaum hatte ich dich berührt, als sie mich zum Rettungswagen zerrten, um mir ein Beruhigungsmittel zu geben. Erst als sie dich in den Krankenwagen geschoben hatten, sagte einer der

Sanitäter uns, du würdest besser atmen und es würde alles gut werden ...«

Sie schluchzte jetzt beinahe und Sam hätte alles dafür gegeben, sie in die Arme schließen zu können. Warum war sie nur so weit weg! Und auch er wäre bald weit fort, wodurch sich die Entfernung zwischen ihnen nur noch vergrößern würde. Zumal er von dem Ort, an den er reisen musste, womöglich nicht so leicht würde zurückkommen können ... Vielleicht hätte er sogar nie wieder die Gelegenheit, ihr zu gestehen, was er sich selbst schon eingestanden hatte.

»Ich liebe dich, Alicia«, erklärte er mit einer Offenheit, die ihn selbst überraschte.

» ... «

»Ich habe dich von Anfang an geliebt, schon als wir noch Kinder waren. Und ich habe nie aufgehört, dich zu lieben, nicht eine Sekunde. Nicht einmal in den drei Jahren, als wir uns nicht mehr gesehen haben ... Ich werde dich einfach immer lieben, Alicia. Die wenigen Stunden, die wir gemeinsam verbracht haben dort am Flussufer in Rom oder in Rudolfs Museum, waren die schönsten Momente seit Langem in meinem Leben. Weil wir zusammen waren ... Weil es keine Angst mehr gab, keine Gefahr, nur noch uns beide ...«

»Danke, Samuel. Ich ...«, antwortete Alicia mit schwacher Stimme. Dann brachte sie kein Wort mehr heraus.

»Das ist noch nicht alles«, fuhr Samuel fort. »An dem Abend, als ich das Bewusstsein verloren hatte, nachdem ich Lili aus den Flammen geholt hatte, war ich in einem eigenartigen Zustand, als würde ich zwischen zwei Welten schweben. Und dann, plötzlich, hatte ich das Gefühl, mich immer mehr zu entfernen ... für immer zu verschwinden. In dem Moment hast du dich über mich gebeugt und ... und mich geküsst. So hat mein Gehirn es zumindest wahrgenommen. Und sofort wusste ich wieder, warum ich leben musste, es war wie eine Erleuchtung. Also bin ich wieder auf die richtige Seite zurückgekehrt. Auf deine Seite.«

Er schwieg, glücklich, dass er es geschafft hatte, über sich selbst hinauszuwachsen. Alicia hatte ihm oft vorgeworfen, nicht aufrichtig zu sein. Diesmal war er vollkommen aufrichtig gewesen. Jetzt musste sie ihre Entscheidung treffen ... Wie auch immer sie ausfiele, an seiner Liebe zu ihr würde sich nichts ändern.

Sie schwiegen beide, nur noch das leise Knistern der Verbindung war zu hören. Alicias Atem ging stoßweise, als zögerte sie auszusprechen, was sie ihm sagen musste.

»Es ... es ist kompliziert, Samuel«, sagte sie nach einer Weile. »Wir ... wir haben uns gestern getrennt, Jerry und ich, und ... ich kann noch keinen klaren Gedanken fassen.«

»Ihr habt euch getrennt?« Sam hatte Mühe, seine Freude zu unterdrücken.

»Wir haben uns in den letzten Wochen viel zu oft gestritten. Jerry ist sehr eifersüchtig, das hast du sicher gemerkt. Ich hatte es satt, dass er mich ständig wie sein Eigentum behandelte. Und außerdem, seit du wieder aufgetaucht bist, ich weiß nicht ... Zwischen Jerry und mir war es nicht mehr wie vorher.«

Wieder verstummte sie und Samuel kniff fest die Augen zu, als könnte er beeinflussen, was sie im nächsten Augenblick sagen würde.

»Wenn ich ehrlich zu mir bin, Sam, glaube ich, dass ich

dich auch liebe. Aber ich möchte mir meiner Gefühle sicher sein und ...«

Sie sprach auf einmal mit gedämpfter Stimme. »Warte, es kommt jemand die Treppe hoch ... Wahrscheinlich mein Vater, er lässt mich kaum noch aus den Augen. Er hat Angst, dass ich überschnappe und mich aus dem Fenster stürze oder was weiß ich.

»Ja, Papa?«, sagte sie laut. »Moment, ich ziehe mich gerade an!«

Man hörte Schritte, dann flüsterte sie:

»Tut mir leid, ich rufe dich so bald wie möglich wieder an. Falls ... falls du wegmusst, bevor wir uns noch mal gesprochen haben, versprich mir nur, dass du zurückkommst. Ich vertraue dir, Sam, ich weiß, du wirst es schaffen. Und ... wenn ich schon dabei bin ... Wenn ich dich das nächste Mal küsse, möchte ich gern, dass du wach bist, einverstanden?«

Sam lief so schnell durch die Krankenhausflure, dass Besucher und Patienten sich erstaunt fragten, wovor er derartig die Flucht ergriff. Doch in Wahrheit lief Sam keineswegs und flüchtete auch nicht vor irgendetwas: Er flog einfach nur. Alicia liebte ihn, sie hatte es ihm eben gesagt! Sie hatte gerade Jerry verlassen und auch wenn sie noch zu zögern schien, hatte Sam keinen Zweifel, für wen sie sich entscheiden würde ... Sobald er seine Mutter aus Rudolfs Klauen befreit hätte und sein Vater aus dem Koma erwacht wäre, würde er so schnell wie möglich zu ihr eilen. Alles würde wieder so werden wie vor diesen drei Jahren der Einsamkeit und Trauer. Oder nein, es würde noch tausendmal besser werden!

Er durchquerte die chirurgische Abteilung und kam in die Eingangshalle der Klinik, von dort fand er mühelos den Weg. Lili hatte mit der für sie typischen Feinfühligkeit darauf bestanden, dass er Allan allein besuchte, und versichert, sie brenne geradezu darauf, die Comics zu lesen, die sich auf seinem Nachttisch stapelten. Nach dem Eintreffen ihrer Mutter würde sie bald nachkommen. Auch über den Ausgang seines Gesprächs mit Alicia hatte sie keine einzige Frage gestellt, sondern nur lächelnd festgestellt, wie sehr er auf einmal strahlte. So eine Cousine war wirklich Gold wert ...

Doch kaum hatte er das Zimmer 313 betreten, verließ ihn seine Hochstimmung mit einem Schlag wieder. Er hatte diese kühle, sterile Atmosphäre vergessen, die viel mehr an die Kälte eines Leichenschauhauses erinnerte als an einen Ort der Ruhe und Erholung. Vergeblich hielt man nach Anzeichen organischen Lebens Ausschau, das einzig Lebendige schienen die blinkenden Kontrolllampen und monotonen Piepgeräusche zu sein. Allan lag flach ausgestreckt auf seinem Krankenbett und sein Zustand schien sich deutlich verschlechtert zu haben: Ein kompliziertes Gewirr blauer Schläuche verband Mund und Nase mit einem aufwendigen Gerät, das wie eine metallene Krake aussah. Es war mit Bildschirmen und verschiedenfarbigen Flaschen bestückt, die seine Atmung und Ernährung unterstützten. Sein Körper wirkte noch immer so erschreckend mager wie vor einer Woche. Zahlreiche Kompressen auf Brust und Hals ließen darauf schließen, dass seine Wunden nur schlecht verheilten.

Samuel warf einen Blick auf den Monitor, der die Herzfrequenz aufzeichnete: durchschnittlich 52 Schläge pro

Minute. So schwach war sie bislang noch nie gewesen ... Er berührte das knochige Handgelenk, das unter der Bettdecke hervorschaute, und fröstelte unwillkürlich: Sein Vater war kalt wie Marmor. Er musste unbedingt mit ihm sprechen, Kontakt zu ihm aufnehmen ...

»Papa? Ich bin's, Sam. Es tut mir leid, ich ... ich konnte Mama noch nicht zurückbringen. Es ist unglaublich viel passiert in den letzten Tagen und ... Ich musste mich zuerst um Alicia kümmern.«

Und er begann, ihm haarklein zu erzählen, wie Rudolf das junge Mädchen entführt hatte, wie es ihm nach einer langen Irrfahrt von Ägypten nach Rom gelungen war, sie zu befreien, und sie dann in die Zukunft geraten waren. Den Brand im Haus der Großeltern verschwieg er wohlweislich, ebenso wie die Tatsache, dass er selbst in die Klinik eingeliefert werden musste. Im Gegensatz zum letzten Mal zeigte Allan, als Samuel geendet hatte, jedoch keinerlei Reaktion. Sosehr er seinem Vater auch den Arm massierte, ihm über die Wange strich oder in sein Ohr flüsterte, sein Vater wirkte erschreckend ... abwesend.

»Zu einer Sache würde ich gern deine Meinung hören, Papa«, fuhr er dennoch beherzt fort. »Falls Mama sich weigern sollte, mir in unsere Gegenwart zu folgen, hätte ich vielleicht eine andere Idee ... Der Ring der Ewigkeit. Ich denke, du weißt, was ich meine? Dieser steinerne Ring, der die Kraft besitzt, unsterblich zu machen. Ich habe schon mehrere Male von ihm gehört und ... Also kurz gesagt, Chamberlain, der Archäologe, meinte, der Ring könnte nicht nur unsterblich machen, sondern auch egal welche Krankheit heilen. Wenn also die Legende wahr sein sollte und ich es schaffen sollte, dir den Ring zu bringen, könnte uns das bestimmt viel weiterhelfen, was meinst du? Ich weiß, dass Setni ihn irgendwo in seiner Grabkammer versteckt hat und dass man die beiden Goldreife braucht, um ihn zu finden. Merwosers Armreif haben wir bereits und den anderen, den du Mama geschenkt hast, müsste ich beschaffen können ... Was sagst du dazu? Wenn ich den Ring der Ewigkeit finden würde, wärest du bereit, ihn auszuprobieren?«

Samuel nahm die Hand seines Vaters und fixierte den Bildschirm, der die Herzfrequenz anzeigte. 52 ... 52 ... 51 ... 52. Unverändert, ohne auch nur das geringste Zittern, nichts. Wenn er auf eine Reaktion gehofft hatte, war er auf der ganzen Linie gescheitert. Oder hatte Allan vielleicht nicht mehr genug Kraft, um ihm etwas mitzuteilen? Was hieße, dass die Rückkehr Elisa Faulkners möglicherweise zu spät stattfinden würde.

Er musste schnellstens handeln.

Am späten Nachmittag erhielt Samuel endlich die Erlaubnis, die Klinik zu verlassen, unter der Bedingung, dass er für weitere Untersuchungen zur Verfügung stand. Ein letztes Mal küsste er seinen Vater, bedankte sich bei Schwester Isobel und stieg, begleitet von Lili, in den Wagen seiner Tante.

Draußen vor der Buchhandlung begegnete er als Erstes dem alten Max, der gerade dabei war, sein Fahrrad von einem Laternenpfahl loszuschließen. Max stieß einen Freudenschrei aus, als er Sam erkannte, und schüttelte ihm so herzlich die Hand, dass er sie beinahe zerdrückte. Er erklärte, dass er gekommen war, um Sams Großeltern bei ihrem Einzug zu helfen. Als Sam zusah, wie Max am Zahlenschloss seiner Kette hantierte, durchzuckte ihn ein Gedanke.

»Max, ich habe mich immer gefragt, warum Sie sogar hier in diesem ruhigen Viertel meinen, Ihr Fahrrad vor Diebstahl schützen zu müssen.«

Der alte Mann, dessen Schwerhörigkeit allgemein bekannt war, warf ihm einen unsicheren Blick zu, als hätte er nicht alles verstanden.

»Diebstahl? Ob es hier Diebe gibt? In der Barnboimstraße wimmelt es von Dieben! Mir haben sie sogar schon ein Fahrrad aus dem Vorgarten gestohlen, kannst du dir das vorstellen? Deshalb schließe ich es immer an.«

»Würden Sie mir denn die Kombination geben?«, fragte Sam unschuldig.

»Dir, natürlich!«, antwortete er, ohne zu zögern. »Ich leihe es dir, wann immer du willst!«

Er winkte ihn zu sich und flüsterte ihm zu:

»Du musst nur auf dem Schloss die 1937 einstellen, das ist mein Geburtsjahr. Schlau, was?«, fügte er mit einem Augenzwinkern hinzu.

Samuel zwinkerte zurück und winkte, als Max sich auf sein Rad schwang und mit einem kräftigen Tritt in die Pedale zu seinem Haus rollte. Wirklich sehr praktisch, so ein Fahrrad ...

Dann ging Sam zur Eingangstür der Buchhandlung Faulkner und kaum hatte er den Fuß über die Schwelle gesetzt, als Grandma ihm mit Tränen in den Augen entgegenlief. Sie breitete die Arme aus und drückte ihn an ihr Herz. Dabei murmelte sie leise:

»Mein Sammy! Mein Sammy ...«

Nachdem sie ihn ausgiebig umarmt hatte, zog sie ihn weiter ins Haus, um ihm zu zeigen, wie sie sich hier eingerichtet hatten. Der große frühere Geschäftsraum war zu einem Wohnzimmer für die ganze Familie umfunktioniert worden: Die Bücherregale hatten sie an die Wände geschoben, sodass in der Mitte Platz war für einen großen Tisch mit Stühlen für alle. Neben einem der Schaufenster hatten sie eine kleine Fernsehecke eingerichtet. Das Ergebnis hatte etwas Provisorisches, aber doch Gemütliches, sicher würde man eine Weile gut damit leben können.

»Wir haben dir das Schlafsofa dort hinten an der Wand hergerichtet. Ich fürchte, damit wirst du dich vorerst zufriedengeben müssen.«

»Kein Problem«, versicherte Sam.

In der oberen Etage war der gesamte Flur mit Kartons zugestellt und das Badezimmer quoll über vor Wäsche – die einen eindeutigen Rauchgeruch ausströmte. Lili und Evelyn hatten Sams Zimmer bezogen und es in eine Mischung aus Schlafzimmer und Abstellkammer verwandelt, in der sich haufenweise aus dem alten Haus gerettete Bücher stapelten. Grandma und Grandpa hatten sich in das ruhige Zimmer von Allan zurückgezogen.

»Wie geht's Grandpa?«, fragte Sam.

Grandma zuckte niedergeschlagen die Achseln: »Heute fantasiert er leider halb! Geh trotzdem hin und sag Hallo, er wird sich freuen.«

Ein wenig nervös schob Sam die Tür auf. Sein Großvater saß mit dem Rücken zu ihm auf der Bettkante und starrte durch das geöffnete Fenster in den Himmel draußen.

»Guten Tag, Grandpa, geht's dir gut?«

Donovan drehte sich ein wenig um und betrachtete den Neuankömmling über seine Schulter hinweg, ohne ein

Wort zu sagen. Er sah abgemagert aus und schlecht rasiert, sein Blick war ausdruckslos. Samuel war dermaßen schockiert, ihn so abgezehrt und geschwächt vorzufinden, dass er im ersten Augenblick nicht wusste, was er sagen sollte. Eine Weile sahen sie sich schweigend an, dann begann Donovan mit heiserer, beinahe zittriger Stimme zu reden:

»Ich hab ihn gesehen.«

»Du hast ihn gesehen?«, fragte Sam. »Wen hast du gesehen?«

»Den Teufel«, antwortete Grandpa ernst. »Ich habe ihn gesehen.«

»Den Teufel?«

»Neulich, nachts, ja ... Er stand vor mir. Genau wie du! Er brachte das Feuer mit ... Die Flammen der Hölle«, fügte er mit rachsüchtigem Ton hinzu. »Er wollte uns alle verbrennen!«

Rudolf, dachte Sam ... Er musste Rudolf an dem Abend des Brandes überrascht haben!

»Es war Rudolf, den du gesehen hast, nicht wahr, Grandpa?«

Doch sein Großvater schien ihn nicht zu hören und regte sich weiter auf:

»Der Teufel, er war da! Er ist mit den Flammen immer näher gekommen und hatte das Feuer in seinen Händen! Es war der Teufel, ich habe ihn genau gesehen!«, schrie er. »Der Teufel!«

Alarmiert von dem Geschrei stürzte Grandma ins Zimmer.

»Ruhig, Donovan, ganz ruhig!«

Sie ging zu ihm und wiegte ihn sanft in ihren Armen, während sie leise auf ihn einsprach. Nach kaum einer Minute nahm Grandpa seine Wachposition wieder ein, als ob nichts gewesen wäre, sein Blick verlor sich im endlosen Blau des Himmels.

»So geht das schon seit heute Morgen«, seufzte Grandma. Mal regt er sich furchtbar auf, dann wieder ist er vollkommen apathisch. Die Ärzte sagen, sie können nichts machen.«

Nun kamen Evelyn und Lili ins Zimmer gestürzt und Sam konnte an ihren bestürzten Gesichtern ablesen, dass auch sie nicht viel optimistischer waren. Samuel fühlte die kalte Wut in sich aufsteigen. Rudolf hatte ein weiteres Opfer auf seinem Konto ... Wütend riss Sam die Tür zum Kleiderschrank seines Vaters auf und griff wahllos nach einem Leinenhemd mit passender Hose im Regal mit der »Reisekleidung«.

»Was machst du?«, fragte seine Großmutter mit gerunzelter Stirn.

»Das alles wäre ohne Rudolf niemals passiert«, brummte Sam.

»Ja, sicher, aber was hast du vor?«

»Ich werde Mama zurückholen.«

»Was?«, rief sie und machte entsetzt zwei Schritte auf ihn zu. »Was soll das denn heißen?«

»Lili wird dir die Einzelheiten erklären«, antwortete Sam ungerührt. »Ich werde Mama zurückholen, in der Hoffnung, dass Papa dann aus seinem Koma aufwacht. Und wer weiß, vielleicht wird es auch bei Grandpa eine positive Reaktion hervorrufen ...«

»Elisa zurückholen«, wiederholte Grandma entgeistert.

Sie sah hilfesuchend zu Evelyn und Lili, doch die beiden wichen ihrem Blick aus und schwiegen.

»Es wird nur wenige Stunden dauern«, beruhigte Sam sie. »Das Einzige, worum ich euch bitte, ist, dass ihr fest an mich denkt, während ich weg bin. Bei euch dreien und mit der Gabe, die ihr besitzt, kann ich gar nicht anders als zurückkommen!«

Samuel kniete sich vor den Sonnenstein. Er hatte seine Reiseuniform übergezogen, das Buch der Zeit an sich genommen, die drei Frauen der Familie zum Abschied geküsst und war, ohne sich noch einmal umzudrehen, hinunter in den Keller gegangen. Jetzt musste er sich nur noch entscheiden, welche der Münzen er mitnehmen sollte, denn mittlerweile hatte er insgesamt neun: die von Schloss Bran, die aus Theben, die chinesische Münze von Qin, die unauffällige, die er unter Chamberlains Zelt gefunden hatte, und die fünf Münzen, die er in der Zukunft in Rudolfs Residenz gestohlen hatte: die beiden vom Todestag seiner Mutter, die, die Alicia und ihn zurück in die Gegenwart gebracht hatte, eine andere von seinem Geburtstag und schließlich den Glasring von Ahmousis' Skarabäus. Welche sollte er behalten, welche beiseitelegen? Für die Münze, die sein Ziel bestimmen würde, gab es keine Alternative: Es musste die vom 11. Juli, 15:00 Uhr, sein. Hoffentlich stimmte die Zeitangabe auch und war nicht zu ungenau. Aber die anderen sechs ...

Zuerst sortierte Sam die zweite Münze vom 11. Juli aus, die mit der Zeitangabe 10:00 Uhr. Auf keinen Fall durfte er riskieren, an diesem Tag vor drei Jahren anzukommen, bevor der Anästhesist überhaupt mit der Narkose angefangen hatte. Nach kurzer Überlegung legte er auch die Münze von Schloss Bran beiseite, er hatte kein Verlangen danach, noch einmal dorthin zu geraten. Die restlichen sechs Münzen ließ er auf Merwosers Armreif gleiten und brachte sie an den Stein. Sie fanden sofort ihren Platz in den sechs Strahlen und er musste nur noch die Münze, die ihn zu seiner Mutter bringen würde, in die Mitte der Sonne legen. Ein leises Knistern ertönte und die Sonne des Thot erglühte. Eine goldschimmernde Lichtkugel erwuchs aus ihrer Mitte und im nächsten Moment hatte Sam vor Staunen beinahe vergessen, weswegen er hier war. Das Vibrieren des Bodens unter seinen Füßen brachte ihn jedoch schnell wieder in die Realität zurück ... Er streckte die Hand zur abgerundeten Oberfläche des Steins aus, und bevor ihn der Hitzestrom mitriss, hatte er gerade noch Zeit, leise zu murmeln:

»Ich bin's, Mama, ich komme ...«

26.
Ein Fisch in den Tiefen einer versunkenen Stadt

Sam kam in einem dunklen, übel riechenden Raum wieder zu sich, der ihn an irgendetwas erinnerte. Ein modriger Geruch beherrschte die stickige Luft, der Boden unter seinen Händen fühlte sich vertraut an. Schnell rappelte er sich auf, nahm die Münze aus der Sonnenscheibe und schwenkte Merwosers Armreif hin und her, um sich in dessen Lichtschimmer zu orientieren. Ein Keller ... Ein Keller, vollgestopft mit lauter kaputten Sachen, verrosteten Geräten, uralten Kisten ... Auch wenn sich die Dekoration geändert hatte, erkannte er ohne Mühe die Kellerräume der Buchhandlung Faulkner, besser gesagt, des Hauses, das einst Gary Barnboim gehört hatte, bevor man es hatte verwahrlosen lassen. In der Tat hatte der Keller des großen Zeitreisenden ungefähr so ausgesehen, als Lili und Sam Anfang der 1930er-Jahre hier angekommen waren ... Ganz so viel Alteisen und Gerümpel hatte zwar nicht in dem Raum herumgelegen und auch den großen weißen Schrank dort an der Mauer hatte es nicht gegeben, aber insgesamt war es zweifellos derselbe Raum. Was bedeutete, dass Sam am richtigen Ort gelandet war, zu einer Zeit zwischen 1930 und seiner Gegenwart. Und warum nicht genau drei Jahre zuvor?

Sam ging hinüber in die Ecke, wo eigentlich die Treppe sein müsste. Der alte Max hatte ihm einmal erzählt, dass in dem Haus eine verrückte Alte namens Martha Calloway gehaust hatte, bevor Allan dort seine Buchhandlung eingerichtet hatte. Sie lebte mit einer wilden Hundemeute und war liebenswert wie ein ausgehungerter Piranha. Das hatten später sowohl der Archäologe Chamberlain als auch Rudolf bestätigt, der damit angegeben hatte, dass es ihm am Ende doch gelungen war, eine Art Durchgangsrecht auszuhandeln, um den Sonnenstein zu benutzen. Sam war auf derartige Verhandlungen nicht vorbereitet ...

Nachdem sich seine Augen an das Halbdunkel gewöhnt hatten, erkannte er die etwas hellere Stelle des Raums, an der die Treppen nach oben führen mussten. Er hatte es so eilig, hier herauszukommen, dass er zu große Schritte machte und sich in einem herumliegenden Drahtknäuel verfing. Sofort erstarrte er auf der Stelle, doch leider zu spät: Ein unheilvolles schabendes Geräusch erhob sich in der erdrückenden Stille des Kellers. Er konnte nur hoffen, dass ihn niemand gehört hatte, doch schon in der nächsten Sekunde wurde er enttäuscht: Von oben ertönte ein langgezogenes böses Knurren, dann noch eins, gefolgt von Pfotengetrappel auf den Fliesen ... Martha Calloways Hundemeute! Plötzlich erschienen die Fotos, die Chamberlain in der Barnboimstraße aufgenommen hatte, wie albtraumhafte Szenen vor ihm: weit aufgerissene, schäumende Hundemäuler, messerscharfe Fänge, die sich in den Zaun gruben, die gierigen Blicke der blutrünstigen Bestien ... Verzweifelt suchte Sam in all dem Gerümpel nach einem geeigneten Versteck. Einer wütenden Meute gegenüber waren seine Chancen minimal ... Ohrenbetäubendes Gebell erscholl im Treppenaufgang und Sam sah nur einen Ausweg, auch wenn er damit ein großes Risiko einging: Er konzentrierte sich ganz darauf, die Augen zu schließen und an nichts mehr zu denken, vor allem nicht an den Herzanfall, den er beim letzten Mal erlitten hatte. Er zwang sich, so schnell wie möglich in sein Innerstes zu versinken und seinen Puls dem langgezogenen Rhythmus des Steins anzupassen. Glücklicherweise hatte er dieses Mal keine Schmerzen in der Brust und spürte, wie sein Herzschlag ihm gehorchte. Er ballte die Fäuste, um seine ganze Willenskraft zur Beschleunigung des Prozesses einzusetzen. Plötzlich hatte er das Gefühl, dass sein Körper sich ganz dem Pulsieren der Zeit überließ. Er hatte es geschafft ...

Sam öffnete die Augen: Ein schwaches grünliches Licht schien den Keller einzuhüllen. Weniger als einen Meter von ihm entfernt hockte eine riesige Dogge mit gefletschten Zähnen und angewinkelten Hinterläufen, als wollte sie gleich zum Sprung ansetzen. Hinter ihr schienen vier weitere, beinahe ebenso große Hunde kurz vor den letzten Stufen in ihrer Bewegung eingefroren. Der eine schwebte sogar noch im gestreckten Lauf in der Luft und wollte gerade in unvorstellbar langsamem Zeitlupentempo auf dem Boden aufsetzen.

Samuel zögerte nicht einen Augenblick: Er stürzte die Treppe hinauf – wobei er darauf achtete, den Bestien nicht zu nahe zu kommen – und stand im nächsten Augenblick in dem Flur, der zur Küche führte. Überall stank es wie in einem Pumakäfig, einem, der schon lange nicht mehr ausgemistet worden war ... Sam bog Richtung Wohnzimmer ab und prallte direkt mit der liebreizenden Martha Calloway zusammen. Sie war in einen langen kunterbunten Bademantel gehüllt und hielt ein doppelläufiges Gewehr im Anschlag, offenbar wild entschlossen, dem Eindringling, der sich in ihren Keller gewagt hatte, den Garaus zu machen. Mit grimmigem Blick starrte sie ihm entgegen. Die Haut an Kinn und Wangen hing in schlaffen Falten herunter; ein Stirnband teilte ihr wirres Haar in zwei gleiche Büschel, die an Hängeohren erinnerten; die Oberlippe war zu einem lautlosen Knurren verzerrt ... Sie hatte eine frappierende Ähnlichkeit mit ihren Hunden!

Sam drängte sich an ihr vorbei und schubste sie gegen einen Sessel, während er sich beglückwünschte, dass sie ihn nicht beißen konnte. Er rannte weiter bis zur Haustür, drehte den Schlüssel um und steckte den Schlüsselbund in die Tasche. Draußen war der kleine Vorgarten in einen Hochsicherheitstrakt für Wachhunde umfunktioniert worden: Die niedrige Mauer mit dem Eisenzaun, die das Gelände umschloss, war durch ein drei Meter hohes Gitter verstärkt worden. Eine ganze Reihe Fressnäpfe waren an einer Seite daran festgekettet. Ein knappes Dutzend Hundehütten mit spitzen Dächern vervollständigten noch das Bild eines Gefangenenlagers. In der Zufahrt wachten drei weitere Hunde der gleichen Rasse, ebenfalls mit gebleckten Zähnen und offensichtlich ziemlich ausgehungert.

Sam ging weiter zur Pforte, die auf die Straße führte. Natürlich war sie ebenfalls verschlossen, doch er brauchte nicht lange, um den richtigen Schlüssel zu finden. Um seine Verfolger aufzuhalten, schloss er das Tor hinter sich wieder ab und bewunderte dabei den mächtigen Schlüsselring in Form einer Dogge, auf dem Name und Adresse der Besitzerin eingraviert waren: *Martha Calloway, Barnboimstraße 27, Saint Mary*. Kein Zweifel!

Sollte er den Druck auf sein Herz jetzt schon lösen? Er wusste, dass er nur über eine begrenzte Zeit verfügte. Vier oder fünf Minuten, wenn er den vorangehenden Erfahrungen trauen konnte. Und auch nur, wenn sein Herz so lange aushielt. Außerdem könnte seine Fähigkeit, die Zeit anzuhalten, die entscheidende Trumpfkarte sein, wenn es zu einer Konfrontation mit Rudolf käme ... Sollte er wirklich seine mageren Reserven jetzt schon aufzehren? Andererseits, wenn Martha Calloways Hunde ihn schnappten oder wenn er nicht schnell genug nach Bel Air käme, würde er nie die Gelegenheit haben, mit Rudolf zusammenzutreffen! Abgesehen davon, dass er eine Aufgabe zu erledigen hatte, bei der er auf keinen Fall gesehen werden durfte ...

Sam lief los, wobei er darauf achtete, dass er mit dem langsamen Pulsieren des Steins synchron blieb. Er kam am Haus der Bombardiers vorbei, dann bei den Fosters, bis er schließlich das Haus des alten Max erreichte, wo er das Gartentor aufdrückte. Bingo! Das Fahrrad war wie so oft an einen der Bäume in dem kleinen Vorgarten gekettet. Er inspizierte das Schloss, das durchs Hinterrad lief: Das Modell kannte er bereits. Er drehte das Zahlenschloss auf 1937 und der kleine Metallbügel sprang auf.

»Tut mir leid, Max«, murmelte er. »Es ist für einen guten Zweck.«

Dann schwang er sich aufs Rad und sauste los. Er kam sich vor wie ein Fisch, der auf dem Grund einer versunkenen Stadt zum Sprint ansetzt. Tatsächlich sah die Stadt aus, als wäre sie in grünen Wassermassen ertrunken, die Sam bei jedem Tritt mit seinen Pedalen aufwirbelte, während in regelmäßigen Abständen kleine Luftbläschen aus seinem Mund aufstiegen. Unglaublich ...

Doch er ließ sich davon nicht beirren und sobald er in sicherer Entfernung von Martha Calloway und ihrer wütenden Meute war, hielt er an, um die Zeit wieder in ihren normalen Lauf zurückfinden zu lassen. Er schloss die Augen, verringerte den Druck auf sein Herz und wartete, bis ein Klacken die Luft zerriss. Als er sich umsah, hatte Saint Mary wie durch Zauberhand wieder das vertraute Aussehen angenommen: die Häuser mit den hübschen Fensterläden, die leuchtenden Blumenbeete, die Kinder auf der Schaukel ... Die Sonne strahlte hoch vom Himmel und es war angenehm warm. Typische Julitemperaturen, redete er sich ein.

Die Bestätigung, dass er nicht nur am richtigen Ort, sondern tatsächlich auch zur richtigen Zeit gelandet war, bekam er etwas später: Er fuhr an einer Apotheke vorbei, in deren Schaufenster eine Digitalanzeige mit verschiedenen Informationen ablief, unter anderem auch Datum und Uhrzeit: 11. Juli, 15:12 Uhr ... Genau in dem Zeitrahmen, den er sich gesteckt hatte!

Beflügelt von dieser guten Neuigkeit, trat Sam doppelt so fest in die Pedale, bis er Seitenstechen bekam. Er würde seine Mutter wiedertreffen, es konnte sich nur um Minuten handeln! Sie musste zu dieser Zeit irgendwo in der Stadt sein und ... Ja, er sah die Szene so genau vor sich wie schon lange nicht mehr. Als sie ihn zum Operationssaal brachten, hatte Elisa ihm versprochen nach Hause zu fahren, um seinen Lieblingsschlafanzug – den mit dem Supermann-Logo – zu holen. Bei der Gelegenheit wollte sie auch im Einkaufszentrum vorbeifahren und ihm seine Lieblingszeitschriften und ein paar Leckereien kaufen. Sam fühlte wieder ihren sanften Kuss auf seiner Wange, als sie ihm noch einmal Mut zugesprochen hatte: ›Du wirst das Gefühl haben, dass du einschläfst, mein Sam, und wenn du wieder wach wirst, ist alles schon vorbei ...‹ Zum ersten Mal erinnerte er sich auch wieder an das Quietschen des Krankenhausbettes, als sie auf den Fahrstuhl zurollten, und die Worte des Pflegers, der ihn schob – ›Im OP wird es ein bisschen Wartezeit geben, aber keine Angst, man wird sich gut um dich kümmern‹ –, und das Klacken einer Tür zu seiner Linken ... Niemals zuvor hatte er sich so deutlich an diese Bilder und Geräusche erinnert! Er hatte sich überhaupt noch nie an sie erinnert!

Und noch andere Erinnerungen überschlugen sich in seinem Kopf: der bittere Geschmack eines Beruhigungsmittels, das eine blonde Krankenschwester ihm verabreicht hatte und das ihn schon halb einschlafen ließ; die fünf Zeichentrickfilme, die er alle hintereinander gucken durfte; der Besuch von Miss MacPie etwas früher an dem Morgen – sie hatte eine Schachtel Pralinen mitgebracht und sofort das goldene Papier abgewickelt, um sie zu probieren – und noch so viele andere Dinge! Verrückt, all diese Einzelheiten vor sich zu sehen, als ob er all die Ereignisse live nacherlebte!

Nach einer Viertelstunde erreichte Sam endlich den Fuß des Hügels, von wo aus die Straße hinauf nach Bel Air führte. Sein Seitenstechen wurde immer schlimmer und zwang ihn, langsamer zu treten. Verbissen schraubte er sich durch die vertrauten Kurven nach oben. Endlich kam er in der von Ahornbäumen gesäumten breiten Straße am Anfang seines früheren Viertels an und atmete erleichtert auf: Alles sah aus wie immer. Die schönen weißen Häuser mit den Säulen blickten gelassen über die blühenden Rasenflächen, einige Fahrzeuge parkten ordnungsgemäß am Straßenrand und die Vögel in den Bäumen versuchten, sich mit ihrem fröhlichen Gezwitscher gegenseitig zu übertrumpfen. Nichts ließ das Drama erahnen, das sich bald abspielen würde ...

Er fuhr vorbei an Nummer 18, wo Miss MacPie gerade im Garten ihre Rosen schnitt, weiter bis zur Straßenecke und an seinem Haus – seinem früheren Haus – entlang, als ob nichts wäre. Auch hier schien alles ruhig. Es versetzte ihm einen kleinen Stich ins Herz, als er sein Dart-Spiel an der Wand hängen sah und den kleinen Teaktisch, an dem seine Eltern immer ihren Kaffee tranken. Sofort stürmten weitere Bilder auf ihn ein, wie das letzte Mittagessen, als sie alle drei gegrillt hatten und Allan verkündet hatte, er müsste für zwei Tage zu Konferenzen nach Toronto reisen. Doch Samuel bemühte sich sofort, die erneute Welle der Erinnerungen abzublocken: Er durfte sich nicht von einem Zuviel an Gefühlen überwältigen lassen.

Er fuhr ein zweites Mal am Haus seiner Eltern vorbei, um sicherzugehen, dass in den geparkten Autos auch wirklich niemand saß, bevor er erleichtert – kein Rudolf in Sicht – vom Fahrrad stieg. Er lehnte es an den blauen Briefkasten mit der Aufschrift *Elisa, Allan und Samuel Faulkner* und überquerte die gepflasterte Zufahrt, während er sich die stechende Seite massierte: Seit er Skateboard fuhr, war er ans Fahrradfahren wirklich nicht mehr gewöhnt ... Die Eingangstür war verschlossen, ebenso wie die Garage, und von drinnen war kein verdächtiges Geräusch zu hören, sosehr er auch lauschte. Anscheinend war seine Mutter noch nicht zurückgekehrt.

Kurz durchzuckte ihn der Gedanke, ins Haus einzubrechen – indem er eine Fensterscheibe einschlug zum Beispiel –, doch alle Zugänge waren über die Alarmanlage gesichert, und er hatte keine Lust darauf, von der Polizei wegen Einbruchs geschnappt zu werden. Das Beste war immer noch zu warten, bis Elisas Wagen in die Auffahrt rollte. Oder vielleicht . . . vielleicht könnte er die Zeit nutzen, um sich den zweiten Goldreif wiederzuholen, wie er es seinem Vater versprochen hatte. Immerhin war Miss MacPie der Familie Faulkner noch einiges schuldig, oder nicht?

»Hallo, Miss MacPie«, rief Samuel.

Die alte Dame, die über ihre Rosensträucher gebeugt war, richtete sich auf und machte einen Schritt nach hinten.

»Sie haben mich erschreckt, junger Mann«, schimpfte sie. »Was wollen Sie?«

Samuel sah ihr direkt in die Augen, ohne zu antworten. Wenn man sich vorstellte, dass sie noch am selben Morgen in die Klinik gekommen war und die aufmerksame Nachbarin gespielt hatte, obwohl sie erst drei Tage vorher Elisa und Allans Vertrauen missbraucht und ihnen den Goldreif gestohlen hatte!

»Und wer sind Sie überhaupt?«, fragte sie mit einem misstrauischen Blick auf sein Gewand. »Wenn es um eine Spende geht oder so was, von mir bekommen Sie nichts.«

»Wenn ich Ihnen erkläre, wer ich bin, wird Ihnen das sicher nicht gefallen. Ich bin nur gekommen, um Ihnen die Gelegenheit zu geben, etwas wiedergutzumachen . . .«

»Gehören Sie zu einer Sekte oder was?« Miss MacPie wurde zunehmend lauter. »Es interessiert mich nicht die Bohne, was Sie zu verkaufen haben! Verlassen Sie meinen Garten! Auf der Stelle!«

»Ich glaube nicht, dass Sie eine echte Diebin sind«, fuhr Sam seelenruhig fort. »Ich denke, Sie haben eher aus einer Laune heraus gehandelt. Als Sie den Armreif an Mrs Faulkners Handgelenk sahen, konnten Sie sich einfach nicht beherrschen, Sie mussten ihn unbedingt haben. Nur möchte Mrs Faulkner ihn heute leider zurückhaben.«

»Was reden Sie da?« Ihr versagte die Stimme.

Dann machte sie einen Schritt nach hinten und fuchtelte mit ihrer Rosenschere unter seiner Nase herum.

»Entweder Sie verschwinden sofort oder ich rufe die Polizei!«

»Gute Idee«, gab Sam zurück. »Dann könnte ich denen gleich erzählen, was Sie so treiben, wenn man Ihnen seine Kinder anvertraut. Nach hübschem Schmuck zu suchen, zum Beispiel ...«

›Die Elster‹, wie Allan sie immer nannte, war sichtlich getroffen. Sie öffnete schon den Mund, um zu protestieren, doch dann schien sie einzusehen, dass es nicht in ihrem Interesse sein konnte, das ganze Viertel zu alarmieren.

»Wer sind Sie?«, wiederholte sie jetzt etwas leiser.

»Ich war heute Morgen in der Klinik«, fuhr Sam fort. »Sie trugen ein hübsches grünes Kleid mit breitem Kragen. Sie sagten zu Mrs Faulkner, dass ihre Bluse ihr hervorragend stände und dass Sie sich nach der Operation um ihren Sohn kümmern würden, wenn sie es wünschte. Eine Bilderbuchnachbarin, nicht wahr? Uneigennützig, hilfsbereit ... Allerdings haben Sie die Hälfte der Pralinen, die Sie mitgebracht hatten, selbst verschlungen, das gehört sich eigentlich nicht.«

Das Fräulein verlor sichtlich den Boden unter den Füßen, ihre Maske bekam erste Risse. Ihre feindselige Haltung verschwand und sie wurde mindestens so rot wie die Rosen, die sie gerade beschnitten hatte. Nervös zerknautschte sie ihre karierte Schürze.

»Sagen Sie doch endlich, was Sie wollen?«, stammelte sie.

»Ihnen helfen, Ihr Gewissen zu beruhigen, Miss MacPie. Aber dazu müssen Sie mir den Armreif zurückgeben. Ich werde ihn Mrs Faulkner zukommen lassen und ich versichere Ihnen, dass sie nie erfahren wird, wer ihn genommen hatte. Und Sie wird es von einer unangenehmen Last befreien ...«

Samuel war sich seiner Strategie zwar nicht ganz sicher, aber eine andere hatte er ohnehin nicht. Es sei denn, er hätte es auf die harte Tour versucht wie Rudolf, aber das war ganz und gar nicht sein Stil.

Miss MacPie zögerte einen Moment und sah sich unsicher um, ob jemand aus den umliegenden Häusern sie durchs Fenster beobachtete. Dann lud sie ihren seltsamen Besuch ein, ihr ins Haus zu folgen, wobei sie unverständliche Dinge vor sich hin murmelte. Samuel folgte ihr bis in ein völlig überladenes Wohnzimmer: zu viele Sessel, zu viele Standuhren, zu viele kleine Katzenfiguren auf zu vielen Buffets, zu viele gelbe und braune Blumen auf einer zu erdrückenden Tapete ... Als wären vollgestopfte Räume ein Mittel gegen die Einsamkeit.

»Ich ... ich habe ihn mir nur ausgeliehen«, erklärte sie zu ihm gewandt. »Ich wollte ihn zurückgeben, ja, natürlich hätte ich ihn zurückgegeben! Ich wollte ihn nur kurz bei mir haben, das ist alles! Außerdem scheint er ihr sowieso nicht zu gefallen, dieser Armreif, sie trägt ihn nie. Ich dachte auch, sie würde es gar nicht bemerken!«

Sam verkniff sich jeglichen Kommentar: Er wollte nicht

riskieren, sich alles zu verscherzen, jetzt, wo die Sache so gut lief. Außerdem tat ihm Miss MacPie mit ihrer violett schimmernden Wasserwelle, dem vom Alter gezeichneten Gesicht und ihrem Gehabe eines ertappten Schulmädchens eher leid.

»Ich mag sie gern, diese Faulkners«, fuhr sie fort. »Das ist es nicht. Außerdem ist es das erste Mal, dass mir so etwas passiert, das schwöre ich Ihnen! Und seitdem beschäftigt es mich, ja. Das ist wahr. Man muss schon sagen, er hat etwas, dieser Armreif ...«, seufzte sie.

Am Fuß der Treppe hielt sie inne.

»Aber was beweist mir, dass Sie ihn auch wirklich zurückgeben? Dass Sie nicht damit abhauen?«

»Dieser Armreif gehört den Faulkners«, erwiderte Sam fest, »und zu ihnen muss er auch wieder zurück. Und wenn Sie wissen wollen, ob ich versuche, Sie zu täuschen ... Ich habe Ihnen eben doch gezeigt, dass ich die Wahrheit sage, nicht wahr? Über die Klinik und das Schmuckstück. Und Sie wären erstaunt, was ich Ihnen sonst noch über die Faulkners und über Sie erzählen könnte. Einzelheiten, die eigentlich niemand auf der Welt wissen kann. Betrachten Sie mich als eine Art gute Fee, Tiffany. Eine Fee, die sich zur Aufgabe gemacht hat, Dinge wieder ins Reine zu bringen ... Immerhin kann doch jeder irgendwann mal einen Fehler machen, oder nicht?«

Die alte Dame sah ihn einen Moment lang forschend an, dann murmelte sie etwas Undeutliches wie »verfluchter Armreif!« und stieg die Treppe hinauf. Oben angekommen führte sie Sam in ein kleines Büro mit einer verblichenen Aquarell-Tapete und machte sich daran, die Schreibtischschublade aufzuschließen.

»Und Sie versprechen, niemandem zu sagen, dass ich es war?«

Samuel nickte.

»Wenn ich Sie hätte anzeigen wollen, Miss MacPie, hätte ich nur die Polizei zu rufen brauchen. Aber wie ich schon sagte, ich möchte die Sache diskret regeln.«

Die alte Dame schien beruhigt. Sie griff in die Schublade und zog einen kleinen blauen Samtbeutel hervor. Sie löste das Band und ließ den Inhalt langsam, sehr langsam herausrutschen. Der Goldreif schimmerte in ihrer Hand und ein leichtes Frösteln schien sie zu durchfahren.

»Er ist doch wunderschön«, seufzte sie.

Samuel machte einen Schritt nach vorn, magisch angezogen von der Eleganz und Reinheit des Goldreifs. Aus dieser Entfernung sah er Merwosers Armreif sehr ähnlich, auch wenn er etwas undefinierbar Feineres an sich hatte, als wäre er durch eine noch ehrwürdigere Anzahl von Jahrhunderten geschliffen worden. Er glänzte jedoch weniger als seine Kopie und schien, trotz seiner schönen Goldfarbe, nicht wie der andere von innen heraus zu leuchten.

Samuel trat unter dem betrübten Blick der alten Dame noch näher heran.

»Ich ahne, was in Ihnen vorgeht«, sagte er leise, um sie zu trösten. »Aber Sie wissen genau wie ich, dass wir ihn Mrs Faulkner zurückgeben müssen.«

Seine Hand schloss sich um das Schmuckstück, im selben Moment hörte man unten auf der Straße einen Wagen kommen ... Sam sprang ans Fenster, das zum Garten hinausging: Das Auto seiner Mutter kam die Straße herauf und fuhr auf Nummer 26 zu. Wie versteinert starrte er aus dem Fenster ... Sie war da! Sie lebte! Er konnte sie nicht sehen, weil sie auf der anderen Seite saß, doch es war eindeutig ihr Wagen! Er sah ihr bis zur Straßenecke nach und es gelang ihm endlich, sich aus seiner Benommenheit zu reißen. Er musste sie erwischen, bevor Rudolf sich einmischte!

»Ich muss gehen«, rief er. »Ich . . . ich weiß Ihre Geste sehr zu schätzen, Miss MacPie. Und es wird alles unter uns bleiben, darauf gebe ich Ihnen mein Wort.«

Er grüßte sie kurz zum Abschied und polterte die Treppe hinunter. Dabei fiel ihm im letzten Moment auf, dass der Goldreif auf einmal leuchtete, als er ihn in seine Tasche schob. Ein gutes Vorzeichen?

Er verließ Nummer 18, nahm sein Fahrrad, das noch an der Hecke lehnte, doch als er aufsteigen wollte, verspürte er wieder ein schmerzhaftes Brennen oberhalb seines rechten Beins. Er stieß einen erstickten Schrei aus und war wie gelähmt. Das konnte kein Seitenstechen sein, er musste sich einen Muskelriss zugezogen haben. Das war ihm schon einmal beim Judotraining passiert: Er hatte sich an der Wade verletzt und durfte zwei Tage nicht aufstehen. Zwei Tage durfte er nicht einmal mit den Zehen wackeln. Was bedeutete, dass er sich von seinem Fahrrad wohl erst einmal verabschieden musste ...

Also ging er zu Fuß weiter, während er sich die schmerzende rechte Seite hielt. So humpelte er die Straße hinauf bis zu der Stelle, wo sie einen Bogen machte. Etwa zwanzig Meter vor ihm auf dem Gehweg stand ein kleines Motorrad, das eben noch nicht da gewesen war. Ein alltägliches Modell, schwarz und absolut harmlos aussehend. Bis auf die Tatsache, dass es direkt vor der Einfahrt der Faulkners parkte ...

27.
So nah am Ziel ...

Samuel eilte die gepflasterte Einfahrt zu Haus Nummer 26 so schnell hinauf, wie es der stechende Schmerz in seiner Seite zuließ. Der Motor des Motorrads war noch heiß, demnach musste es gerade erst von seinem Besitzer abgestellt worden sein ... Rudolf?

Er ging vor bis zur Garage, wo seine Mutter ihren Wagen geparkt hatte, und konnte sich nicht verkneifen, mit dem Finger über die Karosserie des schönen roten Chevrolets zu fahren. Seit drei Jahren hatte er ihn nicht mehr berührt. Drei Jahre, in denen er ihn nur in seinen Albträumen gesehen hatte, verbeult und zusammengedrückt wie ein gewöhnliches Stück Blech, das unter eine Straßenwalze geraten ist. Und jetzt stand er hier vor ihm, vollkommen unversehrt! Durch die Scheiben erkannte er auf dem Rücksitz ein paar verstreute Playmobil-Figuren aus seiner Sammlung ... Wieder drohten ihn seine Gefühle zu übermannen, doch dem durfte er jetzt auf keinen Fall nachgeben.

Von der Garage aus ging Sam durch die Waschküche in die Küche, wo es herrlich nach Zimt und Kuchen roch. Er hatte ganz vergessen, wie sehr dieser sonnendurchflutete Raum den Duft so vieler glücklicher Jahre ausströmte ... Wie gern hatte er hier an dem Eichentisch seine Hausaufgaben gemacht, während seine Mutter dabei war, Pfannkuchen oder Kekse zu backen!

Er trat in das große im Kolonialstil eingerichtete Wohnzimmer voller afrikanischer Musikinstrumente und Masken – Elisas Leidenschaft – und spitzte die Ohren. Vom oberen Stockwerk her hörte er entfernte Stimmen, sicher aus einem der hinteren Zimmer.

»Ich scherze nicht«, hörte er Rudolf mit drohendem Unterton sagen.

»Ich auch nicht«, gab seine Mutter kühl zurück. »Ich versichere Ihnen, der Armreif war hier in dieser Schachtel . . .«

»Und wo ist er JETZT?«, brüllte Rudolf.

»Ich weiß es nicht, ich . . .«

Eine Schranktür knallte und Sam stürzte zur Treppe. Nur leider kam er nicht weit: Das diffuse Brennen in seinem Bauch verwandelte sich plötzlich in einen deutlich beißenden Schmerz, als würde eine Rasierklinge sich immer tiefer in seine Haut graben. Mitten im Lauf riss es ihm die Beine weg, er sackte gegen das Treppengeländer und hielt sich die Seite. Unerträglich! Es war einfach unerträglich! Als ob ihm jemand den Bauch aufschnitt!

»Und hier, was ist in dieser Schublade?«, fragte Rudolf gereizt.

Sam biss die Zähne zusammen, um nicht laut aufzustöhnen. Er versuchte, sich aufzuraffen, doch ihm versagten die Beine. Durch die Tränen in seinen Augen sah er alles nur noch verschwommen, als er sein Hemd hochzog und auf seinen Bauch blickte: nichts, nicht der kleinste Kratzer. Und doch hätte er vor Schmerz schreien können! Ein unsichtbares Messer wühlte in seinen Eingeweiden, dicht unter seiner Narbe und . . . Seine Narbe . . . Die Blinddarmentzündung . . . Ja, natürlich! Das war die einzig mögliche

Erklärung! Es hatte gar nichts mit dem Radfahren oder Seitenstechen zu tun! Was er da spürte, war das, was sein anderes Ich zur selben Zeit gerade in der Klinik fühlte! Das Skalpell des Chirurgen!

Samuel zwang sich, ruhig durchzuatmen. Ja, das musste es sein ... Auf irgendeine Weise war er mit dem Körper oder Geist des Sams von vor drei Jahren verbunden – daher auch die lebhaften Erinnerungen, die ihn vorhin überfallen hatten. Die Anästhesie seines Doppelgängers verhinderte zwar einen Zusammenbruch seines Gehirns, nicht aber, dass er aus der Entfernung den chirurgischen Eingriff in seinen Körper miterlebte.

»Ich warne dich, wenn du nicht sofort diesen Armreif findest, wird das böse enden«, hörte er Rudolf von oben herunterschnauzen.

Samuel holte tief Luft und versuchte mit aller Kraft, sich aufzurichten. Der Schmerz war immer noch da, unerträglich, schneidend, doch er hatte keine wahre Ursache, er war nur das Echo einer Operation, die anderswo ablief. Es war nicht sein Körper, der malträtiert wurde, nicht sein kranker Blinddarm, den man herausschneiden würde ... Er war bereits operiert worden, die Narbe war schon verheilt, er hatte nichts mehr zu befürchten! Und wenn er genügend Willenskraft aufbrachte, würde es ihm gelingen, diesen eingebildeten Schmerz zu überwinden ...

In gekrümmter Haltung schaffte Sam es bis auf die nächste Stufe, dann noch eine weiter. Seine Mutter war da oben, das war das Einzige, was jetzt zählte.

»Du lügst«, schrie Rudolf wütend. »Genau wie dein Mann!«

»Sie kennen meinen Mann?«, fragte Elisa erstaunt.

»Und wie ich ihn kenne! Und wenn dir heute etwas zustößt, ist es allein seine Schuld . . .«

Samuel biss sich auf die Lippen und musste sein rechtes Bein mit beiden Händen über die letzte Stufe heben. Bis zum Schlafzimmer seiner Eltern am Ende des Flurs würde er es wohl schaffen.

»Woher kennen Sie meinen Mann?«, fragte Elisa verblüfft.

»Es würde zu lange dauern, das zu erklären. Alles, was ich dir sagen kann, ist, dass Allan mir etwas schuldet. Etwas sehr Wichtiges. Und ich habe das Gefühl, du wirst dafür bezahlen müssen . . .«

Man hörte ein klatschendes Geräusch wie von einer Ohrfeige, gefolgt von einem Aufschrei, der Sam das Blut in den Adern gefrieren ließ.

»Das war nur ein kleiner Vorgeschmack auf das, was dich erwartet«, fuhr Rudolf fort. »Wenn ich bei drei den Armreif nicht habe, kannst du dich von deinem geliebten Ehemann verabschieden, das schwöre ich dir. Eins . . .«

Samuel schleppte sich den Flur entlang und stützte sich, so gut es ging, an der Wand ab. Niemals würde er es rechtzeitig schaffen. Rudolf würde seine Mutter umbringen, ohne dass er auch nur den kleinen Finger heben könnte . . . Verzweifelt schloss er die Augen und versuchte, das letzte bisschen Energie, das noch in ihm steckte, zu bündeln, um seinen Herzschlag zu verlangsamen. Vergebliche Mühe . . . Unmöglich, sich zu konzentrieren, während der brennende Schmerz so in seinen Eingeweiden tobte, dass er kaum noch klar denken konnte.

»Zwei . . .«

»Ich versichere Ihnen, ich weiß nicht, wo dieser Armreif ist«, protestierte Elisa. »Wenn ich es wüsste, würde ich . . .«

Sam wollte ihr zurufen, er habe den Goldreif, doch das leise Röcheln, das er herausbrachte, wurde in dem Moment von Elisas Schrei übertönt, gefolgt von lautem Gepolter. Rudolf musste sie ein weiteres Mal geschlagen haben!

Dann war es still ...

»Drei ...«, zählte der Tätowierte befriedigt.

Nur noch ein knapper Meter trennte Samuel von der halb geöffneten Tür. Durch den Spalt sah er seine Mutter auf dem Teppich liegen, zwischen einem Sessel und einem umgestürzten runden Tischchen. Sie schien bewusstlos zu sein.

»Mama!«, flehte er mit hohler Stimme. »Mama!«

Den Schmerz in seiner Leistengegend bezwingend, stolperte er ins Zimmer zu dem reglosen Körper.

»Was soll ...?«, brüllte der Tätowierte.

Doch Sam kümmerte sich nicht darum. Er ließ sich neben Elisa auf die Knie fallen. Die Arme von sich gestreckt, lag sie da, eine blutende Platzwunde an der Schläfe. Ohne Rudolfs Gebrüll zu beachten, legte er sein Ohr auf ihre Brust: Unter der getupften Bluse hörte er ihr Herz klopfen ... Sie lebte!

»Wenn du dich nicht sofort umdrehst, werde ich dir die Haut durchlöchern«, tobte Rudolf.

Samuel zögerte kurz, dann gehorchte er. Seine Mutter lebte, das war das Wichtigste ... Er würde schon einen Weg finden, sie hier rauszuholen, aber im Augenblick musste er sich fügen. Also drehte er sich langsam um und versuchte keine Miene zu verziehen. Der Rudolf, der sich vor ihm aufbaute, wirkte jünger als der, den er in seiner Gegenwart getroffen hatte – weniger Falten um die Augen, dunklere Haare, abgesehen von ein paar grauen Strähnen an den Schläfen, insgesamt etwas schlanker . . . Doch er hatte denselben unerbittlichen, bösartigen Blick, denselben verbissenen Zug um den Mund, wie ein Raubtier, das sich am liebsten sofort auf seine Beute stürzen würde. Er trug einen leichten hellgrauen Sommeranzug und hielt eine Pistole mit überlangem Lauf – ein Schalldämpfer? – auf Sam gerichtet.

»Sie blutet«, krächzte Sam, so laut er konnte. »Man muss sie ins Krankenhaus bringen.«

»Habe ich eben richtig gehört? Hast du ›Mama‹ geplärrt? Was soll der Unsinn?«

Samuel versuchte mit aller Macht, trotz der Zange, die seine Eingeweide zusammenpresste, einigermaßen Haltung zu bewahren.

»Antworte! Warum hast du sie ›Mama‹ gerufen? Sie hat nur einen Sohn und er ist zehn oder elf, soviel ich weiß. Ich habe ihn ein paarmal gesehen und . . .«

Sein Blick wurde forschend. »Und diese Leinenklamotten, woher hast du sie?«

»Sie ist am Kopf verletzt«, fuhr Sam fort und bemühte sich, deutlich zu sprechen. »Sie muss unbedingt behandelt werden.«

Rudolf beugte sich zu ihm, ohne jedoch die Waffe zu senken.

»Unglaublich!«, rief er. »Ja, du siehst aus wie er . . . nur älter!«

Dann machte er plötzlich zwei Schritte nach hinten, als ob er verstanden hätte.

»Steh auf!«, befahl er. »Los, steh auf!«

Samuel verzog das Gesicht und krümmte sich vor Schmerz, während er sich hochrappelte.

»Erklär mir, woher du kommst! Und versuch bloß nicht, mich anzulügen!«, schnauzte Rudolf.

Samuel kniff die Augen zusammen und spürte, dass er noch immer außerstande war, sich genügend zu konzentrieren, um seinen Puls zu beeinflussen. Was sollte er nur machen? Wie konnte er erreichen, dass Rudolf seine Mutter verschonte? Es sei denn ... Vielleicht gab es ein Argument, das den Tätowierten überzeugen würde. Ein Argument, das dieser selbst nach Alicias Entführung angewendet hatte ...

»Ich komme, um Ihnen einen Tausch vorzuschlagen«, brachte Sam heraus und räusperte sich.

»Einen Tausch, so, so! Und was für ein Tausch sollte das sein?«

»Wenn Sie hier verschwinden und meine Mutter in Ruhe lassen, werde ich Ihnen den Goldreif geben.«

Ein gieriges Glitzern trat in die Augen des Tätowierten und seine Mundwinkel zuckten leicht.

»Du hast ihn also«, folgerte er. »Und du hast ihn aus deiner Zeit hierhergebracht, stimmt's? Wie viele? Vier Jahre in der Zukunft? Fünf Jahre?«

»So ungefähr.«

»Und darf ich fragen, welchen Sonnenstein du benutzt?«

»Den bei Barnboim.«

»Den bei Barnboim, sieh an ... Willst du damit sagen, Martha hätte dir erlaubt, bei ihr herumzuspazieren? Dabei dachte ich, dass ich als Einziger das Recht hatte ...«

»Ich ... ich hatte Glück«, behauptete Sam. »Ich habe einen Moment ausgenutzt, als sie mich nicht sehen konnte.«

»Glück gehabt, was?«, wiederholte der Tätowierte. »Leuten, die zu viel Glück haben, traue ich nicht. Sie sind mir zu gefährlich. Denn gegen Glück kann man nicht viel machen, was? Es sei denn, es wendet sich auf einmal … Also, der Goldreif?«

»Ich werde Ihnen sagen, wo er ist, sobald ich den Rettungswagen anrufen konnte«, erklärte Sam schnell. »Und wenn Sie versprechen, sofort hier zu verschwinden.«

Der Tätowierte nickte.

»Na klar … Ich lasse dich den Krankenwagen rufen und dafür sagst du mir, wo sich der Goldreif befindet. Ein faires Geschäft, sicher.«

Doch sein verschlagenes Grinsen widersprach eindeutig seinen freundlichen Worten.

»Lass mal sehen, lass uns mal genau darüber nachdenken. Du tauchst hier auf, genau in dem Moment, als ich dabei bin, mit deiner Mutter … sagen wir, ein paar Dinge zu regeln. Offensichtlich kommst du direkt aus der Zukunft, zumindest wenn ich richtig vermute, wer du bist, nämlich Allans Sohn. Zumal wenn ich das Alter betrachte, das du hast, aber eigentlich nicht haben solltest. Ganz zu schweigen von dieser Aufmachung, die eigentlich schon alles sagt, und dieser Blässe, die eine Nebenwirkung der Reise sein könnte. Stellt sich also die Frage: Warum tauchst du ausgerechnet heute hier auf?«

Rudolf bewegte sich ein Stück weiter nach links, sodass er Mutter und Sohn gleichzeitig im Blick hatte.

»Darf ich eine Hypothese aufstellen? Nehmen wir mal an, meine kleine Unterhaltung mit deiner Mutter hätte etwas unschön geendet. Was durchaus möglich wäre, nicht wahr? Und du, irgendwann in der Zukunft, hättest dir in den Kopf gesetzt, etwas daran zu ändern. Indem du in die Zeit zurückreist, um mir den Goldreif zu bringen. Heute

Nachmittag, um genau zu sein. Das könnte alles erklären, oder? Ich weiß zwar nicht, wie du es angestellt hast, aber jetzt bist du hier. Und logischerweise musst du den Tauschgegenstand bei dir haben. Vielleicht sogar an dir ... Und wenn du nicht willst, dass ich dir das Gehirn wegpuste, zu einer Zeit, in der du eigentlich gar keinen Grund hast zu sterben, rate ich dir, den Tisch da wieder aufzustellen und den Goldreif darauf abzulegen. Habe ich mich klar genug ausgedrückt?«

Der Tätowierte unterstrich seine Worte, indem er die Waffe auf Sams Augenhöhe hob.

»Ich kann auch bis drei zählen, wenn dir das lieber ist.«

Er würde abdrücken, so viel stand fest, ohne auch nur den kleinsten Funken Mitleid. Und nach dem Sohn würde er dann auch noch die Mutter beseitigen. Samuel überlegte kurz, ihm das Tischchen an den Kopf zu schleudern, wusste aber, dass er dafür jetzt nicht genügend Kraft hatte. Er hatte gerade noch genug Energie, ihn aufs Tiefste zu hassen ... Im Augenblick war das Wichtigste, am Leben zu bleiben, um Elisa zu schützen. Und auf den Moment zu lauern, in dem Rudolf einen Fehler begehen würde.

Also beugte er sich mit zusammengebissenen Zähnen und sich die Seite haltend nach unten und stellte den Tisch zurück an seinen Platz. Dann holte er den Goldreif aus seiner Tasche – das Original, das er soeben Miss MacPie abgenommen hatte – und legte ihn auf die schwarze Tischplatte. Er erinnerte an eine Sonne, die in einem Ebenholzmeer versinkt ...

»Er leuchtet«, murmelte Rudolf, »wie wunderbar er leuchtet! Nur ein Reisender kann ihn so zum Leuchten bringen, das weiß ich genau ... Dieser Armreif gehörte mir, verstehst du, dein Vater hat ihn mir gestohlen. Das war vor ungefähr zwanzig Jahren. Gewissermaßen hast du soeben seinen Fehler wiedergutgemacht.«

»Dann wäre es doch nur gerecht, wenn Sie uns jetzt in Ruhe ließen«, meinte Sam. »Nehmen Sie den Armreif und gehen Sie. Ich schwöre Ihnen, wir werden Sie nicht verraten.«

»Ich bezweifle in der Tat, dass ihr mich verraten würdet«, bestätigte der Tätowierte. »Aber ich muss trotzdem vorsichtig sein: Woher soll ich wissen, dass du nicht bewaffnet bist? Ich sähe es gar nicht gern, wenn du die Gelegenheit nutzen und mir gleich in den Rücken schießen würdest. Du wirst also deine andere Tasche auch ausleeren, mein Junge, da scheint einiges drin zu sein.«

Wenn er nicht schon aschfahl im Gesicht gewesen wäre, wäre Sam mit Sicherheit vor Schreck erblasst. Der zweite Goldreif ... Er war nicht einmal so schlau gewesen, ihn irgendwo zu verstecken!

»Verdächtiges Zögern«, knurrte Rudolf. »Muss ich nachhelfen?«

Er senkte die Waffe und richtete sie auf Elisas Gesicht.

»Wenn du es nicht für dich tun willst, tu es für sie. So nah vor dem Ziel wäre es doch jammerschade, sie zu verlieren, meinst du nicht?«

Samuel spürte, wie seine Kräfte ihn verließen. Wenn er jetzt auch noch Merwosers Armreif hergab, hätte er kein Mittel mehr, seine Mutter in seine Gegenwart zu bringen, geschweige denn, selbst dahin zurückzukehren ... Außerdem fühlte er sich dermaßen erschöpft ...

»Dein Pech!«

»Warten Sie«, stammelte Sam.

Er schob seine Hand in die andere Tasche, zog das Schlüsselbund von Martha Calloway heraus und ließ es auf den Tisch fallen.

»Ein Schlüsselbund«, höhnte der Tätowierte. »Ich bin beeindruckt . . . Und weiter?«

Mechanisch holte Sam Merwosers Armreif hervor, an dem die sechs Scheiben des Thot leise klirrten. Rudolf sah ihm gierig zu.

»Nicht möglich! Auch noch der zweite Goldreif! Du bist ja eine wahre Goldmine, mein Junge! Kehr bitte noch deine Taschen nach außen, damit ich sehen kann, ob sie auch wirklich leer sind. Los!«

Wieder gehorchte Samuel und legte zu der Beute, die sich bereits auf dem Tischchen stapelte, die gelochte Münze vom 11. Juli. Rudolf ließ ihn bis an den Spiegel an der hinteren Wand zurücktreten, um dann die Beute in Augenschein zu nehmen. Während er gleichzeitig Sam im Auge behielt, untersuchte er die beiden Goldreife. Obwohl er versuchte, sich nichts anmerken zu lassen, schien ihm die Vorstellung, was er mit diesen beiden Schmuckstücken alles erreichen konnte, unsägliche Freude zu bereiten. Dann wandte er seine Aufmerksamkeit der Münze vom 11. Juli zu und schnalzte missbilligend mit der Zunge.

»Sag mal, mein Junge, diese Scheibe des Thot gehört mir, wenn ich mich nicht irre? Wo hast du die aufgetrieben?«

Sollte er ihm die Wahrheit sagen? Über die Kirche der sieben Auferstehungen und alles andere? Und ihn dadurch vielleicht auf gefährliche Ideen bringen, die ihm ohnehin bald von selbst kommen würden? Samuel entschied sich dagegen.

»In meiner Gegenwart«, sagte er.

»Und weiter? Wo genau in deiner Gegenwart?«

»Also ... in Chicago«, log Sam. »In der Firmenzentrale von Arkeos.«

»Du kennst auch Arkeos? Also wirklich ... Nach außen so ein Papasöhnchen und in Wirklichkeit ein böser Konkurrent, könnte man meinen.«

Rudolf starrte ihn an, als wollte er ihn durchleuchten, dann stellte er fest:

»Unter anderen Umständen hätten wir vielleicht zusammenarbeiten können, wer weiß ... Vielleicht wärst du mutiger und hellsichtiger gewesen als dein Vater. Du hättest mich vielleicht nicht verraten ...«

Die Art von Rede hatte Sam schon einmal gehört. Im Allgemeinen ging so etwas nicht gut aus.

»Tut mir leid, mein Junge, das Leben besteht nun mal aus Entscheidungen und ich kann euch beide nicht hier zurücklassen, weder dich noch deine Mutter. Hier trennen sich unsere Wege.«

Samuel blickte direkt in das metallische Auge des Schalldämpfers, der auf seine Stirn zielte. Wenn er wenigstens die Kräfte gehabt hätte, sich zu widersetzen, zumindest es zu versuchen ... Doch sein Körper bestand nur noch aus Schmerz und Erschöpfung.

»Darf ich wenigstens meiner Mutter noch einen Kuss geben?«, hörte er sich bitten.

»Ich bin ja schließlich kein Untier. Aber mach schnell, ich hasse Blutvergießen.«

Sam ließ sich neben seine Mutter fallen, ohne auf das Brennen in seinem Bauch zu achten. Es würde ohnehin nicht mehr lange dauern. Ein letztes Mal sah er seine Mutter an ... wie schön sie war, wie rührend. Sie schien zu schlafen, eine rote Blume an der Schläfe. Wie gern hätte er mit ihr gesprochen, sie um Verzeihung gebeten, ihr gesagt, wie leid es ihm tat, dass er nicht in Form gewesen war. Und ihr gesagt, was für eine wunderbare Mutter sie gewesen war, und wenn er jetzt sterben musste, so war er doch froh an ihrer Seite zu sein.

»Das reicht«, fuhr Rudolf ihn an. »Auf die Knie.«

Samuel hielt die Hand seiner Mutter fest umklammert. Jetzt ist es so weit, dachte er ... Zwischen seinen Fingern spürte er den schmalen Goldring, das Symbol für die Liebe, die Elisa und Allan sich einst geschworen hatten. Eine unendliche Liebe, aus der er, Samuel, hervorgegangen war.

»Mach schon«, schnarrte der Tätowierte. »Oder ich fange mit ihr an.«

Wie ein letztes Zeichen an seine Eltern strich Samuel noch einmal über den Ring. Vielleicht war die Liebe wirklich die einzige unsterbliche Sache auf dieser Welt? Er kniete sich auf den Teppich, fast schon bereit zu sterben, als ihm ein Gedanke durch den Kopf schoss. Der Ring ... Genau, warum nicht der Ring?

Er hob den Kopf und drehte sich zu seinem Henker um.

»Bevor Sie abdrücken, Rudolf«, sagte er mit brüchiger Stimme, »hätte ich noch einen letzten Vorschlag zu machen. Wenn Sie meine Mutter und mich verschonen, kann ich Ihnen etwas anbieten, das weitaus wertvoller ist als der Goldreif. Ich kann Ihnen den Ring der Ewigkeit anbieten ...«

28.
Im Kofferraum

Samuel war nur noch ein kleines zerbrochenes Etwas im Kofferraum eines Autos. Der Schmerz in seiner Leistengegend war so unerträglich, dass er sich zusammenkrümmte wie ein Fötus im Mutterleib. Jeder Stoß während der Fahrt ließ ihn laut aufstöhnen. Es war nicht mehr allein das Brennen, dass ihm zu schaffen machte, sondern das Gefühl, dass man ihm ein Körperteil amputiert hatte: Er hatte genau gespürt, als der Chirurg seinen Blinddarm herausgeschnitten hatte, und danach fühlte er in seinem Bauch einen Nadelstich nach dem anderen. Wenn man dann noch die Enge des Kofferraums dazurechnete, die Hitze und den ohrenbetäubenden Lärm des Motors ...

Aber immerhin war er noch am Leben. Genau wie Elisa, die wahrscheinlich immer noch bewusstlos auf der Rückbank des Wagens lag. Denn das war das erste Wunder, das der Ring der Ewigkeit vollbracht hatte: Er hatte das Leben von Sam und seiner Mutter verlängert ... In der Tat hatte Rudolf nicht lange gebraucht, um zu begreifen, welchen Nutzen er aus einem solchen Gegenstand ziehen konnte. Nach einer relativ kurzen Denkpause hatte er verkündet:

»Ich höre ...«

Sam hatte berichtet, dass ihm bei einer Reise nach Rom ins Jahr 1527 ein geheimes Buch in die Hände gefallen war, die Abhandlung von den dreizehn Kräften der Magie, in dem sich alle nötigen Informationen zur Entdeckung dieses Rings versteckten – vorausgesetzt natürlich, man besaß die beiden Goldreifen.

»Welche Art von Informationen?«, hatte der Tätowierte gefragt. An dieser Stelle musste Sam besonders überzeugend wirken. Er hatte behauptet, in der Abhandlung wimmele es nur so von Hinweisen – was ja nicht gelogen war – und er könne auf den ersten Blick nicht sagen, welche von ihnen wichtig waren und welche nicht. Aber er hatte versichert, sobald er sich am richtigen Ort befände – in diesem Falle in der Grabkammer des Hohepriesters Setni –, würde er sich sofort zurechtfinden und den Ring aufspüren.

»Mein erster Gedanke wäre, dass du nur versuchst, Zeit zu gewinnen«, hatte Rudolf zunächst geantwortet. »Aber ich habe auch schon von dieser Abhandlung gehört, und soviel ich weiß, stimmt es mit dem überein, was du sagst. Und immerhin hast du es geschafft, die beiden Goldreife mitzubringen, da hast du wohl einen kleinen Vertrauensvorschuss verdient, was? Deshalb habe ich euch, dir und deiner Mutter, etwas Aufschub gewährt . . . Nur einen Aufschub, verstanden? Wenn du dein Versprechen nicht hältst, kannst du sicher sein, dass ich meins in jedem Fall erfüllen werde.«

Dann hatte er ihn mit vorgehaltener Waffe zur Garage geführt und ihn gezwungen, in den Kofferraum des Chevrolets zu klettern. Ein paar Minuten später hatte Sam das Geräusch einer Autotür gehört, dann ein erleichtertes Uff!, als der Tätowierte etwas Schweres auf der Rückbank abgelegt hatte. Woraufhin er auf die Heckklappe geklopft hatte:

»Deine Mutter ist hinten im Wagen«, hatte er ihm durch

den Kofferraumdeckel zugeraunt, »wir können jetzt losfahren. Wenn du schön brav bist, wird alles gut werden.«

Der Wagen war genau in dem Augenblick gestartet, als der Chirurg in der Klinik von Saint Mary sein Skalpell an dem Blinddarm seines *alter ego* ansetzte, und Sam konnte nichts weiter tun, als sich noch mehr zusammenzukrümmen ...

Die Fahrt war relativ kurz gewesen, demnach hatte Sam richtig vermutet, dass ihr Ziel die Barnboimstraße war. Zwischen zwei imaginären Nadelstichen an seiner imaginären Wunde überlegte Sam, ob es nicht doch zu riskant gewesen war, Rudolf den Ring der Ewigkeit zu versprechen. Er wagte nicht, sich die Katastrophen vorzustellen, die es zur Folge hätte, wenn der diesen Ring jemals in die Finger bekäme. Aber abgesehen davon, dass er zunächst nur ans Überleben gedacht hatte, hoffte Sam auch, dass er Rudolf irgendwie außer Gefecht setzen konnte, sobald sie in der Grabkammer waren und er wieder alle Kräfte beisammen hatte. Das war jedenfalls die beste Entschuldigung, die ihm eingefallen war ...

Der Wagen hielt inmitten eines Konzerts aus lautem Hundegebell und Sam musste sich noch ein paar lange Minuten im Kofferraum eingepfercht gedulden, während der Motor weiterlief und nur undeutliche Gesprächsfetzen zu ihm drangen. Endlich wurde der Kofferraum geöffnet und Sam kniff geblendet von der Helligkeit die Augen zu.

»Deine Mutter ist in guten Händen«, verkündete der Tätowierte. »Wenn du dich nicht an die Spielregeln hältst, werden Marthas Schoßhündchen mit Freuden ihr Abendessen vorziehen. Wenn du brav mit ins Haus kommst, wird ihr nichts geschehen.«

Nur mit Mühe gelang es Sam, sich wieder aufzurichten. Der Chevrolet parkte im Innenhof zwischen den Hundehütten und Rudolf, der den Revolver schussbereit an seine Hüfte hielt, hatte sich die Zeit genommen, sich umzuziehen. Er trug jetzt einen Leinenanzug wie Sam und behielt die Umgebung wachsam im Blick. Doch die Nachbarn schienen sich für den Radau bei der alten Calloway nicht zu interessieren: Sie waren daran gewöhnt.

Mühsam humpelte Sam die Vordertreppe hinauf ins Haus, während zwei geifernde Hunde ihn laut bellend umkreisten, als hätten sie gegen eine kleine Vorspeise nichts einzuwenden. Er trat ins Wohnzimmer, in dem es wie im ganzen Haus bestialisch stank, und schon nach drei Schritten fiel die Tür hinter ihm zu.

»Das ist er?«, knurrte Martha Calloway.

»Das ist er«, bestätigte Rudolf.

Martha Calloway baute sich vor dem jungen Mann auf und bohrte ihm den Lauf ihres Gewehrs unters Kinn.

»Wie hast du es geschafft, dass meine Babys dich nicht gesehen haben?«

»Ich hatte Glück«, antwortete Sam und versuchte ihrem Blick standzuhalten.

Sie hatte wirklich große Ähnlichkeit mit einem alten Hund, mit ihren Hängebacken und dem Stirnband, unter dem auf jeder Seite ein Büschel Haare herunterhing. Ein rauchender Hund zu allem Überfluss, denn sie hatte einen gelblichen Zigarettenstummel in den Mundwinkel geklemmt, wodurch ihre Aussprache etwas teigig klang.

»Glück, so, so, was du nicht sagst!«, brummte sie und drückte ihm den Gewehrlauf in den Hals.

»Das reicht jetzt«, schaltete Rudolf sich ein und zwang

sie, die Waffe zu senken. »Im Augenblick brauch ich ihn noch. Kümmern Sie sich lieber um die da.«

Er zeigte auf Elisa, die, immer noch bewusstlos, ausgestreckt auf einem alten, mottenzerfressenen Sofa lag, einen Knebel über dem Mund, die Hände mit einem zusammengedrehten Geschirrhandtuch gefesselt. Sie wurde von drei Doggen umlagert, die hoch aufgerichtet, mit hängenden Zungen vor ihr saßen und in regelmäßigen Abständen wimmernde Laute ausstießen.

»Die fliegt schon nicht weg!«, bellte Martha Calloway.

»Die Autoschlüssel stecken noch«, fuhr der Tätowierte fort. »Sie wissen, was Sie zu tun haben?«

»Ich bin doch nicht blöd«, fauchte die Alte zurück. »Wenn Sie um Punkt 16.30 Uhr nicht zurück sind, schmeiß ich die hübsche junge Lady mitsamt ihrer Karre von den Doomsday-Hügeln. Aber ich werd noch ne Taxizulage brauchen, mein Herr, und das nicht zu knapp ...«

»Kein Problem. Und dass sie Ihnen ja nicht abhaut, falls sie bis dahin aufwacht!«

»Der Sohn ist mir vorhin durch die Lappen gegangen. Aber das passiert mir kein zweites Mal, darauf können Sie Gift nehmen! Und wo wir schon dabei sind: Was ist mit den Schlüsseln, die die kleine Rotznase mir geklaut hat? Wann krieg ich die wieder?«

»Später, später«, gab Rudolf gereizt zurück. »Er hat jetzt gerade Wichtigeres zu tun. Komm her, du ...«

Der Tätowierte stieß Sam auf die Kellertreppe zu. Ein paar Doggen meinten, sie müssten ihn schnüffelnd und nach seinen Hosenbeinen schnappend eskortieren.

»Dalgon!«, donnerte Martha Calloway, dass die Wände wackelten. »Bei Fuß!«

Als hätte ihn soeben ein elektrischer Schlag getroffen, machte der größte der Hunde abrupt kehrt und schlich geduckt mit eingeklemmtem Schwanz zurück. Seine drei Artgenossen taten es ihm gleich.

»Sie können ruhig runtergehen, meine Babys werden brav hierbleiben«, erklärte sie mütterlich.

Sam ging mit unsicheren Schritten voran. Glücklicherweise brannte im Keller jetzt Licht. Das Gerümpel war zwar noch dasselbe, aber immerhin lief man bei der Neonbeleuchtung nicht Gefahr, darüber zu stolpern.

»Nach hinten«, schnauzte Rudolf.

Um den Sonnenstein war alles freigeräumt und der weiße Schrank ihm gegenüber stand offen. Anscheinend war es der persönliche Kleiderschrank des Tätowierten: Unter anderem hing dort sein grauer Anzug, ein Stapel »Reisekleidung« lag in einem der Schrankfächer daneben. Auf der Innenseite der Tür war in Schwarz das Zeichen des Hathor aufgemalt.

»Ein wahrer Saustall ist das hier«, bemerkte Rudolf, »aber das hat auch sein Gutes. Inmitten dieser Müllhalde und bei den Kötern war mein kleines Geheimnis bisher gut aufgehoben. Wenigstens bis du hier aufgekreuzt bist ... So, und jetzt streck mal die Arme nach hinten.«

Samuel gehorchte und der Tätowierte nahm eine Leinenhose und fesselte ihm damit die Handgelenke. Sam stöhnte auf vor Schmerz, nicht weil der Knoten zu fest gezogen war, sondern weil diese Position ihn zwang, sich nach hinten zu biegen, wodurch sich das Ziehen in seinem Bauch verschlimmerte.

»Wenn du deiner Mutter helfen willst, solltest du nicht so wehleidig sein«, lästerte Rudolf. »Verträgst du die Zeitverschiebung nicht? Einerseits kommt mir das sogar entgegen ...«

Er nahm ein kleines schwarzes Kästchen aus dem Schrank und hielt es Sam unter die Nase. Es handelte sich um einen aufklappbaren Reisewecker, das Zifferblatt zeigte 16:16 Uhr an.

»Gut, reden wir nicht lange um den heißen Brei herum ... In einer Viertelstunde wird Martha mit deiner Mutter eine letzte Spazierfahrt zu den Hügeln von Doomsday unternehmen. Wenn ich an ihren Fahrstil denke, könnte das leicht in einem Unfall enden, fürchte ich. Du wirst ein Waisenkind werden, mein Junge ... Es sei denn, wir beide kommen rechtzeitig zurück, um Mrs Calloway davon abzuhalten, sich ans Steuer zu setzen.«

Er klappte den Reisewecker zu und stellte ihn zurück an seinen Platz.

»Wie du vielleicht selbst erfahren hast, vergeht die Zeit in der Vergangenheit siebenmal schneller als in der Gegenwart. Anders gesagt haben wir also siebenmal fünfzehn Minuten Zeit, um unsere Aufgabe zu erledigen. Gut eineinhalb Stunden ... Meinst du, das reicht?«

Samuel nickte, obwohl er noch keinen Schimmer hatte, wie er den Ring der Ewigkeit finden sollte. Aber das Wichtigste war, an einen anderen Ort zu gelangen und Rudolf loszuwerden.

»Perfekt«, stellte der befriedigt fest. Dann zog er Merwosers Armreif mit den sechs Münzen aus der Tasche. »Bitte, für welche Scheibe des Thot werden wir uns entscheiden?«

»Die ... die aus Glas«, stotterte Sam. »Sie gehörte zu einem Schmuckstück in Form eines Skarabäus, das aus der

Zeit Setnis stammt ... Aber wie kann ich sicher sein, dass wir hinterher auch wieder hierher zurückkommen?«

»Kein Problem«, versicherte der Tätowierte. »Wir nehmen einfach die Münze, die dich hierhergebracht hat. Wenn man eine Scheibe des Thot benutzt, um an einen bestimmten Ort zurückzukehren, lässt sie einen zu einer Zeit nach der letzten Benutzung des Sonnensteins ankommen. Damit der Reisende sich nicht auf einmal selbst gegenübersteht ... Wusstest du das nicht?«

Sams Kopfschütteln zauberte ein süffisantes Lächeln auf das Gesicht des anderen.

»Ach, was soll's«, plusterte er sich auf. »Du hättest einen richtigen Lehrer gebraucht. Selbst bei seinem eigenen Sohn scheint mir Allan vollkommen versagt zu haben ...«

»Wir verlieren Zeit«, stellte Sam fest.

»Du hast recht, mein Junge, wir verschwenden nur unsere Zeit! Und was gibt es Wertvolleres als die Zeit, nicht wahr? Also, machen wir uns auf den Weg.«

Er verschloss den Kleiderschrank, wog kurz seinen Revolver in der Hand und trat hinter seinen Gefangenen, als wollte er ihn zum Sonnenstein vor sich her führen. Doch kaum hatte Sam den ersten Schritt getan, versetzte Rudolf dem Wehrlosen mit dem Kolben einen Schlag auf den Hinterkopf. Sam meinte, die Kellerdecke stürze auf ihn herunter, dann wurde ihm schwarz vor Augen.

29.
Die beiden Sonnen können nicht gleichzeitig scheinen

Sein Bauch tat nicht mehr weh, das war das Erste, was er bewusst wahrnahm. Kein Brennen verzehrte mehr seine Eingeweide, keine Nadel quälte ihn mehr. Allerdings hatte er in Nackenhöhe einen Balken und lag kläglich zusammengesunken auf dem kalten harten Boden, die Hände auf dem Rücken gefesselt. Ein toter Fisch in einem Kühlschrank ... Um ihn herum herrschte absolute Stille und undurchdringliche Dunkelheit. Wie lange lag er schon hier? Wo war Rudolf geblieben?

Sam spuckte den Staub aus, den er im Mund hatte, und wand sich aus dem Liegen in eine aufrechte Position. Es gelang ihm, sich aufzustellen, indem er sich an einem rechteckigen Steinblock abstützte. Er fühlte sich an wie der Sockel, der für Setnis Sarkophag bestimmt war. Der Sarkophag war nicht an seinem Platz, was darauf hindeutete, dass sie in der richtigen Epoche gelandet waren ... Bei Sams erster Reise nach Theben standen die Arbeiten an der Grabkammer kurz vor der Vollendung, doch der Sarkophag war noch nicht aufgestellt worden. Sam hatte damals ein paar Tage bei den Arbeitern gewohnt, die mit der Ausschmückung der Grabkammer beauftragt worden waren. Dann hatte er Ahmousis, Setnis Sohn, kennengelernt und von ihm den gläsernen Skarabäus geschenkt bekommen, mit dessen Hilfe er jetzt hierher zurückgekommen war.

Sam machte vorsichtig drei Schritte zur Seite und stieß gegen eine Mauer. Soweit er sich erinnern konnte, stimmten die Dimensionen dieses Raumes mit denen der Grabkammer überein: ungefähr vier mal vier Meter, mit dem Sarkophag in der Mitte. Ein weiterer Hinweis ... Doch das erklärte nicht, was mit Rudolf passiert war. Sollte er sich unterwegs verirrt haben, war er in irgendeine Zeitspalte geraten? Eigentlich eine gute Nachricht, wenn er nicht den Goldreif – die Goldreife – bei sich gehabt hätte, die Sam unbedingt für die Rückkehr brauchte. Abgesehen davon blieb ihm nicht viel Zeit. Erst einmal musste er sich von diesem lästigen Stoff befreien, der ihm die Handgelenke zusammenschnürte ...

Sam kroch an der Mauer entlang und stieß gegen einen Krug oder eine Truhe, die dem Geräusch nach ziemlich voll war. Gegenstände oder Vorräte für die letzte Reise des Hohepriesters ... Als Sam damals nach seinem Zusammentreffen mit Ahmousis diesen Ort verlassen hatte, waren einige Grabbeigaben bereits hier abgestellt worden, was seine erste Vermutung über den Zeitpunkt zu bestätigen schien.

Von oben her erklangen Schritte und Sam sah auf. Ein gelblicher Lichtschimmer erhellte die große Öffnung in der Mitte der Decke, den einzig möglichen Zugang zu dieser Kammer. Ursprünglich hatte dort eine Strickleiter gehangen, doch irgendjemand musste sie entfernt haben. Und dieser Jemand ...

»Na endlich, du bist wach!«, rief Rudolfs verhasste Stimme. »Seit mindestens zehn Minuten spaziere ich schon hier rum, du hast ausgesehen, als wolltest du Winterschlaf halten!«

Er kniete am Rand der Öffnung und leuchtete Sam mit der Fackel ins Gesicht. »Elisa, schon vergessen? Du bist nicht zur Erholung hier!«

»Schließlich haben Sie mich bewusstlos geschlagen!«, protestierte Sam.

»Na klar! Hältst du mich etwa für einen Anfänger? Meinst du, ich hätte ohne ein gesundes Misstrauen all diese Reisen überlebt?«

Er nahm die Fackel in die andere Hand und richtete seine Waffe auf Sam.

»Weißt du was? Es gab zwei schöne Überraschungen, als ich hier ankam: Erstens scheint, wie ich es gehofft hatte, der Goldreif nicht zu zählen, wenn man ihn in die Transportvertiefung legt. Wahrscheinlich ist er ein Bestandteil der Wege durch die Zeit oder etwas Ähnliches ... Auf jeden Fall konnte ich meinen Revolver und den Armreif zusammen transportieren. Praktisch, nicht?«

Er grinste zufrieden.

»Die zweite gute Nachricht ist, dass hier eine brennende Fackel herumlag, als wir ankamen. Als hätte der vorige Besucher sie für uns dagelassen. Und der vorige Besucher ...«

Er sprach seinen Satz nicht zu Ende, weil er wusste, dass Sam die Andeutung auch so verstanden hatte. Denn falls seine Theorie stimmte, wurde ein Reisender, der eine Scheibe des Thot benutzte, um an einen Ort zurückzukehren, den er schon einmal besucht hatte, zu einem Zeitpunkt kurz nach seinem letzten Aufenthalt zurückgeschickt. Mit anderen Worten handelte es sich aller Wahrscheinlichkeit nach um die Fackel, die Sam nach seinem Treffen mit Ahmousis hier hatte liegen lassen!

»Welch eine Ironie des Schicksals, nicht wahr?«, strahlte Rudolf. »Du hast dir wirklich alle Mühe gegeben, diesen einzigartigen Moment zu erleuchten, in dem ich unsterblich werde! Und nun, mein Junge«, fügte er eilig hinzu, »musst du die Arbeit nur noch beenden. Wo ist der Ring?«

Samuel antwortete nicht. Stattdessen suchte er unter den Grabbeigaben etwas, das ihm helfen könnte. Im Halbdunkel sah er zwei oder drei Tonkrüge, kleine Tierfiguren, mehrere Hocker, eine Lanze ... Eine Lanze ... Wenn es ihm gelingen sollte, damit seine Fesseln durchzuschneiden und sie dann als Waffe zu benutzen?

»Du hast schon viel zu lange getrödelt«, warnte der Tätowierte. »Die Zeit läuft!«

Sam ging hinüber zur nächstliegenden Wand, vor der eine große Statue des Thot umgeben von einer Unzahl Miniaturfiguren aufgebaut war. Er tat so, als würde er die schlichte Krone, die der Gott mit dem Ibiskopf in den Händen hielt, eingehender untersuchen, und inspizierte verstohlen die Lanze, die einen Meter neben ihm an der Wand lehnte. Es war keine Attrappe, sondern eine echte Waffe mit einer messerscharfen Klinge.

»Ich könnte schon mal mit einer Kugel ins Knie anfangen ...«, säuselte Rudolf.

Sam schloss die Augen und konzentrierte sich ganz auf den doppelten Pulsschlag in seiner Brust. Der Ort war voller positiver Schwingungen, das spürte er sofort. Schon hatte sein Herzschlag sich dem Rhythmus des Sonnensteins angepasst. Das Halbdunkel erhellte sich kaum merklich und nahm einen zart hellgrünen Schimmer an, während die ihn umgebende Luft sich mit schwingenden Leuchtfäden zu füllen schien. Doch er spürte deutlich, dass seine Fähigkeit zur Verlangsamung äußerst begrenzt sein würde – immerhin hatte er sie bei Martha Calloway schon ziemlich ausgenutzt! Aber wie so oft hatte er keine andere Wahl.

Mit dem Ellbogen stieß er den Speer um und klemmte ihn sich zwischen die Hacken. Dann kniete er sich über die metallene Klinge, drehte sie nach mehreren missglückten Anläufen nach oben und fing an, den Stoff zu bearbeiten, der seine Hände fesselte. Er spürte, wie das Gewebe zu reißen begann, doch Rudolf hatte seine Gelenke mehrfach umwickelt und mehrere Knoten gemacht. Besonders schnell würde es nicht gehen ...

Während er mit aller Kraft an seinen Fesseln schnitt und riss, blickte Sam sich in der Grabkammer um. Aufgrund seiner geometrischen Form und der in den Fels gehauenen Wände erinnerte es an ein antikes Wasserbecken, das wie im Märchen mit bernsteinfarbenem Wasser gefüllt war – übrigens eine ähnliche Farbe wie die des gläsernen Skarabäus. Die Fackel warf von oben seltsame bräunliche Lichtreflexe herunter und Rudolf sah aus wie eine in ihrer aggressiven Pose versteinerte Schattengestalt. Der Sockel des Sarkophags in der Mitte des Raumes war an einigen Stellen wie durchscheinend, sodass sich in einer Aushöhlung des darunterliegenden Felsgesteins undeutliche Formen abzuzeichnen schienen ...

»Da also!«, murmelte Sam, wobei ein paar Luftblasen aus seinem Mund aufstiegen.

Es war genau wie im Grabhügel des Kaisers Qin, in der dunklen Grotte, wo er seinen ersten Sonnenstein behauen sollte! Der hatte auf den ersten Blick auch roh und unscheinbar ausgesehen, und sobald Sam die Zeit verlangsamt hatte, waren die vorgegebenen Linien und Formen zum Vorschein gekommen. So wie er auch jetzt auf dem Sockel des Sarkophags tief im Gestein die Konturen einer Sonne mit ihren verlängerten Strahlen erkannte ...

Samuel kniff die Augen zusammen, um die tief eingegrabene Zeichnung genauer zu erkennen. Gewisse ungewöhnliche Details, die er bis dahin nur gespeichert hatte, ohne sie jedoch zu verstehen, tauchten plötzlich bunt durcheinandergewürfelt aus seiner Erinnerung auf. Gleichzeitig schien der Satz, den Kaiser Qin ihm mit auf den Weg gegeben hatte, bevor er starb, eine ganz neue Bedeutung anzunehmen: »Die beiden Sonnen können nicht gleichzeitig scheinen ...« Die beiden Sonnen! Natürlich! Das erklärte alles! Auf dem Sockel des Sarkophags gab es nicht nur einen, sondern zwei Sonnensteine! Zwei Sonnen! Und zwei Sonnen, die mit Sicherheit nicht gleichzeitig scheinen konnten, weil sie in verschiedenen Zeiten in Erscheinung traten! Das erklärte auch das Gefühl von Fremdsein, das Sam hatte, als er zu der Zeit in der Grabkammer angekommen war, als sein Vater bei den Ausgrabungen arbeitete ... Damals war Sam in der Ecke mit den Grabbeigaben aufgewacht, obwohl sich der Sonnenstein in seiner Erinnerung – das heißt vor der Beisetzung Setnis – genau gegenüber befunden hatte, in dem Teil, der zur hinteren Ecke der Grabkammer wies. Es war ihm zwar schon damals merkwürdig vorgekommen, doch er hatte in dem Moment so viele andere Dinge im Kopf gehabt, dass er nicht weiter darauf geachtet hatte ...

Heute wurde alles klarer: Jedes Ende des Sockels beherbergte einen eigenen Sonnenstein, doch es war immer nur einer von beiden abwechselnd sichtbar. Vor Setnis Begräbnis war zum Beispiel nur der zugänglich, der auf den hinteren Teil der Kammer wies. Dort waren Rudolf und er auch angekommen . . . Nach der Bestattung jedoch hatte der Reisende keine andere Wahl als die zweite Sonne zu benutzen, die auf die Thot-Statue und die anderen Grabbeigaben zeigte. Und genau diese Sonne war es auch, die Sam jetzt mitten aus dem Felsen heraus durchscheinen sah . . .

Wie war ein solches Wunder möglich geworden? Vielleicht durch einen Steinmetz, der nach Setnis Begräbnis einen der Steine verdeckt und den anderen herausgebracht hatte? Oder ein magischer Zaubertrick des Hohepriesters selbst, der seine eigene Grabkammer aufgesucht haben musste, da er ja den Ring dort versteckt hatte?

Auf jeden Fall war Sam fest davon überzeugt, dass der Satz des Kaisers Qin eindeutig auf diese Grabkammer anspielte. *Die beiden Sonnen können nicht gleichzeitig scheinen* . . . Eine Art Code, der – sobald man ihn entschlüsselt hatte – zum erhabensten aller Schätze führen musste!

Zwei dicke Tropfen rannen von seiner Stirn und Sam erkannte gleichzeitig, dass er schwitzte und dass der Schweiß nichts mit der Anstrengung zu tun hatte: Er verspürte eine erste Verkrampfung in seinem Brustkorb. Er riss mit aller Kraft an seinen Fesseln, doch die Leinenhose erwies sich als ungemein stabil. Niemals würde er es schaffen freizukommen, bevor er die Verlangsamung der Zeit würde aufgeben müssen . . .

Er setzte sich einen Moment auf, damit der Schmerz etwas nachließ, und als er den Kopf hob, bemerkte er etwas

Phosphoreszierendes auf der Oberfläche des Sockels. Eine Art Kreis, vielleicht auch zwei, schienen die Symbole auf der Steinplatte zu umschließen. Ein zusätzlicher Hinweis?

Er näherte sich dem Steinblock und dann sah er es deutlich vor sich: Zwei identische Kreise – wie die Goldreife? – strahlten ein Licht aus. Jeder von ihnen umschloss in seiner Mitte eine Art Kreuz, das sich aus vier Dreiecken zusammensetzte. In einigen dieser Dreiecke – oder sollte es Pyramiden darstellen? – waren außerdem kleine Punkte angeordnet, entweder in der Mitte, am Fuß oder in der Spitze.

Samuels Blick blieb sekundenlang auf den Zeichen hängen. Irgendwo hatte er so etwas schon gesehen ... In der Abhandlung von den dreizehn Kräften der Magie musste es gewesen sein. Ein halbes Dutzend Kombinationen aus Kreisen und Dreiecken in unterschiedlichen Positionen, ohne erkennbare Ordnung oder Sinn. Samuel erinnerte sich noch gut daran, dass er auch damals darüber nachgedacht hatte, ohne jedoch der Bedeutung auf die Spur zu kommen. Und jetzt hatte er mit Sicherheit keine Zeit, sich damit aufzuhalten ...

Fieberhaft bearbeitete er seine Fesseln weiter mit der Klinge der Lanze und bald hatte er eine weitere Schicht des Leinenstoffes durchtrennt. Zwar konnte er die Hände danach besser bewegen, doch nicht genug, um sich zu befreien. Zudem wurde der stechende Schmerz in seinem Brustkorb schlimmer, und da er die Fesseln ohnehin nicht schnell genug loswerden würde, hielt er es für ratsamer, den Teufel nicht herauszufordern und einen erneuten Herzanfall zu riskieren. Außerdem entstand gerade der Entwurf eines Plans in seinem Kopf ...

Sam bezog also wieder Position vor der großen Statue des

Thot und bemühte sich, überrascht auszusehen, als hätte er die Lanze aus Versehen umgestoßen. Dann zwinkerte er einmal mit den Augen, ein lautes Knacken hallte in der stickigen Luft des Raumes wider, gefolgt von einer ohrenbetäubenden Explosion, deren Echo von den umliegenden Wänden zurückgeworfen wurde. Direkt neben ihm explodierte ein Tonkrug, er schnellte hoch und drückte sich dicht an die vergoldete Wand. Rudolf hatte auf ihn geschossen!

»Was treibst du da?«, brüllte der Tätowierte.

»Sind Sie verrückt geworden?«, schrie Sam zurück. »Sie hätten mich umbringen können!«

»Genau das ist es, was dich erwartet!«, bellte Rudolf außer sich. »Rücken an die Wand, und wag bloß nicht, dich einen Millimeter von der Stelle zu rühren!«

Wutschnaubend entrollte er die Strickleiter und ließ die Fackel in die Tiefe fallen. Er hielt seine Waffe weiterhin auf Sam gerichtet und kam, sich mit einer Hand an den Sprossen festhaltend, heruntergeklettert. Unten angekommen warf er sich auf seinen Gefangenen. Er drückte ihn gegen die Statue des Thot und bohrte ihm den Lauf der Waffe ins linke Auge.

»Und jetzt wirst du mir erklären, was du da eben gemacht hast ... Was war dieses Ding, das mich gelähmt hat?«

»Ich weiß es nicht! Bei mir war es auch ganz merkwürdig, als ob ich mich nicht mehr bewegen könnte! Erst ist diese Lanze da umgefallen und dann ...«

»Eine Kugel in den Kopf«, brüllte der Tätowierte. »Das ist das Einzige, was du verdienst! Ich werde ein Loch durch dein Spatzenhirn blasen!«

»Ich schwöre Ihnen, ich kann nichts dafür!«, verteidigte

sich Sam, der schon befürchtete, seine Pupille würde unter dem Druck des Metalls gleich platzen. »Aber ich glaube, ich habe etwas gefunden«, beeilte er sich hinzuzufügen. »Was den Ring betrifft ...«

»Was den Ring betrifft, soso«, knirschte Rudolf und drückte noch fester zu.

»Ich glaube zu wissen, wie man an ihn herankommen kann.«

»Du GLAUBST es zu WISSEN, du miese kleine Ratte?«

»Ich glaube, ich ... ich könnte es schaffen.«

Man konnte den Hass, den Rudolf aus sämtlichen Poren ausströmte, beinahe mit Händen greifen. Ein oder zwei Sekunden lang glaubte Sam, er würde tatsächlich abdrücken. Doch der Tätowierte schien sich zu besinnen.

»Ich rate dir, dir etwas Überzeugendes einfallen zu lassen«, knurrte er.

»Ich ... ich bin sicher, es gibt einen zweiten Sonnenstein«, begann Sam. »Auf dieser Seite des Sockels versteckt.« Er wies mit dem Kinn auf das nächstgelegene Ende des Steinblocks.

»Ein zweiter Sonnenstein? Versteckt?«

»Ja ... In der Abhandlung von den dreizehn Kräften der Magie war der Sockel mit einem sichtbaren Sonnenstein an der einen Seite dargestellt und mit einem, der im Inneren versteckt ist«, versicherte Sam. »Ich nehme an, man muss sie nacheinander benutzen, um zu dem Ring zu gelangen.«

»Sie nacheinander benutzen ...«, wiederholte Rudolf skeptisch. »Was ist denn das wieder für eine Geschichte?«

»Auf derselben Seite der Abhandlung waren auch eine Reihe seltsamer Zeichen auf den Sockel gemalt. Vielleicht versteckte Anweisungen ... Sehen Sie doch selbst nach!«

»Versteckte Anweisungen . . .«

Rudolf runzelte die Stirn und ging ein paar Schritte rückwärts, um sich hinter den Sockel des Sarkophags zu stellen. Im Vorbeigehen nahm er die Taschenlampe auf und ließ sie, den Revolver nach wie vor auf Sam gerichtet, über die Stelle wandern, wo bald Setnis Sarkophag stehen würde. Eine Weile starrte er verblüfft auf die Oberfläche des Steinblocks, dann brummte er:

»Und du meinst, du wüsstest, was das bedeuten soll?«

Sam interpretierte diese Frage als Aufforderung, zu ihm zu kommen. Er löste sich von der Wand und trat auf den Sockel zu. Vielleicht hatte er doch noch eine winzige Chance, das Heft wieder in die Hand zu nehmen . . . Im Licht der Fackel leuchteten die beiden Kreise weniger beeindruckend, als sie es vorhin getan hatten, aber sie waren immer noch klar als Gravuren im grauen Stein zu erkennen. Sie wurden zusätzlich von einer Sonne auf der einen und stilisierten Wellen auf der anderen Seite eingefasst.

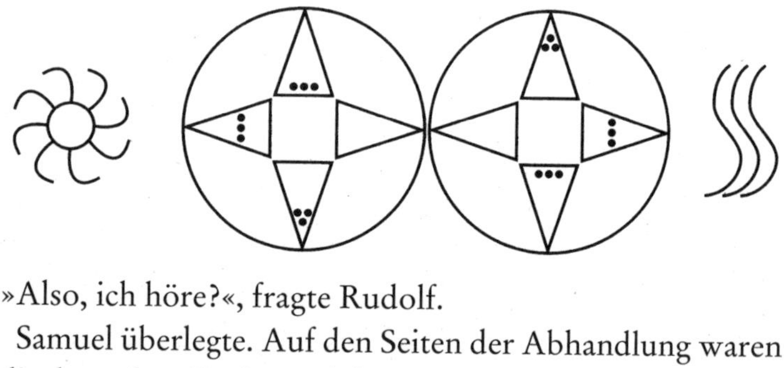

»Also, ich höre?«, fragte Rudolf.

Samuel überlegte. Auf den Seiten der Abhandlung waren die doppelten Kreise und die Dreiecke in den unterschiedlichsten Anordnungen abgebildet gewesen. Bedeutete das vielleicht, dass man sie bewegen konnte . . .

»Wir sollten versuchen, sie zu drehen«, schlug Sam vor.

Ohne seinen Revolver aus der Hand zu legen, drückte Rudolf mit seinem rechten Daumen auf einen der beiden Kreise, der langsam eine Vierteldrehung machte, wobei er knirschte wie eine alte Getreidemühle.

»Ein geheimer Mechanismus, du hattest recht! Unter dem Sarkophag versteckt . . . Dein Vater und ich hatten keine Chance, ihn zu finden! Und jetzt?«

»Jetzt muss man die richtige Kombination eingeben. Die, die direkt zum Ring führen wird.«

Rudolf hob drohend die Waffe.

»Du hast hoffentlich schon eine Idee . . .«

Die hatte Sam in der Tat . . . Eine Idee, die er in gewisser Weise direkt vom Hohepriester Setni bekommen hatte.

»Haben . . . haben Sie schon einmal Setnis Mumie gesehen?«, fragte er.

»Ich kenn sie in- und auswendig«, plusterte der Tätowierte sich auf. »Ich habe sogar schon Schritte unternommen, sie dem Museum von Theben abzukaufen!«

»Dann haben Sie sicher das Symbol auf seiner Brust bemerkt. Zwei Dreiecke übereinander, so wie diese hier . . . Mit den gleichen gelblichen Punkten im Inneren, halb verwischt. Als ich es zum ersten Mal sah, erinnerte mich die Form sofort an eine Sanduhr.«

»Eine Sanduhr!«, rief Rudolf. »Aber ja, natürlich, eine Sanduhr! Das würde die Punkte in den Dreiecken erklären: Sandkörner! In einer Sanduhr sind Sandkörner, nicht wahr? Sehr gut, mein Junge! Wenn du so weitermachst, haben wir Elisa zurückgeholt, bevor Martha überhaupt merkt, dass wir verschwunden sind!«

Samuel ließ sich von den ermutigenden Worten des Tätowierten nicht täuschen. Er wusste nur allzu gut, was dieser seinen Großeltern und seiner Mutter in einer noch nicht sehr alten Version der Vergangenheit angetan hatte. Rudolf kannte nur ein Ziel: alle Faulkners, die sich ihm in den Weg stellten, auszulöschen ... Nein, bevor er auf diese Versprechungen hereinfiel, musste er ihn erst davon überzeugen zurückzukehren. An denselben Ort zurückzukehren, hieß das, aber zu einer anderen Zeit, nämlich um 1980. Denn in jener Zeit hatte Sam, als er das Ausgrabungslager verlassen hatte, die Waffe des Archäologen Chamberlain hinter einem der Tonkrüge versteckt. Wenn es ihm jetzt gelingen würde, sie wieder an sich zu bringen, hatte er eine gute Chance davonzukommen ... Allerdings unter der Bedingung, dass es ihm endlich gelänge, sich von diesen verdammten Fesseln zu befreien! Er hatte schon die ganze Zeit hinter seinem Rücken versucht, seine Hände herauszuwinden, doch bislang war nur ein Daumen frei geworden. Aber das reichte noch nicht ...

»Was ist der nächste Schritt?«, wollte Rudolf wissen.

»Logischerweise, wenn man davon ausgeht, dass zwei Dreiecke eine Sanduhr bilden, muss man die richtigen Dreiecke kombinieren, um die richtige Sanduhr zu erhalten.«

»Die, die uns zu dem Ring bringen wird, meinst du?«

»Bestimmt«, versicherte Sam.

»Und was sind deiner Meinung nach die richtigen Dreiecke?«

»Nun ja ... Zunächst einmal gibt es nicht unendlich viele Möglichkeiten der Anordnung ... Die Ausgangsposition ist sicher die, die Sie bewegt haben, mit den beiden leeren Dreiecken. Das würde passen: Wenn sie leer sind, gibt es keinen Sand, und wenn es keinen Sand gibt, gibt es keine

Sandurh. Wir müssen also eine bessere Kombination finden . . . Eine, die eine funktionierende Sanduhr darstellen würde, zum Beispiel.«

Rudolf nickte. Mit dem Finger ließ er den rechten Kreis eine halbe Drehung und den linken eine Vierteldrehung beschreiben, woraus sich eine neue Figur ergab:

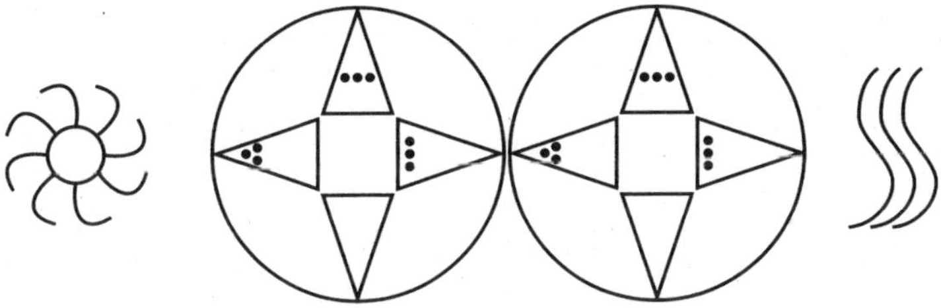

»Was sagst du dazu, mein Junge? Der Sand rieselt von der einen, rechten Seite und sammelt sich in der anderen, linken . . . Eine funktionstüchtige Sanduhr, oder nicht?«

»Ich persönlich würde diese Kombination vermeiden«, sagte Sam nach kurzem Zögern leise.

»Und warum bitte schön?«, fragte Rudolf gereizt.

»Wegen der Sonne und den Wellen, die die Kreise einrahmen. Wahrscheinlich stehen sie für ›oben‹ und ›unten‹. Die Sonne am Himmel und das Meer auf der Erde; ›oben‹ links und ›unten‹ rechts . . . So wie es aussieht, würde ich wetten, dass Ihre Sanduhr auf dem Kopf steht.«

»Mmmja«, brummte Rudolf beleidigt. »Du hältst dich wohl für sehr schlau? Genauso ein Angeber wie dein Vater!«

»Wollen Sie denn, dass der Sonnenstein uns irgendwohin schleudert?«, gab Samuel zurück.

Der Tätowierte warf ihm einen giftigen Blick zu und drehte wortlos an den beiden Kreisen, bis die Sanduhr die richtige Ausrichtung hatte:

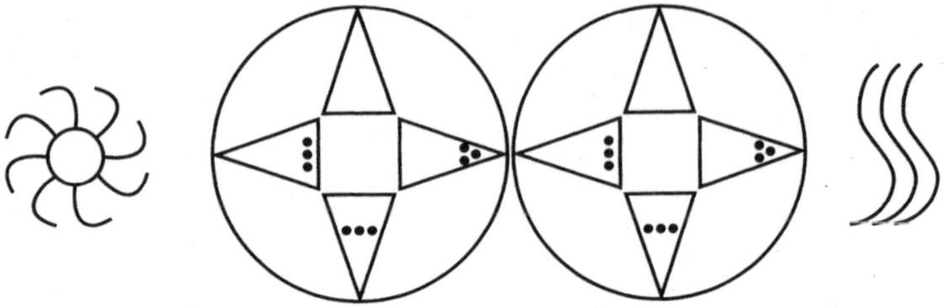

Dann betrachtete er erwartungsvoll das Ergebnis, aber es tat sich nichts.

»Wie soll man wissen, ob es funktioniert hat?«, fragte er ungeduldig.

»Da gibt es nur eine Lösung«, versicherte Sam. »Man muss zu einer anderen Zeit in die Grabkammer zurückkehren, um den zweiten Sonnenstein zu aktivieren. Wenn wir uns nicht geirrt haben, müssten wir zum Ring gelangen.«

»Mmmh . . . Und was beweist mir, dass du nicht lügst?«

»Nichts, außer dass Sie genau wie ich wissen, dass Setni den Ring irgendwo in seinem Grab verborgen hat, und wenn ihn bis jetzt niemand gefunden hat, heißt das, dass er gut versteckt ist . . . Außerdem wissen wir beide genau, dass man die beiden Goldreife braucht, um ihn zu finden. Zwei Goldreife also, weil es zwei Sonnensteine gibt. Und ich glaube, ein Teil der Antwort steckt schon in Ihrer Frage: Erinnern Sie sich noch, wo sich zur Zeit der Ausgrabung der Sockel im Verhältnis zum Sarkophag befand?«

Mit einem Kopfnicken wies Rudolf auf das andere glatte Ende des Sockels.

»Ist das nicht der beste Beweis?«, fragte Sam triumphierend. »Wo also sollte sich der Sonnenstein befinden, den Sie ein paar Jahrhunderte später benutzt haben? Wo, wenn nicht im Inneren des Sockels?«

Der Tätowierte schien sich von diesen Argumenten überzeugen zu lassen.

»Wenn dieser zweite Sonnenstein nur in einer anderen Epoche zugänglich ist, wie sollen wir dann zu ihm kommen?«

Samuel holte tief Luft, bevor er antwortete. Die letzte Kurve vor der Zielgeraden . . . Sich eine große Lüge ausdenken!

»Unter den sieben Münzen, die Sie mir weggenommen haben, ist eine mit arabischen Schriftzeichen«, begann er. »Sie gehörte Gary Barnboim. Der Name dürfte Ihnen nicht unbekannt sein.«

Rudolf ließ nicht das kleinste Wimpernzucken erkennen.

»Der Archäologe Chamberlain war sein Enkel«, fuhr Sam fort. »Er hat einen ganzen Haufen Zeug von ihm geerbt, unter anderem Tagebücher, in denen Barnboim berichtet, dass er eines Tages in der Grabkammer des Hohepriesters des Amun ankam und diese keinerlei Zugang hatte. Das heißt, dass er hier an dieser Stelle war, zu einer Zeit irgendwann zwischen Setnis Begräbnis und dem Beginn von Chamberlains Ausgrabungen, bei denen zum ersten Mal die Grabkammer geöffnet wurde. Anders gesagt, zu einer Zeit, die wir suchen. Und er hat diese arabische Münze benutzt . . . Sie müsste uns geradewegs zum zweiten Sonnenstein bringen.«

Samuel drückte sich selbst die Daumen – er hatte soeben seinen kleinen Finger aus den Leinenfesseln befreit. Seine Geschichte klang einigermaßen überzeugend, Rudolf durfte nur nicht allzu kritisch nachfragen. Der Besagte fixierte ihn mit forschendem Blick, als wittere er eine Falle.

»Da unsere Schicksale so untrennbar miteinander verbunden sind«, erklärte er mit honigsüßem Lächeln, »solltest du eine Sache nie vergessen, mein Junge. Du wirst ohne mich niemals zu deiner Mutter zurückfinden, auch wenn du das vielleicht hoffst. Niemals. Ist das klar?«

»Genau deshalb bemühe ich mich ja, Sie zu ertragen«, gab Samuel zurück. »Und wenn es noch ein oder zwei Reisen dauert, glauben Sie mir, ich werde es überleben ...«

»Umso besser! Zumindest wissen wir beide, woran wir miteinander sind. Und jetzt stell dich vor die Mauer und rühr dich nicht.«

Samuel gehorchte, während der Tätowierte die halb abgebrannte Fackel auf den Sockel des Sarkophags legte und einen der Goldreifen mit den Scheiben des Thot aus seiner Tasche zog. Er hantierte an den Münzen herum – leider konnte Sam nicht erkennen, was er machte –, dann trat er vor den Sonnenstein, der sie hierhergebracht hatte. Er platzierte den Goldreif auf der Sonnenscheibe und setzte so eine Kugel reiner Energie frei, die den Raum mit ihrem wohltuenden Licht erfüllte.

»Gesicht zur Wand«, kommandierte der Tätowierte.

Sam bemühte sich, die Stofffetzen einigermaßen zusammenzuhalten, drehte sich zu der großen Thot-Statue und hoffte, Rudolf würde nichts Verdächtiges auffallen. Wie würde er ihn diesmal bewusstlos schlagen? Mit einem Krug? Mit dem Revolvergriff?

»Gut«, sagte der Tätowierte, während er hinter Sam trat. »Und jetzt zu uns beiden, kleiner Faulkner.«

Er bohrte ihm seine Waffe in die Seite, legte ihm den anderen Arm um den Hals und drückte zu. Sam versuchte noch, sich zu wehren, doch es schnürte ihm schon die Luft ab. Schon einmal, im Museum von Saint Mary, hatte er mit Rudolfs erstaunlichen Kräften Bekanntschaft gemacht.

»Ganz ruhig, kleiner Faulkner«, raunte er ihm ins Ohr. »Wir werden jetzt ein bisschen Karussell fahren.«

30.
Der Hüter der Sonnensteine

Los, steh auf!«

Samuel bekam einen heftigen Stoß in die Rippen und sackte auf dem Boden nur noch mehr in sich zusammen, immer noch vollkommen benebelt von den Auswirkungen des Zeitsprungs.

»Steh auf!«, wiederholte Rudolf lauter.

Ein zweiter Fußtritt traf seine Hüfte und Sam kam mühsam auf die Knie. Bilder und Eindrücke wirbelten in rasender Geschwindigkeit in seinem Kopf herum: Rudolf, der ihn brutal würgte und dann wie einen Sack über den Boden schleifte; der Energieball, der auf dem Sockel aufflammte; der Lavastrom, der ihn verschlang, obwohl er schon halb erstickt war ...

»Was hast du eingefädelt, he?«, schimpfte Rudolf. »Kein Armreif mehr auf der Sonne und auch keine Münze mehr ...«

Samuel blinzelte. Er sah nur einen schwachen Lichtschein, dafür aber umso deutlicher den Lauf des Revolvers, fünf Zentimeter vor seiner Nase. Es sah sogar aus, als ob Rudolf zitterte.

»Und diese Zeit, warum hast du mich in diese Zeit geschickt? Rede!«

Der Tätowierte drückte ihm die Waffe an die Schläfe und zwang ihn aufzustehen. Samuel rappelte sich mühsam hoch, immer noch mit gefesselten Handgelenken, und warf einen Blick durch die Grabkammer. Dieses Mal waren sie neben der großen Thot-Statue angekommen und zu ihren Füßen zeigte sich der zweite Sonnenstein. Leer ... Setnis Sarkophag ruhte auf dem Sockel und im hinteren Teil des Raumes erkannte man den von Chamberlains Ausgrabungstrupp angelegten Gang. Von dort kam auch der Lichtschimmer, der die Kammer schwach erhellte ...

Unter anderen Umständen hätte Sam sich gefreut. Er hatte seine Wette gewonnen. Dank Allans arabischer Münze war er in der gewünschten Zeit zu Setnis Grab zurückgekehrt, und wie es schien, nach dem Zusammentreffen mit seinem Vater. Denn kurz danach hatte Sam Chamberlains Revolver versteckt. Wenn er nur endlich diese Fesseln loswerden und an die Grabbeigaben herankommen könnte ...

»Wenn du mir nicht sofort sagst, wie man diesen Ring findet«, drohte der Tätowierte, »drücke ich ab, das schwöre ich dir!«

Obwohl er im Halbdunkel nicht gut zu erkennen war, wirkte Rudolf seltsam blass und er schien zu frösteln. Ein Fieberschub, wie bei Lili und Alicia nach ihren Zeitreisen? Oder einfach die Angst, dass er dabei war, die Kontrolle zu verlieren?

»Tut mir leid«, entschuldigte sich Sam, um Zeit zu gewinnen. »Ich habe nie behauptet, dass ich die genaue Gebrauchsanweisung habe! Alles, was ich weiß, ist, dass man irgendwie die beiden Sonnensteine und die beiden Armreife benutzen muss. Sind Sie sicher, dass der erste Goldreif nicht auf der anderen Seite ist, mit allen Münzen?«

Zu seiner Überraschung blaffte Rudolf ihn diesmal nicht

an oder drohte, ihm Blei ins Gehirn zu pusten, sondern machte sich selbst daran, den Sockel zu umrunden.

»Nichts!«, schnaubte er von der anderen Seite. »Weder Armreif noch Münze!«

»Und der zweite Goldreif?«, fragte Sam. »Ist er auch verschwunden?«

Der Tätowierte fühlte in seine Tasche.

»Das verstehe ich nicht«, maulte er und zog das Schmuckstück hervor. »Der andere Armreif lag doch zusammen mit dem Revolver in der Transportvertiefung, aber alles, was uns hierhergebracht hat, ist verschwunden! Also vielleicht erklärst du mir jetzt endlich mal, in was du uns hier hineingeritten hast?« Er zielte mit dem Revolver auf Sam. »Sonst wirst du deine Mutter nie wiedersehen, das kannst du mir glauben.«

»Vielleicht muss man wieder die Sanduhren in Bewegung setzen?«, schlug Sam vor, während er hinter seinem Rücken an den Fesseln zerrte. »Eine andere Kombination einstellen, die den Ring erscheinen lässt?«

»Indem man den Sarkophag anhebt, oder?«

Der Tätowierte schien einen Augenblick nachzudenken, dann machte er sich daran, den Sarkophag des Hohepriesters von seinem Sockel zu hieven. Er hatte ihn vielleicht knapp dreißig Zentimeter beiseitegeschoben, als man aus dem Gang im Felsen knirschende Geräusche hörte. Rudolf wirbelte herum und richtete seine Waffe auf den Zugang.

»Der Tunnel ...«, keifte Rudolf. »Verfluchter Faulkner! Natürlich! Deshalb hast du mich hierhergebracht!«

Wie rasend zuckte er hin und her, seine Waffe abwechselnd auf Sam und auf den Gang gerichtet.

»Das Ausgrabungslager! Wie konnte ich nur so naiv sein!

Du hast uns mit Absicht hierhergelotst ... Mit Barnboim oder dem Ring der Ewigkeit hatte das gar nichts zu tun! Du hast einfach nur gehofft, Allan würde dir zu Hilfe kommen! Dein lieber Papa, was? Zwanzig Jahre früher!«

Er atmete stoßweise und gestikulierte zuckend, als ob sein ganzer Körper von einem plötzlichen Juckreiz befallen war. Wurde er allmählich wahnsinnig?

»Komm raus!«, rief er dem Eindringling zu, der sich seiner Meinung nach in dem Gang versteckte. »Komm raus oder ich mach ein Sieb aus dir!«

Samuel kamen plötzlich Zweifel: Und wenn sein Vater noch einmal zurückgekommen war, nachdem sie miteinander gesprochen hatten? Um vielleicht noch mehr über ihn zu erfahren? Zuzutrauen wäre es ihm ...

»Du rührst dich nicht von der Stelle«, schnauzte der Tätowierte Sam an, der den Hals reckte, um besser sehen zu können. »Du bist noch früh genug an der Reihe.«

Das Licht aus dem Gang schwankte jetzt von rechts nach links und verzerrte Schatten begannen über die Wände der Grabkammer zu tanzen: Es näherte sich jemand mit einer Fackel oder Ähnlichem.

»Zwei Faulkners für den Preis von einem!«, jubelte Rudolf. »Das nenn ich eine fette Beute!«

Die Gestalt eines hell gekleideten Mannes zeichnete sich im Eingang des Tunnels ab. Er streckte die Arme hoch und sein Gesicht wurde von der Sturmlaterne verdeckt, die er in der Hand hielt.

»Stell das Ding ab, Allan, hab keine Angst«, höhnte Rudolf. »Es ist nur ein Treffen unter alten Freunden ...«

Der mysteriöse Besucher schien zu zögern, dann hob er die Laterne langsam zur Seite, als hätte er die Anweisung missverstanden. Samuel war wie erstarrt, als er die Gestalt erkannte. Der Tätowierte stieß einen entsetzten Schrei aus.

»Neiiin! Das ist unmöglich!«

Es war nicht Allan, der dort aus dem Tunnel kam, es war Rudolf! Der junge Rudolf! Der, den Samuel bewusstlos geschlagen hatte, als er sich mit seinem Vater geprügelt hatte! Und den er halb benommen am Boden zurückgelassen hatte, bevor er wieder aufgebrochen war! *Es standen sich jetzt zwei Rudolfe gegenüber!*

Sam blickte ungläubig von einem zum anderen. Der junge Rudolf starrte selbst wie paralysiert auf dieses *alter ego* mit den grauen Schläfen, das eine Waffe auf ihn gerichtet hielt. Sein älteres Gegenstück wirkte trotz des warmen Lichtscheins nicht mehr nur totenbleich, sondern im wahrsten Sinne des Wortes durchscheinend. Nervöse Zuckungen durchfuhren ihn wie elektrische Schläge von Kopf bis Fuß. Hilflos betrachtete er seinen jüngeren Zwillingsbruder und schien bereits zu ahnen, dass gleich etwas Furchtbares passieren würde: Dieses Zusammentreffen mit sich selbst war gegen die Natur ...

Eine halbe Minute lang herrschte Totenstille, dann schien der Tätowierte zur Besinnung zu kommen. Krummbeinig, am ganzen Körper zitternd und mit angespannten Gliedern, als wollte er verhindern, dass etwas aus ihm herausbrach, schwankte er auf Sam zu.

»Du glaubst wohl, du hast mich reingelegt, kleiner Faulkner?«, knirschte er mit einer Grabesstimme. »Du glaubst wohl, du kannst mich loswerden und wieder abhauen, als wäre nichts gewesen, was? Irrtum, Kleiner ... Was auch passiert, meiner Rache wirst du nicht entkommen. Adieu, kleiner Faulkner ...«

Er runzelte angestrengt die Stirn und umklammerte mit steifen Fingern den Griff des Revolvers. Er hielt ihn immer noch auf Sam gerichtet. Seinen zuckenden Arm mit der anderen Hand abstützend, schaffte er es sogar, die Waffe einigermaßen ruhig zu halten. Doch in dem Moment, als er abdrücken wollte, erhellte ein plötzlicher Lichtblitz den Raum. Samuel nahm zunächst an, ein Schuss hätte sich gelöst, doch der Knall blieb aus. Als er in die Helligkeit blinzelte, wurde ihm klar, dass der weiß glühende Blitz von niemand anderem ausging als vom Tätowierten selbst … Auf spektakuläre Weise hatte er sich in einen leuchtenden Geysir verwandelt, dessen menschliche Züge nur noch undeutlich zu erkennen waren, während er eine Flut winziger weißer Partikel in die stickige Luft der Grabkammer sprühte. Rudolf war soeben implodiert! Die Hülle seines Körpers, die er eben noch unter enormen Anstrengungen zusammengehalten hatte, war geplatzt! Er war nur noch ein glühendes Energiebündel, das seine Substanz verzehrte, die Atome, aus denen er vorher zusammengesetzt gewesen war, zerstoben in einer glühenden Wolke. Jetzt bezahlte er seine Verachtung den Menschen und der Zeit gegenüber mit seinem Leben!

Ihm gegenüber, im Eingang des Tunnels, ließ sein jugendliches Double entsetzt die Sturmlaterne fallen und rannte, unverständliche Rufe ausstoßend, Hals über Kopf durch den Gang davon. Doch Samuel konnte die Augen nicht von dem Schauspiel abwenden. Es war wie eine Warnung, die sich für immer in sein Gedächtnis brannte: niemals, niemals die Macht des Sonnensteins zu unterschätzen …

Kurz darauf versiegte der Energieausbruch, nachdem

auch die letzten Partikel verzehrt waren und der Körper sich in Luft aufgelöst hatte. Dann war es wieder still in der Grabkammer. Dort, wo Rudolf eben noch gestanden hatte, war nur ein unförmiger Haufen Leinenfetzen zurückgeblieben, eine lächerliche Waffe und ein glitzernder Goldreif. Samuel hatte gesiegt.

Doch das Wichtigste hatte er noch vor sich ...

Er drehte sich mit dem Rücken zu einer der scharfen Steinkanten des Sockels und rieb seine Fesseln daran, um endlich auch die letzten drei Finger zu befreien. Wie viel Zeit war vergangen, seitdem er Martha Calloways Haus verlassen hatte? Nicht viel mehr als eine halbe Stunde vermutlich, selbst wenn er die Zeit mitrechnete, in der er bewusstlos gewesen war ... Ihm blieben also noch gut zwei Stunden. Alles war möglich, man musste nur fest daran glauben!

Er lief in die hintere Ecke des Raums, trat den Revolver mit dem Fuß beiseite und nahm den Goldreif an sich. Dem intensiven Leuchten nach zu urteilen, musste es sich um das Original handeln. Wo allerdings Merwosers Armreif und die Münzen geblieben waren ...

Er sah noch einmal in der Vertiefung des Sonnensteins nach, fand aber nichts weiter. Ohne die Scheiben des Thot würde es allerdings nicht leicht werden, nach Saint Mary zurückzukommen. Oder war es vielleicht gar nicht mehr möglich, sie zu benutzen? Indem sie die Sanduhr in Gang gesetzt und den Goldreif auf den ersten Sonnenstein gelegt hatten, hatten Rudolf und er möglicherweise einen Mechanismus ausgelöst, der verhinderte, dass man sich der gelochten Münzen bediente? Und der keine andere Wahl ließ, als den zweiten Goldreif zu benutzen?

»Die beiden Sonnen können nicht gleichzeitig scheinen ...«

Aber eine nach der anderen, das müsste doch funktionieren?

Samuel brachte den edlen Armreif mit dem übernatürlichen Schimmer an den Sonnenstein. Der Reif passte sich in die Sonnenscheibe ein, ohne dass der Schimmer nachließ, zeigte aber ansonsten keinerlei Wirkung. Weder auf dem Sonnenstein noch in der Vertiefung oder auf dem Sockel ...

Plötzlich beschlich Samuel ein seltsames Gefühl. Irgendetwas schien hinter seinem Rücken vorzugehen ... Er drehte sich blitzartig um und befürchtete schon das Schlimmste, doch was er dort auf der vergoldeten Wand sah, ging über jede Vorstellungskraft hinaus. Der Gott Thot ... bewegte sich! Und nicht nur er! Alle anderen Miniaturfiguren zu seinen Füßen hatten sich ebenfalls in Bewegung gesetzt! Wie in einem Zeichentrickfilm! Lang gestreckte, im Profil erfasste Figuren mit fließenden Gewändern und auffallender Haarpracht bewegten sich entlang einer Folge horizontaler Linien. Wie ein lebendiger Comic-Streifen!

Sam trat einen Schritt näher heran, um sicherzugehen, dass es sich nicht um Halluzinationen handelte. Der Gott mit dem Ibiskopf beherrschte das bewegliche Fresko mit seiner hoch aufragenden Gestalt, majestätisch den Hals und seinen langen Schnabel neigend, als wollte er einem unsichtbaren Pharao die schlichte Krone aufsetzen, die er in den Händen hielt. Nachdem er diese Scheinkrönung vollzogen hatte, richtete er sich langsam wieder auf und begann dieselbe feierliche Geste von Neuem.

Zu beiden Seiten seiner Beine schienen kleine Männchen wie eine Horde schelmischer Kinder einen ausgelassenen Tanz aufzuführen. Was auf den ersten Blick wie ein wildes Durcheinander aussah, folgte bei genauerer Betrachtung jedoch einer festen Ordnung: Jede Gruppe für sich bildete eine Einheit, die in einer Endlosschleife immer wieder dieselben Bewegungen vollführte und eine bestimmte Personengruppe darstellte. Unter ihnen tauchte vor allem eine Person immer wieder auf: ein kleiner Mann in einer Tunika, dessen Schädel, im Gegensatz zu allen anderen, glatt rasiert war und der einen Umhängebeutel trug. Setni? Auf jeden Fall war er ihnen in einem ähnlichen Aufzug erschienen, als Lili und Sam ihm damals begegnet waren: kahlköpfig und mit einem Beutel, von dem er sich um keinen Preis trennen wollte. Natürlich war es unmöglich, ihn eindeutig zu identifizieren, dazu waren die in die Wand geritzten Figuren zu skizzenhaft, die Augen nur angedeutet, die Gesichter alle gleich ... Doch diese eine hatte sehr vertraute Züge. Und schließlich war dies hier ja die Grabkammer des Hohepriesters des Amun, der Ort, wo man ihm die letzte Ehre erwies.

Unter diesem Aspekt untersuchte Sam die Zeichnungen etwas genauer und kam schließlich zu der Erkenntnis, dass jede dieser »Folgen« eine kurze Geschichte darstellte, in deren Mittelpunkt Setni als Hauptfigur stand. Neben Thot, auf der Höhe seines linken Knies, sah man zum Beispiel eine Abfolge kleiner animierter Vignetten – eine andere Bezeichnung fiel Samuel nicht ein –, die ihn als Diener des Tempels zeigten, sich vor einer mächtigen Statue niederwerfend – einer Statue des Amun? Dann wieder wurde er bei seinen rituellen Waschungen in einem der Wasserbecken dargestellt. Auf dem nächsten zog er aus dem Schilf eine Truhe hervor, aus der er mehrere Tafeln nahm – Schrifttafeln, auf denen die Funktionsweise des Sonnensteins erklärt wurde? Oder er kniete vor einer in Stein gemeißelten Sonne, die er mit der Hand berührte, und im Folgenden wachte er am Ufer eines Flusses auf, in der Nähe eines weiteren Sonnensteins ...

Die nächsten fünf Vignetten zeigten ihn inmitten eisengepanzerter Reiter, die offenbar versuchten, in einen Turm einzudringen. Dann wieder versuchte er auf einer Insel mit wild wuchernder Vegetation drei wütende Gestalten davon abzuhalten, einen halb in der Erde versunkenen Sonnenstein zu zerstören. Ihren dreieckigen Hüten und Säbeln nach zu urteilen, musste es sich um Piraten handeln. Von da an war Setni übrigens nur noch mit einer Nachbildung des Sonnensteins in seiner rechten Hand dargestellt, als wäre er zu seinem Vertreter oder Beschützer geworden. Der Hüter der Sonnensteine ...

Samuel machte es sich vor den Felszeichnungen bequem, um sie in Ruhe betrachten zu können. Bei einigen Szenen allerdings blieb ihm der Sinn verschlossen – wie die, in der der ehrwürdige Reisende in einer Sänfte getragen wurde und mit einer schmuckbehangenen Prinzessin ein unbekanntes Spiel spielte. Andere waren dafür umso eindeutiger. Besonders eine, in der Setni einen runden Berghügel erforschte und einen Pagodenpalast entdeckte, wo er lange – auf zwei Bildern in Folge – mit einem alten bärtigen Mann mit Stock sprach, dem er auf dem letzten Bild half, sich auf einem Bett auszustrecken. Offensichtlich war hier Qin gemeint ... Etwas weiter sah man ihn beim Zeichnen einer Art Landkarte – der Karte der Sonnensteine, auf die er so stolz gewesen war! An die fünfzehn dieser kurzen bewegten Szenen schmückten so die große Figur des Gottes Thot, der mit seinen majestätischen Verbeugungen fortfuhr. Setnis fünfzehn große Werke! Die Legende vom Hüter der Sonnensteine!

Doch unter all diesen Darstellungen war eine, die ihn besonders fesselte. Es handelte sich um die letzte Bilderserie unten links auf der Wand. Vielleicht war er nicht besonders objektiv, doch er glaubte dort zwei Kinder zu erkennen, einen Jungen und ein Mädchen, in Gesellschaft des Hohepriesters. Auf dem ersten der fünf Bilder lief Setni, seinen Stein in der Hand, durch einen langen Gang hinter den beiden her – wie auf der Zugfahrt nach Chicago! Auf dem zweiten schaltete sich der Hohepriester ein, um die beiden Kinder vor einer Schlägerbande zu beschützen – Paxtons Bande! Im dritten standen die drei um die Karte der Sonnensteine herum und unterhielten sich, und auf dem vierten war die Rede von einem Architekten, auch einem Zeitreisenden, der eine Stufenpyramide baute – offensichtlich Imhotep, dem Setni bei diesem Anlass die Geschichte erzählt hatte. Auf dem fünften schließlich sah man eine seltsame Zeremonie: Der Hohepriester stand vor einem knienden Jungen und streckte ihm den Sonnenstein entgegen. Der Junge nahm ihn mit geschlossenen Augen und zum Himmel gekehrten Handflächen entgegen, als übernehme er eine wichtige Mission.

An dieser Vignette blieb Samuels Blick lange hängen. Die ersten vier Kapitel hatten sein Zusammentreffen mit dem Hohepriester in Saint Mary ziemlich genau nachgezeichnet, das fünfte dagegen schien sich von der Wahrheit zu entfernen. Oder sollte man es eher als Symbol verstehen?

Als eine Art Übergabe des Stabs? Setni hatte in der Tat angedeutet, dass Samuel einen ausgezeichneten Hüter des Sonnensteins abgeben würde ... Allerdings hatte der seines Wissens diesen Auftrag nie angenommen!

Oder aber ... Wieder und wieder studierte Samuel die Geste des alten Weisen, diese würdevolle Verbeugung, als er das Objekt in die Hände seines Nachfolgers legte. Beinahe die gleiche Haltung wie der Gott Thot ... Außer dass Thot keinen Miniatur-Sonnenstein in der Hand hatte, sondern eine Krone. Eine sehr schlichte Krone im Übrigen, eher ein rundes Stirnband ohne jede Verzierung oder Schnörkel. Es sei denn ... Es sei denn, es handelte sich überhaupt nicht um eine Krone, sondern um einen Ring? Einen in Anbetracht seiner Wichtigkeit erheblich vergrößerten Ring. Der Ring der Ewigkeit ... Hatte Samuel die beiden Goldreife nicht zusammengebracht, um ihn zu bekommen?

Sam überlegte nicht länger. Er kniete sich der Thot-Statue zu Füßen, genau auf der Seite, zu der er sich herabbeugte, und wie Setnis junger Gefährte auf dem Wandbild streckte er seine geöffneten Hände aus und öffnete die Augen. Es sah vielleicht albern aus, aber wenn er so den Ring bekommen konnte ...

Zunächst tat sich nichts. Dann, nach nur wenigen Sekunden, hörte man ein leises Geräusch, ein metallisches Klirren in der Nähe des Sarkophags. Samuel öffnete die Augen und wandte sich zum Sonnenstein um: Der Original-Goldreif lag noch immer auf der Sonnenscheibe, doch in der Vertiefung schimmerte etwas: eine Handvoll Münzen ...

Sam zählte fieberhaft: eine, zwei, drei, vier ... sieben, es waren sieben! Seine sieben Münzen! Und das war noch nicht alles! Zwar war Merwosers Armreif nicht wieder da, dafür aber ein kleiner steinerner Ring. Der Ring der Ewigkeit ... Jackpot!

Sam rollte den kleinen Gegenstand auf seiner Handfläche, bewegt und beeindruckt zugleich. Er wirkte so unscheinbar, so beliebig! Kein Zeichen, keine Gravierung, nur ein grauer Steinring, der sich beinahe rau anfühlte ... Wer würde bei diesem Anblick auf den Gedanken kommen, welche enormen Kräfte in ihm verborgen lagen? Und ihm, Samuel, war es gelungen, ihn zu erobern!

Er wandte sich um und wollte dem Gott Thot seine Dankbarkeit erweisen, doch das Wandbild war bereits wieder erstarrt. Egal ... er musste schleunigst zum 11. Juli zurückkehren.

Sam nahm den Goldreif vom Sonnenstein und öffnete die schmale Schließe, um die für seine Funktionstüchtigkeit notwendigen Elemente zu ergänzen. Zuerst ließ er den gläsernen Ring des Skarabäus auf den Reif gleiten, dann die gelbe Münze des Archäologen Chamberlain, die chinesische von Qin und die arabische seines Vaters, als ihm etwas auffiel. Ein Detail, das nach besserem Licht verlangte ...

Er holte die Sturmlaterne vom Eingang des Tunnels und lehnte sie gegen den Sockel, um besser sehen zu können. Die restlichen drei Münzen gehörten zu denen, die Rudolf selbst geprägt hatte und die Sam aus dessen Büro gestohlen hatte. Sie sahen sich alle sehr ähnlich, waren aus demselben silbrigen Metall geprägt und kunstvoll mit Datums- und Zeitangaben versehen. Die erste führte zu Sams Geburtstag, dem 5. Juni. Die zweite hatte ihn und Alicia aus der Zukunft zurückgebracht, die dritte hingegen zeigte keineswegs den 11. Juli ... So viel er sie auch drehte und wendete, sie war eindeutig auf den 23. Juli datiert!

»Dieser Hund!«, schrie Sam auf. »Dieser Hund!«

Rudolf ... Rudolf hatte die Münze ausgetauscht, die sie eigentlich zu Martha Calloway zurückbringen sollte! Er musste den Moment genutzt haben, als Sam im Kofferraum des Chevrolets steckte, um sie durch eine Münze späteren Datums zu ersetzen! Der 23. Juli ... Das musste genau in seine Gegenwart fallen! Zwölf Tage später! Also hatte der Tätowierte nie die Absicht gehabt, Elisa zu retten ... Er hatte nur dafür gesorgt, dass er wieder in seine Zeit zurückkam, sobald er den Ring an sich gebracht hätte! Deshalb also hatte er Sam zu verstehen gegeben, dass er seine Mutter nie wiedersehen würde!

Beinahe hätte Sam die Scheiben des Thot vor Wut in die Ecke geschleudert. Da meinte er, entferntes Hundegebell zu hören, und zwang sich zur Ruhe. Sicher streunte dort draußen der Lagerwächter mit seiner Bestie herum und früher oder später würden sicher auch Rudolf oder Allan – oder Chamberlain – Alarm schlagen ...

Jetzt nur nicht in Panik geraten ... Immerhin hatte er den Goldreif bei sich und er hatte die Münzen. Vielleicht würde es ihm durch einen kleinen Umweg, einen Zwischenstopp, doch noch gelingen, rechtzeitig in Saint Mary anzukommen?

Sam nahm noch einmal seine sieben Münzen in Augenschein. Ehrlich gesagt bot nur eine einzige die Möglichkeit, es mit etwas Verzögerung doch noch zu schaffen. Die Münze, die auf seinen Geburtstag datiert war. Zu diesem Zeitpunkt seiner Geschichte hatte sein Nachbar, der alte Max, noch einige Scheiben des Thot für ihn aufbewahrt, die Allan Faulkner ihm übergeben hatte. Unter ihnen war ein blauer Plastik-Jeton, der ihn in Rudolfs geheimes Domizil unter der Kirche der sieben Auferstehungen bringen würde ... Wo im Büro die Münze zum 11. Juli in einer der penibel sortierten Schubladen lag ...

Natürlich würde das bedeuten, dass er zwei Stationen überwinden musste, bevor er zu seiner Mutter gelangte. Und das Ganze in genau neunzig Minuten. Schwierig ... Schwierig, aber nicht unmöglich. Zumal auf der Münze seines Geburtstages 17 Uhr angegeben war und er am späten Vormittag jenes Tages – an dem alles angefangen hatte – gerade auf seiner ersten Reise auf der Insel Iona gelandet war. Er würde also nicht Gefahr laufen, sich selbst zu begegnen ...

Nachdem er also seine Wahl getroffen hatte, schob Samuel die Münzen auf den Goldreif und wollte ihn gerade auf der Sonnenscheibe anbringen, als er einen überraschten Schrei ausstieß: Das Schmuckstück sprang ihm aus der Hand und fügte sich ganz von selbst an seinen Platz. Als wäre es plötzlich lebendig geworden und folgte seinem eigenen Willen!

Goldene Perlenströme traten aus den sechs Sonnenstrahlen und ließen eine wunderbare Leuchtkugel entstehen. Samuel legte den Ring in die Vertiefung und hielt seine Hand über den Sonnenstein. Noch nie zuvor hatte er mit solcher Intensität das Pulsieren der Zeit in seiner Brust und das Erzittern der Welt unter seinen Füßen gespürt. Die Erde, die Zeit, die Sonne, es war, als wollte sein Körper mit dem Universum verschmelzen ... Er legte die Handfläche auf den Sonnenstein, sah ihn noch einmal fest an, dann fühlte er, wie er von ihm verschlungen wurde.

31.
Geschenke

Samuel erwachte mit einem seltsamen Gefühl: Ihm war kalt. Trotz des heißen Lufthauchs, der ihn außerhalb der Grabkammer durchströmt hatte, war er durchgefroren … Er öffnete die Augen und merkte sofort, dass etwas nicht stimmte. Der Keller war nicht in dem Zustand, in dem er hätte sein sollen. Auf jeden Fall nicht in dem Zustand, in dem er ihn am Tag seines Geburtstags verlassen hatte … Die Zwischenwand, hinter der der Sonnenstein versteckt war, gab es nicht mehr, und auch den Wandbehang mit dem Einhorn nicht. Das Feldbett und der kleine gelbe Hocker fehlten auch. Sogar der Sonnenstein war verschwunden!

Schlotternd und wie betäubt richtete er sich auf. Zwar erkannte er den Keller wieder, aber nichts war wie vorher. Überall standen Kartons herum, daneben eine Sackkarre, unter dem gekippten Fenster ein großer Holztisch. Überall lagen Styroporteilchen und Schnurreste herum, es roch nach frischer Farbe … Wie kurz nach einem Einzug.

»Der Stein …«, stammelte er.

In der hintersten Ecke fand er ihn schließlich, unter einer Plastikplane versteckt, der Goldreif und die Münzen lagen brav an Ort und Stelle. Er stieß einen erleichterten Seufzer aus, ließ das Schmuckstück in seine Tasche gleiten, während er immer noch zitterte wie Espenlaub. Er fühlte in der

Vertiefung nach dem Ring der Ewigkeit und umschloss ihn fest mit der Hand, in der Hoffnung, er würde ihm etwas Wärme und Trost spenden. Dann trat er ans Fenster, durch das noch helles Tageslicht hereinfiel. Durchaus passend zu einem 5. Juni um 17 Uhr ... Aber wenn das stimmte, was war dann mit seinem Keller geschehen?

Da fiel sein Blick auf ein riesiges Plakat, das auf dem Tisch lag, mit der Aufschrift: **Am 3. Juni Eröffnung der Antiquarischen Buchhandlung Faulkner!**

Am 3. Juni, wiederholte Samuel bestürzt ... Das war unmöglich! Sein Vater hatte den Laden im Winter eröffnet, ein paar Tage vor Weihnachten! Das ergab alles keinen Sinn!

Er musste sich an der Tischplatte abstützen, seine Beine drohten zu versagen, er fühlte sich unsagbar schwach. Das lag nicht nur an der merkwürdigen Situation, sondern an ihm selbst, wie ein innerer Zusammenbruch.

Am 3. Juni, wiederholte er fassungslos ... Am 3. Juni, zwei Tage vor Sams Geburtstag, hatte sein Vater angeblich die Einweihung einer Buchhandlung gefeiert, die bereits seit Monaten existierte! Das war absurd, vollkommen absurd!

Sam stützte sich vornübergebeugt mit beiden Händen auf dem Tisch ab, um nicht umzukippen, und versuchte, den Aufruhr, der in seinem Körper tobte, unter Kontrolle zu bringen. Sicher gab es für all das eine plausible Erklärung ... Wenn die Münze ihn zwar an den richtigen Ort gebracht hatte, aber dennoch nichts mehr so war wie vorher, konnte das nur eins bedeuten: Die Vergangenheit war verändert worden. Eine andere zeitliche Sequenz musste in den Wochen, Monaten, vielleicht auch Jahren begonnen haben, die seinem vierzehnten Geburtstag vorausgingen. Eine Sequenz, in der die Ereignisse anders verknüpft gewesen waren, als er es erlebt hatte, bis hin zu dieser unwahrscheinlichen Eröffnung am 3. Juni. Das bedeutete auch, dass in dieser neuen Version der Vergangenheit Allan wahrscheinlich nicht verschwunden war – da er offensichtlich seinen Buchladen betrieb – und dass sein Sohn nicht im Keller nach ihm suchen musste ... Infolgedessen hatte er auch nie den Sonnenstein entdeckt oder war auf die Insel Iona geraten!

»Ich wusste es«, flüsterte jemand hinter ihm.

Samuel drehte sich um, ohne seinen Halt an der Tischplatte aufzugeben. Wenn ihm die Stimmlage auch fremd erschien, war ihm der Tonfall ungleich vertrauter. Am Fuß der Treppe stand ein junger Mann in Jeans und weißem Hemd, ein Päckchen unter dem Arm, und betrachtete ihn eingehend. Samuel Faulkner ... *Ein zweiter Samuel Faulkner!* Das gleiche Alter, relativ gut aussehend, mit einer widerspenstigen Stirnlocke, die ihm in die Augen fiel, vielleicht nicht ganz so kräftig gebaut ...

Nicht im Geringsten erschrocken oder erstaunt, ging er auf den Neuankömmling zu und musterte ihn mit einer Mischung aus Wohlwollen und Neugier.

»Ich bin also doch nicht verrückt«, sagte er. »Du existierst wirklich, nicht wahr?«

Sam brachte vor Verblüffung kein Wort heraus, gleichzeitig spürte er, dass seine körperliche Hülle nicht mehr lange standhalten würde. Unter seiner Haut schien alles zu schäumen und zu prickeln, als wollte es aus ihm herausplatzen ...

»Die ganzen Bilder, die ich seit drei Jahren gesehen habe«, fuhr der andere Samuel fort. »Seit meiner Operation und seit das mit Mama passiert ist . . . Ich wusste gleich, dass es keine normalen Träume waren!«

Er machte einen Schritt auf Sam zu und reichte ihm mit einer brüderlichen Geste die Hand.

»Wenn du wüsstest, wie oft ich dich schon gesehen habe . . . Hier in Saint Mary, aber auch an vielen anderen fremden Orten. Diese verschneite Stadt, Brügge, wo du in diesem Holzrad laufen musstest. Die prähistorische Höhle, wo dich dieser riesige Bär bedrohte. Die Insel im Mittelalter, als dort die Wikingerschiffe ankamen. Und dieser Vulkan, der eine ganze Stadt verschüttet hat. Der Arzt hält es für eine Art Schizophrenie, eine Art doppelte Persönlichkeit . . . Aber ich habe immer gesagt, dass sich das alles nicht nur in meinem Kopf abspielt. Dass es real ist, *dass es meine Erinnerungen sind!*«

Ratlosigkeit, beinahe Verzweiflung, klang aus seinen Worten und Sam wusste sofort, dass er der Grund dafür war. Indem er seine eigene Blinddarmoperation ausgenutzt hatte, um in das Saint Mary von vor drei Jahren zurückzukehren, musste er eine Art Verzerrung im Lebenslauf des jungen Samuel ausgelöst haben. Über Zeit und Raum hinweg musste eine besondere Verbindung zwischen ihnen beiden entstanden sein, eine Verbindung, die der Grund war für diese übernatürlichen Erinnerungsbilder. Immerhin hatte der Sam aus der Zukunft die Schmerzen des chirurgischen Eingriffs gespürt, warum sollte sich im Gegenzug nicht auch etwas von ihm auf den Samuel der Vergangenheit übertragen haben?

»Es . . . es tut mir leid.« Mehr brachte er nicht heraus.

»Du brauchst dich nicht zu entschuldigen«, antwortete

sein Double lächelnd. »Du bist nicht dafür verantwortlich. Oder wir beide sind es, denke ich. Denn in Wirklichkeit sind wir, du und ich, nur eine Person, nicht wahr? Das ist mir klar geworden, als Papa dieses Haus gekauft hat und ich es schon kannte, obwohl ich nie hier gewesen war! Von da an habe ich angefangen zu suchen und ...«

Er brach ab und fragte besorgt:

»Aber du zitterst ja! Ist dir kalt?«

Sam ging es in der Tat mit jeder Minute schlechter, er war kurz davor zusammenzubrechen. Seine Muskeln waren wie gelähmt und er hatte das Gefühl, bei der kleinsten Bewegung würde die dünne Membran reißen, die ihn noch zusammenhielt. Er hatte nicht vergessen, was mit Rudolf geschehen war ...

»Ich ... ich glaube, ich werde sterben«, flüsterte er. »Aber das macht nichts. Wenn du und Papa ...«

Weiter kam er nicht, zu viele traurige Gedanken überschlugen sich in seinem Kopf, der ohnehin bald nur noch ein Funken sprühendes Etwas sein würde.

»Du wirst nicht sterben«, sagte der andere Sam und trat zu ihm. »Du hast doch den Ring der Ewigkeit, oder? Du brauchst ihn nur auf deinen Finger zu stecken. So steht es hier drin!«

Mit seiner freien Hand zog er das Ding, das er im Arm hatte, aus der Papiertüte und brachte ein wunderschönes altes Buch mit rotem Ledereinband zum Vorschein. *Das Buch der Zeit* ... Er hatte das Buch der Zeit!

»Du bist ganz blass, du solltest dich lieber beeilen«, drängte er.

Sam seufzte und dachte dabei, dass es bereits zu spät war: Sein ganzer Körper war nur noch wie ein riesiger Ballon, kurz davor zu platzen. Es kostete ihn übermenschliche Anstrengung, seine erstarrten Finger zu strecken. Mühsam schob er den Ring, den er immer noch umklammert hielt, ungeschickt auf seinen Zeigefinger. Er hatte nicht einmal Zeit, irgendetwas zu fühlen, als in einem grellen Lichtblitz das ganze Universum in unzählige Teilchen zu zerplatzen schien, die um ihn herumwirbelten und alles, was von seinem Bewusstsein übrig war, in sämtliche Himmelsrichtungen zerstreuten ...

Samuel lag ausgestreckt auf dem Boden. Im ersten Moment dachte er, er sei tot. Doch etwas kitzelte ihn an der Nase. Vorsichtig öffnete er ein Auge: Ein Styroporkügelchen klebte unter seinem Nasenloch. Offenbar hatte er den Keller nicht verlassen ... Er zitterte nicht mehr und hatte auch nicht mehr das Gefühl, explodieren zu müssen, obwohl er sich immer noch etwas beengt fühlte. Etwa einen halben Meter neben ihm erblickte er zu seiner Beruhigung das dicke rote Buch.

Er stützte sich auf den Ellbogen, um aufzustehen, und bemerkte, dass der Ärmel seines Hemdes blütenweiß war. Und dass er eine Jeans anhatte.

»Oh, Mann, was ist hier ...?«

Mit einem Satz war er auf den Beinen, ein leichtes Dröhnen im Schädel. Er war allein.

»Samuel?«, rief er.

Keine Antwort. Und das hatte seinen Grund ... Einen Meter weiter, nicht weit vom Tisch lag ein Haufen Kleidungsstücke. Seine Kleidungsstücke. Als hätte er sich in aller Eile ausgezogen. Mit anderen Worten ...

»Das ist unglaublich! Ich träume wohl!«

Er kniete vor seinem Leinenanzug und befühlte ihn von allen Seiten, Panik erfasste ihn. Kein Zweifel, es war seine Reisekleidung. Sogar der Goldreif steckte noch in einer der Taschen! Und ein Stück weiter, neben einem Tischbein, lag der Ring aus Stein, der dorthin gerollt sein musste.

Samuel nahm ihn ängstlich hoch. Nein, das hier war kein Traum ... Er war tatsächlich kurz davor gewesen, zu implodieren und sich in einen weiß sprühenden Geysir zu verwandeln genau wie Rudolf. Nur dass er den Ring getragen hatte ...

Sam betastete vorsichtig Arme, Beine und Gesicht. Es war tatsächlich sein Körper. Weniger muskulös zwar, weniger geschmeidig ... »Denn in Wirklichkeit sind wir, du und ich, nur eine Person, nicht wahr?« Der Satz klang ihm noch in den Ohren ... Normalerweise hätte Sam sterben müssen, doch er lebte noch. Er war in diesem Körper wieder aufgewacht, der eigentlich nicht mehr seiner war. Und er war allein. Die einzig mögliche Erklärung war, dass Sam und sein anderes Ich irgendwie miteinander verschmolzen waren. Denn schließlich war es nicht möglich, dass zwei identische Wesen zur selben Zeit am selben Ort existierten. Also war aus ihnen eins geworden ...

Immer noch schockiert und mit einem unguten Gefühl griff Sam nach dem Buch der Zeit. »Das steht dadrin!«, hatte sein *alter ego* versichert. Er strich über den schönen, dicken, rissigen Einband. Wie vertraut er sich anfühlte! Er war noch genau so, wie er ihn damals gefunden hatte, als ob die Brandspuren gelöscht worden wären und als ob Rudolf nie eine Seite herausgerissen hätte. Eine neue Vergangenheit, eine neue Gegenwart ...

Wahllos blätterte er durch die Seiten. Alle Doppelseiten waren, wie gehabt, identisch, jedes Mal mit derselben Überschrift: *Die Jagd nach dem Ring*. Bevor er den Text las, fiel Sams Blick auf vier Schwarz-Weiß-Radierungen im Stil des 19. Jahrhunderts. Sie zeigten verschiedene Persönlichkeiten, von denen ihm nur eine unbekannt war: ein bärtiger Mann mit einem Hut, der ihm auf die Nase rutschte, der Bildunterschrift nach ein gewisser Fouldr II. Die anderen drei erkannte Sam auf den ersten Blick: Klugg, der Alchimist von Brügge, der auf dem Bild gerade durch das Fenster eines orientalischen Palastes floh. Es gab auch ein Bild von Setni beim Öffnen eines Schranks, der genauso aussah wie der in der Bibliothek des Vatikans. Auf dem letzten sah Samuel sich selbst, wie er mit geschlossenen Augen vor dem Gott Thot kniete und eine Art Krone oder überdimensionalen Ring entgegennahm. Samuel hatte es zu einem aufsehenerregenden Eintrag im Buch der Zeit gebracht!

Jetzt konnte er seine Neugier nicht mehr bezwingen und begann, den Text zu lesen:

Nach mehreren Jahrhunderten der Ungewissheit und Spekulation ist der Ring der Ewigkeit bei den Ausgrabungen an der Grabkammer des Hohepriesters Setni (Bild 1) in Theben, im Jahre 4610 nach dem Pharao Djoser, Kalender der 3. Dynastie, entdeckt und geborgen worden. Einem jungen Reisenden, der auf den Namen Sem (oder Sam oder Som) hört, ist es nach mehreren Versuchen gelungen, zum Versteck des heiligen Rings vorzustoßen, den der Gott Thot, Herz des Re, Schutzpatron der Schreiber und Berechner der Zeit, ihm selbst übergeben hat (Bild 4). Zur Erinnerung sei an dieser Stelle erwähnt, dass der Ring der

Ewigkeit (auch Ring der Zeit oder des Fortbestands) geschmiedet wurde, damit der Gott Re, Sonnengestirn, Großer Richter und Herr aller Dinge, seine Reise über die Welt auf der Himmelsbarke in alle Ewigkeit fortsetzen kann. Es ist zwar nicht genau bekannt, wie der Ring des Gottes Re in die Hände der Menschen gekommen ist, doch man weiß, dass er bei einer Vielzahl von ihnen die Gier geweckt hat, ihn zu besitzen, weshalb man sie oft als ›Jäger des Rings‹ bezeichnet. Der Erste von ihnen war sicher Nerferhotep im Jahre 885 nach dem Pharao Djoser, Kalender der 3. Dynastie, der im Alter von siebenunddreißig Jahren …

Es folgte eine ausführliche Abhandlung einiger dieser ›Jäger des Rings‹ – Sam übersprang ein paar Zeilen –, die sich im Laufe der Jahrtausende auf die Suche nach dem Schmuckstück gemacht hatten, unter ihnen tauchte auch der Name Klugg auf. Der Bericht über seine eigenen Abenteuer folgte ganz am Ende und war eher knapp gehalten, erwähnte seine Abstecher nach China und nach Rom, gab jedoch keine Auskunft darüber, wie seine Suche am Ende zum Erfolg geführt hatte. Das Buch der Zeit wusste über die kleinen Geheimnisse jedes Einzelnen eine gewisse Diskretion zu wahren.

Der letzte Absatz handelte von den Kräften, die dem heiligen Gegenstand zugeschrieben wurden, insbesondere von seiner Fähigkeit, *ganz gleich in welcher Lage und ganz gleich in welcher Gefahr, das Leben seines Trägers zu bewahren und es zu verlängern, bis dieser beschließt, den Ring wieder abzunehmen.* Sicher hatte dieser Absatz den Samuel der Vergangenheit darauf gebracht, dass der ›Ältere‹ den Ring einfach nur anstecken musste, um sich zu retten.

Samuel klappte das Buch der Zeit zu und legte seinen Kopf in die Hände. Er fühlte sich ... merkwürdig. Nicht wirklich körperlich schlecht, sondern irgendwie aus der Bahn geworfen. Und er hatte nicht vergessen, dass er sich beeilen musste. Hinüber zum alten Max laufen, den blauen Plastik-Jeton nehmen, wieder aufbrechen ... Und sein Vater ... Sein Vater, der irgendwo da oben sein musste, gesund und munter. Was sollte er tun?

In diesem Moment wurde im oberen Stockwerk eine Tür geöffnet, er hörte Musik. Eine wohlbekannte Stimme rief in den Keller hinunter:

»Sammy? Du kannst kommen, wir sind so weit!«

Lili ... Die liebe, wunderbare Lili.

»Sammy, hörst du mich?«

Sam stand auf. Wie sollte er sich jetzt verhalten? Vorsichtshalber steckte er das Buch der Zeit wieder in die Papiertüte, stopfte seine Kleidung in einen leeren Karton und schob den steinernen Ring auf den Zeigefinger. Man konnte nie wissen ...

Lili kam jetzt die Treppe herunter. Sie trug ein hübsches weißes Kleid, die Haare offen auf der Schulter und zog einen amüsierten Schmollmund.

»Sammy! Vergräbst du dich schon wieder im Keller! Soll dein Vater dir vielleicht lieber ein Bett und einen Fernseher hier unten aufstellen?«

Sie hatte sich nicht verändert. Selbstbewusst, immer noch die gleiche spitze Zunge. Ein Glücksfall von einer Cousine.

»Ich ... ich habe nachgedacht«, entschuldigte sich Sam.

»Ach, das ist ja was ganz Neues! Komm jetzt, alle warten auf dich!«

Den Bruchteil einer Sekunde zögerte er, ihr zu folgen, was ihr natürlich nicht entging.

»He! Geht es dir wirklich gut? Du wirkst ein bisschen durcheinander. Ist es etwa, weil du ein Jahr älter geworden bist?«

»Äh ... wahrscheinlich, ja.«

»Wenn du erst ein Stück von deinem Kuchen gegessen hast, geht's dir bestimmt besser! Komm, beeil dich!«

Sam trabte wie eine Aufziehpuppe hinter ihr her. Sein Geburtstag ... Natürlich, heute war sein Geburtstag! Sein Vater musste ganz nah sein!

Er würde mit ihm sprechen können, ihn berühren. Nur ein paar Minuten! Danach würde er sich um den blauen Jeton kümmern ...

Auf der Treppe wurde der Farbgeruch von herrlichem Schokoladenduft abgelöst und ein alter Rolling-Stones-Titel dröhnte ihm entgegen. Die Küchentür war geschlossen, doch die Tür zum Wohnzimmer stand weit offen. Auf der Türschwelle wartete Grandpa mit ausgebreiteten Armen auf ihn.

»Sammy, warum spannst du uns so lange auf die Folter? Ich habe Hunger!«

»Der Herr zieht sich zum Nachdenken in den Keller zurück«, lästerte Lili. »Kaum vierzehn und er macht sich schon Sorgen, wie schnell die Zeit vergeht!«

»Was soll ich denn sagen, in meinem Alter?«, witzelte Grandpa.

Sam schloss ihn gerührt in die Arme. Er hatte immer noch das Bild seines Großvaters vor Augen, der auf der Bettkante hockte, mit leerem Blick in den Himmel starrte und wirres Zeug redete.

»Für dein Alter bist du doch noch ganz schön fit, Grandpa«, sagte er leise.

»Es würde mir noch besser gehen, wenn ich endlich ein Stück von diesem verdammten Kuchen bekäme! Komm rein!«

Samuel betrat den Geschäftsraum der Buchhandlung, der etwas anders aussah, als er ihn bis dahin kannte: Pastelltöne an den Wänden, dunkleres Holz für die Regale, eine Leseecke mit Sesseln und einem moderneren Sofa. Alles wirkte sehr einladend und war zur Feier des Tages mit bunten Girlanden und Blumensträußen geschmückt. Überall hingen kleine Schilder: *Herzlichen Glückwunsch, Sammy! – Wir lieben unseren Sammy! – 14 Jahre und viel Glück!*

Sam musste sich sehr zusammenreißen, um sich nicht von seinen Gefühlen überwältigen zu lassen. Er war so durcheinander, dass er tatsächlich für ein paar Augenblicke den Eindruck hatte, dieses Haus sei tatsächlich seins, dass er sogar bei der Einrichtung mitgeholfen hatte. Er hätte schwören können, dass er persönlich die Wörterbücher dort links an der Wand eingeordnet hatte ... Oder dass er selbst die Schilder *Religionen* und *Esoterik* im rechten Schaufenster angebracht hatte.

Doch er durfte sich davon nicht täuschen lassen: Was immer er empfand, er war nur ein Durchreisender.

»Ist Papa da?«, fragte er unruhig.

»Bei der Stereoanlage und den Geschenken«, sagte sein Großvater. »Aber Finger weg!«

Eilig ging Sam um ein Regal mit der Aufschrift *Geschichte: Früh- und Spätmittelalter* herum und erblickte seinen Vater direkt dahinter: über einen Stapel CDs gebeugt, neben dem Geburtstagstisch, auf dem zwei in glitzerndes Geschenkpapier eingeschlagene Pakete lagen.

»Papa?«

›Time, is on my side, yes it is!‹, sang Mick Jagger gerade heiser.

»Papa?«, wiederholte Sam etwas lauter.

Dieses Mal drehte Allan sich um und lächelte breit.

»Sam! Haben sie dich endlich reingelassen! Deine Großeltern lieben dieses Theater, heimliche Vorbereitungen hinter verschlossenen Türen, du kennst sie ja . . .«

Samuel starrte ihn nur sprachlos an. Es war wirklich sein Vater. Kerngesund und lebendig stand er vor ihm, eine Plattenhülle von den Stones in der Hand. Glücklich und zufrieden, ohne von dem Drama, das sich um ihn herum abgespielt hatte und immer noch abspielte, die leiseste Ahnung zu haben. Allan Faulkner, wie er leibte und lebte, den Kopf in den Wolken, Liebhaber schöner Bücher und guter Geschichten . . . Allan Faulkner, dessen Schicksal seit seiner Kindheit mit dem Sonnenstein verbunden war und der nicht gezögert hatte, es mit Dracula aufzunehmen, um die zu retten, die er liebte. Allan Faulkner eben, sein Vater.

»He, hab ich was Falsches gesagt? Wegen deiner Großeltern? Ich hab nur Spaß gemacht! Ich mag doch selbst gern Überraschungen!«

»Kann . . . kann ich dich umarmen?«, fragte Samuel.

»Na klar! Seit wann brauchst du dafür eine Erlaubnis?«

Allan trat auf ihn zu, drückte seinem Sohn einen lauten Schmatzer auf die Wange und ließ sich selbst auch einen geben.

»Aber weißt du, vielleicht solltest du damit warten, bis du

die Geschenke ausgepackt hast . . . Womöglich bist du dann enttäuscht!«

Typisch Allan: An jedem Geburtstag behauptete er hartnäckig, dass er beim besten Willen nicht das hatte finden können, was Sam sich gewünscht hatte. Und natürlich war jedes Mal, wenn Sam die Geschenke auspackte, genau das Richtige darin . . . Samuel hätte sogar darauf wetten können, dass er wusste, was in den beiden Paketen war: In dem kleinen steckte sicher eine schöne Armbanduhr, die er im Schmuckgeschäft Victor's gesehen hatte und die die Uhrzeit verschiedener Städte gleichzeitig anzeigte. Das zweite, größere musste das Lexikon über die ägyptische Kultur sein, das er für die Schule brauchte.

Samuel schüttelte den Kopf, als wolle er diese fremd wirkenden Gedanken abschütteln. Woher wusste er eigentlich, welche Geschenke es waren? Er hatte sich nie ein Lexikon über Ägypten, geschweige denn eine Armbanduhr von Victor's gewünscht! Und doch sah er beides seltsamerweise genau vor sich.

»Zieht die Vorhänge zu, dreht die Musik leiser!«

Tante Evelyn stürmte wie ein Dragoner ins Zimmer und gab ihre Kommandos, während sie Sam verschwörerisch zuzwinkerte, als sie ihn erblickte. In dieser Version der Vergangenheit schien sie sich mit ihrem Neffen gut zu verstehen . . . Umso besser. Sie und Lili beeilten sich, die Fenster zu verdunkeln, während Allan die Musik leiser drehte und Grandpa das Licht anmachte. Wenn Sam sich nicht auf der Stelle hier verdrückte, würde es furchtbar kompliziert werden . . .

So unauffällig wie möglich näherte er sich der Ausgangstür und legte seine Hand auf die Klinke, gerade als Grandma und eine andere Dame aus der Küche kamen. Unwillkürlich hielt Sam einen Moment verblüfft inne: Die andere Dame war Tiffany MacPie, in ein Kleid mit kitschigem rosafarbenem Blümchenmuster gehüllt. Was wollte die denn hier? Wer war bloß auf die Idee gekommen, diese schleifchengeschmückte alte Eule zu seinem Geburtstag einzuladen!

Er ließ sie nicht aus den Augen, während sie sich an die rückwärtige Wand lehnte und, wie es schien, seinem Blick auswich. Am liebsten hätte Sam laut protestiert oder zumindest eine Erklärung verlangt, als plötzlich eine vage, bruchstückhafte Erinnerung in ihm hochkam. Irgendwie ging es darum, dass Miss MacPie irgendetwas Gutes für die Faulkners getan hatte. Irgendetwas sehr Gutes sogar ... Samuel sah genau vor sich, wie er sich bei ihr bedankt hatte, in ihrem Garten, an einem Sommermorgen, nachdem er ihr diese Pralinen geschenkt hatte, nach denen sie so verrückt war. Es schien ihr unangenehm zu sein, doch schließlich nahm sie sie an ... Dann verschwand die Erinnerung so schnell wieder, wie sie gekommen war, hinterließ jedoch einen sehr realen Eindruck, auch wenn Sam dunkel bewusst war, dass diese Art von Erinnerung über sein Fassungsvermögen hinausging.

»Ich hoffe, du hast Hunger, Sammy!« Grandma schob den Stapel Teller auf dem Tisch beiseite, um etwas Platz zu machen.

Mit verschmitztem Blick kam sie auf ihn zu und strich die widerspenstige Locke zurück, die ihm in die Stirn fiel.

»Dein Kuchen, mein Schatz, der wird dir bestimmt schmecken! Tiffany hat ein fan-tas-ti-sches Rezept!«

Sie trippelte zurück in die Küche und ließ einen verblüfften Enkel zurück. Tiffany ... Ein fantastisches Rezept ... Warum gab sich seine Familie auf einmal so mit dieser wenig feinen alten Dame ab?

Kaum hatte er sich das gefragt, als eine weitere Szene aus seiner Erinnerung auftauchte. Wobei er wieder sicher war, dass er selbst diese Szene nicht erlebt hatte, obwohl er sich an jede Einzelheit erinnern konnte. Er saß auf einem Stuhl in der Polizeiwache, sein Vater war auch dabei ... Es musste ein paar Tage nach seiner Blinddarmoperation gewesen sein, denn er hatte noch immer leichte Schmerzen in der Leistengegend. Der Polizist, ein großer Kerl mit Schnurrbart, war auffallend freundlich. Für einen Mann von seiner Statur hatte er eine ziemlich leise Stimme, wahrscheinlich angesichts der Umstände ... Sie sprachen über Miss MacPie. ›Sie war es, die uns verständigt hat‹, erklärte er gerade, ›Ihre Nachbarin ... Sie war aufmerksam geworden, weil sie vor Ihrem Haus verdächtige Personen beobachtet hatte. Zuerst ein seltsam gekleideter junger Mann auf einem Fahrrad, vermutlich von einer Sekte. Dann ein älterer Mann. Sie dachte, die beiden hätten vielleicht bei Ihnen eingebrochen, denn nach einer Weile sah sie den älteren am Steuer Ihres Wagens aus der Garage fahren. Weil sie ihn nicht kannte und wusste, dass Sie nicht zu Hause waren, hat sie uns verständigt. Als die Streife eintraf, stand die Haustür offen und in einem Zimmer gab es Spuren eines Kampfes. Wir haben natürlich das Schlimmste befürchtet. Das hier lag neben dem Bett ...‹

Der Polizist hatte ihnen einen Klarsichtbeutel gezeigt, in dem ein Schlüsselbund in Form einer Dogge steckte, darauf die Adresse: *Martha Calloway, Barnboimstraße 27, Saint Mary.* ›So haben wir die Adresse herausgefunden‹, fügte er hinzu.

Samuel versuchte, sich noch genauer auf dieses wichtige Detail zu konzentrieren, doch da löschte Grandpa plötzlich das Licht und alle fingen an zu singen.

»Zum Geburtstag viel Glück, zum Geburtstag viel Glück ...«

Sam kämpfte verzweifelt, um den Faden seiner Erinnerung nicht zu verlieren, doch ohne Erfolg ... Nur einer Sache war er sich absolut sicher: All diese unzusammenhängenden Bilder, die vor seinem inneren Auge auftauchten, waren mit dem anderen Samuel verbunden. Als er mit ihm eins wurde, schien auch ein Teil ihrer jeweiligen Erinnerungen vermischt worden zu sein. Außerdem wiesen die Erinnerungen seiner anderen Hälfte erhebliche Veränderungen der Vergangenheit auf. So wesentliche Veränderungen, dass sie den Verlauf der vergangenen drei Jahre entscheidend beeinflusst haben mussten.

»Zum Geburtstag, lieber Sammy, zum Geburtstag viel Glück ...«

Als das Lied verklungen war, begrüßte der Chor der Faulkners unter lautem Beifall die riesige, mit Kerzen dekorierte Geburtstagstorte, die aus dem Flur hereingetragen wurde: ein dreistöckiges, mit Schokolade überzogenes Kunstwerk, über und über mit Baiser und Sahne verziert. An der Spitze sprühten blaue Funken aus zwei kleinen Fontänen.

»Bravo, bravo!«, jubelte Lili.

»Alles Gute zum Geburtstag!«, fügte Allan hinzu.

»Und ein langes Leben in der *Buchhandlung Faulkner!*«, ergänzte Grandpa.

Wie verzaubert starrte Samuel auf dieses kleine Meisterwerk der Konditorkunst, das im Halbdunkel unter tausend Flammen erstrahlte. Erstaunlicherweise war es nicht Grandma, die die Torte hereintrug. Auch nicht Miss MacPie – glücklich strahlend – oder Tante Evelyn. Aber wer ... Dieses Profil ... Diese langen, elegant hochgesteckten Haare ... Dieser Gang und die aufrechte Haltung ... Ein Trugbild? War es wieder nur ein Trugbild?

»Mama?«, hauchte er mit erstickter Stimme.

Die prächtige Torte wurde unter Lachen und Hochrufen durchs Zimmer getragen, während Sam die Tränen in die Augen stiegen.

»Mama, bist du das?«

Das Kerzenlicht leuchtete auf Elisas Gesicht und die tanzenden Lichter gaben ihr etwas von einer antiken Göttin. Sie war es wirklich ... Schön, strahlend ... Unverkennbar stand sie dort vor ihm ... Und so nah!

Sam spürte, wie in seinem tiefsten Inneren etwas aufbrach. Seine Mutter lebte, sie hatte überlebt! Das hatten die Erinnerungen, die eben beim Anblick von Miss MacPie auf ihn eingestürmt waren, ihm sagen wollen. Auf irgendeine Weise musste die alte Elster zu ihrer Rettung beigetragen haben! Nach ihrem Zusammentreffen mit Sam musste sie die Polizei verständigt haben und dank Martha Calloways Schlüsselbund hatte die Polizei die Spur bis in die Barnboimstraße verfolgen können. Und hatte eingegriffen, bevor die Hundeabrichterin ihre Drohung wahrmachen und Elisa Faulkner in den Tod stürzen konnte ...

Das bedeutete gleichzeitig, dass Samuels Einschreiten vor drei Jahren Erfolg gehabt hatte! Indem er verhindert hatte, dass der Tätowierte seine Mutter umbrachte, hatte er eine neue Zeitsequenz eingeleitet, die zweifellos der ursprünglichen Version näher kam und in der Elisa Faulkner sich bester Gesundheit erfreute! Und in der Allan nicht länger in der Klinik bleiben und Sam nicht weiter auf den Wegen der Zeit herumirren musste. Eine Rückkehr zur Normalität in gewisser Hinsicht!

»Was ist, Sam«, fragte Elisa liebevoll, »willst du nicht kommen und deine Kerzen auspusten?«

Diese Stimme ... Diese Stimme, die ihn so oft in den Schlaf gesungen, ihn getröstet, gelehrt und geleitet hatte. Wie oft hatte er in den unendlichen Nächten, wenn er allein war, versucht, sich an diese Stimme zu erinnern. Diese kristallklare, beruhigende Stimme ... Mütterlich. Wie gut es tat, wieder einmal auf seine Mutter zu hören!

Ohne Elisa aus den Augen zu lassen, ging er zu seinem Geburtstagstisch. Im Vorbeigehen bemerkte er eine kleine Narbe auf ihrer Stirn, dort, wo Rudolf sie geschlagen hatte. Aber bis auf diese Kleinigkeit war sie ganz und gar sie selbst!

»Die Kerzen! Die Kerzen!«, skandierten Grandpa und Lili.

Sam wandte sich diesem architektonischen Meisterwerk zu, auf dem mit rosafarbener Sahne stand: Herzlichen Glückwunsch, Samuel! Er holte tief Luft und pustete mit aller Kraft die vierzehn kleinen Flammen aus, als wollte er damit gleichzeitig die Erinnerung an diese schwarzen Jahre löschen. Den nachfolgenden Jubel und die Hochrufe hörte er kaum: Er hatte sich schon in die Arme seiner Mutter gestürzt. Er schmiegte sich an ihre Schulter, das Gesicht in ihren Haaren vergraben, und sog den Duft ihres Parfums ein, das ihn so sehr an seine Kindheit erinnerte. Dabei musste er sich auf die Lippe beißen, um nicht zu weinen.

»Ich hab dich lieb, Mama«, murmelte er halb erstickt.

»Ich dich auch, Sam.«

Die ganze Familie kommentierte diese Liebesbekundungen mit erneuten Begeisterungsstürmen und Sam musste sich von seiner Mutter lösen, um einem nach dem anderen, Miss MacPie eingeschlossen, zu danken. Grandpa, der Ungeduldigste von allen, schwenkte die beiden in Goldpapier gewickelten Geschenke.

»Und nun die Geschenke!«, tönte er.

Sam löste unter bewundernden Ohs! und Ahs! das bunte Geschenkband, während er kurze Seitenblicke auf seine Eltern warf, die sich an den Händen hielten. Das wiedergefundene Glück ... Wie er eben schon erraten hatte, enthielt das kleine der beiden Pakete eine Armbanduhr mit verchromtem Gehäuse und zahlreichen Knöpfen und Drehscheiben.

»Außer unserer Zeit hier hat der Juwelier auch die Zeit von Brügge und Theben eingestellt, wie du es dir gewünscht hast«, erklärte Elisa.

Brügge und Theben, das alles schien auf einmal so weit weg ...

»Sie ist einfach bezaubernd, wie sie glitzert!« Miss MacPie konnte es sich anscheinend doch nicht ganz verkneifen.

Sam öffnete das nächste Paket: eine prächtige *Enzyklopädie der Pharaonen,* die er benutzt hatte – in einem anderen Leben! –, als er nach der Bedeutung von Hathors Zeichen gesucht hatte. Es war ein besonders wertvoller Band aus dem 19. Jahrhundert, den sein Vater für ihn ausgesucht hatte – ein Zeichen besonderer Wertschätzung.

»Und wenn du dich weiter so für Bücher interessierst«, fügte Allan hinzu, »kannst du mir jederzeit ein oder zwei Nachmittage pro Woche in der Buchhandlung helfen. So weit von Bel Air ist es auch wieder nicht und du könntest dein Taschengeld etwas aufbessern.«

»Das würde mir sehr viel Spaß machen«, versicherte Sam, der nebenbei eine wichtige Information registrierte: In dieser Zeitsequenz hatten die Faulkners anscheinend ihr Haus in Bel Air behalten. Noch eine gute Neuigkeit!

»Und was ist jetzt mit der Torte?«, donnerte Grandpa. »Ist die nur zum Ansehen oder darf man auch davon probieren?«

»Donovan, du bist ja schlimmer als ein kleines Kind!«, schalt Grandma.

»Das ist der einzige Vorteil am Altwerden!«, gab er zurück. »Der einzige!«

Elisa begann, das verlockende Bauwerk unter den besorgten Blicken des Publikums anzuschneiden, als es an der Eingangstür klingelte.

»Gehst du mal nachsehen, Sam?«, bat sie.

Er hätte ihr auch die Sterne vom Himmel geholt, wenn sie es gewollt hätte ...

»Das ist vielleicht der Nachbar, der ein Stück weiter die Straße hoch wohnt und halb taub ist«, vermutete Grandma. »Ein sehr netter Herr, ich habe ihm erzählt, dass wir Geburtstag feiern und dass er unbedingt vorbeischauen soll.«

Max!, folgerte Sam daraus. Es fehlte wirklich nur noch der alte Max in der Runde! Vielleicht brachte er zufällig den blauen Plastik-Jeton mit? Wenn ja – obwohl das eher unwahrscheinlich war –, sollte er nur nicht damit rechnen, dass Samuel Gebrauch davon machte: Der hatte nämlich überhaupt keine Lust wegzugehen. Diese Epoche gefiel ihm ausgesprochen gut ... hier würde er bleiben!

Dennoch lief er schnell zur Tür – und sein Herz setzte aus. Alicia ... Vor ihm stand Alicia. Schöner und strahlender denn je. Sie trug eine schwarze Jeans und ein leuchtend orangefarbenes T-Shirt mit dem Aufdruck *Die Welt ist blau*. Über ihrer Schulter hing ein Beutel mit vielen kleinen Taschen und unter dem Arm trug sie etwas Flaches, Rechteckiges, das in Packpapier gewickelt war. Sie blitzte Sam aus ihren großen Augen fröhlich an.

»Überraschung!«

Dann, als sie seinen verblüfften Gesichtsausdruck sah: »Darf ich?«

Wie betäubt trat Samuel zur Seite und Alicia wurde von den anderen Gästen mit lautem Hallo begrüßt: »Alicia!«, »Endlich!«, »Du kommst gerade richtig!« ...

»Tut mir Leid«, rief sie in die Runde. »Ich wollt schon viel eher da sein, aber ich komme gerade von meinem Foto-Praktikum ... Ah! Wie ich sehe, habe ich das Geschenkeauspacken bereits verpasst!«

Sie warf ihren Beutel auf den Boden und wandte sich an Elisa, die gerade Donovan das erste Stück Torte servierte.

»Mrs Faulkner, kann ich Ihren Sohn kurz ausleihen? Es ist etwas Persönliches ...«

»Natürlich, Alicia. Aber nur, wenn du versprichst, ihn zurückzubringen, bevor Grandpa die ganze Torte aufgegessen hat!«

Alicia nahm Sam beim Arm und zog ihn nach draußen auf die Vortreppe, deren Geländer strahlend weiß gestrichen worden war. Sie zog die Tür hinter sich zu.

»Tut mir leid, wenn ich dich entführe, aber ich mag es nicht, wenn MacPie in der Nähe ist ... die geborene Klatschtante! Hier, ich habe auch ein Geschenk für dich.«

Sie reichte ihm das Paket, das sie unterm Arm getragen hatte, eine Art Umschlag, und Sam musste sich regelrecht zwingen, seine Augen von ihr loszureißen. Sie war einfach unglaublich schön: die langen blonden Haare, von einer violetten Spange lose am Hinterkopf zusammengehalten, die zart gebräunte Haut, die klaren, makellosen Gesichtszüge und diese meerblauen Augen ...

»He, träumst du?«, stichelte sie.

Da nahm Sam endlich den Umschlag und öffnete ihn. Zum Vorschein kam eine Fotocollage in einem alten, hübsch verzierten Rahmen. Auf der linken Seite sah man eine alte Polaroid-Aufnahme, auf der Alicia und er etwa neun Jahre alt sein mussten und sich wie zwei Porzellanhunde unter dem jungen Tulpenbaum im Garten der Faulkners gegenübersaßen und sich anstarrten. Auf der rechten Seite waren sie auf einer aktuellen Fotografie zu sehen: Sie hielten sich um die Taille gefasst unter dem gleichen Tulpenbaum, der, genau wie sie, deutlich gewachsen war. Beide Aufnahmen wurden von zahlreichen Porträts von Sam in unterschiedlichem Alter eingerahmt, einige in Schwarz-Weiß, andere in Farbe, in verschiedenen Formen und Größen. Das Ganze ergab ein Mosaikbild seines Lebens. Es war wirklich ein Kunstwerk geworden.

»Es ... es ist einfach großartig, Alicia. Danke. Vielen Dank ...«

»Erkennst du dieses Polaroid?«, fragte sie. »Es ist das allererste Foto von uns beiden, kurz nachdem wir nach Saint Mary gekommen waren. Zu der Zeit lief es zwischen uns beiden anscheinend nicht so gut, was meinst du?«

Samuel sah sie nur an, überwältigt von Liebe und mit der

klaren Gewissheit, dass Alicia sein Geschenk für immer war, was immer geschehen würde.

»Zum Glück ist diese Zeit vorbei, findest du nicht?«, fügte sie hinzu. »Herzlichen Glückwunsch, Samuel . . .«

Sie lehnte sich an den Türrahmen und zog ihn auf ihre entwaffnende Art wie selbstverständlich an sich. Dann legte sie zärtlich die Arme um seinen Hals und küsste ihn sanft. Und er wusste, es würde für immer sein . . .

Pseudonymous Bosch

Dieses Buch ist gar nicht gut für dich

In diesem Abenteuer wird die Mutter unserer Heldin Kassandra entführt: von einem unheimlichen Koch und Konditormeister, dem blinden Señor Hugo. Nur gegen die legendäre magische Stimmgabel will er sein Opfer wieder freigeben. Werden Kass und Max-Ernest die Stimmgabel finden, bevor es zu spät ist?

Dieses Buch ist vielleicht gar kein Buch

Nachdem Kass ein Stück Zeitreise-Schokolade gegessen hat, fällt sie ins Koma und reist weit in die Vergangenheit. Verzweifelt versucht Max-Ernest, sie zurückzuholen – vergeblich. Bis ein mysteriöses Monokel in seine Hände fällt, ein Monokel, das Unsichtbares sichtbar machen kann – sogar etwas so Flüchtiges wie Gedanken! Doch was zeigt das Monokel wirklich? Ist es die Wahrheit – oder doch nur Illusion?

344 Seiten • Klappenbroschur
ISBN 978-3-401-50629-6
Beide Bände auch
als E-Books erhältlich

Arena

360 Seiten • Klappenbroschur
ISBN 978-3-401-50630-2
www.arena-verlag.de

Jamie Thomson

Dark Lord

...da gibt's nichts zu lachen!!

Geht's noch schlimmer? Dark Lord, der größte Weltenzerstörer des Universums – von seinem Widersacher verbannt auf den kleinen blauen Planeten namens Erde. Und das im erbärmlichen Körper eines Elfjährigen, den alle Dirk Lloyd nennen! Keine Frage: Der dunkle Lord muss schleunigst zurück in sein fernes Reich ...

978-3-401-50641-8

...immer auf die Kleinen!!

Bei den neun Höllen der Verdammnis! Nicht Dark Lord ist zurück in sein heimisches Reich der Finsternis transportiert worden – sondern seine irdische Freundin Suus! Doch das Schlimmste kommt noch: Kaum gelandet, übernimmt Suus auf dem Heimatplaneten des Dunklen Lords als »Königin der Nacht« die Herrschaft ...

978-3-401-50780-4

...ich kann auch anders!

Nie hat man seine Ruhe! Nicht nur Dark Lord, Suus und Christopher sind wieder auf der Erde gelandet, auch den Dämon Gargon und den Edlen Ritter Rufino hat es hierher verschlagen. Und das Schlimmste: Dark Lords größter Widersacher, der Weiße Zauberer Hasdruban, ist ebenfalls aufgetaucht – ausgerechnet in Person des Schulleiters!

978-3-401-50781-1